时空典当行

何常在 著

北京联合出版公司
Beijing United Publishing Co.,Ltd.

图书在版编目（CIP）数据

时空典当行 / 何常在著 . -- 北京 : 北京联合出版公司 , 2019.6
ISBN 978-7-5596-3049-0

Ⅰ . ①时… Ⅱ . ①何… Ⅲ . ①长篇小说 - 中国 - 当代
Ⅳ . ① I247.5

中国版本图书馆 CIP 数据核字（2019）第 056392 号

时空典当行

作　　者：何常在
选题策划：北京宏泰恒信文化传播有限公司
责任编辑：昝亚会　夏应鹏
策划编辑：连　慧
封面设计：三形三色
版式设计：王玉双
责任校对：王　萌

北京联合出版公司出版
（北京市西城区德外大街 83 号楼 9 层　100088）
北京市昌平新兴胶印厂印刷　新华书店经销
字数 210 千字　700 毫米 ×990 毫米　1/16　21 印张
2019 年 6 月第 1 版　2019 年 6 月第 1 次印刷
ISBN 978-7-5596-3049-0
定价：45.00 元

目录

第一章 好景常在

好景和全有大厦只有一街之隔，相距只有两百米，但却遥远得如同从地球到太阳的距离。

好景常在典当行坐落于市中心寸土寸金的黄金地段，正对全球第一科技集团全有大厦。和高耸入云的全有大厦相比，掩映在高楼之下的典当行就如生长在参天大树之下的一株卑微的小草，毫不起眼，且低矮、陈旧，和周围的环境格格不入。

在科技如此发达早已淘汰了典当行业的今天，为什么还有好景常在典当行的存在，许多路人都不理解，在路过好景常在典当行的时候，就如见到了传说中的兵马俑一样流露出既震惊又难以置信的神情。

不过大多数人转身就又将惊奇抛到了脑后，很快就都记不清好景常在典当行的装修风格和具体位置了。毕竟在城市里到处是五光十色的激光全息投影的今天，谁还会刻意记住一家早就没有存在意义的典当行呢？

当时代抛弃你的时候，连一句再见都不会说。

何想打着大大的哈欠打开好景常在典当行深红色的仿木铜钉大门，周围商铺全是电子栏杆激光网格大门，在别人像看古董和怪物一样的眼神中，土得掉渣的大门发出了咯吱的声响，惊得路边的流浪狗对他投来敌视的目光，他歉意一笑，猫着腰弓身回到大堂。

说是大堂，其实只有几十平方米大小。不过话又说回来，整个典当行也不过一百多平方米，除了前面的门面之外，后面还有两间卧室和厨房、卫生间，是他和师父何子天的栖身之地。

说到师父何子天，何想总有一种时空错乱的感觉。在人类已经可以通过分子重组合成食物、分子复原仿制文物的今天，何子天守着不知道从哪里弄到的典当行——何子天声称是一个好心人赠与他的，何想不信，总是怀疑何子天是骗来的——当成价值连城的宝贝，非说分子复原仿制的文物和真正的文物完全没有可比性，因为分子复原仿制技术尽管是百分之百利用文物进行分子层面的复制，确保和原有文物百分之百相同，但只是形似而没有文物内在的精气和神气，不足以称之为文物，顶多算是克隆文物。

对何子天的说辞，何想嗤之以鼻，何子天排斥现代科技带来的便捷，因为这对一些传统行业产生了巨大的冲击，甚至导致其覆灭，分子复制仿制技术让典当行全部倒闭，也让文物典当和收藏失去了市场。

据说好景常在典当行是全球最后一家典当行！

为什么要做最后的无谓的挣扎？为什么非要逆时代潮流而行？当然，何想气的不是何子天错误的理念和思想，而是何子天的固执和自以为是让自己都快吃不上饭了。

任何不能解决温饱的理念和情怀都是形而上的耍流氓。

现在何想穷得连分子重组合成食物都快吃不起了。虽然分合食物极其便宜，和免费区别不大，但贫穷限制了他的购买力和想象力。

由于科技的进步，分子重组合成食物已经十分普及且物美价廉，基本上已经没有农民再种植粮食了，农民作为一种职业或者说身份也已经彻底消失了。何想却还是喜欢从泥土里生长的原生态食物，新鲜、美味并且带有泥土的清新。而分子重组合成食物虽然口感也还不错，却感受不到生命的气息。

不过何想也只是想想而已，他连便宜到近乎免费的分合食物都吃不起了，还想吃价格昂贵如同黄金的原生食物？连做梦都嫌奢侈。

一只黑白相间的猫懒洋洋地走了过来，在何想的脚下蹭了蹭，“喵”了一声，然后抬头眼巴巴一脸可怜地凝视着何想。何想弯腰把它抱起，轻轻抚摸她光亮的皮毛：“乖，平行空间，等下多喝点水，喝得肚子满满的，就不觉得饿了。”

平行空间挣脱了何想的怀抱，白了他一眼，不屑地走了。

曾经是流浪猫的平行空间自从来到好景之后，就赖下不走了，何想几次和它大讲道理，说他没钱养活它，他自己连饭都快吃不上了。可平行空间就是不走，气得何想大骂平行空间没有眼光，不管是左边卖电子动态照片的店铺还是右边提供日租时租的微型胶囊家庭旅馆，都比好景的生意强了何止千倍。

估计是一只没有见过世面来自中世纪平行空间的猫。

从此平行空间就成了这只猫的名字。

也幸好有平行空间的陪伴，才让平常没有生意的何想不至于过于孤单——师父何子天神出鬼没，经常三天玩失踪两天玩消失，从来不在好景常在照顾生意，也不知道成天鬼鬼祟祟地在忙些什么。每次何想问他，他总是故作神秘地重复一个答案：“佛曰，不可说。道家云，三缄其口。儒家言，沉默是金。”

肚子饿得咕咕叫了几声，何想绕过柜台来到后面的厨房，翻了半天，什么都没有发现。冰箱的显示屏上有一行醒目的红字刺眼地提醒着何想一个他早就知道的事实：“冰箱已空！星云速食网可提供苹果、西瓜、水饺、煎饼等分合食物，保证原食口感，点击即送！”

何想的手指点在了确定按键上，冰箱随即发出了拒绝的声音：“对不起，余额不足，无法派送！请先充值！”

“小冰，你能不能在不充值的情况下让速食网派送分合食物？充值派送人人都会，不充值派送才算本事。”生活已经够苦闷了，闲来无事逗逗智能冰箱也可以适当地放松心情，减少郁闷。

冰箱发出了柔和而舒缓的提示音："主人不要乱开玩笑，小冰只是冰箱，不是数字货币机。小冰还要提醒主人，主人的电费、水费和空气费即将到期，请尽快充值，以免产生滞纳金影响主人的信用。"

"闭嘴！"何想笑骂了一句，打开冰箱，奇迹并没有出现，冰箱里面空空如也，他找了半天，总算在一个角落里找到了半袋速食粉。

"主人不要找了，小冰只是冰箱，不是百宝箱，变不出食物。"冰箱发出了咯咯的笑声，笑声中居然还有几分嘲讽的意味。

何想将速食粉倒进碗中，想了一想，又从冰箱中拿出冰水冲泡，冰箱再次发出了笑声："主人，据监测，你已经有早期营养不良的症状，建议不要冰水冲泡。尽管冰水冲泡速食粉可以制造硬面包、硬馒头、硬面条，有利于充饥，但不利于消化并且会影响健康。"

"就算是慢性毒药，也得先吃饱再说。"何想倒进了冰水，将碗放进分合食物料理机，点下了面包的按键，一分钟后，一个又大又硬的面包被制造了出来。

何想咬了一口，咧了咧嘴："真硬。"撕下一小块扔给了平行空间，"放心，我不会像何老头一样没良心，我们有难同当有福同享。"

平行空间闻了闻硬面包，不满地给了何想一个破面包老子不吃的眼神，扭着屁股走了。

"晚上炖猫肉。"何想气得直想一脚踢飞平行空间。

平行空间不以为然地"喵"了一声。

不行，不能再这么荒废下去了，何想三口两口吃完面包，感觉全身充满了力气，他回到柜台前，在一张A4纸上打印了一句话，贴在了门口。

"出租或出售，价格面议！"

反正何老头出去好些天没有音讯了，按照平常经验的推断，多半没个十天半个月他不会回来。那时候，他早就饿死了。趁何老头不在，转让了好景才是正事，毕竟他今年马上三十岁了，就像快要升到天空正中的太阳一样，如此大好年华却要死守在一家老气横秋完全没有前景的典当行里，他不甘心。

大不了卖了典当行给何老头三分之二，谁让何老头人虽然古板保守了一些，毕竟对他有养育之恩，把他从路边捡来，养大成人也不容易。

想想他年近三十岁了，还什么都没有，房子、车子、女朋友，简直就是失败得一塌糊涂，要不是因为好景，他出去闯荡至少也能混出个样子，虽然比不了花锦年，至少也比现在强上百倍。

不行，卖了卖了，一定要卖掉典当行出去打天下。这么美好的时代，有多少成功的果实等着他去摘取，有多少美女盼望他去拯救。

太阳越升越高，中午时分，全有大厦巨大的阴影投射过来，将好景的阳光遮挡得严严实实。在全有大厦巨大的阴影笼罩之下的好景，有一种日薄西山的凄凉。

全有大厦在好景的正南面，隔街相望，是全球最顶尖的科技集团全有集团的总部。大厦高一千四百米，是全球第一高楼。执掌全有集团的掌门人花锦年和何想同龄，他不但是全球首富，也是全球最顶尖的科学家之一。

花锦年不但智力超群，权势滔天，人也英俊潇洒，简直就是全能全才并且完美的人生赢家。

如果说花锦年就是高不可攀的全有大厦，那么何想就是全有大厦阴影之下的一粒沙子，两者完全没有可比性。好景和全有大厦只有一街之隔，相距只有两百米，但却遥远得如同从地球到太阳的距离。

“唉，想想花锦年，再看看何想，货比货得扔，人比人得死。”何想贴出了广告，过了半天都无人问津，他照了照镜子，又仰望着拔地而起如同一只振翅欲飞的大鸟的全有大厦，无限感慨：“其实何想也挺帅的，可惜命不好，没有一个好爹。同样是孤儿，为什么当时收留我的人就不是花天下而是何子天呢？何老头你当时是不是捡错了，你该捡走花锦年的。”

花锦年是全有集团创始人花天下的义子。七岁时，孤儿花锦年被花天下收为义子，十四岁时，花锦年表现出了异乎寻常的天赋，以一番量子力学、天体物理学以及生物学的理论使全有集团的科学团队大多数科学家和顾问折服，一举成名。

随后便一发而不可收，花锦年在十八岁取得全球最顶尖大学北清大学的博士学位，十九岁时带领全有集团研制成功分子重组合成食物料理机，从而解决了人类粮食紧缺的问题。二十岁时提出了超纯物质和人类长生相对应的理念，二十二岁时提出空间通道新的理论方向，引起轰动。二十五岁时带领全有集团研制成功纯度达到百分之百的真纯物质，让全有集团一举跃升为全球最尖端的科技集团，将竞争对手甩出了至少三十年的差距。

也正是花锦年的存在，才让全有集团迅速成长壮大，成为全球最新科技的引领者。

花锦年二十八岁时，花天下病逝。临终前，花天下将全有集团掌门人之位传与花锦年，而不是他的亲生女儿花流年，此事也一时传为美谈。所有人都清楚，花天下此举很是英明，只有花锦年才有能力和智慧带领全有集团继续前进，在科技上赢得一个又一个的突破。

花锦年接手全有集团之后，不但重启了花天下关闭的人类永生和空间通道的研究项目，还花重金聘请了北清大学的几名教授担任全有集团科学研究所的顾问，加大了超纯物质和生物制药的研究投入，想要研制出让人类器官可以像分子重组合成食物一样根据每个人的DNA序列复制的机器，以达到治愈所有疾病的目的。

何想百无聊赖地打开电视，电视上是一名记者站在全有集团董事长办公室门前，她举着话筒，神情激动，语速极快：“虽然花锦年先生一如既往地拒绝了采访，并且我们依然没有拍到他的正面影象，但据他的助理刘连生先生所说，在花锦年先生的带领下，全有集团的科学研究团队有望在近期公布在人类永生研究上的突破……对不起，我太激动了，一想到我可以在有生之年受益于永生技术，我对花锦年先生的崇拜之情就难以抑制。”

“还是和以前一样低调而神秘……花锦年，你到底是何方神圣？”何想关了电视，起身去整理典当行的物品，“万一有人收购典当行，再万一这些老古董里面有值钱的东西，岂不是亏了？不行，我得梳理梳理，何老头虽说说话不靠谱，他肯定也有走眼的时候，比如当时捡了我。”

说实话，何想经营典当行多年，典当行里面到底有些什么破烂，他也不是很清楚。他才懒得去整理被何子天视为宝贝的瓦罐、瓷器以及各种奇形怪状的东西，反正在他眼中都是一文不值的垃圾。

何想花了两个小时将典当行的东西全部盘点了一番，心中的失望慢慢变成了绝望，原来他守着一堆破铜烂铁、破砖烂瓦那么多年，别说值多少钱了，怕是扔到外面不但没人捡，还得被市政收取垃圾处置费。

哪里是宝贝，完全是累赘！

何想笑得比哭还难看，他环视四周，见角落里还有一把梯子，梯子通到高处的一个暗阁，他心思一动，莫非何老头在上面藏了什么宝贝？他爬上梯子，不大的暗阁上摆放着一个十分精致华丽的木盒。

啊，还真有好东西。何想乐了，赶紧把它取了下来，见上面十分干净，就知道何老头平常肯定经常拿出来观看，否则上面早就积满尘土了。

会是什么宝贝呢？何想摩拳擦掌，何老头死守着典当行不放，肯定有什么秘密瞒他。他小心翼翼地打开木盒，让他失望的是，里面既没有金银财宝也没有房契地契，更没有股票等债券，只有一张羊皮卷。

我去！何想无比郁闷，打开羊皮卷一看，连最后一丝这是一张寻宝图的希想也破灭了——上面画了七件类似首饰的图案，呈圆形排列，最上面是一个戒指形状，其他依次是腰带、耳环、吊坠、手环，后面几件饰品画得有些模糊，好像是胸针，又像是别的什么，反正不管是什么，他完全失去了兴趣，顺手一卷扔到了柜台下面。

门铃一响，随即感应器发出了何想自己录制的欢迎辞：“欢迎光临好景常在典当行，人间有好景，常在典当行！入我门来，圆你梦想！”

来客人了，何想忙从昏昏欲睡的状态中清醒过来，满面笑容地迎上前来：“你好，我是好景常在典当行的大堂经理，请问您有什么需要？”

来人三十岁年纪，一身华衣，戴墨镜，让人惊讶的是，他年纪轻轻竟然拄着一根拐杖。他看也不看周围的物品一眼，径直来到柜台前，上下左右看了几眼大堂的环境，穿过柜台来到了后面的厨房和卧室。

何想忙跟了过去：“先生，后面是起居的地方，没有可供挑选的物品……”

“一共是一百五十平方米？”来人忽然站住，何想收势不住，差点撞在他的身上。

“什么？”何想一愣，随即明白过来，“整个典当行是一百五十平方米，准确地讲，是一百五十二平方米，包括厕所。您是要租还是要买？”

“买！”对方回身看了何想一眼，英俊而秀气的脸庞散发出逼人的气息，嘴角流露出一丝神秘加戏谑的笑意，“开个价。”

何想搓了搓手，还真有冤大头想买下典当行，他也是抱着试一试的心态，没想到这么快就有人相中了？又一想也是，典当行虽然生意不行，位置却是寸土寸金的黄金地点。

所以何想才猜测何老头肯定是从谁手中骗来的典当行，否则以何老头的穷酸样儿，他怎么可能买得下这个地段的商铺？到底开价多少合适呢？他微一迟疑，对方却伸出了五根手指。

“五……”何想其实对典当行到底能值多少钱心里没数，他从小跟何子天在一起，十几年来一直在典当行当大堂经理——当然，大堂经理、总经理、保安、会计都是他一个人——虽说不至于处于完全和外界绝缘的状态，但对于周围的房价和地价，他也只从网上有部分了解。但这个并不妨碍他报出一个五千万的价格，毕竟既然要卖，就得卖一个可以保下半生衣食无忧的数字。

“五亿，可以！”不等何想说完，来人直接报出了五亿的高价，“什么时候办理交接手续？”

天，五亿，下半生不但衣食无忧，连花天酒地都没有问题了，何想兴奋得差点跳起来。还好，常年和三教九流打交道，时刻算计才能生存的他瞬间想到一个问题，能够如此爽快地开出高价，必然是对好景志在必得，一般来说志在必得的生意必定可以卖出惊天的高价。

难道好景还真是什么风水宝地？不管了，既然对方这么有钱，不狠狠宰上一刀也对不起他浪费了三十年的青春，何想先是牙疼一样吸了一口凉气：“五亿就能买下在黄金地段的一家面积高达一百五十二平方米的典当行，先生，您觉得合适吗？”

来人手中拐杖轻轻敲了敲地面：“十亿，不能再多了。”

“嘶……”何想再次倒吸了一口凉气，他是真的被吓倒了。难道在有钱人的世界里，花钱都是以亿为单位？还是五亿一次加价，贫穷完全限制了他的想象力，毕竟他是连五块钱的分合食都吃不起的穷光蛋。

十亿巨款，足够他一辈子花天酒地纸醉金迷了，好吧，就算再加上何老头也花不完。何想正要一口答应下来，脑子却迅速转了一转，不对，虽然他不太了解行情，但不管怎么样，好景也不会值十个亿，除非来人疯了，或是好景里面有他想要的宝贝。

难道说何老头没有骗他，典当行的藏品里面真的有宝贝？

对方在他还没有漫天要价的前提下就主动加价到了十亿，如果说对方不是迫切地想要得到好景，打死何想都不会相信。何想和形形色色的买家卖家打交道多年，如此大方爽快的买家还是第一次遇到，他向后一靠，扶住了柜台，唯恐自己过于震惊之下站立不稳而出丑。

“五……五十亿，不能再少了。”何想本来想叫到二十亿，一想到有钱人的世界是他想象不到的富有，索性一不做二不休，直接叫到了他的梦想价位。

五十亿到手，他不但可以拥有数架私人飞机，随时可以飞遍全球，还可以在即将到来的永生时代优先买到一张永生的门票。

尽管何想对永生技术持一定的怀疑态度，但他却清楚一点，永生在技术上真能实现的话，一定不会惠及大众，必然是有权有钱者优先。不管是过于昂贵的技术成本，还是从人性的角度考虑，都不会有人愿意让所有人都获得永生。

“五十亿？你确定？”出乎意料的是，来人既没有表现出因为要价太高而流露出来的愤怒，也没有因承受不起高价而表露出不自然，他手中拐杖轻轻敲了敲柜台，“你确定你有出售好景常在典当行的权限？或者说，你拥有好景常在典当行的所有权？”

“有，当然有。”何想几乎要欢呼了，从对方的语气中不难听出，对方连讨价还价的意愿都没有，只想尽快达成交易，还好，何子天在何想小时候就将好景常在典当行登记在了他的名下，他忙拿出了平板电脑，打开了电子房契，“只要我签字，好景就可以随时划归到任何一个人的名下，前提是，五十亿要先到账。”

“好。”来人拿出了平板电脑，打开网上银行，“你账号发来，现在就转账给你。”

“先等等。”何想还没有被突如其来的五十亿财富的巨款冲昏头脑，能不动声色地支五十亿巨款的人非富即贵，绝非寻常人等，他得弄清对方身份，“首先声明，这位先生，我不是不相信您，不过毕竟五十亿是一笔巨款，您能不能拿得出来也要打一个问号，再者，您到现在为止还没有告诉我您的身份……”

来人转身，手中拐杖指向了门外的全有大厦：“我是花锦年。”

“什么？”何想惊得手中的盒子失手落地，“花、花、花锦年？怎么可能？”

花锦年虽然名满天下，但在网上和电视上从未露出真容，谁也不知道他长什么样子。何想并不相信眼前之人就是全有集团的掌门人花锦年，他愣了片刻，忽然哈哈大笑：“你是花锦年？我还是花流年的男朋友呢。”

来人也不反驳何想，来到好景的门口，手中的拐杖遥遥一指全有大厦，一架直升机从全有大厦的楼顶起飞，随着他的拐杖落下，又落回了原地。

“好，好，我信，我信了。”何想吓了一跳，举起双手投降，“花董大驾光临，怠慢了，连口水都没喝……”

“何想，你真认不出来我是谁了？”花锦年摘下眼镜，扔掉拐杖，手在脸上抹了一把，一改之前的刻板严肃，温润一笑，“我是何像。”

“谁？”何想吓得后退一步，揉了揉眼睛又掏了掏耳朵，“我没听错也没看错，你是和我从小在一起的何像？”

“是我，当然是我。”花锦年抱住了何想的肩膀，用力将他揽入怀中，“我一直不知道你原来就在好景常在典当行，离我只有咫尺之遥。”

何想抱住了花锦年，翻开花锦年右耳，耳后有一个明显的像是银河系一样形状的胎记，他顿时百感交集：“何像，你真是何像！天，你怎么变成了花锦年还执掌了全有集团？”

“说来话长。”花锦年推开何想，上下打量何想半天，“你变了许多，我刚才观察半天才敢认你。”

何想和何像谁也不记得二人是怎么认识的，从记事时起他们就在一起，虽然同姓，却只是没有血缘关系的伙伴。两个孤儿相依为命，一起捡垃圾，一起吃饭睡觉，有吃的分对方一半，受欺负替对方出头。

二人七岁时在一次出外讨饭时走散，何想被何子天收留，何像下落不明，从此失去了联系。谁也不知道对方去了哪里，却没想到，竟然在今日不期而遇。

更没想到，两人的人生际遇如此不同，何像改名为花锦年，如今正生活在繁花似锦的花花世界之中，而何想却是何其无能、碌碌无为，沦落为社会底层以坑蒙拐骗为生的小人物。

“念在我们从小相依为命一场，我再加价十亿出价六十亿收购你的典当行，来，现在就转账办理交接手续。”花锦年收起了和何想相认的喜悦和兴奋，恢复了从容淡定，又戴上了眼镜，“款一到账，你就联网将好景的所有权转移到我的名下。”

“好。”何想兴奋之中又有几分激动，谁能想到犹如帝王一般高高在上的花锦年竟然是他从小就认识的小伙伴？在可以收获六十亿巨款之后，他又多了一件更开心的事情，当下也不多想，就准备签名转移好景的所有权。

“不行不行，不能卖，好景不能卖！”

就在花锦年即将点下确定将六十亿转账之时，门一响，一个人影风一般冲了进来，一把抢走了何想手中的电子笔，扔到地上，还用力踩了两脚：“你是傻瓜还是呆瓜？才六十亿就卖？早就告诉你好景里面全是宝贝，少了一百亿别想打好景的主意！”

何想张大了嘴巴，原以为他已经够黑了，到头来姜还是老的辣，何子天竟然敢叫价到一百亿。天，就算好景是纯金打造的房子再加上所有的文物都是一类珍贵文物，也不值一百亿。

全有大厦当年建造时号称是全球造价最高的大厦，将所有最新的科技都用在了上面，打造了一个主动接受光能被动接收波能的智慧生态大厦，总造价也不过一百亿。

何子天也不知道去了哪里，此时他乱糟糟的头发像鸡窝一样，上面就算有几只小鸟何想也不会感到惊奇，一双又大又圆的眼睛闪动的不是光彩而是贪婪和精明。身上的衣服已经脏得不成样子，上面乌黑的东西也不知道是油渍还是泥土，散发出令人作呕的味道。

何想捡起电子笔，坏得已经不能再用了，他生气地一推何子天：“何老头，你得老年痴呆了？六十亿已经可以了，你不要贪心不足蛇吞象。”

“你真是一个败家子，气死我不管偿命。”何子天狠狠地敲了一下何想的脑袋，“如果我告诉你好景是无价之宝，别说一百亿了，就算拿整个全有集团来换我也不同意，你是不是觉得我太不要脸了？”

“不是，不是。”何想大摇其头，“不是不要脸，是不要命。”

“就知道你肯定会埋汰我。”何子天扬手弹了何想一个脑崩儿，“不管你怎么说，我就一句话——好景不卖！这位先生是花锦年花董吧？您请回，也请您彻底打消收购好景的心思，只要有我在一天，好景就不会落到您手里。”

花锦年不动声色地笑了笑：“如果我真出一百亿呢？”

“我会要到一千亿。”

“你以为我拿不出一千亿？”花锦年冷笑道，“全有集团的市值全球最高，是几十个国家 GDP 的总和。”

“一万亿您也拿得出来，可问题是，除非拿整个全有集团来换，否则好景真的不卖。”何子天态度无比坚决，丝毫没有回旋的余地，“我可不是讹诈您，是实话实说，在我眼里，好景就是比全有集团值钱。”

“疯了，真是疯了。是不是好几天没吃饭，饿得脑子不灵光了？”何想要摸何子天的脑袋，却被何子天打到一边，他蓦然怒了，“何老头，我警告你，现在好景的所有权是我的，我想卖就卖，你管不着。”

“是吗？”何子天乜着眼一笑，“你再看看你的所有权证书下面是不是还有一行备注？”

“啊？”何想从未动过要卖好景的主意，也就没有留意所有权证书上面的条款，仔细一看顿时气得跳了起来，“好你个何老头，你阴我？”

“说什么呢，什么叫阴你？本来就是我赠与你的，加一条未经我允许不许出售的条款是天经地义的事情，你要是觉得不公平，可以不要所有权。”何子天也生气了，狠狠地在何想后背打了一拳，“怎么着，见钱眼开，连你的义父都不认了？”

花锦年戴上墨镜，重新拄起了拐杖，冷冷一笑：“打扰了，再会。”

“不送。”何子天冲花锦年的背影嘿嘿一阵干笑，“花董，听老头一句劝，真的不要再打好景的主意了，你没有胜算。”

花锦年的身子微一停顿，然后头也不回地走了。

“六十亿，我的六十亿就这么没了。”何想痛心疾首，抱着平行空间放声大哭，“何老头，你干什么有钱不赚，天，足足六十亿现金，你六十辈子也赚不到的钱，你是不是不知道我们马上就要饿死了？”

“饿不死，如我一般的神仙人物，怎么会为五斗米折腰？”何子天神秘地一笑，一眼瞥见柜台下面的羊皮卷，怫然变色，“你知道了好景的秘密怎么还卖？真是傻得可以。”

“什么秘密？”何想一脸不解，见何子天盯着羊皮卷，哈哈大笑，“不会吧何老头，你的意思是羊皮卷的价值等于整个全有集团？哈哈哈哈，笑死了。”

“是时候让你知道你到底是谁了，要不你一直这么傻下去，会变成地球人的。”何子天搬了一个凳子坐了下来，摆了摆手，赶走了平行空间，“去去去，懒猫，就知道吃饭睡觉，什么用都没有。”

平行空间回应了何子天一个不屑而冷漠的眼神，转身走了。

“其实，你比花锦年富有多了。”何子天关上好景的门，挂上了停业的电子屏，用他满是油渍已经看不出颜色的紫砂壶泡了一壶茶，一本正经的认真样子是何想从未见过的，“是时候让你知道你的真实身份了，别以为自己真是一个什么都没有的穷光蛋，总有一天，你会感谢我没有让你卖掉好景……”

“打住，打住，在吹牛说谎之前，你先告诉我怎样才能吃饱肚子……”何想生气地打断道，他早就受够了何子天一本正经的胡说八道和不着边际的信口开河，以及饿着肚子空谈情怀和未来的虚伪，“我不想知道我是谁，更不想知道当年抛弃我的父母有什么难言之隐，连亲生儿子都可以不要。”

“你的父母在你出生时就去世了，他们不是抛弃你，而是无能为力。”何子天不理何想的反对，嘿嘿一笑，拿过羊皮卷，“好景每年都要亏损那么多，要不是我坑蒙拐骗拆东墙补西墙，借不来就顺手牵羊的努力和坚持，早就关门大吉了。这么辛苦这么努力，还不是为了一个守候了数千年的承诺。”

对何子天的表演何想已经有免疫了，他连连摇头：“说点可以落地的事情行不行？既然你也知道一直亏损，为什么不卖掉？还什么数千年的承诺？！你一把年纪了别演什么狗血言情剧了。”

“卖掉？哼！告诉你何想，整个地球的财富加起来也不抵这一张羊皮卷。”何子天指着羊皮卷上面的图案，“七件物品，件件是宝物，等你聚齐了七件物品，你就可以……”

“就可以召唤神龙还是召唤孙悟空？哈哈哈哈！”何想被气笑了，笑得喘不过气，“何老头，咱们都这么熟了，别跟狐狸讲聊斋了行不？对付顾客的套路你用来应付我，太侮辱我的智商了。”

何想起身就走。

“别走，我还没说完呢。”何子天拉住了何想的胳膊，他也笑得不行，“告诉你何想，好景常在典当行传承了五千年没有中断，为的就是有朝一日七件物品聚齐之后，在世界大变时拯救世界。你其实是七件物品的守护者和召唤者，你不是人……”

“我不是人，我是神仙行了吧？”何想翻了翻白眼，“放开我，我去外面顺点东西回来，要不午饭还没有着落。”

“你什么时候知道自己是神仙的？”何子天很认真地打量着何想，“你什么时候觉醒的？作为一名神仙，好吧，也就是地球人常说的外星人，你天天想着填饱肚子这样鸡毛蒜皮的小事，你不觉得有失身份吗？”

“噗……”何想险些笑喷，他还神仙？神现还差不多——神经病加丢人现眼——他再也没有耐心听何子天天马行空的胡诌了，挣脱了何子天的手，打开了好景的大门。

“等等，今天花锦年前来收购好景，是几千年来从来没有过的事情，说明时间节点到了，世界要大变了。”何子天右手拇指掐在食指和中指上，“老夫掐指一算，何想，你今天有血光之灾。”

“哈哈，何老头，你什么时候又成神棍了？现在连电脑算命都没人信了，你还用一千年前的手法骗人，太土鳖了。服了你了，你自己玩耍吧，我还得为自己的肚子和平行空间负责。”

“大道至简懂不懂？几千年来科技是进步了不少，可是人性和人类的欲望不外乎孔夫子的一句话：食色，性也。除此之外还有什么变化吗？”何子天忽然想起了什么，从装羊皮卷的木盒中翻出了一枚黝黑的戒指，不由分说地戴在了何想的无名指上，“是时候让你知道你的本事了。”

“你别闹，我还没有女朋友，无名指戴戒指是已婚的意思，你是不是咒我一辈子没妞？”何想想要摘下戒指，奈何戒指一戴上，竟然完全贴合，再也摘不下来半分，“快帮忙摘下来，这什么玩意儿黑乎乎的，是不是铁的？拜托，铁会生锈，会腐蚀我的手指，我……”

何想想死的心都有了，到手的六十亿飞了不说，何子天消失了这么久，没有带回来一分钱，臆想症却越来越严重了，更倒霉的是，他还非要把不知从哪个死人身上弄下来的戒指戴他手上，多吓人多晦气。

不行，不能再这么下去了，既然知道了花锦年就是当年的小伙伴何像，不如索性离开何子天去投奔花锦年，至少能保证不会饿死不是？

这么一想，何想定了定心神，用很沉重很严肃的口气说道：“何老头，不，何爷，我还年轻，不能再这么荒废下去了，我决定去投奔花锦年，不求当上 CEO 迎娶白富美，至少也能衣食无忧。”

“你这孩子真是鼠目寸光，我说过你是全世界，不，整个银河系最富有的人，不用多久你就会意识到地球在你眼里不过是一粒沙子，更不用提什么全有集团了……”

完了，何子天已经彻底人格分裂大脑崩溃了，何想也懒得再摘戒指，推门就要出去，他实在受不了何子天的胡说八道了。

“不听老人言，吃亏在眼前。别怪我没有提醒你，何想，你不要捡了芝麻丢了西瓜。你一定要记住三件事情：第一，花锦年不再是当年的何像了，他和你走的道路不同；第二，你是七传人之一；第三，要是有人前来典当羊皮卷上的七件物品之一，一定要收下。”

“叮叮……”何子天的植入式手机响起，他抬起手，拇指当听筒小指当话筒，“是我，三缺一？好，我马上到。”

话一说完，何子天一跃而起，身体灵活得不像一个六十多岁的老人家：“何想，我去谈一笔关系到移动、物联、电力和实体经济结合的四方生意，谈成就有饭吃了，中午饭你管自己就行，不用管我，拜！”

何想倒是想管何子天吃饭，只要何子天给钱就行。他愣了愣，摇头笑了：“算了，不和何老头一般见识，他犯病又不是一天两天了。得了，不管了，去全有集团一趟，吃饭第一。”

何想又试着摘下戒指，反倒更紧了，又仔细看了看戒指，样式平淡无奇不说，款式也是简单得可以，就是一个圆形的金属物品，而且还不知道是什么材质。

估计一文不值！

虽说在全有集团研究真纯物质，使黄金和铁、铝等金属的纯度达到百分之百之后，金属不再是以稀少程度论价格，而是以纯度为衡量标准，比如百分之百纯度的铁会比同体积的九分之九十九的黄金还要昂贵，但如果纯度一样，还是黄金要贵上许多。

手上的戒指明显不是黄金，甚至不是白银，不过也不太像铁、铝、钛一类的金属，何想轻轻敲击了几下，感觉像是木头又像是纸。

管他是什么东西，回头一定摘下来扔掉。他对戒指完全失去了兴趣，想继续和花锦年聊聊的心思无比强烈，回头看了一眼殷切盼望的平行空间：“好了好了，知道你饿了，我也饿了。等我回来，一定有好吃的。”

平行空间似乎不相信何想的话，叫了一声跳上柜台，卧在了羊皮卷上，眯上了眼睛。

何想转身想出门，还没来得及推门，从外面突然冲进来一个人，他跑得飞快，收势不住，一头就撞到了何想的怀中。

好景的大门是复古木门，有大约半尺高的门槛，一般人不习惯好景的门槛，被绊倒者不计其数。何想多次劝何子天换掉门槛，何子天就是不听。

结果来人结结实实地撞到了何想的怀中不说，还被门槛一绊，整个身子都飞了出去，狠狠地摔在了地上，而且还是四肢着地。

何想闭上了眼睛，这如果是顾客，不用想生意又黄了。

一阵疼痛传来，何想低头一看，胳膊上有一道被手抓过的痕迹，渗出了鲜血。肯定是刚才来人情急之下双手乱抓留下的，何想脑中忽然闪过一丝疑惑，何老头说他有血光之灾，还真被他蒙对了。这个乌鸦嘴，说什么来什么，为什么何老头不说他有艳遇呢？

才这么一想，何想正要上前扶起摔在地上的客人，身后突然传来一声呵斥："说了不让你跑你偏跑，连我的话都不听了，回头好好想想怎么死吧！"

是一个女孩的声音，清脆、灵动，并且带有一丝不容置疑的霸道。不等何想回身，身后便传来一声惊呼："哎呀，什么东西？谁敢袭警？"

随即何想感觉后背上重重地挨了一击，再也站立不稳，身子朝前一扑，顿时摔倒在地。

要是摔倒也就算了，何想从小摸爬滚打，摔一下不算什么，问题是身后来人慌乱之下紧紧地抱住了他，他本来可以就势原地打转化解摔倒之势，被人抱住之后失去了平衡，也和刚才的来人一样，直接四肢着地了。

不，他比刚才的来人更惨，因为他背上还压了一个人。

背后抱他的人不重，顶多九十多斤，但摔倒时的下冲之势再加上加速度，可就有点力度了。何想闷哼一声，差点没有背过气去。

更让他无语的是，背后之人抱他也就抱吧，还双手乱抓，生生给他抓破了几道口子，还真应了何老头所说的血光之灾。

"压死我了，你是讨债的还是要命的？"何想被人压在身上，用力支撑地面想要起来，"快下去，光天化日之下耍流氓，多不文明，况且你还是一个女孩子家。"

"你才耍流氓！"

何想感觉后背一轻，来人动作倒也利索，闪到了一边，只不过不等他反应过来就感到手腕一凉，一副手铐凭空出现，将他的双手铐住。

什么情况？何想眼睛都直了："喂，明明是你撞了我压了我占了我的便宜，你还铐我，还有没有王法了？"

"我是警察，我代表的就是王法。"

何想眼前一亮，一个短发、大眼、大耳的女孩出现在何想面前，她一身警服，英姿勃勃，灵动之外，又有几分飒爽之气。

"温之光，赶紧给人解开，别滥用职权。"摔在地上的人也站了起来，若无其事地拍了拍身上，"看看你刚刚撅着屁股压在人身上的样子，要不要这么老司机？绝对百分百的女流氓，哈哈。"他上下打量了何想几眼，猛然抓住了何想的双手，"你就是好景常在典当行的传承人？"

"我是好景的……大堂经理。"何想有点迷糊，"你谁啊？"

"我叫樊力，是七传人之一。"樊力挥舞了几下胳膊，露出了健壮的肱二头肌，"名如其人，我力大无比。对了老大，你叫啥？"

"我叫何想，等等，谁是你老大？"

"你呀，从现在起，你就是我樊力的老大了。"樊力哈哈大笑，抱起何想原地转了一圈，"总算不用颠沛流离居无定所了，以后跟着老大混，吃香的喝辣的，还有地方住，真不错。"

"你再等等……"何想凌乱了，"你、你说什么？你不是顾客？你要跟我混？你知道我是混什么的？"

"知道，当然知道了，你是我们七传人的老大。"

"老大个屁，我是混吃等死的。"何想晃了晃手铐，"既然不是顾客，说明你们无法给我带来生意，那么对不起了，请帮我打开手铐，我还得赶紧去找工作，要不就饿死了。"

樊力嘿嘿一笑，手腕一翻，手中凭空多了一把钥匙，他打开了何想的手铐："何老大，你刚才说什么我没听明白，你要去找工作？你是不是还没有觉醒？”

觉醒？何想脑中闪过浓浓的不解，今天是第二次听到“觉醒”了，难道真要有什么事情发生？他摇了摇头：“我早就睡醒了，昨晚睡得很好，一点儿也不迷糊。”

“完了完了，身为老大的你居然还没有觉醒，要不要这么悲哀？难道传承几千年的诺言失效了？”樊力不相信地拦住了何想，摸了摸他的肩膀和脑袋，“你是不是好景常在典当行的所有人？你是不是从小就生活在典当行？”

何想推开樊力的魔爪：“有话说话，别动手动脚的，还有你，上来先是压我然后铐我，就算是警察也不行，我要精神损失费。”

“信不信我打废你！”温之光收回手铐，扬手欲打，“还精神损失费？不让你赔我心灵受伤费就不错了。还有，你们的门槛太高了，不符合标准，我有权以有意伤害他人为名勒令你们关门你信不信？”

“信，你现在就勒令好了，怕你啊？”何想左手推樊力右手推温之光，“对不起，没时间奉陪了，我还有天大的事情要办，请吧。”

“你收留我就是天大的事情，除此之外，没有更大的事情了。”樊力一转身坐到了柜台上，顺手抱起了平行空间，“小猫咪，叫哥哥，哥哥以后就和你住在一起了好不好？”

平行空间回了樊力一个无比冷漠和鄙夷的眼神，挣脱他的怀抱，跳到了何想的怀中。

“好有个性的猫，我喜欢。”温之光双眼放光，伸手去摸平行空间的头，“来，姐姐抱。”

平行空间二话不说就跳到了温之光的怀里，一脸温柔和呆萌，还不断在温之光的胸前蹭来蹭去，温之光大喜：“樊力快看，它喜欢我，真有品位。”

“它叫平行空间，是男猫，只要是女的它都喜欢。”何想冷冷一笑，

“二位，可以请了吧？”

“走就走！”温之光放下平行空间，回敬了何想一个凶恶的眼神，拉起樊力就走，“我早就说了，什么七传人，什么典当行，都是以讹传讹，都是神话传说，你还当真了？脑容量严重不足。别怕，有我保护你，就算对方再厉害，能厉害过我？”

“不行不行，何想就是我的老大，我是一个信守承诺的人，既然有使命在身，就必须履行。”樊力回身抱住了何想，“何老大，我的使命就是跟在你的身边，让你保护我的安全……”

“……”何想心中说不出来的厌恶，一个大男人小鸟依人状抱着他的胳膊不说，还让他这个连饭都吃不上的人管吃管住还要保护他的安全，这是什么老大？这是老妈子和保姆好不好？

正在此时，门猛然被人从外面踹开，五六个人从外面冲了进来。来人清一色的黑色西装黑色眼镜，再加上黑皮鞋黑领带，黑压压的俨然是一片黑暗森林。

几人进来后，最后一人随手关上了门，呈犄角之势将何想三人包围在了中间，动作整齐，配合娴熟，显然是经验老道的专业人士。

“是不是呀？要不要这么悲哀？都追到好景来了。”樊力阴阳怪气地叫了一声，二话不说躲到了何想身后，“老大，就是他们想要抢我的腰带。”

“他们是谁？什么腰带？”何想对樊力和温之光没好印象，尽管温之光相当漂亮，但二人一出现就让他摔了一个大大的跟头不说，还带来了几个来历不明的黑衣人，很明显黑衣人不是好人。

“他们是黑衣人。”樊力的话说了等于没说，他却不自知，解下腰带交到了何想手中，“老大，腰带典当了，条件是管吃包住保平安。”

那是一条黑乎乎看不出什么材质的腰带，没有丝毫的出奇之处，拿在手中不轻不重，不像金属也不像皮革，如同木头一样的触感和纸一般的质感，何想哭笑不得："什么情况啊这是？"

黑衣人为首者是一个相貌冷峻却头发稀疏的男人，原本一身合体的西装为他加分不少，可惜地中海式的发型配合他西装革履的造型以及严肃的表情，颇有几分滑稽。他向前一步，伸出右手："腰带给我，我们相安无事。"

"一条破腰带有什么值得抢的？给你。"何想将腰带随手一扔。

对方一愣，没想到得来如此容易，当即大喜，弯腰伸手去接。然而腰带明是被扔出，其实何想使了巧劲，将腰带抛向了身后。

樊力正在他的身后。

樊力伸手接住，纵身跳到了柜台里面，嘿嘿一笑："老大有一套，我喜欢。"

"有个屁一套。"温之光不耐烦了，挡在何想面前对地中海喝道，"警察，你们是什么人？"

地中海眼中闪过一丝愠怒，回身朝几名黑衣人微一点头，几人回应了地中海一个心领神会的表情，其中二人朝何想扑去，二人朝温之光逼近，地中海则绕过何想和温之光，朝樊力而去。

何想心知不妙，忙举起双手："有话好好说，我这是小本生意，不偷不抢不骗，你们不要乱来。再乱来，我就报警了。"

没人理会何想，二人突然暴起，一左一右夹击何想。

何想着实吓得不轻，他坑蒙拐骗多年，靠的是聪明和三寸不烂之舌，拳脚功夫一向稀松平常，何况对方步伐坚定眼神坚毅，明显身手不凡，是专业人士，他后退几步便靠在了柜台上，退无可退了。

"君子动口不动手……"何想想要息事宁人，"再说你们之间的事情和我无关，为什么要拉我下水？这不公平！不要过来，再过来我就还手了，别以为我怕你们。"

对方才不理会何想的虚张声势，其中瘦弱的一人伸手抓住了何想的肩膀，猛一用力就把何想提了起来。

“啊！”躲在后面的樊力见何想只一个回合就被对方扔了出去，惊恐而失望地瞪大双眼，“如果我不是认错了人，就是几千年传承下来，血统不纯了，要不要这么悲哀？这么弱的老大，要来有什么用？”

何想一个回合就被扔得飞了起来，相比之下，温之光就厉害多了，两个围攻她的黑衣人还没有近身，就被她一拳打倒一个，又一脚踢飞一个。放倒两个身强力壮的大汉，她只用了不到五秒钟的时间。

何想人在空中亲眼目睹了温之光的身手是如何了得，惊恐得张大了嘴巴，一个“好”字还没有出口，人在空中一个翻转，稳稳地落在了地上。

第二章　守护者

为了防止七家传人的后代在代代传承中流落各地而失去联系，七仙人推举一家为首成为守护者，成立了名为好景常在的典当行，意为地球好景人间常在。

“好！”樊力忍不住大声叫好，他还以为何想会摔一个大大的跟头，不是鼻青脸肿就是掉几颗门牙，没想到何想的落地姿势这么有型，顿时又恢复了几分信心，“要不要这么潇洒？老大就是老大，这身手明显是传承而来，很像是仙人指路里面的凌波微步……”

樊力一边说一边跑，躲避地中海的追赶，地中海绕着柜台转了三圈之后，终于忍无可忍地一脚踢翻了柜台：“交出腰带，保证不会为难你。”

“要不要这么无赖？”樊力回头一看，没有退路了，他迅速系上腰带，“信不信我把你们一拳打到人格分裂。”

“你一边儿去，我来。”放倒了两人的温之光一闪身来到樊力面前，一拳打向地中海，“你先走，车在外面。”

“不走，我要追随老大。”樊力朝何想嘿嘿一笑。

何想一脸苦笑：“温之光，温警官！为什么不来帮我？我才是最无辜的受害者。还有你，樊力，你最无赖了。”

“从小在缺爱的环境里长大，又以打黑拳为生，老大，你说我要是不无赖还能活到今天吗？活不到今天就见不到你，见不到你就不知道自己的人生意义在哪里。”樊力嘴上说得好听，却双手抱肩坐在了柜台上，并不前去帮忙。

两个黑衣人见何想安然无事，对视一眼，同时朝何想扑去。何想大惊：“老大有难，樊力快来。”

“对不起了老大，樊力投靠老大是来求老大保护的，不是保护老大的。”樊力跳到了桌子上，居高临下地看着他嘿嘿一笑，“要不要这么爽？坐山观虎斗最有意思了。”

地中海恶狠狠地瞪了温之光一眼：“温之光，你非要多管闲事吗？你一个小小的警察，抓好小偷维护好治安就行了，不要自不量力非要插手我们的事情。”

“警察的职责就是抓坏人，我管你们是谁，你们只要办坏事被我遇到了，我就要抓你们。”温之光拍了拍身上的配枪，“我不用动枪就能轻而易举地收拾了你们，哼，你们一个也别想跑。”

“温之光，别怪我没有提醒你，你会后悔的。”地中海猛然朝温之光扑了过去，势如猛虎。

温之光毫无惧意地迎了上去，只一个照面就一拳打在了地中海的脸上，地中海原地打了一个转，扑通一声摔倒在地。

“这么厉害？”何想惊呆了，没想到看上去三分文弱三分文静的温之光竟然有四分野蛮，他忙不迭向温之光求救，“温警官，我是守法民众，合法纳税人，快来救我。”

此时却已经晚了，一瘦一胖两个黑衣人一左一右朝何想抓来，何想慌乱之中躲开了左边的一拳，却没闪过右边的一脚，被一脚踢在屁股上，朝前猛然一扑，要不是抓住了门框缓冲了一下，他铁定摔一个狗啃泥。

“温警官，救命！”何想急得大喊，两个黑衣人却不管不顾，继续朝他攻击。

“喵！”平行空间嘶叫一声，从天而降，落在了胖黑衣人的头上，运爪如飞，瞬间在他的脸上抓了十几下，把他抓得鲜血淋漓。

“关键时刻，人不如猫。”何想感慨之余，顺手抓住一把战国年间的青铜剑，一剑刺向了另一个瘦黑衣人。

被猫抓得满脸开花的胖黑衣人恼羞成怒，将平行空间抓在手中，用力扔了出去。平行空间被重重地摔在了墙壁上，发出一声惨叫。

“平行空间！”何想被彻底激怒了，一直以来平行空间对他虽然傲慢又漠然，却是何子天不在时他唯一的陪伴，他无法忍受胖黑衣人对一只猫痛下毒手，双眼通红，猛然跳了起来，一拳打在了胖黑衣人的肚子上。

胖黑衣人猝不及防中了一着，脸上流露出难以置信的神情，捂着肚子坐在了地上。

瘦黑衣人一时愣在当场，他一击落空，见何想竟然打倒了胖黑衣人，呆立片刻，怒吼一声，双拳齐出。

何想却只顾脚步踉跄地来到平行空间面前，丝毫不理会身后瘦黑衣人的全力一击。温之光暗骂一声：“傻瓜！”想要救人也来不及了，当即掏出手枪，一枪击中了瘦黑衣人的大腿。

瘦黑衣人应声倒地。

温之光一开枪，其他四名黑衣人蓦然变色，几人同时掏出一件类似天线的东西，轻轻一按，天线火光四射。

“增强器，小心，他们要变身了！”樊力跳了起来，“不行，你们不是他们的对手，要不要这么无奈？非逼我出绝招不可！我是听话的好孩子，祖训说，非到万不得已不能使用腰带。”

一边说，樊力一边系紧了腰带，他刚跳下柜台，场中情形已然大变！

几个黑衣人手中的天线火光一闪，几人如同同时接通了电源一般，就连中枪倒在地上的瘦黑衣人也从地上一跃而起，犹如没有受伤一般灵活。

温之光吃惊地瞪大了眼睛。

更让她吃惊的事情还在后面，五个人的眼镜同时变成了手机屏幕一般，上面闪过一阵绚丽的光芒，随后地中海向前一步，一拳打在了挡在他面前的一个青铜方鼎上。

青铜方鼎重逾千斤，虽是仿制品，却是实打实的青铜制造，竟被地中海一拳打得变形并且飞出数米开外，方鼎上赫然有一个拳印。

何想和温之光震惊得目瞪口呆！

这还不算，何想刚才慌乱之中丢在地上的青铜剑被瘦黑衣人捡起，他轻蔑一笑，屈指轻轻一弹，青铜剑应声断为两截！

这还是人吗？何想吓得直冒冷汗，牙齿打战地问道："樊、樊力，他、他们是什么东西？"

"强化人，肌肉强化和毅力强化，应该是服用了黑市的基因修复强化剂。"樊力故作深沉地叹息一声，"知我者谓我心忧，不知我者谓我何求？我本想做一个安静的美男子，与世无争，安稳度日，偏偏因过于优秀而总是被人追杀，要不要这么忧伤？我只想追随老大，不想打打杀杀……"

"废话真多，跟个女人似的。"温之光极度不满地白了樊力一眼，好像她不是女人一样，"不要装神弄鬼，装腔作势，要打就打，啰唆个毛毛熊！"

话一说完，温之光飞身而起，一脚踢向了地中海。

"别！"樊力刚刚系好腰带，才向前迈出一步，却见温之光已经冲到了地中海面前，便捂住了眼睛，"我什么都没看见。"

温之光如脱弦之箭，似乎一脚就可以踢飞地中海，毕竟地中海是她的手下败将，不料她人在半空，亲眼目睹了让她终生难忘的一幕——地中海诡异地一笑，右手随意一挥，像打一只苍蝇或是驱赶一只蚊子一样轻轻地打在温之光的脚上。温之光感觉一股排山倒海般的大力传来，身子在空中转了两圈之后，又斜斜朝何想飞去。

正被突如其来的变化惊得呆立当场的何想只来得及说了一句"怎么又是我"就被温之光再次砸中，仰面倒在了地上。比上次更狼狈的是，温之光这次是骑在了他的身上。

何想顾不上谴责温之光对他的非礼，问道：“他们是变超人了？”

“不，他们顶多算是强化人，而我……才是超人！”樊力系好了腰带，仿佛腰缠十万贯骑鹤下扬州的土豪一般瞬间气势大涨，迤迤然朝前迈出一步，嘿嘿一阵怪笑，“要不要这么欺负人？非逼我出绝招，你们死定了。”

几个黑衣人排成一列，手中天线火花闪耀，随后呈包围阵形朝樊力一步步逼近。

何想绝望之下抱住了温之光：“节哀顺变！”

“放开我，流氓！我要帮樊力！”温之光推开何想，起身想要去帮樊力，却一个踉跄险些摔倒，还好何想手疾眼快扶住了她。

她脚上受伤不轻。

樊力一改之前的猥琐和退让，他深吸了一口气，眼中闪过自信的光芒，甚至还做了几个拉伸动作，然后后退几步，嘿嘿一笑：“要不要排这么整齐？吓唬鬼呢？我数一二三，你们再不走就别怪我出绝招了，一……”

“一”刚出口，樊力的腰带忽然闪过一道红光，他飞身跃起足足两米高，落地之后，一拳砸在了地面上。

地中海等人身形猛然一滞，停顿了大概三秒钟后，地面以樊力为中心突然涌现出一层波纹，如同平静的水面上突然出现的涟漪一般。

涟漪一闪就到了地中海几人的脚下，几人犹如触动了机关的弹簧一样飞身而起，重重地撞在了房顶上，随后又一个个跌落地面。

所有人当即倒地昏迷不醒。

“不是吧？”何想以为是在看科幻电影，刚才的一拳平淡无奇，怎么会有如此巨大的威力？退一万公里讲，樊力既然这么厉害，刚才为什么一直跟兔子一样被人追着打？

要是樊力早些还手，平行空间就不用死了。

温之光本来已经站了起来，正要出手帮助樊力，却被眼前的一幕惊得瞠目结舌，接连后退几步，一屁股又坐在了何想的身上。何想惨叫一声，感觉腿快要断了。

樊力无奈地摇了摇头，一副悲天悯人的样子："要不要这么暴力？非逼我出手不可，早就说过了，我不喜欢动手打人。"

话刚说完，又有数名黑衣人从门口涌了进来，黑衣人的中间簇拥着一个三十多岁皮肤黝黑的男子，他头发很短，目光沉静，瘦削的脸庞坚毅而有棱角，只穿了一件T恤的他露出了身上的肌肉。和樊力过于雄壮不同的是，他拥有的是近乎完美的健壮身材，就是个子有些矮。

"樊力，你就算跑到天涯海角，只要你使用腰带，我就能发现你的能量波动。"T恤男冷峻而漠然的眼神掠过何想和温之光，在二人身上几乎没有停留，"交出腰带，你就不会有事，也不会伤及无辜。"

"王重，你一路从地下拳市追到典当行，是非要逼我对你出手不可？别以为我怕你，我只是不想和你手足相残而已。"樊力收起之前的嬉皮笑脸，一本正经的样子还真有几分唬人，不过他只坚持了不到一分钟就又恢复了嘻嘻哈哈的样子，"好歹我们祖上也是亲如一家，要不要这么步步紧逼？要不这样，我们回地下拳市再打一次，我不用腰带你不用手环，谁输了谁当孙子。"

王重摇了摇头，一脸漠然："七传人中竟会有你这样的后人，交出腰带！"他缓缓伸出右手，右手之上戴了一个似乎是手串却又像手镯一样的东西，同样是黑黑的颜色，却蓦然闪出一道黄光。

在王重手环黄光一闪的同时，樊力的腰带同时发出了红光，黄光闪一下，红光像是回应一样，也闪一下。黄光闪两下，红光也同样闪两下。

"这是闪光比赛？"何想有点摸不着头脑，却见跟随王重一起进来的几个黑衣人在黄光刚闪之时，脸上都露出了痛苦的表情，而黄光闪两下之后，所有人都站立不稳，腿一弯都坐在了地上。

而在黄光闪三下之后，坐在地上的黑衣人个个大汗淋漓，坐都坐不直了，如同背负了千斤重物一样趴在了地上。

从花锦年出现以六十亿收购好景，到何子天回来一口拒绝，还说好景价值远超整个全有集团，再到樊力和温之光的出现，最后到现在樊力和王重对峙，今天一天发生的事情比何想过去将近三十年的人生还要精彩百倍以上！

樊力怎么可能一拳打飞这么多人？而王重又为什么能让他身边的黑衣人都趴在地上起不来？尽管不知道到底是怎么一回事，但就是傻子也能看得出来古怪就出在樊力的腰带和王重的手环上面。

等等，腰带和手环？何想目光一闪，落在了远处柜台的羊皮卷上。对，他想起来了，羊皮卷上的七件物品中就有腰带和手环！

神仙？七传人？守护者和召唤者？何想脑中一连串的疑问如潮水般涌来，他忽然害怕了。

是的，他不是兴奋和期待，而是害怕！想他从小跟着何子天长大，学的是坑蒙拐骗，除了油嘴滑舌看人下菜之外什么都不会，可以说一无是处。他最大的梦想就是混吃等死，找一个好看的女朋友，天天黏在一起，用一句古话说就是——三十亩地一头牛，老婆孩子热炕头。

谁能想到，他的人生突然之间就全部崩盘了，他来不及想明白到底是怎么一回事儿时，却明白一点，他是最后一个不知情的人。

何子天、樊力以及王重似乎都知道一些什么，不，不是一些，而是很多。

从小鉴定宝物无数的何想忽然发现他以前的经验都不够用了，很明显，樊力的腰带和王重的手环都是好东西，看不出来是什么材质，但造型纯朴，很像是远古的文物，可是接触过无数文物、古董的他从来没有见过如此奇怪或者说诡异的东西。

古董都是古代流传下来的东西，贵在稀有，而樊力的腰带和王重的手环却又像是最新的尖端科技产品，何想也大概能猜到黄光和红光闪耀之间是在释放能量——可以让人站立不稳并且无法抵抗的巨大的能量！

可是远古的文物怎么又会是尖端科技产品？又一想，也不对，全球最顶尖的科技集团全有集团也生产不出来如此厉害的科技产品，不说如何才能驱动腰带和手环释放能量，只说腰带和手环这么小的体积里面也容纳不了大容量的超能电池。

没有电池，如何转化能量？现在的电池技术虽说已经先进到了充电一分钟可以让汽车行驶一千公里的程度，但还是没能完全解决体积和容量成正比的问题。以腰带和手环的体积与大小计算，就算是全有集团最高端的超能压缩能量电池，也不足以产生可以让四五个男人倒在地上起不来的能量。

更不用说能量的原理和作用力是怎么产生并且施加的了。

何想无论如何也想不通，不过他却想通了一点，腰带和手环都是宝贝，价值连城不说，可能还举世无双。

可是为什么他和温之光感觉不到异常？或者说，感觉不到施加在身上的能量？再看被樊力震昏的几个人，虽然还没醒来，但也可以看出一切正常。怎么这么奇怪？何想又观察了一下他和温之光以及倒地不起的几人所在的位置，恍然大悟，他们的位置在樊力和王重的五米开外。

距离的远近影响到了作用力的施加，肯定是了，最简单的物理学的道理何想还是懂一些的。不过……不管腰带和手环是什么神奇的宝贝，如果只有五米的有效攻击范围，那也太搞笑了，要是像他一样跑得比兔子还快，岂不是没什么用处了？

何想想得多，温之光就不同了，她见樊力和王重隔空过招，并不真刀实枪地交手，便一把推倒何想跳起来冲了过去："你们到底打不打？不打的话我可就出手了。你、你，还有你，涉嫌聚众闹事，全部跟我回公安局……"

"别过来。"樊力大急，左手伸手猛然朝温之光挥出一拳，虚空可见如涟漪般的波动朝温之光袭来，温之光来不及防备，被涟漪击中。

能量犹如劲风扑面，温之光呼吸为之一滞，身子如狂风中的树叶般原地打了几个转，一头摔倒在地上。

樊力原本不想温之光进入他和王重较量的受力范围之内，不料，在王重的逼迫之下，自己的威力大减不说，力度也拿捏不准，结果温之光只是被扫中而不是被荡开，竟然摔在了受力范围之内。

温之光还没有来得及诧异为何樊力随手一挥就能让她站立不稳摔一个跟头，倒地之后本想一跃而起，这以她的身手来说本是再平常不过的小事，不想身子却如入泥潭，犹如背负千斤重物一般，别说站起来了，就连动上一根手指也如登天之难！

“啊！”温之光惊恐万分，怎么会有如此怪事？周围明明除了空气空无一物，可是为什么她却无法动弹？为什么会这样？

正在此时，更让她吃惊的一幕发生了。樊力本来看上去和王重势均力敌，但由于分心阻止她的缘故，被王重抢占了先机——王重朝前迈出了一步，樊力原本站得笔直的身子猛然一弯，额头上渗出了汗珠。

温之光想说什么，张了张嘴，发现连说话都吃力了，身上的压力愈加重了几分，感觉有一股巨大的吸附力将她牢牢地固定在地上，又惊又恐。活见鬼了，到底是什么情况？

樊力强撑着不被压弯，片刻之间便浑身湿透，却依然咬牙坚持。腰带红光闪动的频率越来越快，却又越来越暗，他脸涨得通红，腰继续弯了下去，左手支在了地上。

温之光感觉自己快喘不过气了，即使是趴在地上，胸膛似乎也承受不住后背的重压了，她甚至听到了自己骨骼咯吱作响的声音。完了完了，估计是快要死了，竟然是自己被自己压死，和蠢死也没什么区别了。

都什么时候了还有心思开自己玩笑，温之光忽然发现原来她也有幽默的一面，只不过她想笑都笑不出来，脸上的肌肉也不受控制了，越来越胸闷气短。她喉咙一甜，一口鲜血喷了出来，眼睛一闭，昏死过去。

“温之光！”樊力大喝一声，用尽全身力气缓缓地挥出了右手，一拳打向了王重。

王重侧身想要躲过，却晚了一步，还是被涟漪波及，只见他身子一晃，后退数步。

樊力身上压力顿时大减，当即又挥出了一拳，王重再次躲闪，却还是被涟漪的余波触及，身子再次一晃。

樊力身上的压力大减，得势不饶人，既而双手齐出，逼得王重连连后退。王重一失先机，只能被动应战，连连催动手环释放空间重力控制想要再次束缚樊力，却在樊力一波又一波的攻击下失手。

然而因他释放重力控制束缚樊力而被累及的几个黑衣人，此时也重新站了起来，几人朝樊力围攻。樊力大发神威，一拳一个将几人打飞，不过趁樊力分心之际，王重重新获得了还击的时机，束缚力定向释放，将樊力困在了其中。

不过也只能将樊力困住，却不能奈何得了他。

二人再次呈现势均力敌之势！

何想在一旁看得目瞪口呆，不敢向前半步。他无法想象为什么真实的世界和他认为的世界大相径庭，更不敢尝试加入战团之中。

温之光醒了过来，她一擦嘴角的鲜血，二话不说飞身跃起，朝王重踢去。王重想要躲闪，樊力却加力反击，两害相权取其轻，他只能选择硬扛温之光的一脚！

何想虽不敢加入战团，却也盼望樊力和温之光能够获胜，他和双方都不熟，却莫名在心理上还是偏向樊力和温之光，也不知是因为樊力叫他老大，还是因为温之光长得非常漂亮。

就在温之光的右脚即将落在王重的左脸之时，仿佛有人按下了暂停开关，所有的一切都不可思议地瞬间停止了——王重因要承受温之光的一脚而紧闭嘴巴，鼓起腮帮睁大眼睛的样子定格成了一幅画面，而樊力也是双拳齐出，双臂弯曲向前，弓着身子一动不动，犹如一个凝固的雕像。

如果说王重和樊力的定格还不足以让何想震惊，那么温之光人在半空之中悬空而立，脚尖离王重的右脸只有十厘米之遥，一脸坚决、身子绷紧地飘在空中，既不前进一寸也不落地的模样，就让他惊得目瞪口呆，简直不敢相信自己的眼睛！

何想用力揉了揉眼睛，确信眼前发生的一幕不是做梦，他只见过可以定格的电视和电影画面，还从来没有目睹过可以定格的生活中真实的场景。

这是哪里出了差错还是所有人都故意不动给他开了一个天大的玩笑？

不对，别人可以假装，温之光却假装不了，她是人不是鸟，不会飞在空中不落地。

世界到底是怎么了？何想虽然知道自己并不是科技达人，却也知道在目前的科技水平之下，还没有实现人类不借助外力就可以飞空的技术，更何况温之光完全是凭空飞行！

尽管没有镜子，何想也完全可以想象他现在的样子——呆若木鸡。

此时大门无风自开，一个一身白衣的女子飘然进来。对，是飘然，她明明双脚踩在地上，却如同凌空飞行一般悄然现身，轻若无物地来到了樊力几人中间。

如果说温之光的漂亮是明艳而阳光的春天，那么她的美丽就如明净而冷清的秋天，春光灿烂而明媚，秋光宁静而辽远。她并不多看何想一眼，或许在她眼里，一动不动的何想也和别人一样，都被定格了。

她修长而白皙的脖子上挂着一串项链，项链多半是全有集团最新研发出的真纯黄金所制，红里透黑的色彩有一种遥远而神秘的深邃感。而最引人注目的还是吊坠——与项链的夺目和珍贵相比，吊坠毫不起眼，不但造型古怪，没有美感，色彩也是漆黑如墨，如同烧焦的木头。

咦，为什么和樊力的腰带、王重的手环如此相似？何想心中闪过大大的疑问，不等他细想，只见女子来到樊力面前，右手轻轻一翻就要解下樊力的腰带。

樊力依然张口结舌，眼睛都不曾眨上一下，也不知是不知道发生了什么，还是知道却没有办法反抗。

何想离几人有三五米远，他原本的想法是离得越远越好，如此可以避免惹祸上身，不过见女子想要拿走樊力视若珍宝的腰带，他不干了。毕竟樊力想要将腰带交与他保管，原先他当腰带是没用的废物，现在知道是宝物了，自己的东西岂能让别人在自己的眼皮底下抢走？

何想一跃而起，动作之快，连他自己都吓了一跳，只一个箭步就来到了女子身后。而女子将全部的注意力都放在了腰带之上，浑然不知身后多了一人。

也是她自认在她释放能量之时，不会有人可以行动自如。

就在女子的手指刚刚触及到樊力的腰带之时，蓦然感觉肩膀上多了一只手。这一惊非同小可，她当即惊呼一声，猛然朝前迈出一步，回身一看，更是无比震惊。

身后站有一人，穿着普通，虽长得还算不错，眉眼之间却流露出调戏的神情。

她自从觉醒以来还从未遇到如此惊人的怪事，受到的惊吓程度不亚于她刚刚觉醒的那一刻。

“你，你怎么可以行动自如？”她的声音都有几分颤抖了，“你是谁？”

“我又没病，又没人绑了我，怎么就不能行动自如了？”何想嘻嘻一笑，猛然向前一步，来到了女子身前一米之内，“我还想问问你是谁呢，为什么来我的典当行抢我的东西？”

“你的典当行？你是何想？”女子惊吓之余慌忙后退一步，离何想远了几分，“我是花流年，我没有抢你的东西，樊力的腰带本来就不属于他，他本该归还我，却不信守承诺。”

“归还你？难道樊力抢了你的腰带？”何想正好站在温之光的身边，温之光还保持着飞脚踢人的姿势，她凝固的表情既坚毅又可爱，他忍不住伸手捏了捏温之光的脸蛋，“好玩，真好玩，他们是怎么了，是不是你在暗中捣鬼？你是花流年？花锦年的小妹？全有集团的千金？”

何想没有注意到的是，就在他的手指触到温之光脸蛋的一瞬间，他手上的戒指迅速闪过一丝红光，极其微弱而短暂，以至于他和花流年都没有发现。

“为什么摸我脸蛋？”一动不动的温之光突然就动了，她扬手打了何想一个耳光，“流氓！色狼！浑蛋！王八蛋……”骂完才发现她人在半空之中，顿时吓得手舞足蹈。

“我……”话未说完，“扑通”一声摔落在了地上。

与此同时，樊力和王重也能动了。二人如梦方醒，愣了片刻，同时驱动腰带和手环，却不约而同地发现二人的能量同时失效了。

能量失效对樊力来说是好事，毕竟樊力本身也孔武有力，他当机立断，一拳打中了王重。王重被打得后退几步，想要反击，却又被樊力的第二拳击中。

樊力出拳如风，王重招架不住，连连后退，再也没有了刚才从容不迫的风度，十分狼狈。和他同来的黑衣人也纷纷起身，朝樊力围攻而来。樊力毫无惧色，以一敌十，竟然丝毫不落下风。

温之光摔倒之后也从地上一跃而起，加入了战团之中。黑衣人见势不妙，纷纷拿出增强器，不料却发现，所有的增强器都失效了。在他们愕然之际，温之光出手如风，片刻之间就打倒数人。

温之光和樊力联手，所向披靡，王重加上近十名黑衣人也不是他们的对手。

王重被打得鼻青脸肿，连连惊呼：“小姐，是时候了！快定格他们！”

花流年连连催动能量，却毫无作用：“不行，失效了！”

“我的也失效了，这典当行有古怪。”王重接连释放空间束缚能量却发现全无作用，心中无比震撼，在听到花流年的时间静止也失效后，心想多半是典当行所在空间的缘故，怪不得花董要不惜一切代价收购典当行，好景常在典当行宁肯亏损也不关门，原来背后还真有深层次的原因，

“小姐，是时候撤退了。”

“走！”花流年知道时机不对，当即飘然后退数步，在几名黑衣人的掩护下夺门而去。

“花小妹，先别走，我们应该好好聊聊……”何想追出了门外，却被几个黑衣人拦下，他只能冲花流年飘飞如流光的背影大喊，“流年小妹，如果你和你哥还想买典当行，价钱好商量。”

花流年在一辆全有集团自己出品的全有汽车前面停下，回身嫣然一笑：“好呀，何哥哥，等我约你。”

“闪开，好狗不挡路！”温之光急于追赶王重和黑衣人，不料何想正好挡在门口，她用力一拉何想，“见到美女就流口水，你可真有出息！”

“谢谢夸奖。你也听到了，是花大小姐主动约我，可不是我约她。”何想嘻嘻一笑，让到了一边，“温警官，别追了，追不上了。”

樊力也追了出来，才跑两步，听何想这么一说，当即停下了脚步：“老大说不追就不追了。”

温之光一个人奋力追赶，最终抓获了两个黑衣人，在她呼叫过来的同事陆七的帮助下带回了警局。

临走前，温之光苦口婆心地劝了樊力半天，保证不但负责樊力的吃住，不再追究樊力打黑拳的污点，甚至还要负责为樊力安排一个不错的工作。樊力坚决不肯离开，说他以后就赖在好景不走了，他既然认了何想当老大，一日为老大终身为老大。

何想却不想收留樊力，虽然樊力的腰带是宝物，但他实在穷得连自己都养活不起了，没有办法再多养活一个人。不过他有好多疑问要问个清楚，就决定等问清之后再找个理由一脚踢走樊力了事。

当然，腰带得留下。

好景又恢复了平静，刚才一番打斗虽然激烈，还好并没有打坏多少东西，简单归置一下，大堂又恢复了原有的样子。

可惜平行空间却已经活不过来了，何想抱着平行空间黯然垂泪半天。

“说吧，你到底是谁？为什么非要赖上我？还有，什么是觉醒？”何想关了门，又觉得不放心，还上了锁，他坐在柜台里面，让樊力坐在外面，腰带就摆在二人中间的柜台上，和羊皮卷放在一起。

“老大，你真的什么都不知道？要不要这么无奈？”樊力虽然对何想的无能很失望，觉得何想远不是他想象中玉树临风、高大威猛的模样，而是既不如花锦年英俊又不如自己高大，不过何想受到的传承还是让樊力铁了心要留下来，他就想知道为什么这么笨的何想会是七传人的守护者，“来来来，我们好好聊聊……”

“聊什么呢？”冷不防一个声音吓了樊力一跳，一个人影从后门一闪进来，动作敏捷地来到樊力身边，一拍樊力的肩膀，“小伙子不错，身强力壮，能干苦力。”

樊力打量来人一眼：“要不要这么自来熟？你谁呀？”

“我？”何子天嘿嘿一笑，自顾自坐在了樊力的身边，“我是你老大的师父何子天，你可以叫我何爷。”

“何……爷？”樊力瞥了何想一眼，见何想一脸鄙夷理也不理何子天，顿时心下明了，也嘿嘿一笑，“何爷既然是老大的师父，刚才出事的时候，怎么不见你老人家出手？”

“江山代有人才出，现在是你们年轻人的天下了，事事都要我们老人家出面，你们怎么成长？”何子天搂住了樊力的肩膀，“看样子，你也是七传人之一了？”

樊力顿时眼睛一亮：“是，是，你也知道七传人？不对，为什么你知道老大却不知道？要不要这么悲哀，你是不是既没有教他本事，又没有告诉他传承？你这便宜师父当得也太不称职了。”

“话不能这么说，时机不到，以他的智商承受了超出他理解范围之外的真相，会让他大脑短路并且崩溃，甚至变成智障。”何子天无比怜悯地看了何想一眼，“早上出门的时候，我和他简单地说了几句他的与众不同，结果他还不信。现在时机正好，来来来，好好聊聊我们祖先的丰功伟绩。”

何想不理何子天和樊力，默默地将平行空间的尸体装到一个木盒里——正是装羊皮卷的木盒——又郑重其事地将木盒封好，准备好好安葬它。

何子天不无鄙夷地撇嘴笑了笑，摇了摇头："白培养他这么多年了，我老人家一直教导他要心狠手辣才能成就大事，不能有妇人之仁，他倒好，坑蒙拐骗的本事是学了一些，却总是改不了爱惜花草、喜欢小动物的毛病。"

"我也喜欢小动物。"樊力顶了何子天一句，"要不要这么绝对？成就大事和爱惜花草、喜欢小动物并不冲突。"

"好，不冲突，不冲突，受不了你们年轻人古怪的想法。"何子天右手激活了左腕上的电子屏幕，点了几下，嘿嘿一笑，"刚才我老人家和人打牌，有手感有质感的实体牌，可不是你们年轻人玩的是电子牌，赢了三千块，又够吃几天了。刚才下单要了分合食原料，十分钟内送到。可怜我一大把年纪了，还要养你们两个年轻人，真是造孽呀。"

樊力开心地搓了搓手："何爷您不用担心，我又听话又不挑食，好养活。"

"何想，赶紧过来。"何子天见何想没有什么表示，不由得怒了，一拍柜台，"你都三十岁了，是时候知道你到底是谁了。"

何想在后院埋好了平行空间的尸体，无精打采地坐到了何子天的对面："说吧，何老头，你还想再编什么故事？不管你再怎么忽悠，反正我已经下定了决心，卖了好景去跟花锦年混，好歹也能活下去。"

"等我说完你就不会卖好景了，更不会去找花锦年。"何子天抓起他最爱的紫砂壶抿了一口茶，一脸陶醉，"事情要从五千年前说起……"

何想转身就走。他太了解何子天了，何子天一生三大特长，一是坑蒙拐骗，二是厚颜无耻，三是信口开河。一听要从五千年前说起，怕是说上三天三夜也没有尽头，他才没有时间奉陪。

樊力却身子一纵，拉住了何想："老大，不开玩笑，你还真得听听五千年前的一个传说……”

何想挣脱不了樊力的拉扯，只好坐了下来，以为他会再次听到一个不着边际胡说八道的故事，不料却是一个让人无论如何也没有想到的真实的传奇。

五千多年前，有一名来自仙星的叛逃的黑衣仙星人在逃亡之时，因慌不择路无意中通过空间通道来到了地球。他来地球之时是通过超纯度物质驱动时释放出来的巨大能量打开的空间通道，但地球却只是三阶文明，不管是纯净度还是磁场力，都不足以支持他的超纯度物质从低维度的地球打开通向高维度世界的空间通道，非要强行打开的话，超纯物质会大量吸取地球的磁场力而导致地球磁场力枯竭，地球会因此而毁灭。

黑衣仙星人为了离开地球，才不会在意地球生灵涂炭，正当他全力驱动超纯度物质法宝要强行打开空间通道时，追捕他的七名仙星人也来到了地球，阻止他绑架地球人类的行为。双方打在一起，从山上打到海上，又从东方打到西方，无数古人都亲眼目睹了当时的场景。

战斗到了最后，七人终于联手将黑衣仙星人打成重伤，黑衣仙星人无力再驱动超纯度物质法宝强行打开空间通道，却藏匿了身形，隐藏在了人类之中，让七仙人再也无法找到他的下落。

七仙人经过恶战之后发现，由于在地球上滞留时间过长，再加上地球物质和能量层级较低、难以维持他们身体的能量，反而会造成污染，导致他们不能长生，可以驱动法宝的能力越来越弱。除非离开地球，否则他们就会和地球人一样死亡。尽管七人联手还是可以打开空间通道，但为了防止黑衣仙星人恢复之后再次作乱危害地球，七人决定哪怕一死也要留在地球。

黑衣仙星人和他们一样，也因被地球污染而无法长生。为了确保万无一失，七仙人在地球各自成家，留下了后代，并将超纯物质法宝传给了子孙，留下了祖训，如果黑衣仙星人的后代想要再次打开空间通道，七家后代必须各持法宝到一处地点集合，因为只有七传人联手才能打败黑衣仙星人的后代。

为了防止七家传人的后代在代代传承中流落各地而失去联系，七仙人推举一家为首成为守护者，成立了名为好景常在的典当行，意为地球好景人间常在。他们约定一旦有了黑衣仙星人后代打开空间通道的异动，七传人必须第一时间汇聚到好景常在典当行，将传承的法宝交由典当行保管，并且团结在一起，共同对付黑衣仙星人的后代。

随着一代代的传承，仙星人的基因受地球人基因的拖累，驱动超纯法宝的能力一代不如一代。因此，只有将七件法宝汇聚成为一件法宝，再加上黑衣仙星人的法宝，八宝合一，才有可能重新打开空间通道回到仙星。

所以，黑衣仙星人的后代想要打开空间通道的唯一方法就是集齐所有法宝。

“……”何想的惊愕程度比刚才亲眼目睹樊力、温之光和王重等人的定格还严重，他张大了嘴巴瞪大了眼睛，抬手指着自己的鼻子，“我也是七传人之一？”

“你不但是七传人之一，还是七传人之首，是守护者。”何子天一本正经地拍了拍何想的肩膀，“小子，我说过多少次，永远不要小瞧自己，虽然你没樊力有力气没我有头脑没花锦年帅和命好，但你有使命有责任，你肩膀上有担子而且还很重呀。”

何想翻了翻白眼：“我就是一社会底层青年，只求温饱，不求上进，胸无大志，别给我讲什么天大的大道理。好吧，退一万公里讲，就算我是七传人之一，我可以只当俗人不当仙人吗？”

“不可以。”樊力一脸恳切，“老大，你本仙人，为何非要当俗人，要不要这么埋没自己？”

“等等，先等等，让我缓缓。”信息量太大，何想一时无法接受，“我可不可以这么理解，古代的许多神话传说其实都是真实的，不过是来自更高维度世界的外星人在地球上打了一场歼击战？地球则很不幸地成了外星人的战场！传说中的法宝也是真实存在的，只不过是超纯度物质。还有，七仙人为了阻止黑衣仙星人毁灭地球，甘愿自我牺牲也要留在地球，他们不远几千几万光年的距离来到地球，不求回报也要当活雷锋？他们比胡编乱造的超人高尚多了，服，真的服。”

何子天似乎没有听出何想话里的反讽之意：“服了吧？仙人的境界凡人当然理解不了。七仙人是仙星上的执法者，相当于人间的警察。警察抓坏人时英勇殉职，是很高尚，但也是他们的职责所在。所以，你作为七传人的守护者，召集七传人汇聚在一起也是你的使命和职责。”

“可是……”何想感觉就像一座大山扑面而来，压得他喘不过气来，他觉得太不真实了，就像是在做梦，“可是我什么都不是，什么都不会！”

“等你觉醒了，你就什么都会了。”樊力扬了扬手中的腰带，“老大，你的天赋一旦觉醒，会比我强上百倍。我觉醒之前也是什么都不知道，现在我什么都知道，还能打败王重，多厉害。”

何想双手抱头，一脸痛苦，沉默了半晌：“先说说你的来历，让我了解一下你都经历了什么，又是怎么觉醒的。”

樊力七岁时父母失踪，生死未知，他成为孤儿后一个人流浪到了帝都，被一个名叫樊大的人收留。樊大是一名黑市拳手，以打黑拳为生，独身，脾气不好，只要打拳失利就会暴打樊力。樊力在屈辱和恐惧中慢慢长大，直到有一天他发现他的拳头硬过了樊大，在又一次被樊大家暴时，他奋起反抗，将樊大打倒。

樊大并没有恼羞成怒，反而狂喜，拉着樊力到黑市打拳。樊力身手不凡又力大无比，初战告捷之后又三战三胜，轰动了整个黑拳市场。

后来有人想要高价买断樊力，樊力不同意，樊大却因贪图对方给出的条件，暗中为樊力签下了生死契约。对方是一个有组织的黑拳会，以控制黑拳打手操纵比赛胜负来获取高额回报。

樊力加入黑拳会后，被迫打了几次假拳，如果他不同意对方就威胁要杀死樊大。樊大虽然为人一般，但毕竟将他养大，他不能忘恩负义。

近年来帝都不断有人失踪，温之光负责调查人口失踪案，在卧底黑拳市场时被黑拳会发现，险些被黑拳会暗杀，幸好樊力及时出现救了温之光。

从此，温之光和樊力成为了无话不说的好友。

樊力应温之光要求，也在暗中帮助温之光在黑拳市场调查人口失踪案，没有收获，却被黑拳会察觉。黑拳会盛怒之下逼迫樊大和樊力同时上场，二人各自对阵的是黑拳会的头号和二号高手，才一上场不到一个回合樊大就被打倒，而樊力因为分神关心樊大，也被打得没有还手之力。

樊力知道，黑拳会恼羞成怒想要杀了他和樊大。他和樊大只有数米之遥，却只能眼睁睁地看着对方被打得满地打滚。樊大在被打得奄奄一息之时突然暴起，大喊一声："樊力，我对不起你，以后只能靠你自己了！"

之后便一头撞向了对手，却被对手狠狠打倒在地，吐血而死。

樊力感觉全身的血液都涌上了头顶，他失去了理智，毫无章法地向对手挥舞拳头，却被对手轻松躲开。几分钟后，樊力被对手击倒在地，失去了意识。

等他醒来后，发现自己被遗弃在了路边，竟然没死。虽然浑身的骨头似乎都断了一样疼痛难忍，他却庆幸自己还活着。他脚步踉跄地来到公园，想在公园的长椅上过夜，却遇到了温之光。

温之光将樊力带回家中。

在温之光的悉心照顾下，樊力很快康复。在养伤期间，他发现脑中不知为何多了许多莫名其妙的东西，好像是早就存在了一样，还会不断出现一个声音，如同复读机一样告诉他一个事实：他是七传人之一，一旦听到传承的声音就意味着传承的觉醒，传承觉醒之后就必须履行七传人与生俱来的使命——保护代代传承的法宝！

并且声音还再三强调，轻易不要启动法宝，因为法宝在驱动时会释放能量，能量的波动会被黑衣仙星人的后代察觉，从而有可能使得黑衣仙星人后代前来抢夺法宝。万一有人知道了樊力的身份并且前来抢夺法宝，樊力必须前往一家名叫好景常在的典当行将法宝典当。

好景常在典当行是七家传人为了防止后人失联，被黑衣仙星人后代各个击破而成立的一个代代传承的场所，为的就是一旦黑衣仙星人再次作恶，好让七传人很快就汇聚到一起，共同对抗黑衣仙星人的后代。

数千年来，黑衣仙星人后代在人间销声匿迹，也不知是祖训没有传承下来，还是黑衣仙星人的后代传承出现了中断。但不管是什么原因，七传人的祖训却依然传承了下来，以确保万无一失。

樊力觉醒之后才想起他从记事时身上就带着一条腰带，几次想扔了腰带，却又总觉得腰带似乎有什么魔力一般和他有感应连接，再想到这或许是父母留给他的唯一念想，也就没有舍得丢弃。现在才知道，原来腰带竟然是宝物。

可是声音只是告诉了他的使命和有传承的法宝，却没有告诉他如何启动法宝以及法宝的用处，樊力十分郁闷。不过他很快就接受了他是七传人之一的事实，并没有丝毫怀疑是幻觉和幻听，甚至还为自己有外星人的血统而沾沾自喜，幻想等他成为超人之后的幸福生活。

然而什么都没有改变。

他一直不知道怎么驱动腰带！

伤好之后，他不好意思还住在温之光家里白吃白喝，虽然温之光的公寓平常也是闲置，只是温之光众多房产中的一间——没错，温之光是富二代，家境富足——而且温之光也让他免费吃住，他还是瞒着温之光又去了黑拳会，他想为他从未叫过爸爸的男人报仇。

樊大对他再不好，也是养育他长大的恩人，他不能让樊大死得不明不白！

黑拳会对樊力的回归大为惊讶，当时以为樊力会伤重而死。听说樊力还想打拳，黑拳会自然欢迎，安排樊力和新手对打。樊力却指名道姓要和打死樊大的头号拳手庄启飞交手。

庄启飞和樊力对打，三个回合后，樊力被打倒在地。眼见要被庄启飞暴打至死时，樊力感受到腰带上蓦然传来一股热力，如同电流瞬间流遍全身，他能清楚地感应到电流之中有无尽的力量，并且随意念而动，意到力到。

樊力一拳挥出，庄启飞伸手想要挡开，却蓦然感到一股势不可挡的力道传来，他全无半分抵挡之力，被打得飞出十几米开外，当即便一动不动了。

随后，樊力又挑战了二号拳手曹能伦。

曹能伦之前将樊力打个半死，以为樊力是来送死，一出手就十分狠辣，却被樊力一拳打倒，不但肋骨断了几根，还吐了血。曹能伦比庄启飞聪明，立刻提出停战。

幸亏遇到的是樊力，樊力有时狠绝有时却又心软，因此曹能伦才得以保全了性命。

庄启飞最后虽然侥幸没死，却终身残废，退出了黑拳市场，下半生基本上生活不能自理了。

樊力一举成名！

樊力成名之后收入大增，数场大战下来，收入无比丰厚。他一时忘了祖训，几次暗中驱动腰带释放能量，好在他还有谨慎、仁慈之心，并没有肆意妄为，只伤人而不下狠手。

直到有一天，他遭遇了王重！

王重出现时，樊力并没有意识到他已经被人盯上了。在他看来，七传人也好，黑衣仙星人的后代也好，大家都散落在全球各地，肯定不容易遇到。却没想到在迎战一个新人拳手时，才两个回合就被对手空间束缚之力锁死，险些丢了腰带！

所谓空间重力控制的束缚之力，其实就是释放能量营造一定范围内的超级重力磁场，将人牢牢地束缚在地上动弹不得，而樊力的腰带却是可以增强樊力的力气——并非只是单纯的力大无比，还有冲击之力——

只一交手，樊力就吃了一个大亏，被打了一个措手不及。

王重是有备而来，不等樊力有机会驱动腰带就先一步释放了空间束缚之力，樊力怎能想到会在此遭遇同类？当即在束缚之力的约束之下跪倒在地。

此举顿时引起了台下的一片欢呼和倒彩。

好在樊力虽然错失先机，但多年的黑拳生涯让他拥有极为丰富的作战经验，迅速反击的同时全力驱动腰带，假装无力反抗，在王重走近他身前想要取走他的腰带之时一拳打在了王重的身上。

王重当即被打倒在地。

樊力一击得手，再次发力想要制服王重。他并不想伤害王重，难得遇到同类，他能清晰地感应到王重释放的空间束缚之力有一种似曾相识的亲切感，他只想和王重好好聊聊，问清楚王重为什么要抢他的腰带。

不料王重却当场认输，转身走了，不肯和樊力有任何交流。

樊力很是郁闷，想起了祖训中的话，正好温之光再次前来黑拳市场调查人口失踪案，他就问温之光现在哪里还有典当行。作为警察，温之光调出了好景常在典当行的资料。一番调查之后，他们发现好景常在典当行竟号称是传承了数千年的典当行，全市，不，全国乃至全球只此一家，别无分店。

第三章　诱惑

全有集团已经可以提纯出百分之百纯度的真纯物质，而物质纯度超过百分之百之后就是超纯物质了……

樊力立刻确定好景常在典当行就是他要找的会合点。他原以为七传人流落全球各地，想要遇到很不容易，没想到在帝都小小的地下黑拳市场就能遇到一个。更没想到，他原以为早已消失的典当行业，在帝都也有一家，而且还是在著名的全有集团的对面。

在回家的路上，樊力和王重又不期而遇，王重领着几名黑衣人将樊力团团围住，要求樊力交出腰带，他可以付给樊力一笔丰厚的报酬。

樊力不肯，想要知道王重为何要抢他的宝物，王重只说有重要用处，樊力不必知道。鉴于王重态度漠然且对他既不亲切也不尊重，樊力又有祖训在身，于是决定将腰带交到好景常在。

王重自然不让，经过一番较量，王重和樊力再次打了一个势均力敌，他带来的黑衣人也被温之光打了个七零八落。原以为在黑衣人的帮助下可以轻而易举地拿下樊力，没想到因为温之光而功亏一篑。

王重再次呼叫了帮手。

温之光被激怒了，不管对方是谁，如此嚣张且目无法纪，她不能忍，更何况她又是一个从来不肯吃亏的主，当即决定以牙还牙，也想要呼叫警察增援。

然而樊力却拉起温之光就跑，对方不顾一切也要抢走他的腰带，事关重大，他必须第一时间将腰带存放在典当行保管。温之光不肯，二人争执一番，最后还是温之光妥协了。

因为温之光一直想知道樊力的身世，樊力始终没有告诉她。樊力以身世之谜为交换条件，并且答应让温之光安排他去工作而不再打黑拳，让温之光陪他去典当行。温之光信以为真，再加上好奇心驱使之下，便同意了。

不过温之光从未被人如此狼狈地追赶过，她也没想到王重等人如此胆大包天，在明知她是警察的前提下敢对她动手不说，竟在她和樊力不与他们计较之后，还敢穷追不舍。

温之光大怒，呼叫警察截下了后面追击的王重的车辆。

但还是没有想到，王重等人后来居然摆脱了警察的盘查又追到了好景常在典当行，并且连全有集团的大小姐花流年都亲自出面了。

"……"听完樊力的叙述，何想感觉脑子像是要爆炸了一样，无数的信息塞满了他的大脑，让他无法呼吸。他想了半天，总算理清了思路："哪里不对，你觉醒似乎就是目睹了亲人的死亡而激发了情绪，然后就听到了大脑中传来的声音？好吧，姑且把这当成一种信息留存技术，将信息封存到你的大脑里面，在一定条件下会释放出来，也可以解释得过去。那么王重也是七传人之一了？还有，你大脑里的声音没有告诉你你的法宝是什么，有什么功用？以及别的七传人都各有什么法宝，又各有什么功能，都叫什么名字？"

"要不要这么认真？"樊力大摇其头，嘿嘿一笑，"没有，就告诉了我我是谁，又有什么使命，遇到麻烦时该去哪里，然后就没有了。"

"笨，这么多年白培养你了。"何子天长叹一声，一脸失望，"信息留存技术不能压缩太多信息，否则会随着年龄的增长和脑电波的增强而失效。之所以不告诉樊力别的七传人有什么法宝和各有什么功能，是不想让七传人有贪心，万一想去抢夺别人的法宝，岂不是有悖七仙星人来地球的初心！”

“何老头的话也有几分道理。”何想难得地没有反驳何子天，而是点了点头，若有所思，“而且代代传承下来，由于各种原因，可能早就不是当初的姓氏了，更不用说名字了。不过我还是不太明白，既然都有祖训传承，为什么王重要抢你的腰带？他难道是黑衣仙星的传人？”

“有可能。”樊力认真思索时的样子还真有几分不像他，不过他的严肃只保持了不到三秒钟，随即又嘻嘻笑了，“要不要这么严肃？分析问题和解决麻烦是老大的事情，我只负责吃睡就行了。对了，我住哪里？中午吃什么？以后没什么事情不要打扰我休息和上网，我除了打黑拳之外，还有一个爱好就是喜欢在网上到处串门，对，不请自来的串门……”

樊力跑到了后面，没当自己是外人，参观去了。何想懒得理他，拍了拍何子天的肩膀：“何老头，我从前一直觉得典当行的存在就是一个笑话，现在才知道，我是仙星人的后代更是一个天大的玩笑，这玩笑太大了，让人都笑不出来了。”

“你想说什么就明说，别跟我打马虎眼。”何子天推开何想的手，“你是不是想知道你是七传人之一，那么我是谁？小子，你从小跟我长大，还想跟我耍心眼，你还是太嫩了。”

何想搓了搓手，呵呵一笑：“何老头，你不会是黑衣仙星人的传人吧？”

“屁，老子是你的管家。”何子天拿过羊皮卷，用一把茶刀小心翼翼地从中间划开，从里面抽出一张泛黄的纸片，递给何想，“自己看。”

纸片只有巴掌大小，上面却密密麻麻地写满了小字，何想顺手拿过放大镜看了几眼，哈哈一笑：“何管家好，难得你们何家传承了几千年香火不断，还一直遵从家训悉心照顾何家后人，堪称忠臣典范。”

纸片记载，七仙星人决定留在地球之后，为首的七仙星人姓了何姓。

为保证会合点典当行可以传承下去，就培养了一名擅长经营的管家来负责典当行经营事宜，并在管家的脑中也留存了信息，好让管家也可以代代传承下去，成为何家后人永久的管家。

“不过我不明白的是，当初你是怎么找到我的？”何想没有父母的记忆，从记事时起就和何像一起在流浪，直到遇到了何子天，“为什么要领养我而不是何像？”

“我觉醒后就开始寻找何家传人，找了十几年才找到你，你们七传人传承了几千年后，和地球人没有什么区别了，但基因中还是有微小的差别，也正是这一点点的差别让你们有与众不同之处，所以我才找到了你。何像不是七传人，我为什么要领养他？”

“有什么与众不同之处？快告诉我，好让我一眼就可以认出另外的几个七传人……现在出现的七传人有我、樊力、王重，对，应该还有花流年，短短一天时间内就出现了四个，只剩下三个人了。数千年来，七传人是不是都没有重聚在一起？今天却接二连三地出现，是不是有什么大事要发生？”何想从小跟随何子天长大，何子天坑蒙拐骗的本事学了不少，察言观色的本领也学了许多，最主要的是，见多了三教九流的他，也善于从纷乱的局面中分析和梳理问题。

“肯定是要有大事发生了，我今天一早就掐指一算，告诉你你有血光之灾，你还不信？现在信了吧？我老人家上知天文下知地理，是百事通万事灵。”何子天什么时候都不忘先自我吹嘘一番，见何想面露不耐之色，忙嘿嘿一笑，“要说你们七传人有什么与众不同之处，还真可以总结为三点：一是都命苦，要么父母失踪，要么父母双亡；二是都穷，你看你空守着典当行这个宝藏却还要饿肚子，樊力更是靠打黑拳为生，多可怜；三是都笨，你是缺心眼，樊力是缺根弦……”

“滚！”何想听出何子天是在调侃他，不由怒了，“王重是什么身世，你知道不？退一万公里讲，花流年哪里穷哪里笨了？少胡说八道，再不说正事，老子退出七传人之列，不当什么破老大烂守护人了。”

“你以为你不想当就能不当？晚了，从花锦年想买典当行的那一刻起，你就没有退路了，哈哈。你以为花锦年是傻子，好景要是没有他想要的有价值的宝物，他肯出六十个亿？他是一个不达目的誓不罢休的人。”何子天乐了，“花流年是不穷，可是她也是父母都不在了。你们七传人还有一个共同的秘密，在代代传承中，一旦后代觉醒，前代就会生命值耗尽而死，所以说你们都命苦。不过为了伟大的传承，必要的牺牲也光荣，是不是？”

何想心中一阵悲哀，为了守护地球，七仙星人做出了太多的牺牲，可惜大多数人类并不知道七传人的存在。原本为地球带来灾难也并非七仙星人的本意，而是黑衣仙星人的失误，为什么要让七仙星人及其后代承担代代传承的恶果？

不过又一想，或许文明到了更高层次更高维度，会有悲天悯人之心。人类原本无辜，只是无意中躺枪被殃及，而作为仙星上的执法者，没有带回黑衣仙星人就是失职，留在地球上代代相传以确保黑衣仙星人的后代不会对地球造成危害，也是使命所归职责所在。

何想心中蓦然闪过一丝对先辈们由衷的敬意，一种自豪感和使命感油然而生。

“花锦年为什么要收购典当行？何老头，难道花锦年是想一网打尽七传人的法宝？花锦年有一个是七传人的小妹花流年，通过花流年他肯定也知道了好景是七传人的会合之地。所以说，从王重出现后花流年又现身可以判断，王重就是花锦年的人。那么花锦年想要七传人的法宝又有什么用处？”何想忽然眼前一亮，想到了什么，“说了半天，我的法宝是什么？你怎么还不给我？法宝的原理又是什么？别跟我说神乎其神的玄幻玩意儿，我想要知道的是科技原理。”

“小子，你还不算太笨，慢慢有了开窍的迹象，难道是快要觉醒了？别人都在三十岁之前觉醒了，你如果过了三十岁才觉醒，可就成了笑柄了。”何子天又对着紫砂壶抿了一口茶水，嘿嘿一笑，“你的法宝就是戒指，要不早就说你身在宝山不知有宝，还想卖了好景，现在你自己说说，是不是拿整个全有集团来换你也不换了？”

“戒指？”何想伸出右手，仔细端详无名指上的戒指，“骗人，就是一枚稀松平常的戒指，什么功能都没有，哪里是什么法宝？也不对，羊皮卷上也有戒指的图案，难道说，七件法宝就是羊皮卷上的七件物品？会不会是你偷梁换柱，拿一个破烂换走了我的法宝？”

“每个传人的法宝只有传人自己可以驱动，法宝和你们大脑中的存储信息以及体内的基因密码通过量子链连接，完全对应之后才可以驱动。而存储信息和基因密码又具有唯一性，所以就算我抢了你的法宝也用不了。法宝听上去神秘，其实并不玄幻，是一种超纯物质。你也知道，全有集团已经可以提纯出百分之百纯度的真纯物质，而物质纯度超过百分之百之后就是超纯物质了……”

真纯物质会改变物质的原本特性，比如铁，普通铁在空气中会氧化生锈，真纯铁不会。普通玻璃虽然坚硬，但是易碎，并且很难弯曲，真纯玻璃却可以做到坚硬而不碎，并且可以随意弯曲。

但真纯物质并非物质形态的终点，恰恰相反，而是起点。

花锦年于五年前在全有集团开始正式生产真纯物质之后就提出了假想，物质纯度一旦突破百分之百的界限，带来的不但是特性上的变化，而是质变。比如超纯黄金可以柔软如绵，做成黄金衣服穿在身上，会比棉衣更舒适更亲肤，甚至可以随时变化形态，液态、气态和固态，变化自如。

而当黄金的纯度再度被提高，就会同时具有多种属性，并且蕴含了巨大的能量，甚至可以改变其他真纯物质以下普通物质的形态，比如释放能量让一块石头变成黄金。

古人的点石成金的所谓法术，其实就是超纯物质定点释放能量导致的物质形态改变。物质从根本上讲，是由基本粒子组成的，组成空气和黄金的基本粒子完全一样，只是粒子的排列顺序不一样。

而物质都是由能量组成，能量的大小决定了物质的形态。所以，只要有足够的能量，不管是空气还是黄金，都可以随意转化。

宇宙大爆炸时，最先产生的就是气体，然后才是固体，包括各种金属，而黄金直到最后才出现，因为合成黄金需要巨大的能量。也正是因此，黄金在宇宙中也是比较稀少的金属之一。

所以全有集团认为，人类一旦掌握了超纯物质的制造科技，才是人类文明真正意义上的飞跃。然而全有集团经过多年的研究和实践，最终悲哀地发现，由于地球的污染以及磁场原因，在地球上几乎没有可能制造出超纯物质。

百分之百的真纯物质已经是人类制造水平的极限！

七传人各自传承的法宝，其实就是七仙星人从仙星上带来的超纯物质。

“可是既然超纯物质法宝只有七传人才能驱动，那花锦年就算抢走不也没用吗？”何想一时想不明白花锦年的目的，“他为何还要明面摆出要收购好景的样子，暗中让人去抢樊力的法宝？”

“再好好想想，真是笨得可以。”何子天一敲何想的脑袋，“花锦年可是科技狂人，他想制造出超纯物质却没有成功，在得知地球上真有超纯物质的存在之后，他肯定想拿过去研究研究，或许会有突破……”

“不对，还是不对。”何想揉了揉脑袋，“你才笨，何老头，花锦年身边有王重和花流年，他们两个人都有超纯物质法宝，他又何必派人去抢樊力的法宝？更不用花费巨资收购好景，不对，背后肯定还有什么不为人所知的秘密……难道花锦年真的就是黑衣仙星人的后人？”

“不知道，我的任务是负责看管好你，并且保证典当行不落入别人手中，至于真的出现了黑衣仙星人的后代，七传人怎么联手对付，就不在我的考虑之内了。”何子天打了一个大大的哈欠，听到门外门铃一响，哈哈一笑，“分合食的原料来了，我去吃点东西，快饿死我老人家了。饭后午睡，管你们怎么折腾，我的日子还得继续。吃饱喝足又安眠，胜过人间活神仙……”

何想哭笑不得，何子天这便宜师父当得真是轻松。

一听到有饭吃，樊力又冒了出来，和何子天一老一少进了厨房，琢磨怎么将分合食的原料用料理机调配出各种美食。

得，一对吃货，什么忙都帮不上，何想顺手拿过一个分子重组合成苹果吃了起来。分合苹果通体红润，完美无瑕，犹如一件精美的艺术品，粉里透红的外表有近乎透明的光泽，光洁如玉。只是吃在嘴里虽有苹果应有的甘甜，却总是感觉缺少一种真实生长的苹果应有的生命气息。

如今基本上没有人再种植农作物了，全有集团发明的分子重组合成食物料理机已经进入了千家万户，虽然售价不菲，但可以从市面上买到大量物美价廉的分子重组合成食物原料，只要放进料理机中，就可以随心所欲地制造出你想要的任何食物，不管是蔬菜、肉类还是水果，等等。

分子重组合成食物原料也由全有集团生产，只凭此一项技术，全有集团就独步全球，成为了全球最富有的集团公司。当然，也让大量农业人员破产失业。

尽管种植的食物不管是口感还是感觉都要好过分子重组合成食物，但分合食物胜在精美并且保质期长，不对，不是长，而是永远不会坏，并且营养搭配完美，不会有任何有害物质留存体内。

就像何想正在吃的分合苹果，随便一放，过上十年八年也会新鲜如初，不但不会变质，就连颜色也不会褪色。

不过分合食的出现确实解决了人类面临的最残酷的问题，在当今这个土地面积大量减少、气候恶劣的时代，许多土地早已不再出产粮食，也就使得种植的原生食物如今的价格已经昂贵到除了极少数富豪外，一般人难以承受的地步，相信就连温之光想要每天都吃上一顿原生食物也没有可能。

不是她买不起，而是供应不足。全球可供耕种的土地已经极少了，有限的耕种土地上产出的有限的原生食物，再经过精心挑选之后所剩无儿，价格之高，堪称天价。

实际上，即便是在分合食物料理机还没有被发明出来的十多年前，原生食物的存在就极其稀有了。气候的变迁和土地的沙化导致粮食产量极低，人们日常能够分发购买到的食物大多都是多种物质合成压缩的制品，主要目的是保命，口感根本不在考虑之列。

小时候有一次何想一连三天没有吃上东西，饿得奄奄一息时，在郊外一处废弃的制造厂的空地中发现了一棵长在土中的西红柿，对，长在土中的活体农作物对现在的人来说和活体化石一样珍贵。

其实何想原本没有认出那是什么作物，等他看到上面结的西红柿时，才知道原来西红柿的原生作物像是一棵小树。有三个拳头大小的西红柿挂在上面，一半红一半青，还没有完全熟透。

何想激动得浑身颤抖，三口两口吃了第一个西红柿，感觉是他平生品尝过的最美味的食物。第二第三个他没有舍得吃，原本是想万一以后一周还是找不到东西吃，两个西红柿至少可以保证他不会饿死。

不料，三天后西红柿就坏掉了！

从小吃压缩制品长大的他以为食物只要放在那里就不会坏，却不知道原生食物会腐烂会变质，才四岁的何想捧着烂掉的西红柿放声大哭。

还好外出觅食和他临时走散的何像回来了，在得知何想手中的西红柿是原生食物后，何像二话不说不顾腐烂就吃掉了一个，还让何想不要浪费，也吃掉另外一个。

结果两个人都吃得拉了肚子。不过二人也因为此事走得更近了，此后几年里，一提起此事，两人都不免怀念原生食物的美味和它对味觉的真实触动。

一口苹果让何想想起了往事，忽然觉得嘴里的苹果索然无味了，于是放到了一边。被咬过的地方在空气中并没有像原生苹果一样氧化变色，依然保持着鲜亮的色彩。时隔多年，虽然他再也没有接触过原生食物，却还是深深地记住了原生西红柿的口感以及后来腐烂的味道。

即使是会腐烂，何想还是坚持认为原生食物是比分合食物好。分合食不会变质不会腐烂，永远精美并且保鲜，却像塑料花一样，虽永不凋谢却没有生命之美。

腐烂也是生命必不可少的一个过程，也正是因为腐烂，生命才弥足珍贵。

想起和花锦年在一起的经历，何想怎么也不觉得花锦年会是黑衣仙星人的后代。小时候的何像虽然沉默寡言，但他善良纯正，爱惜生命，并且喜欢帮助别人，小小年纪就有抱负，想要成功，想要成为天下人的楷模。

难道说人一长大就会变？何想想不通，也想不明白。

“开饭了，开饭了老大，快来尝尝我的手艺……”何想正想得入神时，樊力屁颠屁颠地跑了过来，手里拿着一个新鲜出炉的分合西红柿，“绝对好吃，原汁原味，远超原生食物口感。”

“不吃！”西红柿加重了何想对往事的回味，他气呼呼地推开樊力，“就知道吃，一边儿去，别烦我。”

“要不要这么凶？还没吃饭就撑着了？”樊力愣了一愣，“好吧好吧，你是老大，你说一边儿去就一边儿去。”

何想忽然感觉心烦意乱，本来还有许多事情想问个清楚，却没了心情，推开门走了出去。

天气不错，阳光明媚，正是春末夏初的季节，帝都从一冬的寒冷中走出，正是重新披上新绿之时，处处花团锦簇。

全有大厦像是巨人一样矗立在街道对面，需要仰望才能看到最高处如天线一样的塔尖。一千四百米的高度是指楼高并不包括塔尖。塔尖有多高没人知道，只知道塔尖常年隐没在云层之中，在阳光的照耀下散发出神秘的银色光芒。

塔尖是全有集团发明的最新的真纯铁制造而成，有人说是卫星天线，有人说是信号放大器，也有人说是全有集团和外星文明联系的神秘仪器，各种猜测流传不断。

全有集团从来没有解释。

以前总觉得全有集团虽然近在咫尺，自己和它却犹如天和地之间的距离一样遥远。现在知道了无数人为之着迷疯狂的花锦年竟然是他从小的伙伴何像，何想忽然觉得他和全有集团之间的距离就隔了一条全有大街。只要他勇敢地穿过马路，推开全有集团的大门，就能进入全有集团，和花锦年面对面地坐在一起。

不过……迟疑了一会儿，他还是没有迈出关键的第一步，不是没有勇气，而是尽管他不相信花锦年会是黑衣仙星人的后代，却也不敢确定在他和花锦年分开之后的这二十多年里，花锦年经历了什么又改变了多少。

他漫无目的地沿着因全有集团而命名的全有大街朝南走去，要去哪里他也不知道，只是想随意走走，纷繁而至的事情让他三十年的人生突然变得毫无意义，不管他是不是接受他的新身份和新使命，面临的都是人生的巨大转折。

何想并不知道的是，在他身后，远远跟着一人。那是一个妙龄女子，二十五六岁的年纪，梳了两个羊角辫，一个辫子红色一个辫子蓝色，娃娃脸，下巴有些婴儿肥，难得的既漂亮又可爱。不同于温之光的飒爽和花流年的仙气，她在漂亮和可爱之外，又有诱人的魅惑之态。

她嘴里含着一根棒棒糖，边走边东张西望，似乎是在关心街道两侧商铺里面琳琅满目的商品，其实她的目光飘来飘去，始终不离何想左右。

在全有大厦的顶层足有两千平方米的办公室里面，一半被隔开，是起居室，一半用来办公。呈半圆状的办公室全是落地窗，俯瞰半个帝都。

花锦年站在落地窗前凝望着楼下全有大街上一前一后两个人影，距离太远的原因，根本看不清是谁。他右手轻轻敲击玻璃，玻璃上立刻呈现出何想和红蓝辫子女孩的清晰画面。

“哥哥，真的确定何想就是七传人之首，是守护者？”花流年换了一身长裙，蓝色长裙犹如深海般沉静，将她衬托得更加完美如玉。

“不好判断。”花锦年手指分开，放大了图像，图像定格在何想身上，那副无所谓而又倔强的表情颇有几分无赖的样子，“二十多年没见，他长成了这般样子，如果让他的先人知道了，不一定有多失望。小妹，义父在临终时，真的没和你说过更多关于七传人的事情？”

“没有，你怎么不相信我？”花流年微有几分气愤，她恼怒地踢了一脚沙发，“爸爸死后我才知道我是七传人之一，他在生前从未和我说过。不过也不能怪他什么，七传人代代相传下来的传承就是一家人之中，不能有两个人同时觉醒，我的觉醒就意味着爸爸的离去。不管祖先为什么要立下这样的规矩，我觉得都不合常理，不近人情！”

“不能以人情礼法来评价先人的做法。在他们的心中，不是以人间情爱而活，而是以世间大爱而生。”花锦年微微皱眉，“可是为什么我怀疑何想并不是七传人之首，而是……”

“而是什么？”

“黑衣仙人的后代！”

“他虽然无赖，生性顽劣，又坑蒙拐骗，本性却不坏，且一直经营好景常在，根据祖训，应该就是七传人之首，不应该是黑衣仙人之后。”花流年想到了什么，脸色微微一变，“哥哥，樊力会不会是黑衣仙人之后？”

“应该不会，不过也不好说。”花锦年右手一挥，何想的图像隐没不见，变成了另外一幅图像，赫然正是羊皮卷，“七传人传下来的七件宝物，樊力所持的正是腰带，根据非传人不能驱动宝物的原则，樊力必是七传人之一而不是黑衣仙人后代。倒是何想，似乎并没有什么能力，也没有什么宝物……只是有一点，谁也不知道黑衣仙星人的后代每人所持的宝物是什么。七传人传承的信息太少了，会不会是在代代相传中，丢失了许多关键信息，你接受的只是信息碎片？比如如何区分七传人和黑衣仙星人之后？毕竟只凭一张羊皮卷上面所绘的宝物图案并根据宝物的使用者区分谁是七传人并不准确，更何况上面还有几件宝物的图案十分模糊，让人分不清到底是什么形状。还有一点，传承的信息里，也没有说清黑衣仙人传承下来的宝物是什么……有太多模糊的地方了。”

“我也觉得是在传承中丢失了一些关键信息，毕竟几千年的传承是口耳相传，难免支离破碎。我是没有发现何想有什么能力，只是有一件很奇怪的事情……”花流年欲言又止，她的时间静止能力从未失效，却在好景常在典当行意外失灵，不知道是偶然因素，还是好景所在之地的磁场怪异，她一直百思不得其解，回来后还没有来得及和花锦年说起。

在听到王重说他的空间束缚力在好景同样失效后，她心中的疑惑便又加重了几分。再加上那会儿樊力的能力好像也失效了，她几乎可以肯定此事必有蹊跷。

“什么事情？”花锦年见花流年吞吞吐吐，面露不悦之色，“小妹，你我之间不必有任何隐瞒之事，尽管说来。”

花流年说出了她和王重以及樊力的能力在好景常在典当行突然失效之事：“哥哥，不管是我还是王重，以前从未有过失效的经历，是不是和好景所在的磁场异常有关？”

花锦年赞许地一笑，点了点头：“数千年来，好景常在典当行一直存在，但位置却换来换去，我怀疑换来换去的背后大有文章，既不是考虑地段，也不是出于经营的出发点，而是……”

“而是什么？”花流年最佩服的就是花锦年既有超人一等的科学理论知识，又有远超常人的分析推理能力，她看向花锦年的目光热烈而充满向往，“是因为好景常在典当行一直在寻找磁场异常的地点，用来掩藏什么秘密？”

“小妹，你还是挺聪明的。”花锦年放大了羊皮卷，“何想可有上面七件宝物中的任何一件？”

花流年的目光依次从七件物品上面扫过，只有戒指、吊坠、腰带和手环四件物品清晰，其他三件十分模糊，她在戒指上停留片刻，又摇了摇头，当时她并未注意到何想的手上有没有戒指：“没有，没发现。如果说何想是黑衣仙星人的后代，他李代桃僵接管了好景，再利用好景所在的异常磁场限制了宝物的能量释放，倒也说得过去……哥哥一心想要收购好景，也是想借好景的异常磁场进行科学研究？”

“是呀，除了怀疑好景的磁场异常之外，我还想通过收购好景集齐七件宝物，然后利用七件宝物释放的能量小范围地改变地球磁场，或许可以有助于制造出超纯物质。”花锦年关闭了玻璃墙壁上的屏幕，“超纯物质可以造福全人类，不但可以解决目前的能源困境，还有望全面根治癌症并且实现星际航行，所以为了人类文明的前进，不惜一切代价也要拿下典当行并集齐七件宝物。拿下典当行和集齐七件宝物同步进行，不能非等好景到手后再坐等其他七传人上门送来宝物。”

“明白，哥哥放心，一定会按照既定计划进行。何况现在七传人已经确定出现了三个，我、王重和樊力，只剩下四个人了，应该不难，不过……”花流年微微一咬嘴唇，眼波流转，“我想试试能不能从侧面攻破何想，想要确定他到底是七传人之首还是黑衣仙星人之后，希望哥哥允许我亲自出面接触他。”

“你想怎么攻破他？”花锦年不动声色地拿起了桌子上全有大厦的模型，手指在塔尖上弹了几下，“根据我对何想的了解，他可是一个没有什么底线的人。万一他真是黑衣仙星人的后代，你说不定会有生命危险。”

“不怕，我有足够的信心拿下他。”花流年妩媚地一笑，蓝裙飘扬，长发飘飞，宛如仙子，“没有一个男人可以抵挡我的魅力。”

花锦年却只是淡淡地看了花流年一眼，目光波澜不起，他微微一笑：“不要太高估自己的魅力，也不要太低估何想的定力。我不反对你从侧面攻破他，但要记住一点，如果发现他真是黑衣仙星人的后代，不管他有没有觉醒，立刻远离他。如果确定了他是七传人的守护者，说服他配合我们集齐七件宝物以做科学研究，造福全人类。”

又顿了一顿，花锦年加重了语气：“不管他是黑衣仙星人之后还是七传人之首，也不管他贪财还是好色，正义还是邪恶，都阻挡不了我拿下好景的决心。记住，小妹，我只给你一个月的时间，一个月后，我会不惜调动一切力量从正面攻克好景，让好景划归到我的名下。”

花锦年一拳砸在了桌子上。

花流年缓缓点头，眼中却闪过浓浓的失望，她刚才故意释放魅力，又有意以何想为挡箭牌，就是想引起花锦年对她的注意从而观察花锦年对她是否在意，然而在花锦年眼中，她永远只是他的小妹，他和她也从来只谈工作，不谈其他。

花流年咬了咬嘴唇：“哥哥，我已经派梅之心去跟踪何想了，机会合适的话她会施展魅惑之术，让何想成为她的俘虏。”

“是不是在你们女人眼中，全世界的男人都会臣服在你们的裙下？”花锦年不以为然地笑了笑，笑容中有说不出来的轻蔑和傲然，“一桌子人吃饭，如果让一个胃口大的人点菜，必然会剩下。而让一个胃口小的人点菜，往往会不够吃。每个人对世界和他人的判断都是基于自己的诉求和出发点，好色的人认为全世界的男人都是色狼，爱吃的人觉得所有人都是吃货。同样，情绪化的女人总是以为男人和女人一样，会为了爱而不顾一切，会因为爱上一个女人而为她舍弃江山、权势、财富和责任，幼稚、天真……”

“哥哥，收起你对女人的轻视，早晚有一天你会败在女人手里！”即使习惯了花锦年的傲慢，花流年还是很容易被花锦年的态度激怒，“记住我的话，女人狠心的时候，比男人狠一万倍！”

花锦年望着花流年因愤怒而颤抖的背影渐渐远去，不动声色地笑了笑，眼神平静如水，不起丝毫波澜。

王重悄无声息地进来了。

“花董真的怀疑何想是黑衣仙星人之后？”王重的目光在花流年婀娜多姿的背影上停留了片刻，虽然快速收回，眼神中的爱慕和依依不舍却没能逃过花锦年犀利的目光，他微微弯了身子，“传承的信息说，谁是好景常在典当行的所有者，谁就是七传人之首，难道信息会有误？”

花锦年没有正面回应王重的疑问，而是淡然一笑："王重，并非因为花流年是小妹我才劝你不要对她有想法，也不是因为你们不合适，而是我们是在做一件前所未有的大事，一旦做成，将会拯救全人类，你不要因小失大，要分清轻重。一个男人不能被小情小爱所困，要有博大的胸怀和以天下为己任的责任感。"

"是，听从花董的教诲。"王重恭恭敬敬地鞠了一躬，"花董是不是一直觉得，黑衣仙星人之后和七传人很难区分？"

"根据七仙星人大战黑衣仙星人而改编的八仙过海的神话故事中的八仙可都是好人，并没有坏人。"花锦年又拿起了全有大厦的模型把玩了起来，"你说，八仙之中如果出现一个坏人，最有可能是谁？"

八仙的传说最早见于西汉的淮南八仙，五代时道士作画为蜀中八仙，唐朝杜甫也写过《饮中八仙歌》，和现今流传的八仙人物都不尽相同，到了元代时，八仙才正式确定为汉钟离（或钟离权）、张果老、韩湘子、铁拐李、吕洞宾、何仙姑、蓝采和曹国舅八人。

王重被问住了，支吾说道："不好说，不知道，我猜是蓝采和……"

"哈哈，不要被神话传说蒙蔽了双眼，在代代相传中，真实性会不断减弱而牵强附会的东西会越来越多，因为每个人都会将自己的知见强加进去。我只是用八仙过海的传说因时代不同而版本不同来提醒你，七传人中每个人接收到的留存信息恐怕也会大有出入，有的是因为上辈人对留存信息的理解偏差，有的是因为个人对留存信息接受程度不同，就像同样一件事情，在不同的人的眼中是截然不同的结论。比如我手中的全有大厦的模型，王重，你说，你看到全有大厦的模型时，第一眼看到的是什么？"

"塔尖。"王重其实早就注意到了花锦年对全有大厦模型的喜爱，他和外界的人一样，对全有大厦高耸入云的塔尖十分好奇，也不知道高高矗立的塔尖究竟是何用处。

"看，人和人的关注点果然相差巨大，我看到全有大厦的模型时，第一眼看到的是整体，并且在想，早晚有一天全有大厦会变成一艘星际飞船，可以飞出太阳系，飞向浩瀚的太空，带领人类实现星际移民的梦想。”花锦年放下手中的全有大厦模型，“真纯铁制造的全有大厦模型有三公斤重，你知道如果是超纯铁制造，会有多重？”

王重摇了摇头：“两公斤？一公斤？”

“一百克！”花锦年眼中瞬间闪过一丝光芒，“超纯物质的技术一旦获得突破，将会为人类带来巨大的进步，可以说是人类文明向前迈出的巨大一步，可惜，受限于地球的环境和磁场，在达到百分之百纯度之后，几年来丝毫没有进展。”

王重摘下了手环，递到了花锦年手中：“花董，手环真是超纯物质吗？我怎么觉得不像金属不像木头，而且还是黑黑的颜色，很不起眼，除了可以释放空间束缚力之外，也没觉得还有什么大用。”

花锦年接过手环，轻轻摩挲几下，尽管他早已多次观察手环，用无数仪器进行过测试和研究都一无所获，但他依然对手环无比痴迷。物质到了超纯阶段，就不能以普通人类理解的物质属性来看待。

超纯物质改变了物质原有的特性，不能再以金属、玻璃、泥土或是固态、液态和气态来划分。

如果有朝一日可以真正破解超纯物质的特性，并且制造出超纯物质，他将会成为神一般的存在，不管是七传人还是黑衣仙星人的后代，都远不如他对人类做出的贡献巨大。

花锦年将手环还给王重：“不要小看你的手环，这里面蕴含了巨大的能量，如果不是你们七传人传承了几千年基因被弱化了不少，你驱动手环束缚方圆几百公里的空间都不成问题。对了，你觉醒的时候，留存信息一共重复了多久？”

“有这么大的威力？”王重不太相信，戴上了手环，微微一想，“重复了不下十几遍吧，到现在我还记得清清楚楚——王重，你的祖先是来自仙星的仙星人，你是仙星人的后代。你的祖先是追捕触犯仙条的黑衣仙星人的七名仙星人之一,七人联手最终将他打伤留在了地球。为了防止黑衣仙星人的后代再次作乱，七名仙星人决定留守地球，并代代传承保护地球的使命。当你听到信息时，你的使命就此开始，终你一生，不要违背誓言，誓死保护人类，誓死恪守承诺！”

“切记，如果遇到黑衣仙星人的后代，不要与之对抗，第一时间前往好景常在典当行将法宝交与典当行的主人，联合其他七传人共同对付黑衣仙星人，不可擅自行动！”

“和流年的留存信息有一定出入……”花锦年微一思忖，背出了他也听了不下十几遍的花流年的留存信息，“花流年，你是七传人之一，是来自仙星人的后代。你的祖先和其他六名仙星人为了追捕黑衣仙星人来到地球，黑衣仙星人受伤之下潜藏起来，为了防止他再次作乱，七名仙星人决定留在地球。数千年来，再也没有黑衣仙星人的下落，但他的后代肯定隐藏在某处，伺机返回仙星。以地球的环境和磁场力，黑衣仙星人只有集齐七传人的七件法宝，才能打开空间通道。但在打开空间通道的同时，会毁坏地球磁场为地球带来灭顶之灾。如果有黑衣仙星人出现，务必第一时间前往好景常在典当行与其主人会合，切记，不可违背！”

王重还是第一次听到花流年的留存信息，他认真对比了一下：“方向一样，目的一致，虽然花小姐的留存信息并没有让她将法宝交到好景常在典当行，却也是让她第一时间前去典当行……”他无奈地摇头一笑，“可惜的是，小姐和我都违背了祖训。”

“并没有，祖训也没有禁止你们抢夺其他七传人的法宝，何况你们是在做造福全人类的大事。”花锦年目光炯炯，无比激动，“黑衣仙星人后代数千年来都没有出现，说不定已经断了传承也未可知，与其空守一个虚无缥缈的祖训，还不如将七宝集齐，让全有集团在科技上获得重大突破，从而治愈癌症、延长寿命，进一步实现星际移民。”

一想起未来的种种可能，王重不免热血沸腾：“请花董放心，我一定竭尽全力，不辱使命。”

“你再去一趟地下拳市，继续按计划推进。”花锦年又拿起了全有大厦的模型，微微笑了笑，“在地下拳市发现樊力纯属意外收获，好运气不会总有。继续派人搜寻其他七传人的下落，搜寻地点扩大到全球。”

“是。”王重领命而去。

花锦年等王重走后，吩咐助理刘连生不要打扰他，他要静修。

花锦年轻轻拍了两下手掌，玻璃窗全部变成了深色，隔绝了外面的光线。他拿起全有大厦的模型，放在地上，轻轻一点塔尖，塔尖瞬间光芒大盛，房间中随即为之一变，无数星光点点，犹如浩瀚的宇宙。

花锦年犹如置身宇宙之中，他左手伸出，朝仙女座方向一点，仙女座迅速拉近，他看了几眼，又挥到一边。右手一点，猎户座也拉近到了眼前，他继续放大，又摇了摇头，甩到了一边。

“仙星到底在哪个星座？应该不会太远，肯定不会超过一千万光年。过于遥远的话，就算仙星人文明程度再高，能打开空间通道，身体也承受不了空间通道的压力。仙女座是地球上肉眼可见的最遥远的星座，距地球约有二百二十万光年，还是太远了。猎户座似乎又太近了。”花锦年双手如飞，迅速拉近又甩远一个又一个星座，最后停留在了双鱼座上，又摇了摇头，“不行，双鱼座太远了。”

花锦年轻轻一点塔尖，宇宙消失不见，他摇头叹息一声：“仙星人也太不严密了，留存信息含糊不清不说，也不表明他们到底来自哪里。人类迄今为止还没有真正发现外星人的居住星球……”

又一想，他又笑了：“也是，几千年前连许多专业术语和名词都没有，仙星人就算表明他们来自哪里，和现在的星座名称又不通用，还是对应不上。”

他又重新点了一下塔尖，场景一变，高楼林立、街道纵横，全息投影又变成了帝都。明显可见两个亮点在移动，一个速度极快，正朝地下拳市的方向行进，另一个速度很慢，还在全有大厦。

“谁也想不到全有大厦的塔尖其实是超纯物质探测仪，只要是被激活的超纯物质法宝就会被探测到，所以现在小妹还在全有大厦，王重去了地下拳市，而樊力……”花锦年脸色蓦然一变，“怎么樊力的探测失去了反应？”

又摇头笑了：“是了，肯定是好景屏蔽了腰带的能量波动。恐怕黑衣仙星人的后代也不如我的探测仪灵敏，只要有人觉醒之后使用和释放超纯物质法宝，就会被发现然后定位。黑衣仙星人后代就算察觉到有人使用法宝，也不可能瞬间定位。”

“小妹、王重和樊力，何想已经走出了好景，为什么他身上没有丝毫的能量波动？就算他还没有觉醒，可他毕竟是传说中的七传人之首，应该与众不同才对。难道他真的不是七传人之首，而是黑衣仙星人之后？”

何想猛然接连打了三个喷嚏，他在路口站住，眼泪都流了出来，自嘲一笑：“谁这么想我，让我喷嚏打得眼泪都流出来了，长这么大，还从来没有被人这么挂念过。”

“大叔你不只眼泪流出来了，鼻涕也出来了，真好玩。”

一个很好听的萝莉音在身后响起，何想回身一看吓了一跳，身后站着一个两个辫子两种颜色的女孩。她长相秀丽，打扮甜美，声音萝莉，穿着新潮，不知道该怎么形容她这样一个各种风格混搭的综合体。

“给！”女孩嘻嘻一笑，递给何想一张纸巾，“快擦擦，难看死了。大叔你怎么一个人？对了，我叫梅之心，大叔叫什么名字？”

“何想。”何想接过纸巾擦了擦，一股若有若无的淡淡香气袭来，他忽然觉得眼前一阵恍惚，身子一晃就要摔倒，还好他及时扶住了路灯，“谢谢你的纸巾。”

“不用谢，何大叔是要去哪里？”梅之心眼中闪过一丝意味深长的笑意，只是见何想晃了一下就又清醒了，一丝失望一闪而过，她猛然上前用力一拉何想，“小心！”

一辆汽车擦着何想的身后疾驰而过。

何想的大脑瞬间清醒了许多，难道纸巾有什么古怪？他虽不像何子天一样时刻算计别人以谋取好处，却因从小经商之故，凡事喜欢多想几分，尤其是在发生了花锦年要出巨资收购好景这件事之后，他当即呵呵一笑："救命之恩，无以为报，愿……"

"大叔你有多大？我二十三岁，只想认识大十岁以上的大叔，三十岁以下免谈，太幼稚太天真。"梅之心的腮帮子被棒棒糖撑了起来，鼓鼓的，很是可爱，她打量何想几眼，"大叔长得还算说得过去，个子也……勉强过关，就是年龄小了点儿，不是很符合我的标准。不过在一起喝个咖啡看场电影，先了解一下，也是可以的。"

要说何想最大的弱点是什么，何子天肯定会说是女人。也可以理解，毕竟何想长这么大还没有谈过恋爱，在生活中也很少接触到异性，更不用说如梅之心一样魅力无穷的女人了。

尽管梅之心顶多算是女孩，她身上散发的只是女性天然荷尔蒙分泌带来的吸引力，而不是饱经世事阅尽男人之后的女人历练出来的成熟风韵。

但往往天然荷尔蒙分泌带来的吸引力对何想来说才是致命的诱惑，成熟女人的风度和从容反倒对未经世事的他来说是一种压迫。

更何况，何想喜欢被吸引而不喜欢被诱惑被挑逗。

吸引和诱惑、挑逗是完全不同的概念，吸引是花自芬芳蝴蝶自来，而诱惑和挑逗却是搔首弄姿、招蜂引蝶，前者是无心争芳，后者是有意引诱。

何想几乎没有丝毫犹豫，左手不远处就是云雾咖啡，他和梅之心选了一处靠窗的位置坐下。

梅之心自作主张地点了两杯云雾咖啡，云雾咖啡是取庐山云雾绿茶和云南咖啡按照一定比例混合而成的，口味独特而回味悠久，自从问世以来，大受欢迎。如今云雾咖啡已经成为全球第一咖啡连锁品牌，远超月巴克和浪咖啡。

要说何想对梅之心没有好感是自欺欺人，不过他虽然没有谈过恋爱，却也清楚他还没有足够大的魅力让梅之心对他一见钟情。拜托，他不是花锦年，没有让人仰望的财富和社会地位。

“大叔是做什么工作的？看上去很悠闲，不像是从事正当职业的人，嘻嘻。”梅之心咬着吸管笑了，“反正不是蓝天工、大地工、海洋工，也不是游戏工。”

蓝天工是从事在天空工作的高科技人群，外号人工龙王，简称人龙，驾驶航天云飞机在高空作业，布云或是灭云，以确保风调雨顺。因为替代了传说中行云布雨的龙王，又因云飞机的外观酷似一条长龙，故称人龙。

同样，大地工是指驾驶人工智能播种机在大地上播种、修剪绿植的人群，外号大地绘画师，主要是种植各种绿植为大地描绘美好画卷的一类人。

海洋工其实是采矿工，驾驶一种深海潜艇深入到大海深处，采集海洋中富含各种稀有金属的矿物。而游戏工则是一些常年沉迷于游戏之中过虚拟人生的一类人，他们生活的全部乐趣都在虚拟现实之中。

第四章　妖精

“不但要废除婚姻制度，还要废除家庭，让每个人的天性得到充分的解放，如此，才能释放出巨大的创造力以迎接四阶文明的到来。”梅之心妩媚一笑，眼波流动。

阳光从窗外照射进来，穿过近乎透明的玻璃落在梅之心的脸上，她娇嫩的皮肤和细密的绒毛清晰可见，在阳光下吹弹可破的皮肤犹如透明一般。何想心中蓦然一动，倒不是因为梅之心的娇美，而是她清澈如水的眼睛和无比诱人的红唇。

何想借喝咖啡的举动来掩饰内心的波动：“我、我是无业游民，人生最大的乐趣就是混吃等死……你呢？”

“我是从天空工到海洋工再到大地工、游戏工，都经历过，想不到我的人生阅历这么丰富吧？”梅之心笑笑，“不过工作阅历丰富，感情经历却很苍白，大叔谈过几个女朋友了？要我说，现在的婚姻制度本身就是观念落后不符合时代的产物，应该废除。”

梅之心的声音很大，引得周围众人纷纷侧目，她毫不在意，继续说道：“爱情和原生食物一样，有保质期，过了保质期就进入了腐败期，不再新鲜不可食用的食物人们会丢掉，为什么没有了激情和新鲜感的爱情非要用婚姻的形式强行把两个人拴在一起？而且一拴还是一辈子！婚姻就是人生最大的赌注，不管你事业有多成功，志向有多伟大，一桩失败但不能解除的婚姻就会让你所有的努力都变成失败和绝望。”

“好！”

周围人群中有人大声为梅之心叫好。

梅之心回身朝叫好之人挥手致意，还抛了一个飞吻，又继续侃侃而谈：“在文明的初级阶段和高级阶段，都没有婚姻。原始社会没有婚姻，四阶五阶文明也没有婚姻。只有在一阶到三阶文明之间，才有婚姻，对了，你知道一阶到五阶文明的概念吗？”

“不好意思，让你见笑了，我毕业于中心大学天体人类系。”梅之心吐了吐舌头，既调皮可爱又有一丝让人无法抗拒的知性。

何想再次感觉大脑一阵昏眩，梅之心不但长得甜美，观点犀利，阅历丰富，而且还是中心大学的高才生。中心大学是全球最尖端的科技大学，也是全球最难考取的大学，而天体人类系又是最高端的专业，他不止一次听到过种种关于天体人类学的传说。

据说天体人类系研究的方向是人类长生和星际移民。

知识可以为一个人增添光环，再加上她本身就足够漂亮可爱，何想何曾见过如此完美的女性——高颜值、高阅历、高智商，混搭风格的穿着让梅之心如同百变女郎，何想的脑中轰然作响，他觉得他几乎要爱上她了！

“如果说石器时代算是一阶文明的话，青铜加冷兵器时代就是二阶文明，内燃机加核动力时代算是三阶文明，也就是现在阶段。”梅之心并不是要何想回答，她显然是要自问自答，“虽然现在已经在许多科技上获得了突破，比如真纯物质，比如治愈人类百分之九十九的疾病，再比如全部电子化以及物联网的应用，等等，不过还是只能归类到三阶文明，因为除了婚姻制度等陋习还存在之外，人类还停留在地球之上，连行星际航行都没有实现。”

何想忍不住插了一句："婚姻制度和文明进阶有什么必然的联系？"

"当然有了，婚姻制度不解除，人类因为受家庭所限而产生的私有财产占有欲和家庭第一的观点不改变，就没有办法实现人类生活方式和思想上的大解放。没有大解放，就没有大突破，懂不懂？人类什么时候能放下家庭第一的小我，把目光投向浩瀚的太空以及整个人类，才能真正实现飞跃式的发展。生活方式决定行为，行为决定观念，观念决定文明进步的程度。"梅之心半是嗔怪半是挑衅地白了何想一眼，"你想呀，要是一个人天天想的是家长里短的事情，他怎么可能考虑为人类造福？怎么会向往无边的宇宙？所以人类在进入三阶文明之后，虽然发展很快，短短几百年就远超了之前几千年的科技，但为什么现在又止步不前了？许多人认为是人类的智力到了瓶颈，无法再前进了，错，人类的智力还有无限的提升空间，但是观念阻止了智力的提升。"

"有道理，很有道理。"尽管何想并不是完全赞成梅之心的论点，却也觉得大有可取之处，"按照你的理论，人类想要突破三阶文明进入到四阶文明，就必须废除婚姻制度了？"

"不但要废除婚姻制度，还要废除家庭，让每个人的天性得到充分的解放，如此，才能释放出巨大的创造力以迎接四阶文明的到来。"梅之心妩媚一笑，眼波流动，"想想看，如果你们男人喜欢一个女人就可以和她在一起，既不需要负责任，又不用养育后代，会不会很开心，觉得人生很轻松？一开心一轻松，就有足够的动力去创造更多的价值了。"

何想完全被梅之心时而激昂时而严肃时而热烈又时而奔放的模样迷住了，他从未见过如此新潮又知性同时还拥有深刻的思想内涵的女孩，简直就是万里挑一的极品，最让人动心的是，她的思想观念还很超前，且在积极主动的同时又不失矜持。

"四阶文明是指人类突破地球的引力限制，开始行星际的航行。"梅之心注意到何想的眼神开始迷离，神思有了几分恍惚，在听她高谈阔论时，注意力不再集中在谈论的事情上，而是在凝视她的一举一动，她就知道她的策略开始奏效了，“只有走出地球，在浩瀚的太空之中自由地航行，才是人类开创伟大时代迈出的第一步。”

“而五阶文明就是人类实现星系之间的星际旅行之时，在一艘犹如一座城市大小的太空飞船上，有科学家、诗人、画家、艺术家和飞行员，大家不分种族，没有家庭，是一个相亲相爱的团体，各尽所能各取所需，因为没有了家庭的局限，就真正达到了没有私心。”梅之心嘻嘻一笑，吐了吐舌头，一脸俏皮，“大叔你可别笑我，我这是一孔之见一家之言，当不得真，你随便听听也就算了，要是哪里不对，尽管指出来，我虚心受教。”

何想此时别说指出梅之心的不对了，在他眼中，梅之心简直就是神仙一般的存在，比起什么花锦年、花流年还要厉害百倍。当然，他并不知道此时的他已经被梅之心魅惑，陷入了因好感而引发的光环叠加效应之中，认为梅之心的一颦一笑一言一行都完美无瑕。

偏执和非理性是爱情的初期表现，何想从来没有想过他会如此轻易地爱上一个人，他从来没有谈过恋爱，尽管他喜欢每个漂亮的女孩，甚至对方一个不经意的眼神他都会认为是对他有意思，但他不会认为他会爱上一个人。

就如温之光和花流年，要说喜欢，他确实都喜欢，如果有机会可以约会，他也会无差别地跟她们去约会。但如果说他爱的是哪一个，他回答不了。

因为喜欢和爱之间还有不小的距离，就像一阶文明和二阶文明的差距一样大。但他怎么也没有想到，他真的觉得自己爱上梅之心了，而且还是在才见过一面，认识还不到两个小时的情况下，两人甚至还没有喝完一杯咖啡！

怎么会这么奇怪？何想想否定自己的感觉，告诉自己这不是爱，但他又克制不了自己强烈地要和梅之心在一起并且愿意事事听她吩咐的意愿，为什么梅之心会有如此巨大的魔力？他甚至愿意为她付出生命！

“如果有一天，会有一艘驶往宇宙深处的飞船，大叔，你愿意和我一起上船吗？”梅之心眨动着一双灵动的眼睛，“在无限的太空中飞行，在无尽的岁月里相伴，想想就是一件很浪漫很有意义的事情，是不是？”

何想连连点头，现在梅之心说什么他都觉得对：“你觉得除了两性关系除了婚姻之外，还有什么关系可以更好地维系两人之间的感情？”

“感情在的时候，不用维系。不在了，维系也没用，是不是？”梅之心眼睛转动几下，右手小指不经意地划过何想的左手，“大叔，你住在哪里？”

何想心中犹如一阵大风刮过，觉得这进展有点太快了，现在的女孩喜欢一个人是不是都这么直接？或许只是梅之心比较喜欢简单快捷的方式，她毕竟不能以常人论之，她的美貌和才情是几万个女人之中才会出现一个的极品。

所以，她不是人，是仙女。

“我住在全有大厦……的对面。”何想下意识地咽了一口口水，他不是控制不住自己的荷尔蒙，而是实在难以抗拒梅之心的魅力，她具备了每个男人对一个女人的所有幻想，你从她身上找不到一丝可以拒绝的理由，或者说，你想要的每种类型的女人都可以从她身上找到影子。

“有点远……要不去我家里，我住在花满楼小区。”梅之心手指窗外一处中式庭院的住宅小区，“就在马路对面，走过去也就十分钟不到。”

“不太好吧……”残存的一丝理智让何想觉得似乎有哪里不对，他嘴上拒绝，却不由自主地起身，跟随梅之心的脚步朝外面走去。

梅之心大方地拉住了他的手，她的小手滑腻而柔软，何想第一次被一个女孩牵手，心动如鼓。

来到外面，阳光依然灿烂，虽明亮，却不觉得刺眼。天上有一架人龙飞过，布下了一层层的薄云，让阳光不再炙热。

已是正午时分，街上行人渐少，何想和梅之心过了马路，穿过天桥，来到了花满楼小区的门口。

花满楼是帝都著名的高端小区，居民非富即贵，何想以前常有耳闻，也不止一次听何子天吹牛说等他有了钱，一定要在花满楼买一栋楼来住。

却没想到，没等来何子天有钱，他却因为梅之心要住进花满楼了。

梅之心娴熟地用门禁卡划开花满楼古朴庄严的大门，又和保安打了一声招呼，拉着何想进了小区。何想如同喝醉一样，在保安异样外加戏谑的目光下头重脚轻地一步迈进了花满楼小区。

花满楼是别墅小区，一栋又一栋独栋别墅掩映在密集的花草树木之间，几乎每一栋别墅都长满了爬山虎以及牵牛花，至少有一半面积被淹没在花海之中，称之为花满楼名副其实。

绿树成荫，花团锦簇，鸟语花香，空气清新，流水淙淙，堪称仙境，小区的每个人都脚步轻缓语气轻柔，脸上挂着淡淡的笑意，宛若仙人。

何想感觉整个身子都飘了起来一样，仿佛梅之心牵的不是一个人而是一个气球。他努力想回忆起和梅之心认识的经过，以及为什么要跟随梅之心来到花满楼，却总是觉得印象模糊，好像哪里中断了记忆一样。

不对，肯定有什么不对的地方，他怎么会跟一个才认识的女孩回家？就算他没谈过女朋友，也不至于见到美女就走不动路，何况何子天说他还是什么七传人之首。

何想想要停下来，却管不住自己，梅之心的手就像有魔力一样牢牢地将他栓住，不，不是牵住他的手，而是拴住了他的心。他的一颗心完全系在了梅之心身上，不管怎样想挣脱想逃避，都始终难以抗拒。

梅之心浑身上下都散发着让人欲罢不能的魅力，他就像渴望水的鱼儿，而梅之心就是水。何想感觉口干舌燥，浑身说不出的燥热和难受，也不知又走了多久，来到了一栋最偏僻的别墅面前，门牌上写的是25号，两人终于停了下来。

梅之心甜甜地一笑：“到了，别急，等我开门。大叔，你身体健康吧？”

“健康，感冒都没有。”何想感觉他快要支持不住了，上前一把抱住了梅之心，“梅之心，你是不是也是七传人？你是不是释放了什么能量让我神智不清了？”

“什么七传人？什么释放能量？你是不是得病了大叔？”梅之心也不推开何想，反而一把抱紧了他，轻轻在他的脸上亲了一下，“不要紧，你有病，我有药，药到病除。”

在梅之心的嘴唇碰到何想脸蛋的一瞬间，她眼中闪过一道微不可察的微光，就像黑暗森林深处的萤火虫，随即迅速消失不见。而就在她眼中微光一闪的同时，何想手上的戒指也似乎被激活一般，微微闪了一闪，是如果不加注意几乎就会被忽略的红光。

就在红光闪过之后，何想迷离的眼神瞬间恢复了清明，他愣了一愣，不知道自己为何会在这里。随即又清晰地想起了和梅之心的偶遇以及喝云雾咖啡的经历，再想到她送他一张纸巾擦鼻涕的细节，以及迷迷糊糊就来到了花满楼的过程，心中就愈加肯定了几分。

何想摸了摸脸上被梅之心亲过的地方，微微有发烫的感觉，他一摸鼻子，嘿嘿一笑：“忘了还有一件非常重要的事情要赶紧去办，下次再好好陪你，拜！”

梅之心愕然，他明明已经被她迷惑，成了她的掌心玩物，怎么又突然清醒了？不可能，绝不可能！

可是不管梅之心如何震惊和难以置信，何想不受控制转身就跑的姿态却提醒了她何想即将逃走的事实。不行，不能前功尽弃，她右手一扬，打了一个响指。

几个黑影从两侧的树丛中闪身而出，挡住了何想的去路。

何想大惊失色：“你们是谁？要干什么？”

“老老实实听话就好，知道得越多，死得越早。”梅之心绕到何想面前，换了一副面孔，冷艳而无情，“费了好大力气才将你拐来，想走，你也太天真了。”

何想咧嘴一笑：“我从小到大就只会坑蒙拐骗，你跟我玩这个，是自己人打自己人了。明人不说暗话，心妹妹想要什么直接说，我这里要什么没什么，你坑错人了，真不好意思。”

“要的就是你这个人。”梅之心冷冷一笑，朝黑暗中的人挥了挥手，“带走。”

何想想要反抗，却只招架了两个回合就被制服了，他的武力值比樊力差了太多。眼见何想就要被人带进别墅，黑暗中忽然又传来一个冷冷的声音：“警察！放开他，双手抱头，站好！”

两个人从黑暗中现身，各持手枪来到梅之心面前，路灯灯光照在其中一人的脸上，何想顿时吃了一惊：“温警官！”

温之光不满地瞪了何想一眼，没好气地说道：“何想，我就想不明白了，你怎么就让樊力认你当了老大？你哪里有半点老大的样子？要不是我及时赶到，你恐怕就成失踪人口了！”

“什么失踪人口？”何想忙朝温之光点头致谢，“谢谢温警官，你是人民的好警察，世界和平的维护者，正义的化身，爱的使者……”

“少拍马屁。”温之光打断了何想的话，转向了梅之心，“梅之心，我严重怀疑你和最近的人口失踪案有关，请跟我到警局走一趟。”

和温之光同来的警官是一个瘦瘦高高的男警察，他将围攻何想的几人铐了起来，又冲何想和善地点头一笑：“何先生受惊了，我叫陆七，是温警官的同事，很高兴认识你。听说你是樊力的老大？”

“陆警官好。”何想和陆七握了握手，“你也认识樊力？我不是樊力的老大，他非要认我当老大，我也没法拒绝不是？你……和温警官同事多久了？”

何想眼尖，一眼就可以看出陆七对温之光有爱慕之意，不管是举止还是言谈，在温之光面前都有几分拘谨，不由暗暗一笑。

“两年多了。”陆七不知道何想为何有此一问，“何先生有什么问题吗？”

“没有，没有。”何想连连摆手，瞄了温之光一眼，“温警官哪里都好，就是脾气有些大。”

“她脾气不大，你肯定对她有什么误解，她就是说话喜欢直来直去，不会拐弯抹角，也不知道委婉，总有人觉得她不太好相处，其实她是一个特别好的人……”陆七忙不迭要为温之光开脱。

“少说两句，现在不是你和何想聊天的时候，赶紧呼叫支援。”温之光冷冷地打断了陆七的话，又不满地斜了何想一眼，“你也跟我回警局做个笔录。”

自从温之光和陆七出现后，梅之心就安静地站在一边，一言不发，她只是冷静地用手机发出了一条信息。她一身另类新潮的打扮却十分文静地站立一边，一副楚楚可怜的样子，和她的形象并不相符，然而奇怪的是，她流露出来的娴静气质此时却并不让人觉得她和她的打扮相冲突。

真是奇怪，从未见过如此矛盾却又无比和谐完美的女孩，何想现在心中愈加怀疑梅之心也是七传人之一了，只不过他看了半天也没有发现梅之心身上有什么法宝。

只有她脖子上的一条项链还有些引人注目之处，不过项链明显是全有集团出产的真纯黄金所制，也没有吊坠，肯定不会是法宝了。

“温警官是不是从云雾咖啡一直跟踪到花满楼？”梅之心毫无慌乱之意，她轻轻一拢头发，仿佛一个久经世事的职场老手，“真是为难你了，一定很累吧？要不要喝点水再走？不是市政人造自来水，是天然的农家山泉。”

“不用了。”温之光面无表情，“为了抓捕坏人，就算赴汤蹈火也在所不惜，跟踪这样的小事又算得了什么？你说对了，从你递给何想纸巾的时候，你就被盯上了。”

近年来，帝都不断有人失踪，累积失踪人口过千。失踪的人有老有少，有男有女，似乎没有规律可循，却还是被温之光发现了他们身上的共同点——所有失踪的人都是社会底层的无业人员！

本来案件之前由另外一个警官负责，他调查了两年之久，毫无进展，就转交到了温之光手中。温之光接手之后，原以为凭借她的一腔热血和激情很快就可以查到线索，结果让她失望和无奈的是，她接手一年多来，也是没有任何推进！

仿佛失踪的人口都不是被人绑架或是杀害，而是自己凭空消失了一样。

温之光在度过了最初的焦虑期后，慢慢沉静下来，一一对照了失踪人口的共性，终于让她发现了谁也不曾发现的规律——失踪人口都是无业人员，都处于社会底层，并且都是单独一人，也就是说都是无家无业者。

无家无业者失踪后，除非是朋友报案，否则无人在意他存在还是消失。而报案的友人多半并不知道失踪者平常住在哪里又常去哪些地方，只是因为失踪者欠钱不还，并且很长时间没有露面才去报案。

本来一开始警局在受理了失踪人口案之后，经过一番调查发现，约有一半的失踪人口离开了帝都，另有三分之一要么病死要么正常死亡，剩下的则是生死不明，也正是因此，警局才没有把失踪人口案放在心上。

直到失踪人口案交到了温之光手中之后，才有了转机。温之光原本也是认为大多数失踪人口并非失踪，而是自然消减或是下落不明，因为社会底层的无业人员没有经济来源，行踪不定，世界之大，谁也不知道他们是去了外地还是藏了起来。

并且前面两年的调查取证耗费了大量的人力物力，最终发现失踪人口中真正失踪的不到百分之一，而即使是这百分之一，也有可能是失踪人因为欠债而故意躲藏起来，或是因厌世而自杀。

所以真是被人绑架或是杀害的失踪人员，百中无一。

两年来，失踪案登记报案的一共一千多起，其中有三起是被人绑架或是杀害的失踪就不错了。因为概率太低，再加上又都是报案之后没再有家属催促的案子，警局就没有让重要的警察负责。

温之光既是新人，又有热情，局长岳一子就让温之光负责此事。岳一子原本以为温之光很快会被人口失踪案消磨掉激情，不料，还不到一个月他就后悔了——温之光无比较真，每起失踪案都要查得清清楚楚，最主要的是，她事无巨细都要向他请示，让他不胜其烦。

足足过了一年多，正在岳一子忍无可忍决定让温之光停止调查人口失踪案时，温之光终于有了发现！因为她不仅找到了失踪人口都是社会底层的无家无业者的共性，还从有限的几个真实失踪案中再次找到了共同点——受害者都是二十到四十岁之间的青壮年，并且都身体健康、没有任何疾病史。

温之光大喜，目标人群越准确，需要监控的区域就越小，她还是坚信她对失踪人口案的看法，就是不法犯罪分子绑架了失踪人口，要么是进行非法人体研究，要么就是复制人体器官。

缩小了搜索范围后，温之光重点盯防地下黑拳市场、地下赌场、酒吧等场所，像云雾咖啡一类的高端场所，从来不在她的调查范围之内。只是今天抓获了几个黑衣人，回到警局后，还没有来得及审问就被局长岳一子放走了，她气得去找岳一子理论，岳一子要么顾左右而言他，要么就是打太极，她一怒之下甩门而出，和陆七决定直接去全有集团找花锦年当面对质。

走到半路过路口的时候，温之光意外注意到了何想和梅之心。她对何想的印象就是流氓无赖加社会底层无业人员，不对，何想也算是有一份工作。而梅之心向何想递纸巾，何想擦了鼻子之后晃了一晃的动作，立刻让温之光敏锐地察觉到了问题。

很明显，梅之心和何想是初次见面，初见之下递一张纸巾也不算什么，但何想的表现似乎是纸巾上有什么可以让人产生晕眩的药物，这就立刻让心中全是失踪人口案的温之光产生了怀疑。何想除了有一份入不敷出的工作之外，其他条件都符合失踪人口的共性，说不定他就是犯罪分子这次的作案目标。

温之光当即决定暂缓去全有集团质询花锦年的行动，和陆七一起监视何想和梅之心。在暗中观察了半天之后，她愈加肯定梅之心大有问题，当然，更鄙夷何想的见色起意和被梅之心玩弄于股掌之间的愚蠢。

一路追随到了花满楼，温之光轻车熟路地提前埋伏在了一侧的角落里。陆七大为惊讶，一问才知道，原来温之光也住在花满楼。

陆七震惊之余才知道温之光身世了得，能住得起花满楼别墅，绝对是有钱人。

梅之心也没反抗，温之光说什么是什么，乖乖随她上了警车。

她提出换一身衣服再去，温之光犹豫一下同意了，也是梅之心的穿着太暴露了一些，裙子太短，到警局不雅观。不过等梅之心换完衣服出来，温之光又后悔了。

换了一身职业装的梅之心一改之前的新潮和另类，变成了职场丽人，知性而成熟。如果说衣服和发型的改变带来的只是外观的变化，那么她举手投足间流露出来的从容就完全不是可以演出来的了，似乎是发自内心的优雅。

比妖精还妖精！温之光心中暗骂一声，趁人不注意掏出镜子照了照自己。还好，虽然不如梅之心精致，至少也算是标致了。

梅之心和何想并肩坐在了警车后座，她轻轻一拢头发，莞尔一笑："温警官，你真的要带我回警局？我劝你不要浪费大家的时间，真的没用。"

温之光亲自开车，回身扫了何想一眼："闭嘴。"

何想叫屈："为什么冲我凶？又不是我挑衅你。"

温之光一脚油门踩下，汽车猛然提速，何想猝不及防被甩在了后座上，慌乱中抓住了梅之心的胳膊。

梅之心咯咯一笑："何大叔，等下到了警局，你可要坚定立场，不要被人带偏了，我们是正当的恋爱关系，难道一见钟情回家过夜也犯法不成？"

"会不会是温警官觉得我们刚认识就一起回家，进展太快了，所以她要带我们回警局进行心理辅导？不对，没听说警察有心理辅导爱情的义务啊。”何想已然知道他着了梅之心的道儿，虽然不知道梅之心用的是什么方法，也不知道她是不是七传人之一，却能猜到她盯上自己绝对是有原因的，肯定不是因为他又帅又有钱。

何想也不生气，他被形形色色的顾客欺负惯了，心态超乎寻常的乐观，就配合梅之心演戏：“心妹妹作为中心大学天体人类系的高才生，也算是社会名流了，相信温警官会对你礼遇。我就不同了，我可是社会底层的渣渣。”

“法律面前，人人平等，懂不懂法大叔？”梅之心微微一笑，嘴角的弧度拿捏得恰到好处，“温警官，我以社会名流的身份担保何想，也会委托我的律师对他进行司法保护，你不会反对吧？”

“不会。随便！我尊重你们恋爱的自由，也捍卫你们的权利。”温之光气得接连超了几辆车，还故意别了一辆慢行的汽车，“何想，你不配当樊力的老大，我会劝他离开你。”

“随便！我捍卫你的权利。”何想并不想故意激怒温之光，而是他清楚，以温之光的性格和耐心，是斗不过梅之心的，“温警官，现在我们是在处理案件，不要牵扯私事好不好？我想知道我牵涉到了什么案件之中。”

“人口失踪案。”温之光瞥了坐在副驾驶座的陆七一眼，“聋了还是哑了？和他们通报一下人口失踪案的案情。”

陆七吓了一跳，忙歉意地笑了笑，又清了清嗓子：“是这样的，人口失踪案是近年来帝都最大的一起时间跨度长作案手法隐蔽目的隐晦的大案……”

温之光连拍方向盘：“说重点，说重点，扯那么远干什么？你是不是吃多了还没有消化？”

陆七尴尬地笑了笑，下意识摸了摸耳朵：“好，说重点，说重点。重点就是在温警官接手人口失踪案后，终于有了突破，温警官发现，人口失踪案的共性是失踪人口都是社会底层的无业人员，正好何先生符合条件……”

“等等，人口失踪？”何想隐隐记得樊力说过正是因为温之光调查人口失踪案才和他在地下拳市得以相识，他也摸了摸耳朵，相同的尴尬举动可以有效缓解他人的尴尬，他自嘲一笑，“社会底层？无业人员？完全就是我的真实写照啊。谢谢，谢谢温警官对社会底层的无业人员一视同仁，不歧视不放弃。不过我想知道的是，你凭什么认为我是被梅之心拐骗的？你真的怀疑梅之心是失踪人口案的罪魁祸首？可问题是，绑架了如我一样的社会底层的无业人员又有什么用？又不能创造剩余价值，难道是可以用来当摆件？”

何想的举动赢得了陆七的好感，陆七暗暗朝何想投去了感激的一瞥，他还想再解释几句什么，温之光却再次打断了陆七：“算了，和你们说不清楚，到了局里再说，你们都闭嘴，别影响我开车。”

何想朝陆七做了一个不要理她的手势，陆七回应了何想一个善意的微笑。梅之心将几人的互动尽收眼底，摇头笑了笑，并不说话。

帝都警局位于市中心，距离全有大厦约有六七公里，却依然可以清楚地看到全有大厦高耸入云的塔尖。滞留室的窗户正对全有大厦的方向，不知何故，何想看到全有大厦，忽然有几分怀念好景常在典当行了。

毕竟是他从小长大的地方。

记忆里，他被何子天收留之后，第一天住进好景，当晚就做了一个梦，梦到他在飞翔。梦很清晰，时隔这么多年，他仍然清清楚楚地记得，当时他是盘着双腿在空中逆风飞行，就如一只振翅高飞的鸟儿。

他还记得自己是背南向北飞行，因为太阳在身后，他的影子投射到地上，很长很长。奇怪的是，他是坐在空中飞翔，地上的影子却像一条游泳的鱼。

此后很长一段时间里，何想一直重复飞行的梦境。而每次从梦中醒来，总有说不出来的轻松和难以言表的惆怅。在一连重复了半年有余之后，他才意识到了一个问题，在梦中他始终飞行在空中，既不知道如何起飞又不会落地，难道就这么一直飞下去？

让何想惊奇的是，当天晚上的梦就起了变化，他落地了。

在飞空了一段时间后，他竟然降落了。降落的感觉也无比真实，先是减速，然后降低高度，最后落地。落地时很像战机俯冲下来，他还向前小跑了几步，微有狼狈。

又做了几次落地的梦后就熟练多了，缓缓降落，平稳落地。如果手中拿有一个拂尘的话，就如同传说中的仙人了。

后来也不知道什么时候飞行的梦就消失了，来得奇怪去得蹊跷。当时何想年纪还小，也就没有放在心上，毕竟梦就是梦，怎么会受控制呢？

此后相当长的一段时间里，何想没有再做过重复的梦。等大概长到十四岁的时候，何想又陷入了另一个梦境循环。

和飞行的梦不同的是，新的梦境循环无限接近噩梦！在梦中，他在一个漆黑的房间里，房间中还有另外一扇门通往另一个房间。门很小，仅能容下一个人，门后面是什么，看不清，只有黑漆漆的一片，就如深不可测的黑洞。

开始时只是一个静止的画面，何想梦见自己站在房间中，离小门数米远，一动不动，不知道在做什么想做什么。很让人不解的是，在梦中他似乎可以以第三人的视角看到自己。

这种感觉相当诡异，就像一个人可以在一旁冷静地观察自己，是一种很难理解的状态。

何想也记不清梦境大概重复了多久之后，开始有了变化——小门犹如一个可以吞噬一切的黑洞，要将他吸到里面。他用力挣扎，拼命反抗，使出了全身力气，总算逃脱了小门的吸力。

但很快他就抵挡不了小门的吸力了，于是这就变成了一个噩梦，他一次又一次地被吸进小门后面的黑洞之中，无论他怎么努力都无济于事。而每次被小门彻底吞噬之后他就会在一头大汗的惊恐中醒来，小门里面有什么他一无所知。

相当长一段时间里，何想都害怕睡觉，因为只要一闭上眼睛，他就会看到自己静静地站立在小门前面，就等着被吞噬的那一刻到来。

在重复了至少十几次之后，何想精疲力竭，就突发奇想，既然无法逃避，索性勇敢面对，直面噩梦。他决定在再次进入梦境之中被小门吞噬之时不再挣扎，任由小门轻而易举地吞噬了他。他倒要看看小门后面的无边黑暗之中到底隐藏了什么恐怖的秘密。

在几次暗示之后，等何想再一次进入梦境之中，他不再如以前一样惊慌，而是静静等待小门出现吸力。吸力如期而至，他不再害怕，也不再反抗，任由吸力将他吸到了小门之中。

但让何想失望的是，什么都没有发生，小门的里面除了漆黑还是漆黑，无边无际，一无所有。然后他就再次醒来了。

好在以后再也没有梦到过小门和漆黑的空间了。

后来又陆续做了不少其他的噩梦，大多数都记不清楚了。

怎么会突然想起以前的梦？何想觉得很不可思议，现在身在警局之中，还有闲情逸致想起风马牛不相及的梦境，是不是有点不太正常？不管了，正常不正常又有什么关系，世界都不正常了，他是不是正常也无关紧要。

何想从来没有想过他重复做同一个梦是什么原因，还以为人人都一样。而在此时此刻，他忽然冒出一个奇怪的念头，重复的梦境以及不断的噩梦，是不是住在好景常在典当行所造成的？还是好景常年笼罩在全有大厦阴影之中的缘故？

何想以前很少离开好景，每天都在典当行几十平米的领地中活动。现在站在警局滞留室中远望全有大厦，才留意到全有大厦在阳光下有一条长长的阴影，阴影如同一把利剑，正好将好景劈中！

在远离全有大厦六七公里之外远望全有大厦，高耸入云的塔尖更显得神秘而高不可攀。

“想什么呢，这么出神？”

何想的思路被梅之心打断了，她顺着何想的目光望去，笑了：“大叔是不是很向往全有集团？很羡慕花锦年？”

“有鄙视就有羡慕，可是羡慕又有什么用？花锦年高高在上，就如神灵俯视我们这些芸芸众生。”何想嘿嘿一笑，话题一转，“梅之心，你有没有长时间重复做同一个噩梦的经历？”

梅之心讶然一笑：“重复的梦倒是做过，不多，重复的噩梦就没有了，清醒的时候已经够艰难了，睡觉的时候还要忍受噩梦的折磨，大叔，你可真可怜。”

“你小时候总是做重复的噩梦？”陆七凑了过来，左右看看，温之光不在，出去办理交接手续去了，但还是压低了声音好奇地问道，“何先生，你一直重复的是什么噩梦？怪了，我从七岁到十四岁，整整七年，总是重复做同一个噩梦，现在回想起来，那一段岁月简直就是我人生中最灰暗的一段。”

何想对陆七印象很好，他的腼腆之中带有善良，何想就好奇地问道：“你做的是什么噩梦？”

“经常梦到一间大屋子里面有一间小屋，小屋有一个黑黑的门洞，门洞里面不知道有什么，像是无底洞一样，每次都会把我吸进去，不管我怎么挣扎反抗都不管用。一被吸进去就会醒过来，就不记得无底洞里面到底有什么了……”陆七脸上流露出一丝惊恐，又意识到不应该在犯罪嫌疑人面前显露出软弱，挺了挺腰板，笑了笑，“都过去很长时间了，也记不太清到底是怎么一回事儿了，现在想想，可能和当时正好全有集团公布发现了空间通道有关。”

何想吃惊地张大了嘴巴：“不是吧，陆警官，你小时候做的噩梦和我小时候的噩梦一模一样，简直是巧合中的巧合。不过你的话倒是提醒了我，我开始做噩梦的时候好像也是全有集团公布空间通道时，到底是巧合还是另有原因？”

“真的这么巧？”陆七眨眨眼睛，低头想了一想，憨厚地笑了，“巧合，绝对巧合。”

何想才不会相信是巧合，何子天有一句话说得好——世界上哪有什么偶然？富有和贫穷都是必然——所以他一直认为他穷困潦倒就是因为跟错了何子天。具体到噩梦上，两个人做同样的一个噩梦，肯定有内在的某种不为人所知的联系。

何想所想的并不是他和陆七共同噩梦和全有发现空间通道之间的联系在哪里，而是忽然冒出了一个让他感到几分兴奋和期待的想法：陆七会不会和他一样是七传人之一？否则怎么会如此之巧？

越想越兴奋，越兴奋越觉得他的推测多半属实，何想由他和樊力的身世推及陆七，问道："陆警官，你家里还有什么人？是不是父母不在了？"

陆七如同被噎着了一样愣住了，过了半晌才变了脸色："何先生，你要是再信口开河，别怪我对你不客气了。"

"你对他客气，就是虐待自己。"温之光办完手续回来了，一脸怒气，扬手将一叠材料摔到了桌子上，"梅之心，你可以走了。下次别有什么事情被我发现，否则我跟你没完。"

梅之心脸上荡漾出开心的笑容，仿佛一切早就在她的预料之中："不好意思，让温警官费心了。以后温警官也别盯着我不放了，太浪费时间了。对了，我的律师马上到了，我想连何想也一起带走，可不可以？"

"不可以！"温之光毫不犹豫，斩钉截铁地拒绝了，"虽然有人出面担保你，你可以走了，但并不是代表你就是清白的，我依然怀疑你是失踪人口案的幕后真凶。你有明显的想要绑架何想的意图，我不会让你得逞。"

"可是我想和她一起走，行不行？"何想知道梅之心肯定在打他的主意，他不怕，反而想要更进一步了解梅之心的真实意图。自从出现了樊力、花流年和王重之后，他现在看谁都像是七传人之一。

"不行！"温之光奉送了何想一个大大的白眼，"你的事情还没有结束，需要留下来配合调查……”

“凭什么呀？”何想有几分生气，说话就带了几分火气，“是不是因为樊力甩了你非要跟我住在一起，你要公报私仇？”

陆七和梅之心都瞪大了眼睛愕然地看向何想。

何想知道二人误会了，嘿嘿一笑：“别多想，我和温警官不存在三角恋，我性别男，爱好女。”

温之光反倒被气笑了：“何想，不是我说你，就凭你的智商和情商，能活到今天，也算是奇迹了。”

梅之心没再勉强，朝何想抛了一个媚眼：“要不要我在外面等你？”

“不用等他了，他一时半会儿走不了。”温之光不耐烦地挥了挥手，“还不走？再不走信不信我有办法再滞留你二十四个小时？”

梅之心俏皮一笑，媚眼如丝：“讨厌，为什么对我这么凶？”又向前一步，双手勾住了何想的脖子，“来，亲一个。”

温之光禁不住打了一个寒战，一把推开梅之心：“请你注意形象，现在是在警局！”

陆七送梅之心出去，梅之心又换了一副乖乖女的形象，用甜甜的声音问道：“陆哥哥，你是不是喜欢温警官？”

陆七脸微微一红，想拉下脸装一下严肃，梅之心又咯咯笑了：“喜欢就喜欢，有什么不敢承认的？就像我就是喜欢何想，坚持自己的品味和选择，又不犯法。”

陆七被说服了，点了点头。

“女孩子最不喜欢怯懦的男人了，你要是真喜欢温警官，就大胆一些，记住，一定要胆大心细脸皮厚。只要你锄头挥得好，没有挖不倒的墙角。”梅之心眼睛转动几下，狡黠一笑，“我就不明白了，像我一样玲珑好看的女孩，怎么会是人口失踪案的幕后黑手？我绑架别人有什么用？”

陆七被梅之心直勾勾的眼神击中，心神一荡，明知是机密却还是忍不住说了出来：“其实局里一直把人口失踪案当成人口自然失踪和消亡，失踪率只是超过正常值0.1个百分点，几乎可以忽略不计，要不是温警官坚持调查下去，早就叫停了。不过温警官也确实厉害，她接手一年多来，总算有了突破……”

“不就是找到了失踪人口都是社会底层无业人员的共性吗？”梅之心轻轻讥笑一声，又忙掩嘴一笑，“不好意思，我不该乱说话的，应该肯定温警官的工作，毕竟社会底层无业人员大多没有家人和亲人，就算走失了或是自己躲藏了起来，也不会有人知道。”

陆七虽然当警察不久，却也能听出梅之心有意套话，不知何故，被她每看一眼，就觉得浑身燥热，仿佛坠入了热恋一般。可是他才和梅之心第一次见面，而且他明明喜欢的是温之光，他又不是见异思迁喜欢脚踏两只船的人，为什么总有一种压抑不住想要喜欢她的冲动？她的一颦一笑都让人无比着迷，只看她的眼睛一眼就会深陷其中不能自拔。

陆七停顿片刻，强压心中想要吐露真相的冲动，却还是失败了，因为内心的冲动告诉他，如果他不对梅之心说出实话，他便对不起梅之心天真无邪的笑容：“除了都是社会底层无业人员之外，温警官还发现失踪人口的年龄集中在二十到四十岁之间，都是身体健康的青壮年男性。温警官还说，她还可以继续缩小范围，寻找其他的共性，就会越来越接近真相，抓住幕后黑手。”

梅之心若有所思地愣了愣，又悄然一笑：“那么在陆警官眼里，我像是幕后黑手吗？”

“不……”陆七尴尬地笑了笑，摸了摸后脑，“不知道，在警官眼里，办案的时候，看谁都像是犯罪嫌疑人。”

“是不是在警察办案的时候，看谁都像是犯罪嫌疑人？”何想双手抱肩半坐在桌子上，一脸不耐，“温警官，为什么不让我走？既然你怀疑梅之心要绑架我，就说明我不是犯罪嫌疑人，而是受害者。哪里有滞留受害者的道理？”

“我是在帮你。”温之光朝窗外望了一眼，见梅之心上车之后扬长而去，才暗中舒了一口气，“何想，我问你一个问题，你一定要如实回答——你以前是不是没有谈过恋爱？”

“是，我是单身狗！”何想一愣，不屑地笑了笑，“是不是觉得我很失败，想嘲笑我一番？先别笑我，你的男朋友樊力也不怎么样。”

“我和樊力是纯洁的兄弟关系，不是恋人，你想多了。你是单身狗，我是狗不理。”温之光忽然笑了笑，上下打量了何想几眼，“你是不是特别喜欢梅之心，觉得她浑身上下都散发着让人欲罢不能的魅力，恨不得为她做任何事情，哪怕去死也在所不惜？”

“想要讽刺我精虫上脑就明说，不用绕弯，我心理承受能力绝对远超你的预期。”何想忍不住反驳温之光，不过话一出口，脑中忽然闪了一闪，是呀，温之光说得没错，他确实莫名就喜欢梅之心，虽然没有温之光说得那么严重那么迫切，却真有一种一见钟情的激情和愿意为她付出一切的冲动，即使是在他明显猜到她对他有所企图的情况下。

为什么会这样？何想才不会承认他真的是精虫上脑。是，他是单身狗多年，可是他还没有迫切到只见一面就爱上一个女孩的程度，更主要的是，他有自知之明，清楚以他的条件梅之心不可能真的喜欢他！

何想再喜欢一个人，当他清楚地知道他距离那个人的距离有多远时，就不会幻想可以得到这个人。这种不盲目的理智才是他多年来混迹底层社会的安身立命之本。

何想既然想到了这一点，也就老老实实承认了：“是，是，温警官说得对，我确实是对梅之心一见倾心，等等，好像陆七也挺喜欢她。怪事，她长得是漂亮，可是就算是美若天仙又怎样，男人也有节操也有坚持的原则不是？其实说实话，梅之心也不比温警官好看多少，又没有温警官端庄飒爽。”

温之光被何想冷不丁一夸，脸微微一红：“少来，别说没用的废话！站在你们男人的立场上，你说实话，如果不是我及时赶到，你是不是就跟梅之心上楼了？换个角度来说，如果她对别人也施展同样的媚眼和诱惑力，是不是从二十到四十岁的男人都抵挡不了？”

何想瞬间明白了温之光的推理，眨了眨眼睛笑了：“不敢说百分之百，百分之九十以上是有的。温警官真的怀疑梅之心和人口失踪案有关？她虽然很诱人，可是没有作案动机呀。她一不缺钱二不缺……人，为什么去犯法绑架社会底层的无业人员？就凭她的水平，想要什么高端人士不都是手到擒来？只要她招呼一声，乖乖送上门的人不多得是？”

“还说自己不是精虫上脑？你是色迷心窍了！”温之光狠狠地挖了何想一眼，“她再诱人，如果要你的命你也给她？也不知道你有什么好，要长相没长相，要身高没身高，要钱没钱要权没权，好吧，以上都没有也没什么，至少有智商也好。结果你别说智商和情商了，连色商都没有，樊力肯定是打黑拳脑子被打傻了才会认你当老大。我警告你何想，赶紧放樊力走，否则我跟你没完。”

“你要怎么跟我没完，温警官？”何想嬉皮笑脸，“你刚才说要跟梅之心没完，现在又要跟我没完，你到底想跟哪一个没完？”

温之光气得说不出话来，正想打击何想几句，陆七回来了，他脚步轻盈，哼着小曲，一脸的喜色，仿佛陷入热恋一般。

何想和温之光同时想到了什么，二人对视一眼，都从对方眼中看出了惊愕。

陆七一进门就感觉到气氛不对，一下站住：“怎么了？”

第五章　流年如花

一丝亮光骤然从花流年的眼中闪过，她讶异地瞥了眼前的男人一眼，好像这个家伙也不是表面上看起来那么简单？

“陆警官，如果用一种食物来形容温警官，你觉得温警官像什么？”何想拍了拍陆七的肩膀，嘿嘿一笑。

陆七挠了挠后脑：“食物？温警官干练漂亮，干脆利落，像是干脆面。”

“滚！你才干脆面，不，你是浑蛋面。”温之光扬手扔了一叠材料，正巧砸在了陆七的头上。

全有集团的分合机有一种组合食物就叫浑蛋面，是用鸡蛋和面条在分子层面组合在一起，味道十分奇特，本来叫混合面，后被好事者改为浑蛋面。

陆七接过材料，一脸委屈，何想不等他叫屈，又问：“梅之心呢？”

“梅之心……”说到梅之心的名字，陆七脸上的喜悦如涟漪一样荡漾开来，连他自己都没有意识到他的笑容有多肉麻，“梅之心就像一朵香气四溢的鲜花，又漂亮，又艳丽，而且还可以……吃，让人赏心悦目的同时，又胃口大开。”

“不，不，你形容得太文艺太矫情，要我说，梅之心就像是毒品！一看就会上瘾，然后让人再也无法放下，媚入骨髓。”何想突然被自己的念头吓了一跳，他忽然想起了什么，“对了温警官，谁打来电话让你放了梅之心？”

“不知道。”温之光气愤难平，“局长亲自让我放人，也不说是谁的人情。”

又眼睛一亮：“对对对，你说得太对了，梅之心就像是可以让人上瘾的毒品，也是怪了，就连我也觉得她很有魅力，也想喜欢她……”温之光用力摇了摇头，似乎在驱散脑中不安分的想法，“不行不行，我可是性别女，爱好男，括号：排除何想。”

何想乐了：“别强调，一强调就露怯了，像我，绝对不会强调我不喜欢你，因为我连不喜欢你的念头都没有，纯净得像风。”

“梅之心怎么会像毒品？”陆七依依不舍地朝窗外望了望，“她纯净得像蓝天，笑得像白云，声音像春风，只要一见到她就会感觉到世界的美好。”

“中毒了。”温之光打了陆七的脑袋一下，“行了，别发感慨当诗人了，走，跟我出去调查刚刚报案的又一起失踪案。”

“我回去了。”何想感觉没自己什么事情了，也该回好景了，也别说，以前总待在里面，觉得闷，现在才出来半天，还有几分想念，也是他忽然有了一个疑问想赶紧向樊力问个清楚，“有什么事情随时联系我，我会尽一个公民应尽的义务。”

“等等，我们调查的失踪案正好在去好景常在典当行的方向，顺路，可以带你回去。”温之光不由分说地拉起何想就走，“走，我还有几个问题要问你。”

车上，温之光开车，何想被强行安排在了副驾驶座，留下一脸郁闷的陆七坐在了后座，心神不宁地不时翻看手机，每次都是一脸失望，似乎没等到想要的信息。

何想摇了摇头，小声说道：“可怜的陆警官，被梅之心摘心了。”

温之光回头看了陆七一眼：“你呢？怪了，你看上去没那么失魂落魄，你没被梅之心摘心？”

从侧面望去，温之光的鼻子翘挺，嘴巴小巧，耳朵弧度优美，精美如瓷器般，不但五官长得规范而好看，比例恰当，组合在一起也无比谐调，可以说是一个全方位的美女。只是不知道为什么，何想现在对她在却没有丝毫的波澜和冲动。

男人和女人之间的吸引是天性，吸引的源动力是荷尔蒙，荷尔蒙带来的刺激是喜欢是接近是占有，而如果一个女人激不起男人的征服欲和占有欲，从某种意义来说，就是男人眼中的没有女人味。

所以，从梅之心无差别的吸引力和只看一眼就能让人念念不忘的诱惑力来看，何想严重怀疑梅之心是七传人之一，虽然他并不知道七传人之中是不是有一种可以吸引异性的能力，反正他清楚一点，梅之心的魅力绝对不是一般美女所能具有的。

“你不是有问题要问我？快问，要不就没机会了。”警局离好景不远，不出十分钟就到目的地了。

“就几句话……”温之光拢了拢头发，抿了抿嘴唇，“你、你和樊力以前真的不认识？”

“就如我和你一样，从未谋面。”

“你们所谓的七传人到底是什么？我是说是什么组织？”

“不是组织，只是一个传说。”何想心中的疑问不比温之光少，他嘿嘿笑了笑，“说实话，到现在我还在晕眩之中，没有弄明白事情的真假。”

温之光点了点头：“不管了，根据我对樊力的了解以及对你的智商、情商和能力的观察，你们也不会是什么非法组织，就算是，也折腾不出来什么事情。”

何想翻了翻白眼：“谢谢啊，谢谢你理解和信任，谢谢你对我一如既往的肯定。”

“只不过……”温之光又回头看了看陆七，见陆七还是一脸痴迷，神思恍惚，不由鄙夷地咧了咧嘴，一抬头看到了好景，就靠边停车，“陆七，你先下车。”

“哦。”陆七想也未想，老老实实地下了车，关门的瞬间他才清醒过来，“我怎么下车了？为什么是我下车不是何想下车？”

温之光锁了车门：“我问你，当时在好景打斗，为什么我差点被压死？感觉像是背负了千斤的重担一样，可是我背上明明什么都没有！还有，樊力出拳的时候，为什么空气中会有波动？别告诉我是幻觉，我学过量子力学。”

原来当时温之光注意到了异常，何想还以为温之光心这么大，完全忽视了当时的异状。对了，那时温之光还被定格在了空中，她知道不？

“根据受力和作用力的相互关系，你感觉到千斤压力是因为重力异常，是短时间小范围内的地球磁场波动。至于空气波动，是樊力出拳速度过快，影响到了你的视觉，看上去就像是空气波动一样，正常，很正常。”何想煞有介事地胡说了一气，其实真要说到是什么原理，他也不清楚，“除了受压和空气波动外，你还记得别的怪事吗？”

“没有了。”温之光一脸狐疑地打量了何想几眼，“刚才一番话从你嘴里说出来，怎么感觉你不像是社会底层的无业人员，倒像是中心大学的教授？哎呀，不对，还有一件怪事，就是我去踢王重的时候，明明要踢中他了，不知道为什么突然掉地上了，啊，我想起来了，当时你还毛手毛脚地摸了我的脸，我还打了你一个耳光，然后我就摔到了地上……”

温之光一脸惊恐，猛然抓住了何想的胳膊：“何想，当时到底发生了什么？”

何想一脸无奈和为难：“我也很无辜，不知道到底发生了什么。”他才不会告诉温之光真相，主要也是他还不十分清楚到底是什么情况，脑中蓦然闪过一个念头，“温警官，你父母都还在？”

“你什么意思？”温之光脸色一变，她当然不知道何想是想知道她是不是七传人之一。

七传人的特征是血脉只能有一个人觉醒，后代觉醒，前代必死。

“没事，没事，伯父伯母在就好，我从小是孤儿，喜欢家的感觉，所以找女朋友一定要找父母健在的。”何想推门下车，“谢谢温警官，我到了，就不请你进来喝茶了。温警官要去哪里调查人口失踪案？”

“中心大学。”温之光没有在父母的问题上过多纠缠，按了按喇叭，催促陆七上车，“何想，你转告樊力一声，让他尽快回去住，别闹了。”

“收到。”何想一脸微笑地冲温之光挥了挥手，放下温之光是七传人的怀疑，转身进了典当行。

原以为何子天和樊力都在，奇怪的是，两个人都不见人影。真是怪事，何子天不在还好说，反正他经常不在，樊力不是说要赖在典当行不走吗？他这是去了哪里？

何想懒得去管何子天的去向，却很关心樊力，可惜的是，他没有樊力的电话，只好作罢。喝了一口水，拿起羊皮卷认真地看了起来，还是和以前一样，除了戒指、吊坠、手环和腰带之外，剩下的三件宝物十分模糊，根本看不清楚是什么东西。

先辈们也太懒了，认真画一幅羊皮卷又不会累死人，还有，为什么不用量子影像信息留存技术？既安全又有保障，不会出现口耳相传带来的理解偏差。

何想又摆弄了半天他的戒指，一无所获，全无出奇之处，不由更加沮丧了几分，好好的生活被突如其来的意外打乱不说，他还多了一份责任，却没有给他相应的能力，这不是坑人吗？就凭他现在的本事，连温之光都可以打五个他，他还想成为七传人之首，怎么想怎么觉得仿佛是先辈们开了一个很不着调的玩笑。

先辈们也是，当年捉拿黑衣仙星人也太认真负责了，追到了地球上还不算，还连命都留在了地球，这是怎么样的一种不远亿万光年不求回报为地球奉献的精神？如果是他，当时打败黑衣仙星人就转身回仙星了，干什么非得留在地球上受罪？

虽然不理解先辈们的所作所为，不过何想还是有一分自豪和满足的。不管怎么样，他并不是温之光所说的社会底层的无业人员，他有工作，还是说出去让无数人大惊失色的工作——保护地球！想想就连全有集团、中心大学以及全球无数富豪权贵都得在他的庇护之下才能安全，他莫名就感觉到了兴奋和激动，几乎要载歌载舞了。

眼见天色渐渐黑了，还不见何子天和樊力任何一人回来，何想绝望了，樊力也和何子天一样是一个不靠谱的家伙。他有几分后悔收留了樊力，最好樊力一去不复返，他还继续过他悠然自在的日子多好。

下意识里，何想有一种只要樊力不在他就不用当七传人之首的幻想，也是他在骨子里不想承担责任的逃避表现。毕竟，他不想面对一个庞大的未知力量，因为作为七传人之首，黑衣仙星传人第一个想消灭的肯定是他。

估计晚上不会有人回来陪他吃晚饭了，何想问道："小冰，分合食还有多少？"

小冰的声音不再如以前一样冰冷，而是无比活泼："小想，分合食还有三天的存量，请问主人想要吃什么？小冰会发送食谱到分合机。"

"靠，谁改了小冰的语音？"何想跳了起来，用力一拍冰箱的门，"不许叫我小想，叫我主人！"

"是，主人小想。"小冰甚至还发出了嘲笑声，"小想你就别硬撑了，你要面对自己内心的软弱……"

"闭嘴！"何想怒了，一台冰箱也敢调戏他，真是反了，"再多嘴我就把你格式化。"

"小想主人，请注意，有人来了。"小冰的声调一变，忽然发出了嘀嘀的警报声，"来人颜值高，年龄约二十五岁，性别女，身材高挑，可御姐可萝莉，可女王可公主……"

何想头大了，肯定是樊力摆弄了他的冰箱，冰箱是他唯一值钱的智能家电了，他气得跳了起来，想要关掉冰箱电源，门一响，有人进来了。

“请问，何想何先生在吗？”

声音有几分熟悉，何想探头朝外一看，昏黄的灯光下，一个一身复古褐色长裙头戴白边圆帽的女子站在门口，眼如秋水，眉如远山，正是全有集团的千金花流年。

何想昂首挺胸地来到花流年面前：“我在，你说。”

花流年笑盈盈地打量何想一眼：“如果我要请何先生吃饭，何先生会不会觉得有些唐突？”

其实花流年原本是想等几天再亲自出面和何想谈谈，不料梅之心回去之后告诉她何想并未受到她的影响，是她出道以来的第一次失手。虽然就连她刻意压制魅力不想吸引的陆七都被她吸引得神魂颠倒，何想却似乎并没有受到她多少影响。虽然表面上看何想有了几分恍惚，但最终还是保持了足够的清醒，让梅之心大为震惊！

因为她刻意对何想定向释放了魅力，就差最后一吻了。不知何故，她总觉得即使她的绝技一吻定情施展出来，何想也极有可能不会被她迷惑。她就告诉花流年，何想绝对大有来历，非同一般，就算不是七传人之首，也会是七传人之一，或是黑仙传人。

梅之心的无功而返让花流年大为震撼，她太了解梅之心的魅力了，几乎无往不胜。梅之心对何想的分析和她对何想的判断基本一致，她决定提前和何想过招。

花锦年的大计步步推进，不能再耽误下去了，时间不等人。

花流年告诫梅之心不要再去故意招惹温之光，虽说不怕温之光一个小小的警察，万一温之光死缠烂打非要将人口失踪案和全有集团挂钩，一直抓住不放的话也是棘手。尽管花流年一个电话就可以让市局放了梅之心，也可以出面找到市长，让市长下令停止人口失踪案的调查，但没必要这么做，越是如此，反倒显得全有集团越心虚。何况一个小得不能再小的警察还要她亲自出面的话，会显得小题大做，也会让外界质疑全有集团没有雅量。

平心而论，花流年并不愿意亲自出面和何想接触。何想是什么人？一个社会底层的无业人员而已，根本就没有资格和她平起平坐，何况还是她请他吃饭，等于是纡尊降贵，高抬了何想。她太了解如何想一般的无赖了，越是有人高抬，越是沾沾自喜，不知道自己几斤几两。

只是她太想帮花锦年了，花锦年做事虽然执着，认真起来便绝不回头，却有时过于方正而失去圆融，过于计较程序和逻辑，往往被自己的见识限制死。她不想看到花锦年痛苦和焦虑。

何想是很喜欢美女，和大多数男人一样，对主动送上门的美女没有抵抗力。不过好在他最大的优点是有自知之明，况且也亲眼见识过花流年的本事，所以对花流年送上门的殷勤，立刻起了疑心："按说花大公主亲自请我一个微不足道的小人物吃饭，我应该诚惶诚恐感激涕零才对，可是实在不好意思，我刚刚吃过饭了……"

话说一半肚子却不争气地叫了一声，何想脸不红心不跳："就算饿了也不去吃饭，我减肥。花公主有什么事情就在这里说吧，这里安静又有意思。"

花流年不说话，双手背在身后，如一个少女般，好奇地环视四周，将典当行的所有物品一一过目，才淡然一笑："叫我流年就行了，别叫什么花公主，疏远，俗气，生分。对了，典当行所有值钱的物品都在这里了？还有没有孤品没有拿出来？"

"有，当然有。"何想嘿嘿一笑，从柜台下面拿出一个唐三彩，"孤品，全世界只此一件，花总喜欢的话，一口价一千万。"

"你账号多少？"花流年眼睛眨都不眨，手一挥，调出了全息转账页面，"如果何先生肯赏脸陪我吃饭，我就买下你这个只此一件的孤品唐三彩。"

"忽然想起来了，昨晚我就没有吃饭，今晚可以吃一口，也不会影响减肥。"何想也调出了账号信息页面，假装迟疑了一下，甩到了花流年的转账页面上，“花总如果自称全球第二大方的人，没人敢说是第一。”

“好了，转账成功。”花流年不理会何想蹩脚的恭维，她拿过唐三彩，倒转过来，很专业地将手指伸到了马后腿的凹坑处，摸到了里面的全有集团制造的字样。她微微一笑，扬手扔到了地上，那东西当即摔个粉碎。

“啊，一千万就这样随手扔了？中医经常说有一个人有魄力，是说他的三魂七魄灵光旺盛，花总睡眠质量一定很好。”

“你怎么知道？”配合何想演戏的花流年不仅仅是演戏，而是确实有几分惊讶。

“坚决果断之人，精神好，意志坚定，那么五脏六腑中所蕴含的魄力就高人一等，所以才能做出一般人无法做出的重大决定。”何想毕竟在典当行业浸淫多年，熟知传统文化，且他察言观色，见花流年面色洁净而有光泽，就知道她身体健康，行事从容。

何想的话花流年很是受用，出了典当行的大门，她亲自为何想打开车门：“何先生，请。”

何想也不客气，坐在了副驾驶：“去吃什么？”

“请何先生吃饭，当然是最好的美味了。”花流年发动汽车，朝郊外开去。

在花流年和何想离开不久，夜色之下，两个人影突然出现在典当行门口。

典当行两侧是胶囊宾馆和电子动态照片的商铺，此时正是生意红火之时，两家门前闪烁的灯光和好景的一片漆黑形成了鲜明的对比。

两个人影推了推好景的门，纹丝不动。其中一人拿出一根天线一样的东西，在门上轻轻敲了敲，再推，还是没有动静。

另一人小声说道：“不是电子锁，用电子解锁器没用，是老式的机械锁。”

“都什么年代了，怎么还有人用机械锁？”是一个女孩的声音，甘甜而清冽，“王重，花董不是让你去地下黑拳市场吗？你有没有新的发现？”

王重摇了摇头，他把手放在门上，手上手环黄光一闪，门锁瞬间脱落，另一手出手如电，接住了下落的锁。

门开了一条缝，二人迅速闪了进去。

“没有，上次发现樊力是意外收获，刚刚又去了一次，一无所获。”王重一脸漠然地摇了摇头，“七传人怎么可能都在地下拳市出现？也就樊力这种缺心眼的傻子才会去打黑拳。对了，你怎么也没能拿下何想？还害得大小姐亲自出马。”

“大小姐怀疑何想是七传人之首或是黑仙传人，花董却觉得何想什么都不是。他太了解何想了，从小和何想一起长到七岁。小时候的何想别说特殊了，连一般人都不如。”梅之心轻轻拍了两下巴掌，声控的灯光亮了，整个典当行看得清清楚楚，“所以我怀疑有两种可能，一，何想的性取向有问题；二，他是全球最后一个太监……”

“哧……”很少会笑的王重被梅之心的推测逗乐了，“何想虽然没长胡子，可是他说话的声音，还有举止以及身上散发的男人气息，明显是非常正常的男人，是不是你的魅力值归零了？”

“不可能！”梅之心鼓起了娇艳红唇，“要不要亲一下试试？”

“免了，免了。”王重吓得连忙后退一步，不小心踩在了破碎的唐三彩上面，发出了清脆的响声，他捡起一片，“全有集团分子重组机打印的伪文物，何想这么个无赖，怎么会是七传人？七传人没有这样的无耻之徒！”

“樊力不也很无赖？”梅之心嘻嘻一笑，打趣王重，“你对何想偏见很重，是不是因为大小姐单独请他吃饭，你吃醋了？他吃饭你吃醋，也挺好的不是？醋开胃，可以下饭。”

“别胡说，我对大小姐只有尊敬。”王重面不改色，警觉地四下查看一番，“世界上能配得上大小姐的，只有花董。”

“你真是不懂女人。”梅之心眼睛转了一转，又摇了摇头，“算了，不和你说关于女人的话题了，在你眼里，全世界只有大小姐一个女人，可惜的是，在大小姐眼里，全世界只有花董一个男人。不过要我说，大小姐也是不懂男人，具体地说，她是不懂花董。”

“大小姐怎么会不懂花董？他们从小一起长大，认识有二十几年了。”王重开始翻典当行里面的东西，“我觉得世界上最懂花董的女人就是大小姐了。”

“你什么都不懂。”梅之心气呼呼地用手一指右边，此时的她既没有诱人的妩媚也没有冰清玉洁般的单纯，可爱得像是一个邻家小妹，“你从右边开始找，我从左边，要有章法。像你一样乱翻，翻到什么时候也找不到宝物。”

王重诚恳地点了点头：“你说得对，我承认我什么都不懂，只要忠心听话就行了。反正我是认定花董了，不管他让我做什么，我一定不遗余力地做好。”

“你真的认为花董可以研制成功超纯物质？可以在有生之年攻克全部疾病？可以利用超纯物质研制出让人类长生的药物？”梅之心翻到一块皮质物品，以为发现了宝物，惊喜的神情只在脸上停留了三秒钟就消失了，把它扔到了一边，“什么破东西，像是抹布。”

王重想笑没有笑出来，他揉了揉眼睛：“怎么，你不相信花董的天才头脑还是不相信全有集团的实力？现在全有集团是全球第一科技集团，有最顶尖的科学家，有足够的钱，再加上花董高人一等的见识，有什么事情不能实现？”

“人类发展到现在，有文字历史记录的是几千年，可是没有文字记录之前的发展史有几十万年！如果再算上以前毁灭的几个人类文明，以地球五十亿年的寿命计算，至少有过十次长达数千乃至数万年发展的人类文明。可是为什么没有一个人类文明最后能逃过毁灭？”梅之心将一块减压口香糖放到了嘴里，“你凭什么认为这一期的人类文明就一定能逃过毁灭的最终命运还能实现长生不死的终极梦想？”

“不凭什么，就凭这一期的人类文明有七传人，有全有集团，有花董……”王重信心十足，他对花锦年有一种近乎盲目的崇拜和信任，“以前的人类文明肯定没有和地外文明有过亲密接触，所以最终毁灭了自己。这一期的人类文明已经完全解除了核战和生化战危机，人类自我毁灭的可能性已经完全没有了，那么共同的目标就是永生，我相信一定会实现。”

“真的吗？”梅之心轻巧地吐出了一个泡泡，“你觉得现在的科技比起几千年前有多大进步？”

“不可同日而语。”

“比起仙星人呢？”

“……”王重愣了愣，虽然他是仙星人后代，但他对仙星人完全没有归属感，对仙星更是没有概念，不过有一点他可以肯定，“比不了仙星人，因为仙星人几千年前就可以制造出超纯物质了，而现在花董只能提炼出真纯物质。”

“就是呀，当年仙星人手里有超纯物质，却还是没能长生，你为什么就相信花董的话，认为只要成功研制出超纯物质就可以使人类获得长生呢？”梅之心眨着眼睛俏皮地笑了，“是不是很意外、很惊喜？”

王重一脸愕然，呆立当场，半天才吞吞吐吐地说道：“可是、可是花董也不会骗我……他为什么说只要聚齐了七件宝物研制出了超纯物质，就可以永生不死？”

王重愣了片刻，忽然又欣慰地笑了：“差点儿被你带进沟里去，花董只是说研制出了超纯物质可以造福全人类，实现星际移民，数倍延长寿命，并没有说永生不死。数倍延长寿命是星际移民的前提，要不人都死在星际移民的途中了，移民还有什么意义？”

梅之心狡黠地笑了，没能成功地把王重绕进去，她不是很开心，不过却也大概测试了王重对花锦年的忠心程度，目的达到了：“你真的一点儿也不怀疑花董就是那个什么、什么……”

梅之心故意不说，王重顺口接话：“黑仙传人？不会，绝对不会。就算大小姐是黑仙传人，花董也不会是，他压根就是正宗的地球人。”

“你怎么知道？你就这么肯定？”梅之心又翻到了一张类似纸张的东西，左看看右看看，又扔到了一边，“要是可以从你和大小姐身上发现共同的和人类不同的DNA就好办了，就可以通过DNA筛选确定七传人了，先不管是七传人还是黑仙传人，能准确地知道谁不是地球人就成功了一大半。”

王重眼睛一亮：“想法不错，可以向花董建议一下。梅之心，你不愧为中心大学生物系和天体人类系的高才生，我怎么就没有想到这一点呢？”

“你要是都能想到了，全世界的人就都想到了。你以为我的想法有多聪明多有先见之明？错了，花董早就想到并且落到实处了。”梅之心开心地笑了，现在她知道了一个秘密，花锦年尽管视王重为心腹，但并非所有事情都告诉王重，“你肯定不会知道花董经过对比你、大小姐还有樊力的DNA，最后得到了一个什么结论。”

“什么结论？”王重一喜，原来花董早就想到了。也是，以花董的聪明，怎么会落后于梅之心，他却并没有去想为什么花锦年想到了这一点并且暗中做过了对比测试，他却对此一无所知。

“没有结论，因为并没有发现你们仙星人的基因和地球人的基因的真正不同之处，毕竟每个人的基因都有所不同，还有很多人会产生基因突变，反正结果让花董很失望。”梅之心微微叹息一声，想起了花锦年一门心思扑在研究上，心中五味杂陈，“王重，你除了可以驱动手环之外，有没有觉得和一般人有不一样的地方？”

“我就是一个一般人，怎么会和一般人不一样？”王重嘿嘿一笑，挠了挠头，“快找羊皮卷，要不等何想回来就麻烦了。”

“他一时半会儿回不来，和大小姐去吃饭，少说也得两个小时。谁和这样一个大美女吃饭不多吃一会儿？”

“好吧，你说得对。梅之心，难道你就从来没有怀疑过自己是仙星人后代？”王重其实早就对梅之心有过怀疑，因为梅之心的魅力一旦施展，大多数男人都难逃诱惑，对她言听计从。虽然梅之心魅力释放之时他感觉不到能量的波动，但梅之心的能力太奇怪了。

“我？”梅之心哈哈一笑，媚眼如丝，眼波如秋水微澜，“你真这么想？要不我们结婚试试，说不定能生出一个超强仙星人后代。”

王重连连摇头：“免了免了，娶不起，不敢娶，无福享受。我怕帽子太多，压断了脖子。”

“这就对了，我是绿帽子制造商，每天都可以免费奉送你一顶……”梅之心忽然一声惊呼，“找到了，找到羊皮卷了。”

“找到就好，赶紧走。”王重莫名对好景有一种不安感，上次他的空间束缚力突然失效，到现在想起还心有余悸，不知道到底是哪里出了差错，他觉醒之后从未出现过的情况，这种感觉就像一个穷人暴富之后瞬间又变得一无所有。

没有空间束缚力之前，他觉得自己就是一个彻头彻尾的失败者。在父亲出车祸需要救治时，他连一天的住院费都拿不出来，当时他恨不得自己一头撞死。如果不是花天下出手相助，父亲当时就病重而死了。

花天下不惜动用全有集团刚刚研制成功的新型基因定向药物救回了父亲，据说一剂药量就价值百万，花天下却为父亲用掉了几十剂！

后来父亲还是不幸因病情恶化而死，但父亲至少多活了五年，五年期间，花天下为父亲花费的费用至少上亿。

王重对花天下感激涕零，更对花锦年感恩到愿以死相报——父亲的病由花锦年亲自治疗，五年间，花锦年事无巨细都要亲自过目。如果不是全有集团精良的仪器和药物以及花锦年高明的医术，父亲估计撑不过一年。

正是因此，王重对花锦年的忠心无与伦比，花天下死后，他一心追随花锦年，愿为花锦年做任何事情。

“呵呵……着什么急呀？这好景好歹也是传承了几千年的地方，说不定还有什么其他宝物，既然来了，就不要空手而归嘛。”梅之心娇艳一笑，丝毫不在意王重的催促。

王重眉头一皱，这个梅之心实在太不将他放在眼里，又或者说，这个女人可能根本没有将任何人放在眼中。虽说也是花氏集团当年资助过的孤儿，可梅之心向来都特立独行，更是以优异的成绩获得了丰厚的奖学金，即使不依赖全有集团也可以过得很好。

即便她选择归顺全有集团，也一直若即若离，全凭喜好做事，更是对男人有着天生的轻蔑和恶意，除了欺骗就是下黑手，但偏偏她直属于花锦年，他也无法管束她。

他总觉得这个女人太不安分，迟早会弄出难以收拾的麻烦。

“这次的任务就是羊皮卷，不要节外生枝。把东西给我。”王重朝梅之心伸出手。

“才不给。”梅之心调皮地笑了笑，将羊皮卷一卷，直接塞进胸口，还故意挺了挺高耸的胸部，媚笑一声，“有本事你来拿呀。”

“你！”王重脸色一黑，他不想跟这个女人太亲近，栽在她手里的男人没有一百也有九十九，他实在不想再为她的所谓的“丰功伟绩”再添加一笔。

梅之心哼笑一声，不再理他，径自往梯子上再攀爬两步，阁楼的全貌一览无遗。原来除了羊皮卷，还有各式各样的瓶瓶罐罐堆在一起，但以梅之心多年淘宝的经验来看，这些东西都不值钱。

“咦？这里倒有个奇形怪状的黑石头，看着有点意思，还贴着墙壁。”好奇心驱使下，梅之心伸手去够那块石头，然而，就在触碰石头的瞬间，一股沁人的凉意顷刻间传入她的四肢百骸！

她忍不住打了个哆嗦。

“怎么了？”王重惊问。

“怪了……这个石头有古怪。”梅之心轻咬下唇，“我还不信我治不了一块小小的石头？”

梅之心再度伸手，想要将黑石头从墙壁上抠下来，可没想到用力一拉，只听细微的“咔咔”两声，石头忽然在墙壁上扭转了一个角度。

只一瞬间，屋子里的东西像是突然活过来一样，全都腾起漂在了空中。即便王重拥有可以控制重力的能力，也只能勉强将人压在地板上，而梅之心早就不受控制“嘭”的一下撞到天花板上。

这诡异的景象只持续了一瞬，所有的东西便被轰然卷进凭空出现的黑洞里！

“啊！”梅之心惨叫一声，和王重一起陷入黑暗。

……

漆黑，幽暗，无边无际的黑暗，如一张巨大的网包罗万物，又好似漫无边际的宇宙空间。

王重和梅之心感觉自己漂浮在漆黑的半空中，伸手不见五指，除了远处像是星光一样模糊闪烁的东西，什么也看不见。

这里到底是什么地方？刚才明明是在好景里面，怎么一下到了这里？

没有声音，没有温度，什么也感受不到，甚至不知道和自己一起进来的另一个人还在不在……

时间和空间全被抹除，剩下的只有无边的黑暗和孤独。

“王重！”声音从梅之心的口中喊出，却被淹没在无尽的黑暗之中。

“到底……怎么回事……像这样下去，还要多久？”

恐慌悄无声息地袭来。

……

典当行的大门外。

樊力挠了挠脑袋，挑眉看着明显坏掉被扔到一边的门锁，再看看虚掩着的大门。

“啧，要不要这么潇洒，门都不关的，就算老大家里确实穷得贼来光顾都觉得辱没了自己的智商，但也不用这么敞着门吧？”

“等等……”樊力摆出标准的思想者姿势，深思了一秒钟，忽然跳脚，“OMG！难不成真的遭贼了？”

火速蹿进典当行里，樊力在大厅扫视一圈，发现那些不值钱的破铜烂瓦都还稳稳当当地摆在原处，唯一让他有些疑惑的，就是大厅侧面墙壁上镶嵌的一块原本不起眼的黑石头，此时竟然一闪一闪地闪烁着黑光。

“什么鬼？”樊力伸手摸了过去，然而就在他碰到黑石头的刹那，腰间腰带上红光一闪，黑石头啪的一下再度恢复了不起眼的模样。

与此同时，典当行后院，“扑扑”接连两声落地声，一男一女两个人凭空从半空中跌落，仿佛被什么东西嫌弃当成脏东西吐出来一般。

“怎么回事？”王重惊魂未定。

梅之心揉了揉摔痛的屁股，抬眼一看，竟然回到了熟悉的地方，目光一亮：“出来了，太好啦。”再顺手往胸口一摸，原本插在那儿的羊皮卷竟然不翼而飞，立即怒道，“王重，是不是你偷走了我的羊皮卷？”

王重翻了个白眼：“麻烦你用脚趾头想一想，刚才那种诡异的情况，我能拿到羊皮卷才有鬼了。”果然，他心中不祥的预感成真了，这都怪梅之心这个成事不足败事有余的女人，早拿了羊皮卷离开不就没事了吗？

“可刚才就只有我们俩在，不是你还能有谁？”

“你怎么不说是你误碰了好景内部的什么机关，结果偷鸡不成反蚀把米？”

梅之心暗自吐了吐舌头，可能还真是……

“我不管，不玩了，这个好景实在太古怪了。反正这个任务是以你为主的，我不过是帮你打打下手。再怎么样，偷东西都不是我的强项嘛，偷心才是。”梅之心轻拍衣裙上的灰尘，笑得妖艳妩媚，还附送了王重飞吻一个，“后面你自己想办法，本小姐就不奉陪啦。”

眼看梅之心跟燕鸟一样飞走，王重皱了皱眉，这个好景确实古怪，怪不得花总会专门派他和梅之心一起出马探路：“暗黑空间吗？这倒是一个重要的消息……”

又停留一刻，王重也迈步离开。因为后院和大堂隔着厨房，樊力丝毫没有察觉刚才后院发生的一切。

典当行内，樊力一个人大喇喇地四处转悠，东摸摸西看看地转到后院，就见东西都整整齐齐地摆在原来的地方，一点也不像是遭贼的模样。

“真是，要不要这么古怪，不是贼的话，为什么锁坏了？难不成是年久失修？机械锁就这么废材该淘汰？嗯，肯定就是这样，大爷我简直太天才了，哈哈哈……”樊力嘀嘀咕咕地离开后院。

在他没注意的时候，一张羊皮卷轻飘飘地落回了阁楼原本所在的盒子上。

……

却望庄是一处全现代化的大型庄园，位于帝都五百里外的郊外。

动听悠扬的歌声回荡，曼妙的3D立体影像跃动，宽阔的道路两边铺了代步用的全电动履带，各色各样的果品、甜点和美食盛在最洁净精致的餐盘中供来往宾客随意取用。虽然庄园很大，但各个包厢连同大厅都几乎座无虚席。

“滴，您点的餐到了。”矮胖的自动机器人推着餐车游走于每个餐位，精准地摆放顾客所需的饮食和餐具。

在这个服务行业早已被各种高科技取代的现代化都市里，人的作用反而被降到了最低。同时，在这个分合食可以模拟出各种美味食物的时代，人们也很少会聚集在某家店里愉悦地享受某种特色口味的餐点。这里的宾客之所以能一直络绎不绝，还要归功于这个地方的特殊性。

这里是当年分合食研制成功的研发基地。每个来到这个地方的高贵客人，都有权享用附赠的新鲜原生食一份。

光是这两大卖点，就足以令世界各地的贵人贵妇趋之若鹜。

何想早就听说过这地方，却从没想过自己这辈子竟然也有机会来一趟，光是那张白金卡就能令他望而却步。何况这里的会员制是已有会员推荐新会员才能入会，光是有钱还不一定能进。

花流年笑意盈盈地看着何想眼中震惊的神色，微微点头示意：“就是这里了，跟我来吧。”她身姿优雅地朝前走去，何想只好迈步跟上。

穿过两个庭院，三个回廊，进入代步电动履带不能到达的地方，一座幽静的院子展现在何想的面前。

这个地方与市中心处处都是电子化钢铁大楼给人的感觉截然不同，绿意盎然，充满了生机，令人一望之下就立刻心生宁静之感。

“这里是我偶尔小憩的院子，跟我来过这里的人不超过三个，而你，正是第三个。”花流年的笑容清新而亮丽。如果说温之光是热烈奔放的向日葵，梅之心是妖冶艳丽却带刺的玫瑰，花流年便是清新高雅的兰花，静吐芬芳，意境悠远。

美人当前，何想总是不吝于欣赏的，他将花流年从头看到了脚，又从脚看到头，心想：乖乖，花锦年还真是舍得，竟然将这么一个大美人儿、应该还算是他的义妹甩出来色诱自己，这种心胸，啧啧，果然是与众不同。

“还满意吧？”虽说是在笑，但花流年的眼神已经有些冷了。这种流氓无赖，若是平时，她早就下令将人扔出去喂狗了，但现在她却要耐着性子和何想周旋。如果不是因为何想有可能是七传人之首又或者是黑衣仙星人后代，不是因为要帮花锦年，她连多看何想一眼都觉得有失身份。

“满意，满意，咳……”看眼色是底层小市民的必备技能，眼见花流年不高兴，何想也不会故意去多触霉头。

何想一屁股坐到位置上，既来之，则安之：“花总今天怎么有兴致请我吃饭？”

“任意两种完全不同的化学试剂组合在一起，假如能爆发巨大的能量，是因为它们之间有对方需要的键能，而任意两个人若能凑在一起共进晚餐，则是长久以来的积累所致的因缘聚合。我与何先生一同吃饭，当然是因为有缘。”

“原来花总也是相信缘分的人，这就好办了。”何想选了一个舒服的姿势靠在椅子上，“确实，谁能想到当年跟我一起当小叫花子的何像，现在却成了万人敬仰的花锦年，坐拥庞大的科技帝国，资产亿万，还得了花总这样娇艳可人的妹妹。人跟人的际遇，还真是不一样。”

说到这里，何想胃里像是泛酸一样“叽里咕噜”地叫了几声。

花流年轻笑一声：“不如我们先边吃边说？”花流年轻拍手掌，几个样式精致的机器人端着餐盘开始布菜。

虽然明知道眼前精致且色香味俱全的菜肴多半也是分合食料理机的杰作，但依旧让何想食指大动，毕竟越是漂亮精致的菜肴价格越高，平时何想可吃不起这种最高级别的分合食。

看着何想快速往嘴里塞食物、显得有点粗鲁的模样，花流年的眼里闪过一抹鄙夷。这样的人不管是身为七传人之首还是黑衣仙星人后代，都令人感到失望。

“嗯？花总怎么不吃？”何想抽空还关心一下花流年。

花流年微微一笑：“今天是我请何先生吃饭，当然是以何先生为主。”

花流年怎么想，何想心里大概也有数，只是作为一个长期和三教九流打交道、在社会底层摸爬滚打的人，他才懒得在意这些。毕竟今朝有酒今朝醉，今天有饭今天饱，太遥远的事情想太多也是徒增烦恼。更何况眼前这位还是刚给他转账了一千万的金主，对金主，总是要额外宽容一些嘛。

何想很清楚，花流年大费周章地请自己吃饭，总不可能是看自己长得帅，必然是有话要说。

果不其然，见何想吃得差不多了，花流年勾起唇角：“何先生觉得如何？”

“花总问的要是分合食的实验基地，那当然没得说，高端大气上档次，但要问的是这个却望庄嘛……”何想故意停顿了一下。

“却望庄怎么样？”

“怎么说呢，精致是够精致了，却并不让人感到很舒服。”

“哦？”花流年眉头轻挑，显然不太满意这种评价。

“怎么说呢，一般来讲，一家公司要有最高领导，一个团队也要有做决策的 leader，同样，一间屋子也需要主次分明才好。却望庄的院子处处精致，处处彰显出低调奢华，但却形散且神散，缺少了最能夺人眼球并让人安心的主位。”

“主位？”

“对，比如花总作为却望庄的主人，所坐的地方理应为主位，可惜花总背后临的是落地窗，这是典型的无靠。左右两边虽说生机盎然，绿意葱葱，各色奇珍异玩琳琅满目，却因过多且无有高低显得浓郁压抑，这叫左右不护主。”

何想神色从容，带着笑意侃侃而谈：“左右无护，背后无靠，花总这个主人坐在这里，又怎么能够内心安稳呢？俗话说，外境是人内心的显现，恐怕花总平时并不常来这里，只偶尔心有愁绪或者烦闷的时候才过来坐坐吧？”

一丝亮光骤然从花流年的眼中闪过，她讶异地瞥了眼前的男人一眼，好像这个家伙也不是表面上看起来那么简单？

“看来何先生倒是对人颇有研究。”花流年唇角的笑容终于真切了几分。

“研究算不上，毕竟要说对人的‘研究’，有谁比得上全有集团呢？”何想玩味地笑了笑。

花流年没有理会何想话中的意有所指，而是忽然抬起脚，将修长洁净的脚趾半掩在及脚踝的长裙下，慵懒而随性地缩进宽大的椅子中，长长的秀发从肩头垂落，遮住了半边脸颊，将她整个人衬得更加精致小巧，让人忍不住升起一种想要保护她的欲望。

她望向窗外，露出一个宁静的笑容：“其实我很喜欢这里，因为这里有很多过往的回忆。当年为了研制分合食料理机，几十名最有前途堪称是人类瑰宝的研究人员聚集在这里，没日没夜地研讨、制作、失败再校准重制……最后终于成功，那种喜悦是他人难以想象的，直到现在偶尔回想起来，都觉得欢欣鼓舞。”

“因为无论怎么说，这都是人类文明的一大进程，具有划时代的意义。”花流年忽然收回目光，落到何想身上，美丽的眸子认真而充满吸引力，“现在，又有一项新的研究摆在了我们眼前，当饮食不再困扰人类，当疾病治愈率高达百分之九十九，人们所追寻的必将是更深层次的东西。”

“何先生你……”花流年顿了顿，“有遇到过那种想极力挽留却怎么也留不住的人吗？”

只是还没等到何想的回答，花流年又说道：“我就有这样的人呢，只可惜那人已经不在了……如果人类永生的技术真的能够实现，如果人体不再那么轻易就衰老，自己重要的人或许就能一直跟自己在一起，而不是老去死去，这样的世界不是很美好吗？”

花流年目光盈盈地注视着何想。

不得不说，这样一个美丽的女人，用这样温婉轻柔的语调在你耳边娓娓道来，大多数男人都会招架不住，可何想是谁？常年用饱含深情的言语去忽悠大众、倒卖虚假文物的他，实在是觉得花千金这点演技不够看。

“咳，如果真的能有通往永生的门票，恐怕这世上任何一个人都会趋之若鹜。”

“没错。”花流年笑了，“所以何先生是否也愿意为这个全人类共同的伟大梦想贡献自己的一份力量呢？”

“唔……”何想用手掩住下巴，作出思考的模样。花千金在抛出橄榄枝，邀请他加入？啧，都不等他去投靠，花千金就主动跑来招揽了，看来自己这个人在他们眼中的分量还挺重？根据以往的经验，现在是不是就该开始谈价码了？年薪和待遇什么的，他倒是很想看看全有集团到底打算花多少钱来请他，去不去是一回事，了解一下自己的身价总是没错的嘛。

何想心里偷着乐了半天，然而左等右等，都没等来花流年的进一步邀请和报价。难道是他想错了？花流年不是这个意思？

何想在等，花流年同样在等，按理来说，她话都说到了这个份儿上，一般男人早就在她面前表忠心了，恨不得自带身家来投靠，哪里有何想这种老神在在半天光顾着笑却一声不吭的。

花流年眉头微蹙，随即又舒展开来，笑道："目前空间通道的研究已经取得了初步成果，何先生作为典当行现任主人，若是愿意助一臂之力，必然会事半功倍。一旦这个项目成功，于整个人类而言，何先生也是不可磨灭的功臣呢。"

何想眉头一扬。啥意思？花千金难道也跟何老头一样，是个空谈情怀不谈钱的主？

"唔……我有一个疑问。"何想觉得这个情况很严重，非常严重，他必须用实际行动让花千金知道空谈情怀是没有用的。

"请讲。"见何想终于有了反应，花流年微微松了一口气。

"全有集团费尽心机收集宝物，目的又是打开空间通道，该不会……其实花锦年就是黑衣仙星人的后代吧？"

"你！"花流年有一瞬间的错愕，脸色顿时沉了下来，"你胡说什么？哥哥怎么可能会是黑衣仙星人的后代？"

"说是哥哥，但他跟你没什么血缘关系吧？反而让人感觉……花千金你有点像是个被人洗脑、被爱情迷惑、为爱放弃一切做什么都愿意的傻姑娘呀！"

"你说什么？"花流年猛地坐正身体，双拳紧握，身形微微颤抖。她没想到，一个才见过两面的家伙竟然一语道破她一直以来潜藏在心底最深处的感情，而且是以如此直白的方式。

"嗯？别激动，别激动，我就随口这么一说……"何想其实就是这么一试，同时也是半开玩笑，没想到竟然真给他捅出了真相。看花流年这个反应，绝对八九不离十了。不过也对，早前他在听到花天下公布由花锦年来继承全有集团时就腹诽过，就算再怎么为了人类的发展，把整个公司交给一个外人也太不现实了，但如果是当成女婿来看待，就没什么问题了。

眼看花流年恼羞成怒，何想也不敢惹她太过，毕竟这里还是全有集团的地方，真惹恼了花千金，自己肯定吃不了兜着走。

“花总先别忙着生气，其实我真正要说的不是这个，本来是想问您假如人类真的获得永生，又将如何解决人类的婚姻和生育问题，代代传承是否还有必要。但不知怎么的话到嘴边，竟然问到了花锦年身上去，或许是因为花总实在是太美丽，而对于离花总最近的花锦年，心中总有几分嫉妒吧。”

女人总是不会太讨厌夸自己漂亮、爱慕自己的男人，花流年也不例外。对于何想给出的蹩脚解释，花流年虽然怀疑，但也不是不能勉强接受。更何况她根本不想去谈论她和花锦年的关系。

何想更是见好就收，努力把话题往别的地方引：“假如人类真的能获得永生，而又不断繁衍，那就需要更多的空间和更广阔的领地，地球肯定远远不够，那就需要去探寻和争夺更多适宜生存的星球，这样一来是否会给人类带来更多未知的危险，甚至招致毁灭呢？”

“假设空间通道成功打开，仙星真的存在，对方是否会接纳我们？况且从另一个角度来讲，人类不仅不会生病，还能够保持长生，但若是现有的人类精神境界得不到提升，在物竞天择的自然规律下，或许会有新的天灾人祸吧？”虽然是胡说一通，但说着说着，何想自己也不由得反思起来。

他想起了传说中的七仙人，为了不相干的人类的幸福和安全甘愿牺牲自己，这种情怀怎么想都觉得难以理解，却又十分伟大。人类要是真的可以长生，思想境界若不足以支撑永恒的生命，岂不是会无聊到发狂？

第六章　不速之客

她站在明净的落地窗外，面向整个院落，身影纤细，语调轻柔，说出来的话却仿佛王女临世，不容质疑："我要活的！"

"这个……"若是在这之前，花流年或许还能条理清晰地针对何想的疑惑一点点驳斥，可被这么搅和一通，脑子里一团乱，此时倒有些不知道说什么才好。但何想的拒绝之意她还是听了出来。

"何先生不用着急，你说的每种情况，其实我们早就准备了相应的应对方式。何先生想必也是个求知欲很强的人，如果想要进一步了解，全有集团的大门随时都会为你敞开，就看何先生意下如何了。"花流年微微一笑。

何想眉头一扬，看来花千金也很擅长打太极。

就在何想跟花流年打口水战的时候，同一时刻，却望庄外，迎宾处。

一个妙龄女郎款款走来，她一身包臀职业裙装，腰肢纤细，双峰高耸，棱角分明的脸上双唇微薄，高挺的鼻梁上一副金丝眼镜尽显知性，浑身散发出一股难以言喻的性感。

她掏出一张白金卡让迎宾人员查验后，仪态自如地朝里走去，一点也不像是第一次来到这个地方。

进了庄园，方可水一边朝前走，一边打量着四周的地形。这就是她失踪的弟弟当年或许曾待过的地方，也是分合食料理机的研发基地。她的弟弟方可胜从小就展现出了异于常人的智力和研发天赋，八岁就进入国家实验班，十二岁就获得了博士学位，此后更是进入某保密级别极高的研发小组进行专项研究，除了一个月一次的和她这个唯一的姐姐通电话外，平时基本不和家里联系。

直到他十六岁那年的某一天，一向很少有情绪波动且话少的弟弟突然欣喜若狂地给她打电话，语无伦次地说自己终于成功了，多年的研究终于有了结果！此后不久，分合食料理机横空出世，一经面世就席卷全球。

或许，若不是弟弟这两年失踪全无音讯，她也不会将当年这两件看起来不相干的事情联系在一起吧。但现在，这是她唯一的线索。大费周章地通过家族的力量才弄到了却望庄的白金卡，她想，她不应该浪费才是。

在当今这个整容早已和吃饭喝水一样简单的时代，美女是最常见的生物，但是像方可水一样美得独具风格的美人却依旧少见。一路走来，已经有五个男人向她传递了示好的信号，可方可水都只是轻描淡写又魅惑地送了个秋波，就像流水一样绕过了那些人，叫人抓她不住，只留下令人沉醉的淡淡幽香。

穿过游人如织的庄园，走过时下最火热的歌星绫波女神的超大3D立体炫舞影像，听着悠扬动人的音乐，方可水勾起唇角，走进一处写着“游客禁入”的幽静大楼，将一切的热闹繁华甩在身后。

大楼的门内是一条长廊，走廊里十分安静，合金雕铸的异兽与精致的大理石柱完美契合，每个回廊的转角处都摆放着一颗剔透的水晶球，从里面投射出圆形的立体影像，各种不同的历史画面在上面交替轮转，传递出悠久的人文气息，也处处彰显低调的奢华。

方可水原本只是随意地朝里走着，忽然，她停在了其中一个圆形3D

立体影像前。她发现这个影像里的时间已经越来越靠近当下，直到一张十年前的站了三排白衣研究人员的庆功照片突然出现在影像里。

方可胜！

方可水曼妙的眸子陡然一睁，本能地伸出手想要抓住里面的人，可3D影像却只是被她抓得破碎不堪，待她缩回手又恢复了原样，顺着时间继续朝前运转。

方可水："……"

正当方可水沉默地站在影像前时，一名着装一丝不苟穿衬衣打领结的服务人员正好从里面走了出来，讶异地看着她："不好意思，女士，我们这里禁止游客……进入……"

话未说完，空间仿佛突然被扭转，方可水一步跨到他面前，修长的手臂勾住他的脖子，似情人般轻柔地抚上他脸颊，另一手里的枪支却抵着他的咽喉。

服务员浑身骤然僵硬："有……有话好说……"

方可水轻眯眼睛，笑得迷人："带我去影像控制室，或者死，你选一个？"声音低哑轻柔，似情人的呢喃。

"我……"服务员吞咽了一下，声音发颤，"我带你去……你的枪……"

"别耍小聪明。"方可水用力将他往前一推，枪口抵住他的后脑，逼迫他朝前走。

然而，服务员被方可水推得一踉跄，却暗中趁她没注意时伸手摁了下衬衣的第二颗纽扣，与此同时，离得最近的3D立体影像忽然闪了一闪。

像是收到某种指令般，庄园里几乎所有的机器人都在一瞬间停顿了一下，继而分工明确，一部分机器人留守原地继续工作，另一部分机器人则统一朝方可水所在的方位进发，去围捕这个"入侵者"。

没走几步方可水就发现异动，她危险地眯起眼："小哥很不乖呢。"她一枪敲晕服务员，踏着高跟鞋在走廊里飞奔起来。

没跑几步，前后便各有两个机器人滚着灵动的履带朝她包围上来。

“发现目标，目标持有枪支，三级警戒！”围上来的矮胖机器人手臂中伸出一条电鞭，“啪”的一声扬空一甩，朝方可水而去。

“啧。”方可水凌空跃起，后空翻接连躲过两条电鞭，同时双枪射击，“砰！砰！”两枪打坏了两个矮胖机器人的履带关节控制系统，只见它们“嘭隆”一下停在原地，手臂却还不断挥舞，扫动电鞭。

围上来的机器人越来越多，方可水飞身而起，在交错的几条电鞭中灵巧翻身，落在其中一个完好的机器人头顶，顺势浇了杯水在它头上。接连三条电鞭直扫方可水，顷刻间，电流噼啪作响。

机器人“滋滋”颤抖，在原地混乱地转了几圈，“轰”的一声报废了。

方可水落在它身后，抬脚横扫，机器人离地而起，直砸向冲上来的几个机器人。趁着混乱，方可水边射击边冲出包围圈。

一路高速奔跑，避开不断围上来的机器人，方可水奔跑的方向越来越偏僻，待她进入一片安静的院落时，机器人突然不再追赶。

庄园的外围不知何时已响起热辣劲爆的音乐，激得游人开始狂欢和舞蹈，可是内院却依旧寂静得仿佛连根针掉下都听得到，如此巨大的反差令方可水眉头皱起，暗道不妙。

“呵……说不定这地方会有意外奖励呢。”她咧嘴一笑。

“三级警戒解除，一级警戒开始，必要时可击杀。”命令一下达，守在花流年茶室边侍奉的几个精致的机器人瞬间进入备战状态，悄无声息地离开守候地。常年埋伏在院落暗处待命的狙击手忽然收到指令，恢复原位。

方可水深呼吸两次，拔掉高跟鞋跟，轻盈而沉稳地走进这片神秘之地，目光扫过几个地方，埋伏在暗处的那几名狙击手顿时一惊。

被发现了？不可能吧？

“锁定目标，麻醉针扫射。”几个精致的机器人如幽灵般无声地从各个死角将方可水包围起来，细小而绵密的麻醉针剂以迅雷不及掩耳之势射向方可水！

千钧一发之际，方可水扯下西装外套舞得虎虎生风，就地翻滚躲避的瞬间，几个精准的点射打爆了离得最近的机器人精致的电子眼。

仿佛因“毁容”而生气，机器人坏掉的电子眼里突然爆出预警红光，不断闪烁：“目标顽抗，目标顽抗，予以……击杀！”

顷刻间，所有的机器人切换进攻武器，枪支弹孔明晃晃地伸出。

“进攻。”

“咻咻咻咻咻——”密集如雨的子弹顷刻间齐发，如巨网般笼罩住方可水，破空之声惊得林中飞鸟四散。

屋内。

听到动静的何想不由抬起头，朝外张望：“奇怪，外面是什么声音？”

“……”花流年眉头微动，“出去看看就知道了。”说完便起身，动作如行云流水，丝毫不拖沓。

何想眨眨眼，也跟了上去。

走到院内，眼前的景象却令两人一惊。

只见数不清的子弹仿若万箭齐发，追踪着一个高速移动的身影。身影快若残影，几乎用难以想象的速度穿插在子弹的缝隙之间，甚至还能不时地精准回击。只有偶尔在报废一台机器人、干扰其协同联网互动的瞬间，才稍稍停留，让人看出是一名身材火爆的美女。

“简直逆了天啊……”何想满眼震动，数日以来遇到的各种怪事比他过去三十年的人生经历加在一起还要精彩万分。

可是，光是以人力真的可以精准地躲过子弹吗？简直难以理解。

或许是这样高速的移动太过消耗体力，方可水终于在一个脚下打滑的间隙，身形微偏。

“糟了！”方可水暗道，与此同时，子弹猛然击入血肉，方可水脚步一个踉跄。

几乎可以预料到下个瞬间，她的身体将会被数不尽的子弹打成筛子。

“住手！”花流年突然出声。

她站在明净的落地窗外，面向整个院落，身影纤细，语调轻柔，说出来的话却仿佛王女临世，不容质疑：“我要活的！”

花流年下令的瞬间，过半机器人将武器替换回麻醉针，暗处的狙击手则险而又险地松开扣扳机的手，方可水终于获得喘息的机会，即便如此，整个臂膀也血流如注。

她一咬牙，并不理会，朝花流年直奔而去！

“咻咻咻——”数枚子弹朝方可水的双腿射去，却被她以微妙的角度躲过，一连串的麻醉针激射至方可水的背后，却被一股无源的水流阻挡在外，仅在呼吸之间，她就飞跃到花流年的面前，枪口直指花流年眉心。

花流年面色大变，几乎是下意识地发动了“时间静止”能力！

院落中的一切都在刹那间陷入死寂，没有来得及飘落的树叶静静停在半空，失去目标的子弹将将擦着石壁既不进入也不掉落，方可水包含杀气的锐利目光逼在花流年的头顶，即使静止不动也给人极强的压力。

花流年不由得后退了两步，忽然觉得背心有些湿冷。

早在刚才就躲到她身后的何想也不由得退了一步，突然注意到眼前不知何时竟然凭空出现了一条水龙，萦绕在花流年的身后，此时她这么一退，后背就沾到了水龙身上。

怎么会有水？哪里来的水？

何想惊愕之余，不由自主地伸出手想要去触碰那条水龙。

远在几百里外，市中心的全有大厦，整个顶层大楼四周围全都是从外面看不到里面、从里面往外却可以一览无遗的落地窗。这里正是全有集团除了塔尖外的最高处，也是花锦年的办公室所在。

此时落地窗突然在没有任何指令的情况下变为深色，继而跳转到帝都的地图全貌，“嘀嘀”两声提示音惊得原本看着文件正和王重商议的花锦年猛然抬头。

“嗯？”花锦年双眼微睁，地图上显示如今已改建为却望庄的分合食旧实验基地上闪亮着两个光点，其中一个光点异常明亮，快速闪烁，显示出明显而强烈的能量波动。

“哦？新的能力者？七传人？”花锦年露出玩味的微笑，手一拍，地图瞬间转换为庄园里的场景，直接显示出庄园西南角上小院里的战斗景象。

“大小姐！”眼见花流年被枪支直指、水龙环绕的景象，王重惊呼出声，又立马低头闭嘴，怕惹得花总不快，目光却紧盯住花流年不放，担忧之情溢于言表。

“……”花锦年的眉峰确实一皱，却不是因为王重，而是他注意到花流年的身后竟然是何想，而本该被定住的何想此时竟然动了，不仅动了，甚至还朝花流年的方向伸出手去。

庄园的院落内，何想下意识地伸出了手，指尖触到由清水化成的龙形，入手只觉得清凉、湿润，却并没有其他感觉，好像就只是普通的水，并没有什么神奇的地方。

但清水又怎么可能会幻化龙形，还停在半空中？

这样的念头一起，“啪”的一声水龙哗啦散落一地，时空静止的魔法仿佛突然失效，一切又重新运转。方可水看着原本应该近在眼前的花流年竟然似乎后退了两步，而自己前冲的势头也奇怪地戛然而止，然后整个人笔直坠落，好在她反应奇快，单脚点地的瞬间顺势前冲，一把抓住同样惊讶还未反应过来的花流年的手臂后折，直接将她锁在怀中，枪支轻飘飘地抵到了她的太阳穴上。

“警报！特级警报！”见到这一幕，几个机器人电子眼里的红光疯狂闪烁，立时走位，有的上前，有的退后，“滋滋”的电流在体表游走，形成一个严密的包围圈，紧张压抑的氛围瞬间弥漫在场中。

躲藏在暗处的狙击手差点直接跳了出来，却望庄一年到头也不会有什么事发生，但现在一有事竟然就是最大的老板被绑架，他们这群人简直不要混了。好在良好的素质令他们在片刻的慌乱后沉静了下来。

花流年原本还沉浸在能力再度失效的惊愕与怀疑中，可眼前的异动将她快速拉回现实，令她不得不面对。停顿一瞬，她轻咬下唇，秀气好看的眉头皱了皱："说吧，你想干什么？"

方可水勾起唇角，失血过多使得她的脸色略微苍白，却更令她增添几分铁血魅力："花公主不愧是花公主，倒有几分让我看上你了。"花流年的威仪气势包括她所处的位置，立即让方可水判断出她的身份，眼见她眉头皱得更紧，方可水知道自己猜对了。

"你想做什么？"

"不要这么着急嘛，我的要求其实很简单，走廊里有一个视频，我想要一份。当然，花公主如果想跟我回家，我自然会更加感动也是万分欢迎的。"方可水轻佻地用枪支挑起花流年的下巴，不意外地看到她眼中的慌乱与阴郁，不由得轻笑了起来。

花流年眼里的阴郁更盛，她从小锦衣玉食，任何人见到她除了膜拜便是赞扬，何曾让自己落入过如此窘迫的境地？可现在命捏在别人手里，她也不得不认清这个事实。

"把水晶球视频给她一份。"花流年下令。

一个机器人立即去取了一份水晶球视频过来。

方可水冷声说道："打开看看能不能用，再扔过来。"

花流年："照她说的做。"

机器人听话地将水晶球里的3D投影视频当空播放，随后扔向方可水。

原本花流年还指望当方可水接水晶球的时候自己还有机可乘，可令她失望且极为震惊的是，一股无源的水忽然在空中聚集，包裹住飞来的水晶球并且轻巧地送入方可水的背包里。

既然已经暴露了自己的异能，方可水索性不再隐藏。

“这是……”花流年睁大双眼，惊诧之极，“难不成……你也是七传人之一？”

“别乱动。”对于花流年的质问，方可水无动于衷，冷漠地制止她的挣扎，随即勾起唇角，“行了，既然东西到手，我就不打扰了。为了能安全离开，看来花公主还得陪我走一段。”

“你知道自己在做什么吗？你又知道我是谁吗？其实我和你一样，也是……”花流年有些急切。

方可水却没让她继续说下去，反手剪住她的胳膊将她往前一推，枪口贴上她的太阳穴：“让路。”

“你……”

“话不要让我说两遍。”方可水贴近花流年的耳朵，声音很轻柔，话语却很残酷。抵在花流年太阳穴的枪微一用力，就在花流年白皙的肌肤上留下一个深深的红印。

花流年的身体止不住地发抖，既愤怒又害怕，她发现身边这个女人跟她想象中的完全不一样。她必须紧咬牙关，才不至于让自己的姿态太难看，几乎是从齿缝里一字一顿地挤出：“你们……让路……”

主人下令机器人自然无条件服从，让开道路，让方可水带着花流年通行。而躲在暗处的狙击手也投鼠忌器，一直找不到合适的机会出击，只能眼睁睁地看着猎物从眼前溜走。

只是，令方可水没想到的是，一直站在不远处老老实实、一声不吭的何想，此时竟然亦步亦趋地跟在自己的身后。

“你想死？”方可水余光扫向何想。

“啊？我？没有啊。”何想一脸无辜，仿佛被安上了天底下最莫须有的罪名，“那什么，我也是被请来做客的啊，现在茶也喝完了，我也该走了。”如果说何想最初的感受是惊慌，那么在发现方可水也是七传人之一后，惶恐就转变为好奇和惊讶。

虽说这个方可水看起来不是那么友善。

与花流年过于优越的生活与身份地位养出的眼高于顶不同，方可水一眼就注意到何想手指上黑色古拙的戒指，不由微微挑眉，眼前这人脚步虚浮、精气不足，很明显一点功夫也不懂，竟然也是七传人之一？刚才出现的时空乱点是他导致的？

收回目光，方可水没有再多说什么，只是继续朝前走，仿佛默许了何想的举动。

穿过院落，进入回廊，守在外围的机器人收到指令，原地待命。在数十双电子眼默默的注视中，三个人不紧不慢地消失在接连庄园主楼的走廊尽头。再往前就是庄园的前院，游客的聚集地。

就在花流年开始不自主地担忧起自己这副模样被带到大庭广众之下将造成怎样不利的影响时，方可水突然抬起枪，“砰砰砰砰砰”一连串的射击，打爆了走廊里所有肉眼可见的电子设备，与此同时，巨大的水流“轰”的一声冲刷过所有被电缆覆盖的地方，随即延伸到内部并且无孔不入！

整栋楼里，全有集团花费大量金钱打造的超现代化电力系统顷刻间报废，数百里外全有大厦里花锦年的探测仪上蓝光一片，再也无法捕捉到却望庄里面所发生的一切。

随着却望庄突然陷入一片漆黑，花流年终于忍不住惊呼出声："你到底……"话没说完，她就被一个手刀从后颈击晕，倒在了地上。

黑暗之中，何想一时呆在原地，在听到轻微的两声脚步声后，又过了一会儿，他才出声："喂？你还在吗？没人了？"

猜想这个铁血美女可能已经逃走，何想长出一口气，从兜里掏出手机照明，发现了躺倒在地上的花流年。两步走到她身边蹲下，何想伸手戳了戳她的脸蛋，发现她一动不动，原本秀美的脸庞上此刻犹有惊惧和不安。

心中一动，何想将她扶了起来，恰在此时，一个黑色吊坠从她胸口处掉出，撞击到何想的手背上。

“嗯？这东西好像是……”明白这东西的用处后，何想嘿嘿笑了两声。

“这可是好东西啊……”何想乐开了花。花锦年梦寐以求的就是搜集七传人的宝物，要是反其道而行之，把他们手里的宝物弄过来，他还不得气得跳脚，方寸大乱？

“哎呀，这样真是不太好。”何想笑着咂嘴，手却很自然地伸向那黑色吊坠，从花流年的胸口上将它捡了起来，轻轻一扯。嗯？没有掉？这项链制作得还挺精细？看来得从脖子上取下来了。

何想下意识地握住那条真纯黄金制作的项链，想将它绕过花流年的脖子。然而，就在他碰到项链的瞬间，一缕高频电流顷刻间透出，击打在他的手上！

“啊！”何想不由得惨叫一声，本能地想将项链甩掉，可项链却仿佛有吸力一般粘住他，高频电流更是顺着手臂一路向上，直奔心脏。

何想瞬间吓出一身冷汗，觉得这一刻极其短暂又无比漫长，就在电流距离心脏还有两寸的时候，他手指上的戒指突地紫光一闪，所有的电流骤然一缩，消失无踪。

项链再次掉回花流年的身上。

何想呆坐在原地，整个后背汗湿，手臂上的麻痹感提醒着他刚才发生的事，只要再前进两寸，他就会心脏麻痹而死。

“毛毛个熊的，果然最毒妇人心。”他心有余悸地瞪了一眼花流年和项链，下意识地学温之光骂道。在带上花流年离开还是把她扔在这儿就走之间，何想只犹豫了一秒，随后就像扛麻袋一样扛起了花流年，朝大楼外面走去。

另一边，方可水以最快的速度换好衣服，一抹脸，掀掉一块薄如蝉翼的模拟人皮的面具，化身时下最常见的贵妇人，悄无声息地混迹到依然在狂欢的人群里。

在谢绝了庄园管家的盛情邀请和上百个电子眼的验证后，何想总算能以花千金的客人及救命恩人的身份全身而退。

好不容易打车回到典当行，何想爽快地付了四百元车费，当惊慌终于平息之后，内心的暗爽才得以冒头。不管怎么说，他现在也是身家千万的人了。虽然樊力、花流年等人的出现给他带来了无数麻烦，但也不是全然没有好处。

下了出租车，何想先到隔壁电子产品店转悠了一圈，买了好几样心仪已久却没钱下手的东西，才又心满意足地回到典当行门口。见大门没上锁，何想有些讶异，一直以来他都是一个人看着典当行，何老头神龙见首不见尾，所以如果他不在家，这里基本是不会有人的。

“难不成何老头转性了，恋家了？不可能呀……等等，这锁好像是坏了？我天，是哪个小偷这么没有眼力见儿？职业生涯毫无前途啊！”何想连忙推门进屋，却见樊力施施然地跷着二郎腿坐在大厅里，一手捧着个投影平板看电视剧，另一手拿着分合苹果啃得津津有味。

见何想回来，樊力立马放下平板，一溜烟地跑到何想面前，笑道：“老大你回来了？我见门没关就进来给你看门，够义气，够兄弟吧？”

“门没关？”何想狐疑地看了樊力一眼。

“对啊，我来的时候就已经这样了，还想着是哪个小偷这么不长眼没前途，跑来偷一堆没人要的破铜烂铁，结果进来一看，嘿！啥也没丢。等等，老大你这个眼神什么意思？要不要这样？难不成你还怀疑我？我这真是比窦娥还冤，要哭倒全有大厦了！”樊力嘴上叫喊得夸张，脸上却笑嘻嘻的没个正经样儿。

“要是这样，说不定还真有贼进来过……”想起今天花流年请自己吃饭后发生的这一连串怪事，何想又匆匆走到后院。在他的概念里，要说典当行里有什么值得全有集团惦记的，说不定就是那张看起来没啥用的羊皮卷。可一翻阁楼，羊皮卷还好好地躺在木盒上，这就奇怪了。思前想后，两人索性就当锁真的是年老失修，坏掉了。

“好了，老大，不要再纠结这点小事了，忙了一整天，来吃个苹果？”樊力将手里没吃完的半个苹果递过去。

何想白了他一眼：“边去！”

“不要这样嘛，老大，其实这苹果味道不错的，跟真的一样，我吃这半边的时候特别小心，一点口水也没沾上去，不然你闻闻？”樊力笑嘻嘻把苹果凑到何想鼻子前，不意外地看到他脑门上青筋一跳。

“滚！”何想眼睛一瞪，“再不滚就给老子出去露宿街头！”

“真的？”樊力眨眼，突然一跳三尺高，抓住何想的肩膀狠狠地晃了两下，开心地说道，“老大你同意收留我啦？我就说嘛，老大的心胸似天高，比海宽，广博无垠，郁郁葱葱，胸毛茂盛，是不可能忍心让这么弱小可怜又无助的我流落在外的，哈哈哈。”

何想被樊力晃得头晕，再次让他滚滚滚，心情却还算不错。一直以来都是平行空间陪着他，现在偶尔回来时有个人在，其实感觉也还不错。不过，他很快就后悔自己这种想法了。

“好，为了庆祝这开心的时刻……”樊力打了个响指，“小冰。”

“在的，二爷。”小冰及时回应。

“今晚我们吃大餐了！好好准备一下。”

“好的，二爷。根据已有的分合食储备量，原本可以吃三天，但如果改为大餐模式，就只够一顿，二爷确定要转换吗？”樊力还没来得及回答，小冰突然又进入怀春少女般的娇羞模式，尾音拖得老长，“啊啦……不过现在小想主人已经成为了千万富翁，可以给小冰充值好多钱，可以升级系统，可以美化外观，可以更换硬件，小冰再也不用为囊中羞涩而发愁受其他同行的嘲笑了，哦呵呵呵呵。”小冰发出一阵恐怖的笑声，直叫何想胆战心惊。

何想这才想起之前为了吃饭，把银行卡直接绑定小冰的充值端，原本想着没多少钱不用在意，现在想来……

何想连忙打开网络端一看，顿时发出了一阵惊天地泣鬼神的叫声：“小冰你疯了！吃个饭而已，用得着划走一百万吗？”

这下连樊力都坐不住了：“真的假的？真有一百万？小冰你怎么不多划点？民以食为天啊！”

“唉，其实小冰也很想的，但是小想以前初始设置的上限就是一百万，小冰也无能为力，都是贫穷限制了小想的设定……”小冰的声音十分惋惜。

何想被这两个二货整得脑袋发晕，顾不上在意智能冰箱对自己和樊力的称呼，连忙将自己的银行卡解绑，这才长出一口气。随后拖着在智能冰箱前喋喋不休报着菜名的樊力回到大厅，把他摁到椅子上。

“我有话要问你。”何想说。

见何想神色严肃，樊力也收敛了许多，但还是兴奋：“老大你哪来的一千万？要不要这么厉害？我只是出了趟门回来，老大就从穷光蛋变千万富翁了。”

“不要在意这点小事，你老大我本来就玉树临风、风流倜傥，赚点钱什么的根本不值一提。以前只不过是明珠蒙尘，现在灰尘渐渐擦掉，要回归光芒万丈的本来面目了。”

“哈哈哈，老大你自恋起来还真有几分何老头的风范，逗死了。”樊力乐不可支。

“行了，不说这个了，我问你，你们七传人之间真的相互都不知道对方的能力吗？”

“什么叫‘你们’，应该是‘我们’才对，老大你可不要忘了你是七传人之首，责任重大。不过这个我还真不清楚，传承的信息就那么两句，告诉我是七传人，让我出了事把宝物送到典当行。怎么，难不成老大你又碰到新的七传人了？”

“对，所以我都要怀疑七传人这东西是不是大街上的白菜了，怎么在家坐着就能碰到两个，出个门又能碰到一个。”何想的表情很纠结，原本他只想坑蒙拐骗赚赚钱，顶了天做做生意混个小康水平，再找个漂亮老婆，但是现实一再让他从美梦中惊醒，今天甚至差点小命都玩完了。难不成他以后的人生真要和七传人杠到底了？

“要不要这样？老大你简直就是行走中的探测仪啊！莫非老大的作用本身就可以自然吸附七传人？”樊力十分惊喜，“那人呢？你怎么没给带回来？”

“那也得要我能带得回来……”何想简单讲述了一下今天发生的事。

“噢……看来这妞的能力是操控水，这个倒是方便好用。不过，嘿嘿，老大你艳福不浅啊，花千金亲自请你吃饭，这么说一千万也是她给的了？包养费？”樊力朝他挤眉弄眼。

“去你的，你老大我能这么廉价就让人包养吗？”

“不不不，老大身家过千亿，一千万简直是毛毛雨。以后跟着老大吃香喝辣，美女如云，香车豪宅，爽飞天。”樊力笑得极其猥琐。

“能不能正经点？”何想笑骂，“对了，七传人之间能不能相互感应到？”

“一般情况下不能，但对方在离得很近的范围内使用能力的话，还是可以有感应的。老大想把那个双枪的控水美女找出来？”

“用不着费力找，以后肯定还会再见的，但我们不能在对方都偷偷潜进来后还不知道，这可就要命了。”

“放心吧，在老大还没觉醒之前，一切安保工作就交给我了！”樊力胸脯拍得啪啪响。

全有集团大厦。

花锦年靠坐在椅子上，手指有一搭没一搭地扣在扶手上。一般情况下，这都是他心情不太好时的表现。原本以为有了天网探测仪，他就可以对整个帝都了若指掌。可却有人能够在瞬息之间破坏整个却望庄的电力系统，让却望庄成为灰色地带，这简直是狠狠地打了他的脸。

就在刚才，排查的结果已经出来，视频里的女人所有的信息全都是假的，包括那张过分艳丽的脸。谁也想不到她竟然预先就准备好了和其中一个女来宾一模一样的假脸，最后顶着这个身份金蝉脱壳。

这种事绝对不只是她一个人能够做到的，背后一定有其他势力在支撑。躲在暗处的幕后黑手，会是什么目的呢？

“花总。”王重拿着一个小型 3D 投影仪走进来，“查到线索了。”他打开投影仪，凭空一指，一面墙的玻璃迅速转为深色，其上显现出一个短小的视频，正是让方可水流连于走廊转角处的那一段。

“电力系统破坏前的资料已全部恢复，其中最让人在意的就是这一段。”王重小声说道。

花锦年漫不经心地扫了视频一眼，很快注意到问题所在：“她想看哪一张照片？放大。”

视频瞬间暂停，一张三十多人的合照被放大在屏幕上，是所有分合食料理机的研发人员为了庆贺研究成功拍摄的。

“这里面有她想找的人。”花锦年一言断定。

“应该是。据说她逼迫大小姐拷贝了一份视频。”王重还是一副冷峻严肃的模样。

“去吧，这件事情交给你办，允许使用任何手段，把她和她手中的宝物给我带回来。”

“是！”王重领命，打算离开办公室。

“滋。”恰在这时，自动门应声而开，伴随着一阵暗香，花流年匆匆进门，看也没看站在门边的王重一眼，径直朝花锦年所在的方向走去，在看到花锦年的瞬间她又止步，深呼吸一下调整自己的情绪。

王重微微一怔，到嘴边的“大小姐”又咽了回去，目光小心谨慎而又依依不舍地在花流年身上流连片刻，然后垂下眼睛。

带着些微的凝重和不悦，花流年缓步走到花锦年的身边，声音有几分低落：“她的身份查到了？”

“还没有。”花锦年神色平静，抬眼看向花流年，神情一如既往的清润平和。

“没有？”花流年讶异。在她的概念里，整个帝都应该没有全有集团查不到的人才对。

“她易了容，改头换面，资料也全都是假的，不过线索已经有了，用不了多久就能抓到她的。你感觉怎么样？”花锦年的目光带着一丝关切。

“头还晕晕沉沉的，很难受，这次真是丢人丢大了。”花流年声音变得糯糯的，嘟起嘴。一个素来都以宁静秀美的姿态出现在人前的美丽公主，突然像个小女孩一样撒娇嘟嘴，这种冲击人心的反差与美感不知道要令多少人心折。王重感到自己的心跳不由自主地加快，更加将头低下去。可花锦年却只是温润地笑了一下：“你身体还没完全好，就回去多休息一下，不要劳累。”

“我不要，我要亲手把她抓回来！她敢让我承受这样的侮辱，我一定不会让她好过！”感受到花锦年从容得显得浑不在意的态度，花流年心中的郁闷更增一分，“哥哥你不要阻止我，这一回你阻止我也没用。”

“哦？不想管何想的事情了？”花锦年露出一丝意味深长的微笑。

想到却望庄的管家说是何想将她抱出来带离了危险，花流年心中升起一丝复杂的感觉：“当然要管，不是说好了一个月的期限吗？哥哥急什么？”

“行，你放手去做吧。注意安全，哥哥会支持你的。”花锦年淡淡一笑，“没事的话，回去休息吧。”

面对这种温柔的逐客令，花流年纵使心有不甘也没有任何办法：“知道了。”她回身离去，走到门口时又回头看了看，花锦年正认真地低头看着手中的文件，眼睛里再没有其他。人们常说，认真工作的男人最有魅力，可如果是一个只知道工作、满脑子都是天下苍生再也装不下任何东西的木头呆子呢？

幽幽叹了口气，花流年离开办公室，刚走出门没几步就接到了梅之心的电话。

“喂？”花流年应道。

“流年姐……”电话一端传来了梅之心甜腻腻的声音，还有背景中嘈杂如沸的吆喝与呼喊。

“你在地下拳场？”

“Bingo！流年姐姐就是这么聪明美丽又大方！”

“找我做什么？”花流年的声音有点冷淡。

“嘻嘻，抓住了一只调皮捣蛋的小母耗子，温温的，之前还给咱们找过麻烦。”察觉到花流年似乎心情不好，梅之心也长话短说。

“温之光？”花流年敏锐地猜道，微微讶异。

“对，已经是瓮中捉鳖了。流年姐姐请指示呀……”

微微沉默一瞬，花流年道：“这件事我不知道，不要太过火给全有集团惹上麻烦就行。”一个小小的警察，花流年还不至于太放在心上。但梅之心能给咋咋呼呼的小女警一点教训，她也绝不会介意。

“扑哧，还以为流年姐姐要捉来自己玩，看来果然还是同性相斥啊……”梅之心意味深长地拖长了尾音，“那就这样，不打扰啦。”

挂断电话，梅之心站在地下拳场擂台大厅的其中一个入口阴影处，看着从正门走进来四处张望的温之光，眼睛笑得眯成了一条线。和花流年永远高高在上、用俯视众生的姿态应对所有人的小公主不一样，她可是单纯又记仇的，而且温之光这是自己三番两次跟踪她撞到枪口上来，可就怪不得她了。

好景常在典当行。

樊力拍着胸脯打完包票后就嚷嚷着要多让小冰加几道菜，犒劳他这个专业又正直的安保人员，令何想十分无语，但自始至终何想也从未想过要将这个吃货赶出去，毕竟家里多了一个人的热闹感觉，其实也不错。

被迫被樊力拉着和他一起“享受”吃香喝辣的新生活，两瓶啤酒下肚后，何想紧绷了一天的精神也终于松弛下来，开始绘声绘色地跟樊力讲述他今天见到的机器人围殴美女的大战，说得樊力直叫好。

“可惜呀可惜，竟然没有看到真实场面，这场景怎么听怎么像《生存危机 online》里的水玲珑·机战篇啊！我怎么就没有老大这种艳福呢？”樊力扼腕哀号。

《生存危机 online》是最近特别流行的一款全息游戏，操作端是一个酷炫的头盔，戴上它会让人进入游戏世界，体验仿佛身临其境般的虚拟世界。游戏里经历的任何冷热寒冰又或者受伤被袭的感觉都会通过操作端释放电流信息，影响玩家的大脑判断，从而一定程度上令玩家的身体感受到痛楚或快感，又因为可以随意变化造型且玩法多样、新鲜刺激，深受到广大玩家的喜爱。

“最近游戏公司还出了一个新副本，限时一个月，一周打一次，有机会爆出各种罕见的极品装备，今晚 18:00 就要开启啦！不行，我得赶紧去准备组队了。这脑残副本悲剧且坑爹的地方是必须要十八个人组队才能开刷，好在最近勾搭上了一个极品美女，否则跟一群菜鸟一起刷本真是要了亲命。对了，老大你要来吗？”樊力说着就放下碗筷，三下五除二地抓了一盘瓜果点心，刚准备走时又回头问了一句。

“不用，我不喜欢打游戏。”

“那你每天都干啥？再怎么守着这破典当行也得找点乐子吧？难不成傻坐着？”樊力用一副“你的人生已经死了”的怜悯眼神看着何想。

“看书睡觉。”对于何想来说，宅有很多种不同的方式，可以钻研不值钱的破古董，可以翻阅淘汰了上千年的古代文书，也可以没事刷网络新闻看人掐架，唯独打游戏是他认为最浪费生命的方式。

“好吧……”想起何想屋子里占满了一面墙的书架以及上面杂七杂八、五花八门的书，樊力明智地闭嘴。就如今这个时代来说还有人存储纸质版的书，简直是一件极其不可思议的事情，不过反正七传人这件事情本身就已经很不可思议了，想想也就觉得挺正常的了。

“老大你继续，我要去约会我的小心心了……”樊力雄壮的身躯以跳着芭蕾舞的姿势脚尖点地，又跃起，挥舞着有美女大腿粗的手臂作天鹅状，往后院浪去。

“等等！”何想喝止他。

“干啥？难道你又改变主意了？我就说嘛，老大不可能经受得住游戏加美女的诱惑的。来嘛，安心地投入我的怀抱吧。”樊力故意努嘴，张开双臂要扑过去。

“恶心死了，一边去。”何想摆手，“跟你说正经事，老实点，坐下，就几分钟。”

“哦……”

何想确实是想到了一个问题：“七传人有不同的能力，是可以互相克制的吗？”

“应该可以吧，也或许不能，我说不上来。不过应该也相差不大，毕竟都是七传人，可能每个人的侧重点不同。我觉得应该是互相补充吧，不这样的话，又怎么能凑成七龙珠召唤神龙呢？”

看何想一脸无语地看着他，樊力得意一笑：“怎么，老大开始对自己的能力产生兴趣了？果然是美女的威力大，我们两个大老爷们现身说法、好话说了一箩筐都动摇不了你的心，一个女人就把你打败了？啧啧，果然是好色本色，老大果然是我辈的楷模，够风骚。”

“认真点，知己知彼，百战不殆，你这样吊儿郎当下去，不仅没法完成自己的使命，还可能会连累别人。虽然我根本不想当什么劳什子七传人，也完全没有兴趣，但是为了避免你们拖累我，必要的了解和防备还是需要的。”

“好吧。”樊力耸了耸肩，“真是，要不要这样？老大要么就不认真，要么认真起来就不是人。苦命的我啊，要生存在这样凶残的领导下，真是凄惨悲凉又无助……”

何想打断他：“你和王重比起来，谁比较强？还是说势均力敌？”

“当然是我！王重每次都是找帮手的好吧，要论单打独斗，他哪里是我的对手？”

“哦？可我看你们上次单打独斗也持续了很久的样子。”何想笑了笑。

樊力被刺激到了：“胡说！当时是我让着他，而且状态不佳，一直担心着你和温之光，所以分神了。下回见面肯定一个回合把他打趴下。”

何想也不揭他的短，笑着问：“我记得你说过王重的能力是一定空间范围内控制重力，而你是强化自身，也就是说，如果王重不对你进行空间束缚，其实你会有很快的速度和很强的力量？”

“差不多吧，但王重控制空间束缚，我就要花很大力气去挣脱束缚，他为了继续控制我也要加力，两个人就会僵持下来。当然，最后肯定是我胜出！”樊力最后补了一句。

何想想到当时典当行里花流年出现时突然出现的时空静止，包括今天她也使用了这种力量：“如果一个人拥有静止时间的力量，你们全部都会被束缚住吧？”

“肯定的！”樊力眨了眨眼，“真要能让时空静止，那岂不是无敌了？不过七传人的能力应该不会无敌，都会有一些限制才对。就像我，可以轻易追上一辆时速两百多公里的车，但你让我去追导弹就太为难我了。速度和力量都会有一个上限，另外还有一个时间的限制，长时间运用能力，身体也会扛不住的。”

“时间吗……”何想不由得陷入沉思。似乎每次花流年控制的时间静止都没有持续太长时间。

“对，如果是这种很奇特而强大的能力，感觉限制应该更多，否则这世界不就乱套了？平衡应该是世界最大的自然规则。”樊力的严肃认真坚持了三秒，立即破功，“哈哈，所以说啦，老大不用担心，这种夸张的能力肯定有各种限制，比如空间范围、时间长短等等，还有被人突破化解的可能性啦。一般不会出现绝对压制性的力量的，放心吧。不对，应该也有例外，除非他是七传人之首什么的，应该会有不一样的强大能力吧？不然怎么当老大？小弟们只要不听话，直接定住他，哈哈，再过瘾没有了！”

“不可能。你们要是没认错的话，我才是七传人之首，但时间静止能力是属于花流年的。”

“要不要那么夸张？花流年花大小姐？难不成上次她来典当行的时候其实就已经定住过我们？”樊力突然想起了什么。

“对。但时间维持得不长。”何想还不明白其实是他自己的干扰破坏了当时静止的时间流。

“这可是个麻烦事……”樊力难得严肃，“毕竟对于高手来说，有时候一瞬间就可以决定成败，好在花小妞是个手无缚鸡之力的女人，要不然……不行，看来我得网购一个传说中的金丝软甲，穿在身上刀枪不入，防备一不留神被花小妞静止后捅上一刀，真是太可怕了。”樊力两手捧脸，吓得花容失色。

何想鄙视地看了他一眼：“少耍宝。比起花流年，我还是更在意今天见到的水一样的女人。”

“嗯，控水的话确实手法更变化多端些，比如可以用水绞死你，让你窒息憋死你，还可以变成冰锥杀死你，加个电击棒远程遥控电死你……

啧啧，真是居家必备杀人利器啊，这么好的能力怎么没落到我身上？不过，既然她跟花流年他们不对付，敌人的敌人不就是朋友啦？”

“不见得，很明显，七传人并不是铁板一块，除了花流年和王重以外，说不定也有其他人不愿意遵循古训，遇到困难时将宝物交到典当行。毕竟把宝物交到别人手里，能做到的人不多。”连何想自己都没发现，他已经开始无意识地站在七传人之首的身份在思考问题了，虽然他嘴上还在坚决地拒绝，内心里已经开始有了变化。

“嘿嘿嘿……这么说我岂不是超级高尚加无私了？”

“我觉得你的目的是混吃混喝。”

“哈哈哈，老大就是老大，懂我！”

何想无语。

“不过奇怪了，按理说不应该啊，既然我们都被花小妞定住了，为什么你没有？难道你在她的场域范围外？她不可能会漏掉你啊。”樊力忽然问到。

“这个……”何想一时被问倒，到底为什么他不受时间静止的控制，其实他也不清楚，好像就是可以从中穿梭自如。

“啊！”樊力一拍大腿，叫道，“难不成这就是你的能力？老大你这是觉醒啦？要不要这么快？那我岂不是马上就可以从安保人员的岗位上光荣退休，开始享受米虫生活得到老大无微不至的照顾和保护了？这幸福来得太快，我简直好像在做梦。”

“你确实在做梦，而且是春秋大梦。用你的脚指头想一想，我要是觉醒了还能是现在这个鬼样了？而且我连你们说的那个什么传承信息都没有收到。”

“唔……那好吧……传承信息没有收到的话，确实不能算是觉醒。”樊力冥思苦想了三秒钟，“啊啊，受不了了，这种高深微妙的问题太烧脑，完全不适合我，我还是去打游戏比较靠谱，这种复杂的难题就交给老大去想！我的天，小心心都已经 call 我了，说在线等！看来我连解决生理问题的时间都没有了，只能节流不能开源，老大拜拜！”

有些无语地看着樊力一溜烟消失，何想摇了摇头，一时半会儿也想不出要干什么，总觉得心里千丝万缕，还有很多不解需要梳理。

搬了张老旧的摇椅躺到院子里，何想抬头看着天空，天边的晚霞如火烧般绚烂。

照此下去，他或许真的避不开所谓七传人的命运了？可如果他真的是七传人之首，他又会有什么样的能力？不知不觉中，何想竟然开始有点期待。可另一方面，他还是觉得七传人以及传承太过夸张，显得很不真实，况且一旦接下这种担子，他就要与全有集团对立，只要不是脑子进了水，一般人都不会这么干。

想了想，何想又觉得自己这想法有点发疯，甩了甩脑袋，笑着站起来伸了个懒腰：“想这些有的没的没用，还是先去洗个澡。毕竟之前为了节省水费已经好几天没洗了，这么想想今天花流年还真是不容易，跟我这个臭汉混了一天还没表现出异样来，花小妞的脾气还是不错的嘛。”

另一边，准备好一切刚接入游戏的樊力好不容易和一群菜鸟组成十八人的团队，刚准备开副本，就看到桌上的手机不停闪动。即便是如今这个时代，也有不少和樊力一样因不喜欢在体内植入电子器械而使用手持式手机的人。

一般来说，游戏时间要是别人来找他，樊力肯定二话不说就挂电话，可一看来电显示是“温之光”，他立马接通，笑嘻嘻地说道：“报告温警官，目前激战中，有事请指示，无事请退朝。”

然而下一秒，樊力面色一变，神色骤然严峻起来。

“好！你等着，我马上就过来，你一定不要轻举妄动，听到没？算了，说了你也不会听，那你自己小心点！等我！”

挂断电话，樊力抓起脑袋上的电玩头盔扔在一边，想也没想就往外冲，大叫了一阵“老大”才听到浴室里传来的水声，火速冲到浴室外，一脚踹开浴室的门。

“老大，快走，温之光有危险了！”樊力急声喊道，氤氲的水汽模糊了他焦躁的脸。

“什么？”何想一愣，有点搞不清楚眼前什么情况。这小子搞什么鬼？第一天到他家来就趁他洗澡的时候踹破门？不对，这小子刚才说什么？温之光有危险？怎么可能？何想的脑海里不由自主地浮现一个暴力女一打四个大汉的场面，这种随时能掏枪支出来爆人头的彪悍母夜叉能有什么危险？

“管不了那么多了，老大你先跟我走再说。”见何想发愣，樊力再也等不了了，冲上前去一把抓住何想就往外扯。

何想终于如梦初醒：“喂！你干什么？给我放手！你这像什么样子？”

“有什么好怕的，老大，大家都是男人，你有的我都有！但温之光等不及了！”

“……我，再怎么样也得让我先拿上衣服！”

第七章　法外之地

谁也不知道下一秒会发生什么，谁也不知道下一个宠儿会是谁，谁也不知道是不是能活着见到明天的太阳，这里充满了新奇、刺激、新鲜以及游走在生死边缘的绝佳快感……

在樊力的催促下，何想从路边租了一辆车，几乎是一路飙车来到地下拳场。

乘坐直达电梯到地下十层，在电梯门打开的瞬间，一股混杂着无数叫嚣、呐喊、几乎要掀翻场顶的热浪翻涌而来，直刺激得何想呆愣当场。顶头闪烁的大型灯光照得此地如同白昼，七八个大擂台横立场中，十几个或壮硕或精瘦的人在上面凶狠厮打，四周看台上密密麻麻挤满了数不清的人，无不是摇旗呐喊，兴奋、刺激、疯狂……这一切汇成一首独属于地下拳场的主旋律。

"我第一次来的时候也惊呆了。"樊力的脸上少有的带了几分复杂的神情，"当时年纪还小，怎么也没想到世界上竟然还有这么疯狂的地方，而且就在号称热闹繁华、治安不错的大都市帝都地下。这里每天都有人受伤甚至死亡，像一条狗一样被人当垃圾处理，当然也有人一夜暴富成为新的黑马。谁也不知道下一秒会发生什么，谁也不知道下一个宠儿会是谁，谁也不知道是不是能活着见到明天的太阳，这里充满了新奇、刺激、新鲜以及游走在生死边缘的绝佳快感……”樊力发出一串冷笑。要说这个地方，可是没几个人比他更熟悉了。

“没什么好看的，打电话吧。”只一瞬，何想就收回了惊讶的目光。

樊力掏出电话，拨打起温之光的手机号。

温之光是在街道上巡逻的时候发现梅之心的，自从上次无意中观察到梅之心诱拐何想，她就对这个看起来美丽聪慧又狡诈得显出几分诡异的女孩多留了几分心。这次竟然又在街边看到她搭讪一个年轻的朋克风男孩，并且几分钟就能说动对方跟着自己走，她不得不一边嘟哝“现在的男人都见色忘命”，一边又悄悄地紧跟上去。

可是没想到的是，梅之心不是带人回家，而是一路将人带到了附近的地下拳场里。作为本市拥有正式职位的在编警察，温之光十分厌弃地下拳场这种畸形丑恶的地方，但无论她如何跟上级反映，所有的声音都石沉大海。她还记得有一次在饭桌上跟老爸随意谈起此事，一向对她和颜悦色的老爸当时就沉了脸，异常严肃地警告她绝对不许踏足这个地方。

当然，因为樊力的事情，她早就来过两三回了。

“奇怪，人去了哪里？”跟梅之心一前一后两趟电梯下来的温之光，没想到自己竟然把人追丢了。好在温之光胆大归胆大，但以往每次到这里做调查都有老司机樊力保驾护航，这次虽然事出突然，现在喊上樊力也不晚。

打过电话后，温之光左右看了看，独自潜进了地下拳场竖立了“外来游客禁止进入”标识的地方。

装作迷路的样子，温之光四处转了转，转着转着却发现自己竟然真的有点迷路。她以前从未发现原来地下拳场的面积这么大，七弯八拐到处都是紧闭的房间，四周静悄悄的，有几分吓人。

又拐了两个弯，温之光终于经过一道双开的虚掩大门，恍惚间听到里面传来一个有几分熟悉的女声。

“你要的人我已经给你带来了，后面我可就不负责了……”熟悉的女声说道。

“还有药呢？”模糊低沉的男声说道。

“咯咯……着什么急？难道不应该先给我看看你们的诚意？”

“那得等饵上钩才行……”

听到这里，暴脾气的温之光再也按捺不住，不知道那个被骗的男孩会有怎样的遭遇，但既然到了这种地方，肯定不会有什么好下场。

“砰”的一声，踹开虚掩的门，温之光迅速举枪朝两边张望，却只看到梅之心跨进一间屋子的一抹残影，她连忙追了上去。

“咚咚”几下敲开门，在来人开门的瞬间，温之光直接一枪抵在了对方的脑门上，不出意外地看到对方瞬间举起手来，她冷声喝道：“警察办案！无关人员立即闪开！”

“梅之心呢？出来！还有你带走的男孩去了……哪里……”等看清楚屋内的情况，温之光顿时睁大眼睛，连喝问出口的话也一时间失了气势。

原本一间近三十平米的宽敞屋子，此时挤满了站着和坐着的各色黑衣人，粗略一数至少有二三十个。一名身材魁梧头发一丝不苟的中年男子坐在正中，国字脸，眉目间英气逼人，一双细长的眼睛仿若有慑人之威，让人下意识地不敢与之对视。

温之光吞咽了一下，随即有些恼怒自己竟然被人用一个眼神吓住，太不符合她帝都第一女警大姐大的派头了，便狠狠朝那个男人瞪回去，喝道：“梅之心去了哪里？把她交出来！”

国字脸的男人并未开口，他身后站着的一个微弓着腰梳着三七分头型秘书模样的男人笑眯了眼睛，略带色情的目光将温之光上下一扫：“温小姐，这里没有你说的那个人。”

“胡说！我刚分明看她进来了，休想唬我！”末了一顿，温之光才意识到问题所在，“嗯？你认识我？”

“像温小姐这么漂亮的美人儿，又三番两次地闯拳场禁地，怎么能不叫人在意？不过今天怎么没有带你那条咬人的狗一起来？”秘书男轻佻地说道。

“啪”的一声，温之光甩出一记清脆的耳光。

在场的人谁都没有料到，温之光竟然会以风一般的速度冲到秘书男的身前给了他一巴掌，一时间都有些愣了。

看着秘书男瞬间肿起的半边脸颊，温之光眼中流露出鄙视：“出门的时候记得刷刷牙，这样嘴巴才能干净点。”

“你！”红肿的脸上火辣辣地痛，秘书男气得浑身颤抖，喉咙里嗬嗬作响，怒极反笑，吼道，“你们都是傻的吗？还不给我把这个臭娘儿们抓住！”

在场的人这才如梦初醒，七八个大男人朝温之光扑去。

“你们敢？这是袭警！”温之光怒叫一声，发现根本无人理会，气恼地一个直拳打在扑来的大汉肚子上，打得他如一个虾米般弓起了腰，又猫身躲过侧面另一人的抓捕，一个横踢踹翻身后扑来的大汉，身手干脆利落，几个呼吸之间就把七八个大汉都撂倒在地，大大出乎在场所有人的意料。

坐在正中的中年男子微微眯起了眼，像是发现了一块上好的璞玉，朝身边另一人递了个眼神，那人立即查起温之光的身份来。

秘书男一呆过后越发恼怒，几乎跳起脚来骂道：“你们几个混账东西！傻站在那里干什么？比你们命还贵的基因药剂都是白打的吗？给老子上啊！不要浪费老子给你们的养膘钱！”

一顿怒斥后，围在正中男人身边的一群大汉交换了一下眼色，霎时间，四名大汉如鬼魅般飘出了行列，从四个方向包围住温之光。

感受到包围上来的四个人身上散发出令人感到危险的强大气息，温之光心中警铃敲响，本能地回想起之前在典当行遇到的几个据说是基因强化的家伙。可温之光的骄傲向来不允许她未战先言败，下身一沉，温之光先发制人，闪电般一个直拳击向其中一个大汉的腹部，却仿佛打在了厚重的钢铁之上，回震力使得她手臂发酸，同时也令这名大汉微微躬身，露出了毫无防护的面门。

温之光一拳击向大汉面门，这才是她真正的目标，之前不过是虚晃一招，对付身体素质比自己强大太多的对手，唯有攻其致命弱点！

然而就在此时，手机铃声不合时宜地响了起来，温之光微微一愣，这一愣导致她攻击慢了 0.01 秒，力度更是不由自主地减弱了十分之一。

“砰！”巨大的力道几乎裹挟了全身的气劲，轰击到大汉的鼻子上，顿时打断了大汉的鼻梁骨。脆弱的鼻骨里，鲜血混合着生理上难以控制的鼻涕眼泪一齐落下。同一时刻，手机从温之光的口袋里摔飞出去，“啪”地一下落在地上，显示出“樊小白”几个字。

温之光顿时想要弯身去捡，恰在这时，原本被击打得后退的大汉突然发狠，猛地一把抱住温之光将她圈进自己怀中，巨大的仿佛能让人拦腰斩断的臂力无比惊人，温之光不断挣扎却徒劳无功。

伴随着一声“还等什么”，另一名大汉掏出一个小喷瓶朝温之光脸上轻轻一喷，温之光身形微微一颤，愤怒的眼神中此刻终于露出一丝惊慌！

然而即便她再如何想挣扎，下一秒还是难以抗拒地昏迷过去，身体软了下来。

“专业蚊不叮，0.01 克就能让大象昏迷，居家必备的防狼利器。”举着小喷瓶的大汉面无表情地解说道。

众人：“……”谁也没法理解这家伙的恶趣味。

“哈！叫你嚣张！叫你狂！”秘书男第一时间跳过来对软倒在地的温之光一阵乱踢，边踢边叫骂，“警察了不起是吧？现在还不是跟条狗一样？还是任人宰割的母狗！吃屎吧你！”

“够了。”坐在正中的中年男子一声令下，顿时让秘书男浑身一抖。

“头儿，您看……”秘书男紧盯中年男子，有点摸不清他的意思。

“梅之心可是扔了个麻烦过来，送来的诚意有点重……”中年男子沉声道，“收拾一下，把她带上。”

“是。”

很快，便有人将温之光扛起来，跟着中年男子离开屋子，而留守在屋内的人员低头看了一下兀自还在地上响动的胸针型手机，“吧唧”一脚踩碎了它。

拳场大厅内，樊力一直重复拨打着温之光的手机，越打越觉得心惊胆战，温之光这丫头到底干什么去了？怎么这么半天都不接电话？

突然间，电话断掉，樊力一怔，一股强烈的不安顿时笼罩住他，再打过去，显示的则是“您拨打的电话不在服务区内”。

“可恶！”樊力气得一把将手机甩在地上。

“怎么了？”何想弯腰捡起了手机，问道。

“见鬼！打不通！肯定是出事了，温之光从来都不会关机，警察都是24小时在线的！”樊力一脸暴戾，语速快得几乎让人听不清，再也没有了从前玩世不恭、嘻嘻哈哈的模样。

“语音提示怎么说？”

“您拨打的电话不在服务区。”樊力烦躁地道。对他而言，温之光不仅是在他最危难、濒死的时候将他救起带回家的人，还直接让他住在自己名下的一套房子内，不仅不允许他再度踏足危险之地，甚至心心念念要给他重新安排正常工作，可以说是让他获得新生的人。

而这样一个头脑简单、阳光得近乎透明的女孩子竟然落入了地下拳场这种吃人的地方……

“可恶！可恶！臭丫头，她怎么就敢不等我，自己跑到这种地方来？”樊力大吼，方寸大乱。

“也就是说不是关机，而是被毁掉或是拔掉了电源，目的是防止被追踪。”何想说道。

樊力的脸色更加难看了几分。

“现在还说这些干什么？赶紧找人！”樊力拉着何想就想往里冲，却又被何想一句话给重新定住了脚步。

“你等等，我有办法。”

“什么？”樊力几乎以为自己听错了。

“不然你跟个无头苍蝇一样到处乱找，又有什么用？又或者你去找这里的管事，可对方要是不承认，你能怎么样？打遍整个地下拳场将它翻个底朝天来找吗？更何况你还不见得能做到。”何想的话如一盆凉水将樊力浇了个透心凉。是的，即使是在地下拳场，也有几个让他忌惮的存在，即便是腰带的能力全开，也不见得有把握能对付，真要闹大了恐怕不但人救不出来，他跟何想都要折在这里。

“你有什么办法？快说！老大你要不要这样说话大喘气？真是要急死我。”

“你等一下。”何想抬头扫视四周，说道，“你有没有见过附近哪里有整个地下拳场的大致规划图？”

“有！”樊力眼睛一亮，“跟我来。”

“就是这里。”整个拳场大厅共有东南西北四个门，通向四个不同的区域，樊力和何想现在就在西门外侧供游客休憩和饮食的区域。

“嗯，面积可真不小……对了，把她手机号告诉我。”何想轻按了两下手表侧面，一个 14 寸大小的屏幕凭空立在了半空，何想的手轻轻在表面上一划，一个适合人手大小的键盘凭空出现，他将手表搁在公共区域的一张餐桌上，手指快速地在光感键盘上挥舞起来。

半分钟后，何想眼睛一亮：“找到了。”

“在哪儿？”樊力立即将脑袋凑过来。

“喏，就在这儿。”将拳场大致地形图的图层叠加上去，很快何想就确定了具体位置，“这里是手机信号消失的地方，如果要出事，肯定是这里。”

“这里怎么看怎么像是……”樊力迷惑地皱着眉头，忽然眼睛睁大，一股阴郁笼罩在他脸上，“是青者的办公室！”

“什么？”

“这个地方我曾经去过一次，所以印象深刻……可恶！先过去看看！”樊力拉着何想就朝里风风火火地奔去。

来到门前，“砰”地一声踹开房门，樊力的腰带瞬间电光闪烁，能力开到最大。

“什么人？”

不等门内的人做出反应，樊力以迅雷不及掩耳之势，如飓风扫过般刮过了整间屋子，将刚要备战的人齐齐放倒，唯独剩下两个贴在墙壁和天花板上的人险险躲过。

二人见樊力势强，以闪电般的速度一齐抢向门外。

“别想跑！”樊力怒喝，奔向门口。二人仿佛约定好一般，一个人迅猛加速向外，另一人忽然折返，手一拉，贴在西装内的刀片忽然立起，密密麻麻连成一片，十几枚刀片从不同角度朝樊力飞射而来。

“雕虫小技！”樊力双手成掌，以手为刀，一手以肉眼看不见的速度接连将刀片从侧面斩开，另一手灵巧地接住所有刀片夹在指缝，两手交错，钢铁般的拳头像是突然长出一排尖刀，轰然一起砸向迎面而来的壮汉。

“哧！”尖刀刺入血肉，鲜血不住流淌，壮汉不可置信地后退倒下，整个腹部被鲜血掩盖。

“嘿嘿，你还是输了。”壮汉口中鲜血流出，却露出凶狠一笑。

樊力抬眼一看，就看到另一个抢先出门的大汉一手勒住何想的脖子，另一手的枪支举起架在他太阳穴上。

“小子，解除武装，否则我杀了他。”大汉眼神阴沉。

樊力张大嘴巴不可置信地说道：“老大，你……”

何想一脸无奈：“樊力，我……”

下一刻，樊力怪叫一声：“我的天！老大，你到底要不要这么衰？作为一个老大不罩着小弟保护他照顾他爱护他也就算了，还被人绑架拿来威胁他？做人不带这么拖后腿的！你这样在电视剧里活不过三集的你知道吗？”

“这是失误……”何想很无语。

“失误你个大头鬼啊！我不管，这事情你自己解决，作为一个老大你要先从保护自己做起，我还要去救人，没时间陪你们玩。”樊力说着就打算走人。

“喂！臭小子回来！再怎么说我现在也是包你吃包你住的监护人，你有点良心啊！要不是因为你，我至于落到这步田地吗？给我滚回来！我可是一点功夫都不会啊！你这是想我死好继承我的财产吧，混账！”何想骂道。

樊力“嘿”笑一声，样子要多奸诈有多奸诈，要多阴冷有多阴冷，直令何想不由得打了个冷战，也令绑架何想的大汉一时之间拿不定主意。

一句废话也没多说，一个多余的眼神都没有，樊力仿佛毫不在意何想的死活，直接狠狠一脚踩在方才被数把尖刀刺入腹部的大汉肚子上，笑着将一排尖刀踩得整个没入对方腹中。被踩的大汉发出惨绝人寰的吼叫。

“你疯了！你这个疯子！”再也受不了同伴被如此对待的举枪大汉发狂般怒吼，抬起手中的枪就朝樊力射去！

樊力早有预料，抬脚勾起地上瘫软的大汉就将他拦在自己身前。

“突突突突……”一连串的子弹疯狂地射入大汉的胸腔，打得他身形不断抖动，而樊力安稳地躲在他身后毫发无伤。

持枪大汉呆愣原地，怎么也没料到竟是自己给最好的搭档补了致命几枪，一时间甚至无法相信，觉得自己是不是在做梦，等他好不容易回过神来，怒吼道：“我要杀了你！”

刚想把枪口转回何想，高压电流透过何想手中的电击器直接击打到他的胸腔，大汉一阵剧烈抖动，摔倒在地再也爬不起来了。

“完美！老大实在是太帅了！酷毙了！不愧是我的老大，就是这么出人意料有内涵！”樊力在一旁啪啪鼓掌，被何想甩了一个眼刀过去。

虽说何想刚才看起来从容冷静，可被人用枪支抵住太阳穴，生死都在别人一念之间的感觉，他真的再也不想有了。这么短短的几分钟仿佛耗尽了他整整几天的精力，他有些疲惫地低声说道：“找个人带路，然后快走吧。”

“好嘞，得令！一切听老大的，老大最睿智，老大最英明，跟着老大有肉吃。”樊力甩了一串不要钱的马屁过去，就蹲下身瞥了一眼地上被电得毛发乱竖、人事不知的持枪大汉，勾唇冷笑，“没有在第一时间去找帮手而是选择了绑架，是你此生最大的错误。”

“那么，现在来找谁好呢？噢呀，这里有两个装晕的好孩子呢。”樊力露出恶魔般的笑容。

折磨，拷问，手段简单有效，不给对手丝毫间隙喘息，直逼着两个壮年大汉哭得跟孩童一般。何想有生以来第一次看着本该在电视剧上出演的戏剧在自己眼前上演。看着樊力这个平时嘻嘻哈哈不着调像个大男孩一样的人冷酷地逼迫着两个大汉，神情和姿态好像另外一个完全不认识的人，这让他感觉极其陌生。

可同时，也让他认识到温之光在樊力的心中有多深的分量。

很快，樊力问出了温之光的去向，拎起那个大汉，扒了他的西装架起来就走。

“老大，他们往城东去了，城东有青者的休闲会所。”

“好，追上去。”

帝都向来有东富西贵的说法，城东主要是繁华的商业集中区，各种高端大厦、高档会所星罗棋布，24小时不间断营业，号称东方的不夜城。而一般来说，夜晚，才是一天真正的开始。

在通往城东的外环路上，一辆加长型黑色私家车稳稳地以一百公里的时速行进着，车内坐了八个人，准确地说，是坐了七男躺了一女。温之光双目紧闭蜷缩在车内一角，她身边紧贴着一脸色眯眯地盯着她的三七分头秘书男，四个将黑西装撑得鼓鼓囊囊的大汉端坐在车后座，一个样貌清秀一脸斯文的年轻男人坐在驾驶室开车，被称为青者的中年男人则坐在前排副驾驶。

俗话说得好，君子不立危墙之下，千金之子坐不垂堂，一般位高权重的人都会选择坐在司机的正后方以避开潜在的危机，但青者却完全不同，他出身微寒，一路历经无数生死才爬上如今的地位，所以他不仅喜欢视野开阔的副驾驶，更喜欢时刻让自己立在危处，这样才能让他的头脑时刻保持清醒。

车厢里十分安静，静得连轻不可闻的呼吸声都能清晰地听到，秘书男听着自己越来越浓重而略显紊乱的呼吸声，斜眼瞅着身旁紧贴着的女人，一只手终于不老实地伸向了温之光的大腿。恰在此时，一直闭目养神的青者忽然睁眼，他身边的年轻男子敏锐地捕捉到这个信息，轻轻一笑，说道：“不行。不可以。”

清澈的还带点少年气息的嗓音突然响起，吓了本就做贼心虚的秘书男一跳，缩回手抬头瞪了年轻男子一眼。

年轻男子从后视镜瞥了他一眼，带着笑意说道：“别的女人没关系，温之光……刘开你可不能动，她可是个烫手山芋，现在麻烦已经不小了，千万不要再节外生枝。只有青者老大才能最大限度地利用她的价值为咱们谋福利，是吧老大？”

青者的眼里带了一丝笑意，对年轻男子的判断力感到满意，他的身边需要有刘开这种逮着谁都一通乱咬的狗，也需要年轻男子这种极其会看眼色揣摩心思的小狐狸，只有各种角色都有，他们才能发展得更长久。

“行了，赵珞，好好开车。”青者说道。

“好嘞。”赵珞眯起眼笑得还真像一只狐狸。

约莫又过了半个小时，下了高速，车行驶上了一段人烟较为稀少的沿湖道路，平静的湖水波光荡漾，与深蓝色的天空仿佛融为一体，夜空上的星星偶尔眨动两下，映着道路两旁的灯光在车身上轻轻闪烁。

青者忽然朝后面看了一眼：“嗯？”

赵珞的眼睛笑得弯弯的："后面那辆车开得还真快，赶着去投胎！"

"不。"青者迅速判断，"是追我们的车。"

车厢里的气氛骤然一变，赵珞身形一正，车辆稳步提速。刘开一把抓住身侧的把手以防被甩出去，四名正襟危坐的大汉以最快的速度降下车窗，掏出枪支朝后射击！

"哒哒哒哒……"黑夜里的火光格外显眼，落后于前车三百米开外的车内，何想猛地打转方向盘，避开第一波子弹，但还是被几发子弹射中车身，其中一枚子弹更是穿透挡风玻璃擦着樊力的耳际向后射去。

"啊！"在这样急速的扭转中，被副驾驶的樊力从后座拉扯脖子勒住的大汉终于"砰"地一下撞上车座椅，脖子一折，惨叫一声，彻底晕了过去。

"切，要不要这么疯狂？这么着急想干仗？"樊力龇牙一笑，腰带上红光闪烁，细密的青筋顿时延伸上他的手背，一手迅速在面前的挡风玻璃上划了几下，一块四方的玻璃像豆腐一样被整个划下扔掉，"嘿嘿，表演现在就要开始了。"

樊力将整个上半身探出车外，在何想"你疯了"的惊呼声中拿起手边一连串铁疙瘩，一个个以难以想象的巨力朝对方扔过去。与前车疯狂的扫射不同，樊力的举动几乎可以用蛮横形容，他的目标不是某个人，而是整辆车身，拳头大小的铁疙瘩在他手中变成了火箭炮一样的恐怖存在，即使是这种专业防弹的加长型定制私家车，也难以抵挡其威力。

"咚！咚！咚……"除却在何想变道躲避子弹的惯性力牵引下砸歪的"火箭炮"，樊力几枚炮弹接连砸穿防弹玻璃，击入车体内部，惊得四个大汉一身冷汗。

"能量强化！弃车！"一名大汉当即下令，四人顿时身上电光游走，同时打开车门跳出车外，在地上接连几个翻滚，起身时就已经离何想、樊力的车十分接近了。

“嘿嘿嘿……”樊力咧嘴笑了起来，像是极其兴奋，又带上几分狂热，忽然一手抓住何想的后背。

何想顿时感觉不好，惊呼道：“喂！你想干什么？我警告你不要乱来啊！”

同一时刻，三名大汉举枪射击，一名大汉直接拦在高速飞驰的车前。

“咻！咻咻！”近距离下对准车胎的射击，绝无可能躲过，“砰！砰！”两个车胎接连爆胎，方向盘无法控制，车身猛地打转。在何想一脸惊吓和惊呼声中，樊力以令人意想不到的角度和速度踏上前车头，借力向空中一跃，同时抓住何想猛地朝空中一扔！

“樊力你这个疯子！”何想几乎只来得及喊出这一句，人已在空中飞驰，呼啸的劲风吹得他脸上生疼。他像只鸟一样在空中飞翔，这一刻无限延长又无限缩短，在他一个晃神间，他已经落到了前车的车顶上，稳稳地趴在上面，仿佛刚才夜空里的飞翔只不过是一个梦。

“嘭！”车体后方的不远处，何想、樊力的汽车翻滚到道路边，轰然爆炸，火光四起。

樊力一脚踹翻拦在路中央的一名大汉，落在了路中间，朝何想所在的方向挥了挥手，示意那边由老大何想来搞定。黑夜里，他露出森白的牙齿，咧嘴一笑：“接下来，就是我们几个的对战了，要速战速决比较好，毕竟我们这边的老大还不是太靠谱啊。”

“哼！”几名大汉冷哼一声，从四个方向围了上来，身上强化能量的电流在夜色里噼啪作响。

与樊力的从容不同，落在车顶上的何想只“安全”了不到一秒钟，一连串子弹就从车内朝上射出！

“啊啊啊！”何想左躲右闪，好在车身同样防弹，普通子弹要在同一个地方射好几次才能射穿，给了何想足够的时间闪避，饶是如此，何想也是狼狈至极。如果不是躲在车里的刘开没有胆量和其他人一样翻出车后窗上车顶，何想恐怕早就被击毙或者束手就擒了。

但何想这个人最大的优点就是冷静和耐力，如果没有耐力，他无法几十年都枯守在典当行内一步不出，如果不是冷静，他也无法在被人拿枪指着太阳穴后还义无反顾地跟过来。人在生死关头表现出来的素质从来都大不相同，或者何想此时的选择，也暴露了他本性里潜藏的亡命之徒独有的疯狂和冷静，只是他自己从未发现。

在短暂的惊慌过后，何想很快沉静下来，他的目光快速一扫，立即掏出怀里搜刮来的枪支，吞咽了一下便迅速朝车后窗爬去。他记得樊力曾打破对方的玻璃窗，而他手里的子弹有限，他也绝对没有别人快速度更换弹夹的能力，所以或许机会只有一次，而车里至少有三个人：射击者、司机和温之光。有没有其他人暂且不知，但他至少要解决掉射击手，才有可能威慑司机或者别人。

一切的推测在瞬息完成，当何想的枪支从车的正后窗伸进去的时候，他的脑袋已经贴着侧后车窗朝里斜斜看去。“咻咻”两发子弹，一发落空，另一发贴着刘开的头皮迅速刮过，带起了一片血沫。刘开油腻的头发被子弹高速擦过，连根拔起，发出一股烧焦的味道。

“啊啊啊！”刘开骤然发出一声惨叫，伸手一摸，满手鲜血，吓得他几乎晕厥过去，下意识地抓起身边的小型机关枪对着车后窗和侧后窗疯狂扫射。

“哒哒哒哒哒哒……”

何想猛地起身滚向车顶。

副驾驶上，青者像是被吵到般微不可察地皱了皱眉。

见状，司机赵珞心中一凛，脚下油门一轰，车辆骤然加速，让车顶上身形不稳的何想轱辘一滚，竟然从车顶上向后翻了下去！

“糟了！”何想心中暗叫，下意识伸手想抓住车后窗顶，幸运的是，他确实抱住了车顶边，下半身摔在伸出的车后箱上，堪堪稳住。但不幸的是，他大半个身形都露在了敌人的视野中，毫无遮挡，更来不及调转枪头回击。

何想心神一震，看着刘开狞笑的脸和正对自己的枪口，心中只有两个字："完了！"

"哈哈哈哈！死吧！"刘开扣下扳机。

千钧一发，躺在车后座上的温之光猛然睁开双眼，扑向刘开。刘开的枪口一歪，子弹擦着何想的肋下飞过。温之光继而扑向何想，两个人抱在一起倒转着一同摔下车，一路朝湖边延伸的斜坡滚下。

"啧！"赵珞眉毛一皱，"青者老大，怎么办？"

"不用管了，警车来了。"

警车？赵珞一愣，凝神去听，确实，警车的鸣笛声正在迅速逼近。

"可惜了。"他暗叹一声，伸手在车身侧面按了一个键，后半截的车体自动脱离，车顶棚自动落下成为新的后挡风玻璃，脱离的车体滑落一边，"砰"的一声被撞毁。

"瘦身"成功的黑色私家车继续畅通无阻地前行，与迅速赶来的几辆警车擦身而过。

三天后。

帝都最负盛名的三甲医院国立中心医院，军方高干病房外的走廊上，何想左手拎着水果，右手捧着花束，抬眼看了一下墙壁上的时钟，无奈地叹了口气："樊力那小子，又迟到。"他今天罕见地穿了一件较为正式的条纹衬衫，下身配黑色西裤，头发也打理得很清爽，和平时过于随意的装扮截然不同。

距离飞车援救温之光跌落湖边已经过去三天，然而直到现在，一幕幕场景仍然在何想的脑海里回放。

他怎么也没想到温之光将他推出车后窗后，竟然会紧紧把他抱在怀里，以她自己为肉垫坠落到车下，经受最严重的冲击，并一路护住他的要害一起从碎石斜坡上滚下，一直滚落到湖边。他还记得两个人半边身子都被湖水浸湿，冰凉的湖水冲刷着温之光身上溢出的鲜血，一圈一圈红得刺目。他立即慌乱地检查温之光的伤口，其间她短暂地醒来一次，在发现是他后又晕了过去。所以当樊力后来告诉他，温之光浑身多处划伤、骨折并有轻微脑震荡后，他极其内疚的同时又无比感慨，长这么大从未有哪个女孩子这么用心并且不顾一切地保护过他。

何想也知道温之光当时之举有一大半是职责使然，是使命所在，但他还是被她的奋不顾身感动得一塌糊涂。

“嘿——老大，久等啦，哈哈。”樊力大喊着一路从走道上跑来，引来无数患者和护士的侧目。

“医院里不要大声喧哗，小心被赶出去。”何想提醒他。

“嘿嘿，我们进去吧。”

“嗯。”在推开病房门的瞬间，何想又停顿了一下，微微犹豫后又毅然推开。出乎意料的是，病房里不只有温之光，常和温之光搭档的警官陆七也在。

还没等陆七站起来迎接，温之光就大喊了一声：“哈！樊力你这个家伙！死哪里去了？到现在才来？说，是不是又跑出去泡妞瞎混了？知不知道我这几天很担心你们啊！”说到“们”字的时候，温之光的目光瞬间扫过何想，又很快离开。

“哈哈哈，大姐头你精神不错嘛，看来很快就能吃嘛嘛香，蹦跶出院，然后精神百倍地抓罪犯啦！”见到温之光精神不错，樊力也很高兴，一屁股坐到她床边，毫不在意的。

“嗯？”温之光仿佛这才看到何想一样把目光转过来，“啊呀！旁边这个左手拎水果右手拿花的家伙是谁？感觉有点眼熟。”

看着温之光明明一脸灿烂却还要强行憋笑的模样，何想不由得也弯起嘴角：“是你何哥哥，来，乖，叫哥听听。”

“呸！也不害臊。我说何想，虽说你今天打扮得人五人六很像个样儿，但人还是要有点自知之明比较好，不能因为你长得有点老，就擅自给自己增加辈分。”一同经历过生死后，两个人之间的距离拉近了很多，温之光自己都没有注意到自己对何想的态度有所变化。

“我今天打扮得这么帅是为了医院里漂亮的护士小姐，我要用我英俊的外表去滋养她们美丽的心，进而提升她们的颜值，用心光明而伟大。不像某人，一把年纪了还总是装嫩扮小，却不知已经过了能不过脑子、想说就说的年纪，要知道年轻的时候叫童言无忌，现在叫脑残嘴笨。”何想笑嘻嘻地回敬。

“呸！你才脑残嘴笨，欠抽找打是不是？几天不见越发毒舌了，小心我打废你！”温之光凶狠狠地举起拳头，却牵动受伤的肩膀而皱了下眉。

“行了，行了，都重大病号了还没能让你老实点。”何想摆摆手，坐在了床边的椅子上，“陆警官你也坐，别客气。”

陆七被憋得哑口无言，这里到底谁是主人谁是客人来着？

温之光：“你们这几天都在干什么呢？不见踪影，可不能不经过我同意就去找人家麻烦。”

何想笑道：“放心，我们不像某人那么勇敢地自投罗网，还是很有自知之明的。”

温之光怒道：“毛毛个熊，你说谁自投罗网？我那是追踪敌情，充分展现了警察同志的优良品质好不好？要是怕危险还干什么警察？”

“说得好！”樊力立即赞了一声，“但还是要更注意一下，下次出手喊上我。”

“……”何想叹了一口气。温之光这句话倒是说得不错，警察历来都是高危职业，破案过程中遇袭乃至身亡的每年都有不少，对于这一点，何想致以崇高的敬意，因为换成他自己，他自觉未必能够做到。

察觉到何想似乎有点恹恹的，温之光一挑眉：“干什么？突然默不作声的，弄得好像我欺负你了一样。”

何想一笑：“怎么？温大小姐也学会关心人了？”

“哼，你怕了？”温之光歪头眯起眼睛。

敏锐地察觉到温之光所问的“怕”是指什么，何想张了张嘴，立马反驳：“怎么可能？你可不要忘了是谁救你出来的。”

“切，雄了那么一次就尿了，现在不是一副怕得要死的纠结样儿？”温之光将脑袋转向樊力，“我就跟你说了，这个老大不靠谱，你偏不信，还非要跟他混，现在知道啦？他不仅没有胆量前进，反而吓得往后直退，他这人也就这样了，半点魄力也没有，什么也干不成。”

“嘿，你……”何想头一次有点词穷。

“你什么你？不要想狡辩！你这家伙最擅长的就是狡辩，该解决的事情不去解决。你这人能不能稍微有点男子气概？都几天了还是一副蔫了吧唧的茄子样，有什么好怕的，脑袋掉了不过碗大的疤。人活一世就是要波澜壮阔，干出一番事业才对得起自己。如果活着只是为了活着，和茅坑里的蛆虫又有什么区别？所以你还是趁早离樊力远一点，七传人真要有你这样的老大，迟早要玩完！”温之光一番掷地有声的话说出来，整个病房里鸦雀无声，所有人都盯着她，看她一副气呼呼的样子，想劝的话又有些说不出口。

纠结一瞬，陆七开口道：“这个、那个……”

樊力突然跳脚：“喂！温之光，我警告你，不要这么跟我老大说话，否则我……”

何想冲他一摆手，阻止他继续说下去，跷着的二郎腿忽然放下，面色平静：“我必须要告诉你，我犹豫不是因为害怕，作为一个男人，需要的是责任和担当，在没有完全想好之前贸然挑起担子是对所有人的不负责。就像你，丝毫不顾及后果，横冲直闯，酿成大祸！不仅自己陷入危险还差点把周围的人也折了进去。你可以这么做，因为你把自己当一个

‘兵’，但我不行，如果要当老大，就要统筹全局，为所有人的安危和最终目标考虑，所面临和肩负的重担根本不是你能想象的。你觉得我不配当这个七传人之首，但这根本不是由你说了算，也不由我做主。”

何想站起身：“时间不早了，我还有事要办，就不多打扰了。”说完就拉开门走了出去。

“这个、那个，我、我去送送。”陆七打个招呼也连忙跟了出去。

病房里剩下樊力和温之光，两个人对视一眼，不由得都笑了起来。

樊力干笑一声：“为什么对老大说那么难听的话？”

温之光一顿，撇了撇嘴：“其实他没有我想得那么没用。”

樊力勾唇一笑：“哦哟？你这是认可老大了？哈哈哈，就知道你不会真的讨厌他，再怎么说也是我的老大，我又怎么可能会看错人呢？”

“切，嘚瑟。”温之光翻了个白眼。

病房外的走廊上，陆七追了出来：“何想——等等！”

何想站住脚步，回过头来看着陆七，笑道：“怎么，陆警官还有事？”

陆七有点尴尬：“那个……也不是什么重要的事，温警官她人就是这样，说话直爽了一些，你不要太在意。要是惹你不快了，我替她向你道歉。”

何想笑得有些意味深长：“陆警官为什么要来替她道歉？”

“我……”

“其实不用道歉，她说话虽然难听了点，但也不是完全没有道理，人生在世确实要活得更恣意潇洒一些，担忧太多只会止步不前。有些事我已经想通了，既然避免不了，就要努力去做到最好，反过来说，我还要谢谢她才行。”何想笑了一笑。

陆七惊讶地睁大双眼：“你……你真是出乎我的意料，何想，你太大度了！够男人！就冲你这句话我陆七交你这个朋友了。”陆七猛地一巴掌拍在何想肩上，“另外，还有一件事要特别感谢你，那天要不是你及时报案，还从犯罪分子身上找到了解毒剂，后果真是不堪设想……万一温警官真的出了什么事……唉，我都不知道该怎么跟她爸爸交代才好。”

“哦？”何想敏锐地发现，陆七一句“不知怎么跟她爸爸交代”的感慨别有意味，在谈到温之光爸爸的时候，陆七好像不是对一个老父亲的感慨，也不是对温之光的莽撞感到无奈，反而是有些畏惧和害怕？莫非温之光的背景其实并不简单？

何想目光闪动，轻轻一笑：“陆警官真是太客气了，作为一个遵纪守法的好市民，这是我们应该做的，反倒是你们，作为刑警处在这个位置上，才是真的各方面都不容易。”

这一句话说到了陆七的心坎里，他叹了口气：“谁说不是呢？但既然已经选择了这条路，就要继续走下去，毕竟这也算是我从小的梦想吧。”

“对了，陆警官，上次你们抓走的几个人，后来怎么样了？查出什么来没有？”

“嗯……”陆七微微犹豫了一下，还是凑近何想压低声音说道，“其实确凿的证据还没有多少，但我们怀疑背后有全有集团的影子。”

何想也压低声音：“你是说全有集团给他们提供了技术和药物支持？”

“除了他们，谁有这种本事把普通人变得跟超人一样？关押他们两个人的牢房都是特制的。”

“两个人？”何想讶异，他记得应该是四个人。

陆七的脸色沉了沉：“对，还有两个脑死亡，所以抢救无效……”

“……”何想微微沉默，“全有集团那边是什么反应？”

“没反应！就算这种事情是真的也不可能会有谁出来承认，最后肯定推到某个小人物身上，说是药物被盗流落到黑市上什么的。又是地下拳场这种地方，什么样的解释都能找出来，所以局里暂时把这件事压下来了。”

“这个消息很重要，多谢陆警官了。”

陆七笑笑："行了，跟我还这么客气做什么？你先忙着，回头咱们联系。"

和陆七交换完联系方式后，何想很快回了典当行，没多久樊力也回来了。

典当行还是和往日一样开门营业，虽然一天到晚也未必会有一个客人光顾，但何想这种不出意外每天准时开业的精神，樊力还是比较佩服的。一个人要有足够的韧性坚持一件事，他才能下定决心做另一件事时将它进行到底。

"嘿，又在看书睡觉呢？"大厅里，樊力一眼看到坐在柜台一角用立体悬空投影看书的何想。

"回来了？怎么说？"何想眼皮也没多抬一下。

"你猜得没错，果然是有人把温之光引到地下拳场去的，真是太可恶了！"

"谁？"

"说是一个叫梅之心的女人。"

"她？"何想惊讶地转过身来，悬空电子投影屏幕随着他的动作一起转动。

"你认识？"

何想说道："算是认识吧。"梅之心这个女人有点邪门是肯定的，但如果和地下拳场扯上关系……看来温之光认为梅之心和人口失踪案有关系不完全是毫无根据的猜测了？

"她是谁？在什么地方？"樊力气势冲冲。

"你想干什么？"

"把她抓过来扔到温之光的面前，我不打女人，但不代表不能让温之光教训她！"樊力越说越气。

何想嗤一下笑出来："你还是省省吧，别人没抓住反倒把自己折进去了。要知道女人的武器和男人完全不同，人不是光靠打架来赢的。何况温之光的伤还没好，你还是让她先休息几天，留待她自己动手。”

“这个你不用担心。”樊力得意一笑，“她说过几天就出院，然后会精神百倍地嘲讽你，谁叫你在她面前甩脸子，等着吧。”

“……幼稚。我关门！”

一周后。

何想盘腿坐在后院里的一个小蒲团上，虽说已经决定承担七传人之首的责任，要开始主动找出和笼络七传人以对付即将面临的麻烦和危机，但何想也没有贸然出击，因为在此之前他有更重要的事情要做——让自己的传承和能力觉醒。

如果没有完整的传承，光凭一个典当行，恐怕难以服众，像樊力这种什么也不想直接把宝物扔给他的傻缺二货恐怕不会再有第二个。但是该怎么做才能觉醒传承，何想也没什么头绪。方法倒是试了一箩筐，比如用意念、火烧、水浇、刀劈，不论是低温冷冻还是高温储藏，戒指都毫无反应，何想折腾个半死，脑子也没有开窍传来声音。

要不是何想当机立断让自诩有觉醒经验的樊力滚蛋，他感觉小命都得葬送在樊力手中。

“什么遇到危机情绪波动就能觉醒？上次救温之光那么惊险，也没见戒指里蹦出个小精灵让我爆发个小宇宙，樊力这小子就是不靠谱。”何想发愁地摊开掌心，无名指上是一枚泛着古朴光泽的黑色戒指。自从何子天给他半忽悠半强行地戴上，到现在他都没能成功地把它取下来。

“传承……”他将手举到半空，阳光仿佛给戒指镀上了一层金边。

何想又将它拉回眼前，两眼直勾勾地盯着，有点神叨叨地嘟哝：“戒指啊戒指，传说中的神仙？你出来一下咱们打个招呼？你一直这么高冷的没啥反应，你这样让我很为难啊。既然选中了我咱们就得合作不是？不能这样搞个人主义和独裁主义，我还想靠着你弄个风火雷电的超能力，咱们好出去威震四方，广收小弟，神挡杀神，魔挡杀魔……”

“老大，你叽里咕噜的在院子嘟哝些什么呢？”樊力走进院子里。

“咳。”何想赶紧把手放下来，“没干什么，琢磨一下觉醒的事。”

“可我怎么好像听到了什么神啊魔的？”樊力狐疑地道。

“你听错了，游戏打多了的人都这样，脑子里容易产生幻觉。”

“好吧，只要你别走火入魔就行了。”

何想转移话题：“让你查的事情查到了？”

“那必须的，我是谁？力哥一出手，就知有没有，我跟你说，要讲追踪能力，还真没有几个人比我更在行的，也不看看我是吃哪碗饭的人，就凭他们怎么可能发现得了我？这不，花流年和王重的藏身之所已经被我找到了！”樊力对空打开一个电子邮件平面，选择了几个视频和图片文件，凌空点击了一下“发送”键。

何想很快收到，展开一看，呵呵一笑：“皇家中心花园？还真是花流年会选择的地方，王重就低调多了，选择了离全有集团最近的高档小区，离我们典当行也挺近的。”

“怎么，要去找他吗？也是时候让他改邪归正，回归七传人使命的正道上来了。”樊力道。

“不着急，至少也得先了解一下王重为什么要待在全有集团。”

“直接去问他不就好了，为什么要搞得那么麻烦？你要是以七传人之首的身份邀请他，以我对他的了解，他至少不会对你讲假话。”

“嗯？”何想玩味一笑，“怎么？和王重打了几次架，还打出革命友谊来了？连对他的了解都出来了？”

“我是说真的！我们这种喜欢动手的人通常都不太爱绕弯子，弯弯绕绕地瞎打听，不如直接问本人。”

“嗯……也有道理。不过知己知彼，百战不殆，如果能先对他有所了解，再劝说他的时候就更有把握。”

“好吧，反正你是老大你说了算，这种动脑子的事不适合我。”樊力抓抓脑袋。

“不过在去找他之前，我还是得先觉醒自己的能力，只有这样才更有说服力和威慑力。”

“说到这个，老大我超级好奇你到底会获得什么样的能力啊！既然是几千年来默认的七传人之首，肯定有非同一般的能力！”樊力兴奋地道。

何想微微一笑，对此他也较为自信，不然七传人之首不就是浪得虚名，难以服众了？

“只可惜七仙人的事迹记载得实在太少，历史上的很多文献也都杂乱不堪，难以分辨到底哪些和七传人有关，哪些无关，无法得到进一步的资料。何老头这个管家也做得太不称职，甩下几句话就拍拍屁股跑了，等他下次回来直接解雇他算了。”

“唔……何老头会不会是回家看儿子孙子去了？”樊力问道。

“哈？开什么玩笑，我从小和这家伙生活在一起，什么时候见过他有家庭？他就是喜欢出去乱玩乱转，陀螺屁股坐不住而已。”

“可要是没有后代，何老头管家的传承不是会断掉吗？”樊力问道。

“应该不会，传承的力量还是比较强大的，可能因为战乱或者其他原因暂时没有后代，但断代应该不至于。只不过何老头现在年纪一大把了，就算现娶老婆，也不知道能不能生下后代。又或者是他在哪里藏了后代没有告诉我们？”

樊力揶揄一笑：“对了，上次你不是还见了一个断定是七传人的美女？据说还是个跟《生存危机 online》里的水玲珑一样的角色，嘿嘿，如果你和她结婚，会不会生出一个超强的传人？”

“是啊，现在也不知道她去了哪里，难不成已经被全有集团抓了？”想到这个，何想也有些郁闷，“算了，该出现的时候总会出现。你这么一说反倒提醒了我，七传人之间如果通婚的话，会生出什么超常人类呢？”

“叮咚！您有客人来了。”

就在这时，迎客门铃久违地响起，随即感应器发出何想自制的欢迎辞：“欢迎光临好景常在典当行，人间有好景，常在典当行！入我门来，圆你梦想！”

樊力微微一愣，何想目光一亮，马上笑容满面地迎了过去：“你好，我是好景常在典当行的大堂经理，请问您有什么需要？”

来人看起来二十多岁的年纪，巴掌大的小脸上戴着圆形的金属细黑框大眼镜，长长的头发扎成两个松软的麻花辫，在肩头一甩一甩，显得极为复古，她上身毛绒针织衫，下身飘飘丝质裙，怀里抱着一个布包，浑身上下都透露出一股萌萌的软妹气息。

“那个……”她的声音纤细柔弱，带着一丝和陌生人打交道的羞怯，然后像下定决心一般把怀里的布包捧出来，“我想让你帮我看看这个。”

第八章　祸起萧墙

方可水在方家的地位，可以说是极其特殊，不仅是宝物的所有人，更是现任族长的孙女，一般情况下根本不可能会有人来抓她。但对方既然要动手，想必早有准备。

将布包交给何想之后，女孩就双手背后，像个可爱又萌萌的小老头一样在店里转悠了起来。

樊力一双眼睛粘在她的身上下不来，索性就跟着她一起转悠，各种嘘寒问暖端茶倒水陪聊天。这是他来典当行这么久第一次接客，意义和兴奋程度非同一般。

柜台边，何想轻巧而沉稳地打开布包，虽然早料到该是土石一类的器皿，但映入眼中的竟是一尊天王俑唐三彩。说到唐三彩，旧时代也曾风靡过一阵，无数造假专家曾制造出一批批真假难辨的三彩器，经过做旧之后投放到各种城乡接合部的古玩市场，令许多收藏家都折在其中。

但自从全有集团在一百年前制造出分子复原仿真机，成功从分子层面复原文物后，文物的收藏就自此失去了价值，至少对于大众来说，它没有了意义。

“您这是……”何想抬眼看向不远处正打量架上古董的女孩。

女孩回头看了他一眼，柔柔地说道："我想让您帮我鉴定一下它的真假。"

果不其然，这尊天王俑唐三彩上并没有"全有集团制"的字样。一般来说，所有经过全有集团仿真复制出来的文物都会带有他们的标识，但没有标识却不能说明一定是真货。毕竟现在分合食料理机和分子复原仿真机遍布全球，任何人都可以造假。

这也是为什么当年分子复原仿真机一经投产使用，典当与古董行业在短短几年的时间里就销声匿迹。

作为全球最后一家典当行的大堂经理的何想却知道，世上还有极少数人并没有放弃古董的鉴定和追求，坚持认为真正千百年流传下来的古董与仿真机制造出来的伪古董有着巨大的差距，它们所流露出来的精气神截然不同，古董有灵，传承了历史的沧桑。伪古董却是彻彻底底的死物，就好比分合食一样，即使暴露在空气中，放置一百年也不会腐烂。

也正是有极少数这样的人的存在，这么多年来才得以让典当行苟延残喘，而不是完全没有生意。

何想兴致盎然地把玩着手中的天王俑唐三彩，如果不出所料，这是一尊真货，真货和假货乍一看在外观甚至内里结构上都完全一致，不论是胎、釉、色彩、造型，还是它经岁月留下的腐蚀痕迹、开片纹路及反铅现象，乃至内里由当时工匠人无意中留下的模糊指纹，全都毫无差别。

可何想却知道，在经历了新的百千年时光的变迁后，分子复原的伪文物还是当年的样子，不会变旧，可真正的古董却会随着岁月继续变迁、变老、变得更为陈旧，仿佛积淀了岁月的磨砺与沧桑，重新吐露芬芳。当然分子复原机也可以将古董再复制一遍，但假的就是假的，永远在时间上追不上真品。

何想微微被汗水浸湿的手指抚摸着天王俑的胎表，极其敏锐地发现被抚摸过的露胎部分微微地泛出一种极其微弱的淡红色光泽，若不是经过千锤百炼的业内行家，绝对发现不了如此细微的变化。并且，这也是伪古董绝不会出现的现象。

这尊天王俑还有一个让何想感兴趣的地方：那便是这是他第一次看到这种具有宗教色彩的三彩器。当年古董和典当行业遭受巨大冲击，一夜之间昔日可以卖出天价的古董变得一文不值，很多人承受不了巨大的落差，在有心人的煽动下，开启了新一轮的破四旧活动。结果很多古老而珍贵的文物都在当时毁于一旦，现在留存于市面上的多是生活和装饰性器具。

因此，眼前栩栩如生的八部天龙形象的天王俑实在难得一见。

何想将自己的结论告诉女孩，随即问道："是要典当吗？"

"当然不！"出乎意料的，女孩小嘴一噘，有些气呼呼地快步走回何想的面前，一双小手撑在柜台上，一双大大的眼睛透过金属细黑框眼镜仔细盯着何想，其中责备的意味有若实质，声音却还是那么细腻温柔，"我曾经在全球互联网上查过，你们这家好景常在典当行几乎是全世界唯一硕果仅存的典当行了，可你看看，你的四周，在这么重要的地方却摆了这么多的假古董，清一色的假货，在这么好的地方……你觉得这样真的对得起自己这么长时间以来不懈的努力和坚持吗？真的对得起全球最后一家典当行的声誉吗？"

"嗯？"女孩的话让何想有点发蒙，敢情这姑娘不是来典当东西，而是来砸场子的？

"说得好！"樊力双手拍得啪啪响，雄壮的身躯站在纤弱的女孩身后，完美地演绎了什么叫《美女与野兽》，"我坚定地站在方小姐这边！老大，不是我说你，你实在是太不上道又太不上心了，作为典当行唯一的传承人，屋子里尽是些假货，要不要这么掉价？还说什么这样才能出其不意，别具一格，你这样对得起自己崇高的身份吗？"

"……"何想从眼缝儿里瞥了为了泡妞添油加醋无所不用其极的樊力一眼，"哪儿凉快哪儿待着去，小心你的口粮。"

"呀哈——你，你……"樊力捂着胸口接连往后踉跄退了两步，一副中毒受伤吐血的模样，“真是，说不过我就要用口粮来威胁我，这世上竟然有如此残忍和没人性的老大，真是太可悲了。方小姐，你看我为了支持你连生存食粮都遭受危机，如此真心真是苍天可鉴，方不方便再告诉我一下你的电话号码？”

方小姐扑哧一声笑出来：“你怎么能这么逗？真是太好玩了。”她忽然一笑，甜美而清新，如同醇香的美酒，绵长柔软，闻之醉人，一瞬间仿佛连整个老旧逼仄的典当行都亮丽明媚了起来。

樊力呆呆地看着她，口水都差点掉下来。

“喂，注意一下形象。”何想无语提醒。

方小姐笑个不停，摇了摇头说道：“电话号码我是不能告诉你的，但是我可以告诉这位典当行的继承人。”

“我？”何想有些意外。

“啊？为什么？”樊力如丧考妣。

“嗯，鉴于你的鉴宝实力是货真价实的……所以我决定还是先原谅你了。”方小姐温柔一笑，推了推鼻梁上有点下滑的眼镜，“现在正式自我介绍一下，我叫方柔，是刚入美丽大学的新生，还请多多指教。”

“你好，我是何想。”

“我不典当天王俑唐三彩是因为我不忍心将它和众多的赝品放在一起，这对它是一种折损和侮辱。另外，因为天王俑唐三彩全世界独一无二的稀有性，所以市面上的价格是三千万起，恐怕是何先生不能承担的负担。”方小姐俏皮地眨了眨眼睛，典当行里的陈设早已暴露了其经济状况。

“但是，如果何先生能答应我一件事，我也可以把它无偿赠送与你。”方柔粲然一笑。

“什么事？”何想疑惑地道。

“方便的话我们交换一下联系方式，过两天我会联系您的。”

又简单地聊了几句后，方柔告辞。何想和樊力一同殷勤地将她送出典当行，目送她打车离开。

回屋以后，樊力啧啧称叹："方小姐真是胸怀广大。"

"能眼睛不眨地送出价值三千万的天王俑，确实不一般，家底应该很殷实。"何想心中却浮想不断。

"我说的是胸怀，胸怀懂不懂？"樊力在自己胸前比画了两下，向往道，"大，真是很大，绝对一手不可掌握。虽说有宽松毛衣的遮掩，但我绝对不会看错。"樊力故意推了一下鼻梁上不存在的眼镜，贼兮兮地说道。

何想有点无语："你就不能正经一点？"

"切，装什么大尾巴狼，我就不信你不喜欢大胸妹。只可惜现在的妹子们都比较眼瞎，有我这么雄壮又可靠的男人在眼前不要，非要你这种瘦竹竿型的，真是人心不古。"

何想鄙视地看了他一眼："不要以为别人都和你一样，见到女人就走不动路。"

"哎哎哎，算了，我还是回去找我的小心心了，约好了今晚一起做夫妻副本鹊桥仙的，可不能错过了正事。"樊力最大的优点就是洒脱，很快便将方柔抛到脑后，猫回去继续打网游了。

何想在柜台边敲了敲桌子："奇怪，怎么感觉这个姑娘好像有点似曾相识？应该是错觉吧。"

两天后，何想收到了方柔的邀约，地点是方柔的家中，说是想请他帮忙鉴定一下新继承的一批古董的真伪。

一大清早，何想就开车前往帝都西边的碧云天别墅区，原本打算叫上樊力一起，可这家伙一早就打扮得人模狗样说要出去约会，让何想不用等他回来吃饭，说不定连晚上都不回来了。对此，何想只能摇了摇头，暗道这家伙迟早是要折在女人手里。

上午十点，何想准时到达碧云天别墅区的方柔家门外。碧云天都是独栋别墅，每户之间有相当远的距离，前有车库后有花园。在帝都寸土寸金的地界上，能拥有如此奢华的一座别墅的人通常都非富即贵，方小姐看来来头不小。

碧云天虽然比花满楼偏僻，但胜在环境幽静且占地广阔，远山近水，颇有世外桃源之感。

按响门铃，何想很快得到里面的回应。“来，来了……”门内飞快的脚步声，伴随着“砰”的一声，好像是撞倒了什么重物，好一会儿才有人过来开门。

“不，不好意思……耽搁了……”方柔捂着有点红肿的脑门，两眼泪汪汪地站在门口，弄得何想都有点不好意思。

何想失笑：“其实不用那么着急的……撞疼了吗？”

“嗯……等会儿就会好的，不要担心，快请进来。”方柔甜甜一笑，引何想进门，“你先到处转转，我去泡杯茶来。”说着就轻快地进厨房里忙去了。

既然主人都请随意，何想自然也不会太客气，毕竟请他来本来也是为了古物的鉴定。

不得不说，方柔的别墅前面环水，背后靠山，前庭视野开阔，东面近处有山势拔起，西面远方有丛林低伏，当真是个一等一的好地方。屋子内部的布置也极为讲究，空间开阔，大开大合，细节处又极为精致，最关键的是天清地宁，所有陈列都暗合阴阳五行之道。

何想只转了一圈，心里已大致有数。

“茶泡好啦。”方柔端着茶盘笑盈盈地走来，突然，脚下被什么绊了一下。“哎呀！”她大惊失色，脚下一崴，手中的茶盘翻了出去。

“小心！”何想眼疾手快，先是一把抓住茶盘，盖住茶碗，随后才看向方小姐，她一下撞到沙发上，好在沙发柔软，人倒没什么大碍。

“真是的……真不好意思……”方柔的脸有些涨红，接连两次丢脸，让她有些垂头丧气。最关键的是，她没想到何想竟然舍弃她不顾而专管茶盘，也让她受到了一点打击。

“没事，人没伤到就好，过来坐吧。”何想将茶盘端上茶几，为他和方柔各倒了一杯茶，“看方小姐家的布置，感觉很有几分古韵。”

“是的。”捧起茶杯啜了一口，方柔心定了几分，微微一笑，“说到传承，我们方家确实挺久远的，而且还是名门之后。”

“确实有大家风范。”

“记得族谱上好像有记载，说我们是神农氏炎帝的子孙，当年因战有功而封于方山，遂改方姓，我现在算是方家第一百八十七代传人了。”

“一百八十七代？”何想很快换算出来，“岂不是说起码有个四五千年的传承历史了？这可有点吓人了，这样的家族积累下来，到现在该是很可怕的庞然大物了。”

方柔扑哧一笑：“也没有那么夸张啦。毕竟现在社会的发展日新月异，各种各样的新科技层出不穷，对于传统家族来说其实是很大的冲击，只是保证家族不分崩离析，其实已经很勉强了。”方小姐叹了一口气，“对了，何先生出身于什么样的家族？”

何想呵呵一笑：“我吗？孤儿一个，小时候被师父收养，然后就一直在典当行里待到现在，不记得父母的长相，更不知道他们是谁。”

“那么何先生并不是从一开始就在典当行了？”

“是的。”

“你的师父是个什么样的人呢？”方柔眼中闪过好奇的光芒。

“一个把典当行扔给我自己一个人到处潇洒的糟老头子。”何想一笑。虽说有点嫌弃何子天当甩手掌柜不管徒弟死活的做派，但他目前所学的许多东西却大半都是何子天教导的，至少也是源于他当初留下的古董书籍。而且他们从小相依为命，说是师徒，其实形同父子。

“这样啊……那你对于典当行又是怎么看的呢？因为现在这个行业确实极其不景气，何先生就没有想过要换个更有前途的行业吗？”

何想有些疑惑，似乎比起让他鉴定古董，这个方小姐反而对他这个人更感兴趣。

“我觉得在典当行待着挺有意思的，虽说客人不多，但偶尔也会遇上一些特别有意思的客人，比如方小姐这种。”何想轻笑道。

何想的回答并没有令方柔感到满意，但她知道即便再问，恐怕也无法从何想的身上得到更多答案。

“请何先生现在开始点评我的古董吧。”方柔微微一笑，站起身来。

“好的。如果方小姐只是想简单地辨别何为真何为假，这里绝大多数古董都是假的。”

“绝大多数？不可能！”似乎察觉自己过于激动，方柔收敛了一下突然拔高的音调，柔声问道，“不可能会这样。”

“为什么不可能？”

“因为……”看何想这么斩钉截铁，方柔的神色有些凝重，“难不成在我不在的时候，这里有人来过？”

“叮咚。”门铃又响了起来。方柔讶异地和何想对视了一眼：“今天应该没有别的客人才对，我去看一下。”

开门之后，方柔的脸色有一瞬间的变化，但又马上笑容可掬地将人引了进来，有些抱歉地对何想笑笑：“抱歉了，没想到家里人这个时候过来，看来我们的话题只能下次有机会再继续了。”

“没关系，我下次再过来好了。”何想不介意地笑笑，也没多说，就打算往外走。

“等等。”进来的三人是两男一女，其中一男一女是看起来三十岁上下的年轻人，另一人看上去六十岁左右，拄着一根精致的合金拐杖，留着这个时代少见的长胡子，看起来一派仙风道骨的模样，只是神色极其冷峻威严，一看就让人觉得不好相处。

正是他上下打量了何想几眼，叫住了他。

“怎么，阿水不介绍一下这位吗？”老者问的是方柔，眼睛却看着何想，嘴里还喊着“阿水”。

方柔的神色变了变，何想敏锐地捕捉到她的变化，联系起来一想，

“方柔”恐怕只是一个假名。不过这倒也没什么，有时候客人不愿意吐露真名，也会用假名来做交易。

可方柔接下来的话却叫他惊讶了：“三叔，他是我大学里的同学何想。”

“是吗？既然是同学，就留下来一起喝杯茶吧。”三叔朝何想一笑，另两名年轻人往前走了两步，竟然连成一个防卫阵，堵死了何想的退路。

方柔面色一变：“三叔您这是什么意思？”

“阿水侄女这么紧张做什么？我老头子就是喜欢和年轻人待在一起，我看这个小伙子不错，阿水也很少对人这么看重，要不留下来一起喝茶再吃个晚饭？”三叔扬起拐杖，指了指何想。

何想要是还没看出事情不对，就不是他了，他随意一笑，像是没有察觉到屋子里尴尬而绷紧的气氛：“还是不了，家里有人等我回去，回去晚了他们该着急了。三叔的好意我心领了，下次再来拜访您吧。”

“这有什么，跟家里人打声招呼不就行了，难不成还怕我老头子吃了你不成？”三叔并不相让。

“这……还是不打扰了，难得你们亲人团聚。”何想笑了笑，笑意却没有达到眼底，强行留人吃饭，这岂不是要开鸿门宴？他可没兴趣。

气氛一时有些僵持。

“哎呀，三叔真是的。”借着一句娇嗔，方柔顺利插入其中，走到何想身边，微微一笑，“您这样热情会把他吓坏的，何想是第一次来家里做客，我们是有学校里的活动要商量，根本不是您想的那种关系，就不要摆长辈架子了。”

“咳。”方柔的话说到这个份儿上，三叔也觉得再为难人似乎有些过不去，但就这么放人又觉得有点不甘心，忽然，他心念一动，“小伙子，你回答我一个问题，答对了老头子就送你一样东西。”

虽然何想一点也不想要什么东西，但还是说：“您说。”

三叔微笑：“既然你跟阿水一样是文史哲专业的，想必基本的文学造诣还是有的，来跟老头子说说，什么叫作‘横渠四句’？”

在三叔说到文史哲时，何想心中一个咯噔，虽然他喜欢看各种杂书，但从来不包括诗词歌赋人生哲学，可当他听到三叔问的是横渠四句，眼睛又瞬间亮了起来。若说别的他还不太清楚，但这个横渠四句却是何老头以前没事就叨叨两句的，所以他记得再清楚不过。

“为天地立心，为生民立命，为往圣继绝学，为万世开太平……是北宋大家张载的名言。于我个人而言，就是为天下立仁者之心，为生民立安身立命之道，为圣人开宣道统，为万物祈启太平。”何想缓缓笑道。

“说得好！”三叔赞了一声，拐杖在地上咚地敲响，脸上的笑容此时才终于稍微真切了一分，“好啊，好，现在的年轻人少有这样觉悟的了，成天不是打电子游戏醉生梦死，就是泡妞打架找刺激，全有集团两项时隔百年的重大发明，说得好听是解决了民生重大问题，但对人本性的发展却极为不利！一群早晨八九点钟的太阳每天比我这个糟老头子还萎靡，未来还能指望他们什么？继续下去，恐怕新一轮的‘优胜劣汰’就要开启，自然的法则从来都是这样残酷！”三叔愤愤不平道。

“三叔！”方柔嗔怪地看了三叔一眼。

“老头子年纪大了，话就有点多了，听着当作儿戏罢。”三叔笑呵呵，眼睛里精光乍闪，在何想跟方柔之间打了个转，“行了，小伙子不错，有前途，今天老头子就不留你了，早点回去吧。喏，这是许诺给你的东西。”三叔从怀里掏出一枚挂着红绳的玉牌甩到何想的手中，令在场的人都面露惊讶，看向何想的目光里不由得多了几分深意。方柔看了看何想，欲言又止。

把玩着手里的玉牌，何想笑了笑把它塞进口袋里：“多谢老爷子。”跟方柔打了个招呼便离开了别墅，开车回典当行。

一路上，何想的车速十分平稳，他是一个任何时候都爱稳扎稳打，绝不轻易让自己陷入危险的人。

“啧，不得不说，今天的见闻还真是有意思，方柔？阿水？方家……

呵……”何想轻叹一声，感觉自己好像抓到了什么线索，但又还缺失了一两个重要环节，还需要再细细回想。

全有集团高耸入云的大楼永远像要向太阳显示威仪般屹立，其中常驻在最顶层的唯一一个女人——花氏家族的千金大小姐花流年此刻正在大发脾气。

“既然你已经找到线索，为什么不现在就追踪？难道你不知道机会很宝贵，机不可失失不再来吗？”花流年盯住王重，秀美的脸上此刻满是焦急，一袭红色的长裙像蔷薇一样热烈盛放。

王重低垂着头，保证自己只能看到她膝盖以下，平静地回道：“只是初步线索，现在时机还未到。”他当然不会说，他是知道一旦现在去追踪线索，花流年肯定也要一同跟去。但他不想这样，上次花流年身陷险境他就救援不及，这样的事情他不希望再发生第二次。

只可惜他低估了花流年的执着。

“你说的线索就是前两天到典当行去过的那个女人？”花流年紧盯王重，发现他的眉毛稍微动了一动，心中一喜，“就是她对不对？她是这几天以来唯一的顾客，虽然外形、性格都不一样，但单单看身形却有几分相似，她又那么擅长变装，狡诈的女人。肯定是她，不会有错！”

花流年欣喜地站了起来：“我现在就要去找她！”

“大小姐！”王重猛地抬头。

“你如果愿意帮我，就跟过来，不愿意，我就自己带人去。”花流年神色冷漠，再不看王重一眼，直接朝屋外走去。可毫无疑问的，只要是她想做的事，王重从来都不曾说个“不”字。

果不其然，王重朝她的方向伸了伸手，最终没有勇气直接阻拦，只好跟了上去。

不多时，几辆黑色私家车并行在通往城西别墅区的道路上，车中，王重坐在副驾驶上，花流年坐在后排。

“你在生气？”花流年忽然开口，打破了车内的安静。

王重目光一颤："不敢。"

"其实我并不是不知道危险，但如果不这么做，就难以突破阴影和枷锁。如果我……的能力能更进一步就好了。"花流年忽然幽幽地叹了一口气。

花流年所说的能力，确实是宝物所带来的时间静止的能力，但又不仅止于此。因为在她小时候，拥有这项能力的是她的父亲。她曾亲眼看过父亲为了逗她开心为她演示的时空控制游戏，也就是说，能力的范围大小可以自行控制，并且能力者可以随心所欲地解除范围内的某一个或几个生命体的时间活动，而不是像她现在这样只有自己可以随意活动。

不，除了她以外，何想似乎也是一个变数。除了典当行那次以外，上次在却望庄他也不受时间静止的控制。既然地点不同而何想两次不受控制，说明有问题的并不是典当行而是何想本身，难道破除时间静止的束缚就是他的能力？

"大小姐。"王重忽然提醒。

"嗯？"花流年应道。

"前面过来的那辆车，车里是何想，是否要拦截？"

"……"花流年微微犹豫，"不，让他过去吧，暂时不要对付他，今天的目标只是那个女人。"她严重怀疑上次在却望庄遇到的女子和去典当行典当东西的女子是同一人。

"是。"

何想开着车，有点疑惑地看着身边几辆黑色私家车呼啸而过，却由于对方用的是单向玻璃，而无法辨别，看车牌号也是极其普通的数字。

"看这方向难道是要去碧云天别墅区？方小姐今天不会有这么多客人吧？不过也不见得是去找她，碧云天又不是只有方小姐一家。呵，管那么多干什么，我还是回家好好睡个回笼觉。"何想自言自语一句，脚下油门一踩，继续朝典当行驶去。

碧云天别墅区，方柔的家中。

既然何想已经离开，在场的人谁也没了兴趣再演戏，方柔，又或者说方可水，在送完何想后回到家中，也没有理会任何人，而是将金属细黑圆框眼镜从鼻梁上取下来，掏出一张眼镜布细细地擦了起来，边擦边慢悠悠地往回走，态度显得极为轻慢。她眼角的余光不经意间扫过桌上的茶壶和茶杯，茶壶见底，杯中也已经没有了水。

三叔警惕地眯起眼睛，突然呵呵地笑了起来，脸上露出一抹虚假的笑意：“阿水，好久不见，想家了吧？”

“三叔就不要绕弯子了，直接说有什么事吧？”方可水并不买账。

“你这样跟长辈说话，态度不合适吧。”三叔也收起了脸上的假笑。

“我一直都是这个性子，三叔难道不知道吗？你若是再不说明来意，我可要送客了。”方可水脸色愈加冷了几分。

“你！”同来的年轻男子一脸怒容，刚准备斥责方可水，却被他身边那名女子扯住，对他摇了摇头，又示意他看向三叔。

“阿水侄女还是这么个急性子，好了，老头子也不多说了，你收拾一下，跟我们回去吧。”

方可水眉头一皱，继而失笑：“回去？回哪里？”

“当然是回本家，你在外面也闹得够久的了。”三叔面无表情，语气威严。

“闹？”方可水目光闪动，笑道，“我闹什么了？”

“你大闹全有集团却望庄的事情本家已经知道了。”

“然后呢？难不成抓我回去兴师问罪？这么点小事，不至于吧？”方可水哼笑一声，根本没将这件事情放在眼里。

三叔眉毛一挑：“小事？看来你还没搞清楚自己所犯的错误有多严重吧？”

“哦？愿闻其详。”方可水好整以暇地微笑。

“你是真不知道还是装不知道？”三叔的声音骤然拔高，怒气升腾，“平白无故为家族树立一个强大的敌人，你真以为自己的小伎俩可以瞒过所有人？不要以为这世上只有你聪明，其他人都是傻子，或许全有集团的追兵现在就已经在过来的路上了，你若不随老头子回家，后果你可担待不起！”

“后果？”方可水脸上的笑意骤然消失，“我不知道得罪了全有集团会有什么后果，但三叔你要是再带人在我的地方放肆，后果也将是你们所承受不起的。”

“你！”三叔面色骤变，满面怒容。不仅是年轻男子，就连和三叔同来的年轻女子也双眼圆瞪，怒火中烧！

“三叔，不要再跟她多说了，这次本来我们就有命令在身，要带这个丫头回去，她要是敢反抗，直接武力镇压也就是了。”虽说怒发冲冠，但说话的女人依旧语调轻柔细软。

可这话听在方可水耳中，感觉就不一样了。

“哦？主家还给了你们这样的命令？我怎么不知道呢？”要说方可水在方家的地位，可以说是极其特殊，不仅是宝物的所有人，更是现任族长的孙女，一般情况下根本不可能会有人来抓她。但对方既然要动手，想必早有准备，细细一感应，她发现这座别墅里所有的水都在极短的时间里通通消失。

“哼，你这次闹得实在太大，仗着自己身怀宝物就肆意妄为，就算是族长也不会包庇你！”三叔冷冷地说道，“当然，你要坚持不想回去，也可以由着你，只要你交出宝物让我们带回去交差，爱怎么玩就怎么玩，不连累家族就行了。”

方可水怒极反笑：“这才是你们的目的吧？那么想必之前进我家中探查的人也是你们了？只可惜啊……你们算错了一点，真正的威胁从来都不是来自外面，而是内部！”

方可水启动腕表上的开关，整座别墅发出细微的嗡鸣声，各处门窗骤然关紧，落下道道合金门闸，墙体表层电子家居和装饰用大理石块瞬间剥离，露出镶嵌在金属墙壁内的枪炮以及合金玻璃内部充盈的水。

见此一幕，三叔面色大变："不好！制住她！"

两名年轻男女瞬间扑向方可水，方可水向后纵身一跃，贴上背后的墙壁，一手按在合金玻璃上。

"轰！"合金玻璃瞬间破碎，巨大的水流汹涌而出，自她身后往两侧冲刷而去！在冲刷过去的瞬间，化作道道尖锐的冰棱！

"闪开！"年轻男人大喊一声，两人同时躲避向两侧，可没想到的是，冰棱仿佛开花般炸裂，散射的冰柱手指般粗细，如子弹般射向四周。

"可恶。"令人意想不到的是，两人包括三叔在内都身手绝佳，不仅躲避速度奇快，自身更是有常人难以理解的力量，每每都能在实在躲不过冰棱的时候徒手劈碎冰棱。

"砰！砰！"三叔两次尝试砸开合金门，发现门体丝毫不动后就放弃，转而攻向方可水，手中的拐杖被他挥舞得几乎成为一整个严密的圆，击碎所有袭来的冰棱，冷声喝道："阿水，住手！你疯了不成？竟然对自家人下手？"

方可水勾起唇角，脱去萌妹伪装的外衣后，显得冰冷而妩媚："什么时候了还说这种话，未免太晚了吧？三叔您早干什么去了？"她的手指轻轻一挥，一道水龙从天而降，轰然撞上三叔的"圆"，直将他冲得倒退了七八米，轰地撞上了合金大门。

"三叔！"

"三叔！"两名年轻男女面色一变，男的直扑向三叔，女的从背包里取出十几个压缩小包，分别抛向三叔和方可水两边。

"难道你以为我们真的没有丝毫准备？"女子冷笑连连。

只是她的压缩小包才刚脱手，一连串精准的射击直接将压缩小包焦化得连渣都不剩。

"激光炮？"女子惊呼。

方可水勾唇一笑："挺有见识，我还以为家族里都是些被洗了脑的白痴呢。"话音刚落，水龙便被三叔打散，化成他拐杖密圆下的阵阵水雾。

“厉害，厉害，不愧是三叔，咱们‘方家决’的精髓真是被您展现得淋漓尽致。”方可水笑着拍了拍手掌，似是夸奖。

三叔面色冷硬如铁，寒冷的语调也冰得像铁：“你用激光炮？”

“嗯？怎么啦？激光炮多省事。”

“作为一个方家人，还有上古宝物加成，你竟然还用激光炮？”三叔脸色骤然狰狞，“你简直丢尽了方家的脸！”

三叔猛地弹身飞起，径直砸向方可水，手中的拐杖仿佛机关枪扫射一般疯狂刺出，密如重影的拐杖影子连成一片，令人根本分辨不出，更遑论躲开这样的攻击。

令人意外的是，方可水也有着不慢的速度，接连躲开三叔的攻击，可是她的眼睛虽然已经训练得能跟上三叔的速度，自身的体能却跟不上如此剧烈的消耗，更加无暇分心去操控水来进行攻击。

每当她要凝聚水攻击时，三叔的进攻就更加猛烈，让她不多时就显露疲态。

无奈之下，方可水咂嘴，低声道：“003 系列，射击。”

“咻！咻！咻！咻……”镶嵌在金属墙壁内的机枪从不同的方位一阵扫射，惊得一双年轻男女手忙脚乱地躲避。“啊！”女人突然惨叫一声，被子弹击中腹部，速度不由得慢下来，可子弹的速度却没有慢下来。眼看她就要被射成筛子，年轻男人自顾不暇，无法出手相救，三叔暗骂一声混账，不得不返回去救人。人是他带出来的，又是族弟的女儿，算起来还是他的侄女，说什么也得囫囵带回去，否则他以后在族里哪里还有威信可言？

“铛铛铛铛……”一连串子弹被三叔挥杖挡下，他伸手一捞，带着侄女脱离机枪扫射圈，凭借丰富的实战经验找到射击的死角，让侄女待着别动，招呼侄子过来躲避。可当他再回神去找方可水时，却见方可水已经趁机跃上三楼跳窗出去，连个转身都没有，她的身影就消失了。合金闸门再度落下，不仅如此，整座别墅突然嗡嗡地震颤起来，开始下沉，似乎是要坍塌的模样。

“混账！”三叔跳起将几个方位的 003 系列机枪一一损毁后，沉着脸喊道，“两个人别愣着，想办法突围！不然都要活埋在这里。”两个年轻人如梦初醒，开始寻找屋内的机关。

别墅外，方可水站立在正轰鸣下沉的屋顶上，打开腕表上闪烁的信号发射器，一张帝都西部的地图展现出来，上面一个红色信号点正在高速靠近别墅区所在的方位。

“咦，还真的追过来了啊。”方可水眉头一挑，上次在近距离接触花流年之后，她就在花流年身上留下了自己的独门追踪器，此时正好派上用场。“咚咚咚……”耳朵里传来底下屋内传来的高速敲击合金墙壁的声音，声源又恰好来自整座别墅防备最薄弱的地方。

“哼。”方可水不由得一咂嘴，“老狐狸，就知道困不住他。”方可水再不多待，纵身一跃跳下屋顶，落到别墅后面停放的一辆车内，发动车辆快速离开了。

“轰隆……”伴随着坍塌，一道人影突然从废墟中冲出，继而折回去又拖出了两个人。

“可薇！你还好吗？”其中年轻男人关切地问道。被称作可薇的女人和方可水一个辈分，腹部中枪的她此刻流血过多，好在她一开始就有所准备，扯开背包，拿出随身携带的强力凝血剂直接扎到腹部，这才勉强止住血。

“子弹还留在腹内，必须尽快去医院取出来。”年轻男人说道。

方可薇点了点头。

“臭丫头，简直疯了！”三叔看着满地废墟，脸色难看至极，“不要被我抓到她，否则绝对让她吃不了兜着走！”

三叔攥紧拳头，回身说道：“走吧，不要再耽搁了。”

“是。”年轻男人扶起同伴。

就在这时，几辆黑色私家车飞速接近，稳稳地停在坍塌的别墅门口。

花流年、王重与十几个人高马大的黑西装男人下车，几乎将别墅包围了小半圈。

花流年眉头一挑：“这是怎么回事？”明明在全有集团用“天网探测仪”查看的时候，这栋别墅还完好无缺，怎么只过了两个小时，就变成了一座废墟？

王重眉头紧锁：“或许情况有变，也或许是被她知道了？”王重眼力极好，很快就注意到从废墟上跳下来的三叔以及他身后受伤的年轻男女，又看了一眼早就停在一边的车辆，“看来另有变故。”

虽然注意到王重一行人的到来，可三叔并不打算多耗费精神跟这群人打交道，为了逃出来他费了不少力气，此时状态并不好，招呼了一下方可薇两人，便径直带着一双后辈朝自己的汽车走去。

“等等。”花流年一开口，立即有几名黑西装保镖围住了三叔等人的车，挡在准备开车门的三叔前面。

“让开。”三叔沉着脸。

“只有你们几个？她呢？”花流年的目光扫过受伤的方可薇的脸，又特意在她胸部停留了一秒。虽然她不认为曾让她难堪的女人会这么狼狈并由人搀扶，但没有找到人之前，她也不会轻易放人走。

皱紧眉头，三叔说：“你们跟她什么关系？”

花流年眼睛一亮：“她？她去了哪里？还在里面？”果然，眼前受伤的女人不是她。

“……”沉默一瞬，三叔不再理会，转而踏前一步，一股柔劲将面前高出他半个多头的壮汉拨到一边，打开车门，“上车。”话音刚落，人已坐进车中。方可薇两人立即如梦初醒，分别突围。

只可惜他们实在太过小看花流年等人，在三叔露出超常的身手后，王重立即就明白遇上了强敌，第一时间喝道：“全部强化！”电光闪烁，游走周身，黑西装保镖们的身手也瞬息之间如同闪电般迅猛，直取两名年轻男女的软肋。

“砰！”王重直接跳到了三叔的车头前面，刹那之间，犹如万斤的重量轰然加压，整个车头凹陷了下去！

“嗡——”三叔的耳朵顿时轰鸣，整个人仿佛身处万米深海，连动一根手指都极其费力，胸腔里的空气几乎被彻底压出，再难呼吸。他用尽全力从齿缝里挤出几个字，惊骇异常：“你……难道你也是……”

王重居高临下，面无表情：“不打招呼就走，太无礼了。”

高速公路上，一辆敞篷跑车飞速奔驰，风吹得车主的长发飞扬。方可水此时心情好坏参半，好的是不出意外，她的好三叔恐怕要和麻烦的家伙对上了，坏的是她觉得三叔等人的行为实在太过蹊跷。虽然她独自闯到全有集团的庄园里动手确实在常人的眼中看来有点过头，但也不至于要抓她回去，难不成……家里出了什么变故？

方可水调出手机和邮箱页面，上下翻了几遍，忽然注意到一条昨天夜里发来的短信：“听说老爷子病了？严重吗？——曾如风。”

方可水顿时一个激灵，猛地坐正身体，爷爷病了？她怎么不知道？她立马拨通爷爷方定南的手机号，好在爷爷很快就接了电话，让她稍稍放心，精神百倍地喊道：“喂？爷爷，我是阿水……”只可惜话筒一侧传来的声音在下一刻就如一盆冷水将她的欢欣雀跃全部泼灭。

“阿水啊，我是你二叔。你现在在哪里呢？赶紧回来吧，阿爸住院了……”

方可水不知道自己是怎么应付的对方，挂断电话后，直到车速一路飙到快两百公里时速时，她才突然清醒。爷爷病了？怎么可能……不，如果不是这样，爷爷的手机不可能是二叔在接电话。再联想三叔这急不可耐地想要从她这里得到宝物的举动……

方可水的心猛地一沉，恐怕不仅是病，还病得很重。但是，真的是病吗？还是……

在短短的几分钟内，方可水的脑子里划过无数种可能，下一刻，她做出一个令她自己也有些意想不到、换作之前绝对不会做出的决定：调出好景常在典当行的定位，调转方向，直接朝好景常在开去。

“定位准确了？”在城南通往市中心的高速路上，几辆黑色私家车高速飞驰。顺序排在第二位的车后座里，一个满面油光、头发抹得锃亮的男人把玩着两个金属球，正是地下拳场的主人青者手下的秘书刘开。

“绝对准确，刘老大。”前排司机是个黑衣大汉，鼓鼓囊囊的身形挤在狭小的驾驶室，显出几分滑稽，但说出的话却满含凶煞之气，“您放心吧，别说帝都，全球就这么一家典当行，不会有错，他们跑不了。”

刘开冷笑一声：“樊力那个小子太把自己当个人物，可惜，今天有老齐在，他却不在，不然一并收拾了，还省去一道麻烦。”瞥了一眼明明同他一起坐在后座却仿佛缩在遥远角落里毫无存在感的老齐，刘开的目光染上一层敬畏，继而变得疯狂。

何想，今天老刘出马，你小子……死定了！

帝都东区最繁华的商业一条街，每天都游人如织，今天更是人群密集，里三圈外三圈几乎围了个水泄不通。

“樊力！你这个臭小子，赶紧跟我回去！不要让我打得连何想都不认识你！”温之光火冒三丈地拧住樊力的耳朵往回拽，连陆七在内的七八个警察在一边保驾护航，他们所到之地人群自动分流散开，纷纷让出道路。

虽说如此，几名警察却还频频回头，忍不住多看身后的漂亮女孩一眼，直到被温之光回身踹了两脚才老实下来快速离开。

梅之心笑眯眯地注视着几个人远去，面对围观众人或好奇或异样的眼光，可爱地吐了吐舌头：“哎呀，这下可不好跟刘开交代了呢，本来还说可以拿下小樊力的，没想到半路杀出个温之光，这女人真是个大煞星，害我两次铩羽而归，上次竟然也没能叫她吃到苦头，今年真是流年不利啊！”

似模似样地感慨一番，梅之心笑眯眯地说着“借过、借过”，从人群中轻快离开。

傍晚时分，夕阳西下，好景常在典当行沐浴在金红色的晚霞中，显得越发不起眼。

何想一路顺畅地回到家中，发现樊力果然还没有回来，不由得摇了摇头。到智能冰箱点了一份丰盛的晚餐，忍受着小冰“哦哟，小想今天又是一个人独守空房，寂寞孤单冷哦”的冷嘲热讽，何想淡定地按下格式化的键，重新给它设置了一个靠谱的老实人设。

“我尊贵的主人大佬，您的女仆小冰竭诚为您服务，要来点酒助兴吗？”嗯？好像混进了什么奇怪的东西？品味着智能冰箱的新人设，何想决定还是暂时先保留一天，明天再换。

吃了晚饭，回到屋中，上网浏览起有关军事训练、练武打斗类的帖子和视频，多次被迫参战的他已经深刻地认识到，在没有觉醒拥有独属于自己的能力之前，提高自己的武力或许是关键时刻的保命法则。

何想一如既往地保持着饭后浏览网页的习惯，只见半空中漂浮着六七个悬空电子屏幕，每个屏幕上播放的内容都不同。在当今这个时代，信息的发达程度早已超乎一般人的想象，但麻烦的是，想要从海量的信息中找到自己想要的东西也不那么容易，尤其是除了癌症以外所有疾病都被治愈的如今，人们已经极少再依赖锻炼来保持自己的健康状态了。

毕竟在绝大多数情况下，一根调理身体状态的针剂就可以解决很多问题，包括肥胖。所以一般标注着“功夫”“修行”字样的帖子和视频，大多都是在进行节目表演，华而不实，而真正有价值的训练的核心内容也从来不会在网上公开。

“难不成还得从最基础的长跑训练和力量训练开始？”何想抠着桌角，撇了一眼他房间里挂着的沙包，那是他最近买回来偶尔锻炼用用。其实一直以来何想也不完全是个死宅，至少会定时训练，这也是何子天从小给他培养起来的好习惯。

何老头以前经常喜欢在他耳边叨叨：“运用工具是人类的本能和优势，但是对于一个生命体来说，最强大工具的永远都是他自身。”对此，何想深以为然。当时被樊力扔到对方的车顶上，纵然有枪在手，若是他自身素质不够，恐怕现在坟头的草也有半人高了。

何想长出一口气，细细回想当时的场景。很显然，在陷入危机时，他的眼力和判断力并没有太大问题，关键的问题是他的身体反应能力，速度、力量、准确度都十分不够，当时要不是温之光突然醒来打断狙击手抱住他滚下车，恐怕就要把自己交代在那了。另外，他还缺乏一些专业的格斗技巧。以上恐怕不是一个沙包所能解决的难题，最好能够有实力相当或者超出他很多的对手跟他指导对练。

何想又看了一眼时间，临近晚上八点半，樊力这家伙依旧没有回来，看样子是真不打算回家了。不过要说起来，樊力其实就可以算是高手，但可惜的是，樊力的职业是打黑拳，讲究的是狠、猛、重击、遇敌必杀，威力十足却过于凶残，一个不留神就会被对方打死或是打死对方，刚强有余而技巧不足，不是他想要的效果。

那么……温之光？她至少是正经的警校毕业，职业刑警，有她帮忙应该不错，温丫头实力也不错，就是老爱跟他过不去，要是能有机会去他们的训练营走走，应该会给他带来很多启发。

何想关掉帖子和视频，来到院子里，院子不大不小，平时的主要作用就是偶尔晒晒太阳，从小在这里长大的何想对院落的每个角落都无比熟悉，即使不开灯，也可以清楚地摸到西南角之处树立的木桩。在他还小的时候，何老头经常会来打桩，后来就渐渐打得少了。

来到木桩边上，何想伸手轻轻抚摸了一下木桩，流露出一抹怀念的神色，深吸一口气，摆出一个看似标准的起手式，“啪啪”两下打出，麻痛的感觉顿时从掌缘和手臂传来。

小时候的何想除了基本的强身健体外，并没有额外练过功夫，何子天对他这方面的要求也不高，可现在看来……

何想幽幽地叹了一口气，不由得喃喃自语：“果然学打架之前，先要学会挨打……”

“扑哧。”一声轻笑从院墙上方传来。方可水笑眯眯地蹲在院墙上，即使是戴着大金属圆框眼镜，一双明亮的眸子在黑夜里依旧犹如明珠般灿烂。

何想借助镜片的反光认出来她，警惕、疑惑又有些不确定地开口问道：“方小姐？”

“嗯，是我。”方可水大大方方地跳进院内，丝毫没有私闯民宅的觉悟，四周围打量了一圈，“想不到你住的地方这么小，看起来是不会有第三间屋子了。”

“啊？”何想有点晕，本能地觉得这个方小姐好像和白天见到的那个方小姐不太一样，或者说是大不相同，但一时之间又摸不准她的意图，“大晚上的，方小姐这是……”

“你在烦恼练功的事？不如我来教你吧。”

“哈？”

方可水取下了鼻梁上的眼镜，只一瞬间，整个人的气势便完全变了，褪去了伪装的可爱，撕掉了无害的表象，一股难以言喻的野性和霸气展露无遗！

“废话就不多说了，现在开始？”虽然是疑问句，方可水的身形却如一颗出膛的子弹骤然迸射，顷刻间来到何想面前一拳击打到何想脸上，速度之快，令何想根本反应不及。

拳、脚、膝盖、手肘……所有能作为攻击武器的部位在极短的时间内击打到何想身上。“腹部、鼻梁、上唇、腋下、颈部、头部、裆部、肋部、咽喉、肘关节、膝关节、腕关节、指关节……这些全都是人类身体的弱点。你了解得越清楚，攻击就能越精确。而这个世界上，最能够帮你快速并且精准记忆弱点的，就是疼痛！”

攻击密如雨点，从未受过专业训练的何想根本招架不来，短短几秒的时间，人类能够被利用的所有弱点都在何想身上被攻击了个遍，当最后一个词语“脊椎”从方可水的口中吐出时，何想的后背受到重击，整个人踉跄摔倒在地，随即被方可水一膝盖顶上后背压制在地，一条胳膊还被她反锁在背后，令他动弹不得。

“喂，你该放手了，快点，放手。”一连串的攻击打得何想晕头转向，几乎连喊痛都来不及。

“现在的记忆是不是足够深刻？比你看帖子和视频快多了吧？不然怎么说痛得越深，教训越重呢？”方可水勾起唇角，笑得恶劣又勾魂摄魄。

此时何想要是再想不起她是谁就太迟钝了。“原来是你……竟然是你？”何想有些咬牙切齿。

第九章　觉醒

他不甘，如果他有力量，这一切就都不会发生，可他却如此孱弱，如果他有足够的力量，就可以解决所有的危机，抵挡所有的困难，保护所有的亲朋同伴，而不是像一条狗一样在地上趴着任人践踏！

“是我怎么了？”方可水大方承认。不得不说，庄园里第一次见面，她对何想的印象还是不错的，不然也不至于第二次变装到典当行来试探他，原本把他哄到家里是想借他手里的宝物来玩玩看，只可惜计划赶不上变化……不过传承里不是说得挺好，有了危险就齐聚典当行？她这样也不算违背祖训了。

“你绝对是故意的……”虽说跟美女，尤其是身材火爆的美女有肌肤之亲是每个男人的梦想，但如果是被美女殴打，还一点反抗能力都没有，恐怕就不那么美妙了。

何况何想自认自己从来都不是那种为了女人甘愿伏低做小的窝囊男人：“你快闪开，给别人看到了还以为我们两个在做什么呢！”

“你想做什么？你要是想做什么，姐姐也不反对呢，只要你有那个本事！”方可水笑眯眯地将何想的手臂再度向后一折！

“啊！”何想不由得痛呼一声。

“乖！这样就能防止猎物从你的手中逃脱了哟，必要的时候还可以卸下关节，要不要来试一试？”

“不用了，不用了，快放手。”何想疼得满头大汗。他算是看清了，这个女人就是半个疯子，果然七传人里什么样的货色都有。

就在何想琢磨着到底怎么才能让这个自作主张自说自话的疯女人放手时，院内的灯光忽然亮了起来。“你们俩在干什么？”一声夹杂着怒气的清喝从院门口传来。

温之光瞪着眼睛，一脸不可思议地看着院内的场景——一个身材火爆披头散发的女人骑在何想的身上，抱住他的手臂，还紧贴着他的后背，何想则是一脸痛并快乐着的表情。这两个寡廉鲜耻的人到底在大院子里做起了什么不可描述的事情？

“嗯？”方可水眉头一挑，没想到大晚上的竟然还有女人来找何想。

何想则目光一亮：“温之光？”母老虎见母老虎，他有救了！令他没想到的是，温之光身后还跟了一个人。

樊力原本没精打采地被温之光拖回来，这下看清院子里的情况，一跳三尺高：“我的老天！老大你简直太厉害了！拉个美女直接院子里打野战？那我现在是该继续观摩还是退出去等待半小时？不，半小时太短了吧？有点辱没老大的尊严，要不然一小时？”

何想真的很想把这个嘴上没把门的家伙给弄死，但此时无力做到，只能咬牙说道：“你小子……不仅嘴贱，还眼瞎……能不能有点眼力见……”话没说完，就见温之光一个侧踢朝方可水迅猛扫来，速度之快，力道之大，即使是方可水也不得不暂避锋芒。

方可水飞身跳起避开，却发现温之光并没有趁机追来，而是低头把何想拉起来，上下打量了一下：“哪里伤到了？”

“……没有，没有重伤。”何想有点受宠若惊。一直以来温之光都对他态度糟糕，现在突然温柔起来他竟然有点不适应，而且母老虎不爹毛的时候竟然有点像只温顺的小花猫，有点可爱。

“嗤……这么轻柔跟蚊子挠痒痒一样的攻击，他要是再缺胳膊断腿受点伤什么的，趁早把宝物交出来，不要再当守护者得了。”方可水笑眯眯的，一句话就令人心惊。

“你是……”樊力惊讶地睁大眼睛，收起了玩笑的心思，“难不成你是七传人之一？”目光不由得落到方可水高耸的胸部上，点了点头，“原来是你。”

方可水额角跳了跳，瞥向何想，似笑非笑：“你就是这么跟人介绍我的？”

“咳……”何想有点尴尬，但还是故作镇定，“谁叫方小姐那么轻易就能换脸。”

“脸？”樊力这才注意到，这个压着自家老大打的美女好像有点眼熟，似乎哪里见过……“啊！是你！方小姐？我们前两天才见过！你们刚才是在干啥？试探老大的功夫？不用试了，老大就是个还没有觉醒的菜鸟，你会失望的。”

方可水：“扑哧——”

何想：“……”

温之光眉头一挑，哼笑一声：“说得好像你多厉害似的，要是真厉害，今天怎么会被梅之心哄得团团转，还差点跟我翻脸？”

“这……”樊力突然语塞。

“什么情况？”何想眉头一挑。

典当行大厅中，经温之光一解释，原来今天樊力一大早打扮得无比骚包去见的网友就是温之光之前跟他警告过的梅之心。只是这一回跟何想上次一样，原本樊力被迷得七晕八素，已经打算乖乖跟人走了，恰巧又被今天刚出院的温之光给抓了个正着。

不仅如此，樊力起初还死活不肯跟温之光离开，甚至口出恶言，让她不要多管闲事，气得温之光直接暴走打他，闹得周围不少人指指点点，甚至摆出警察办案的身份，才在陆七的协助下将樊力带走。

离开梅之心后，樊力的脑子清醒了许多，也觉得之前自己跟温之光说的话太混账，明明之前温之光还提过就是梅之心害她上次遇险。但只要一想起来，依旧觉得梅之心温柔可爱又活泼大方，简直就是女人中的完美典范，男人心目中的女神，像陷害了温之光这种小事，只不过是白玉上的一丁点微不足道的瑕疵，随便遮掩遮掩就过去了。

“你看，到现在他还是一副中了邪的鬼样子。”温之光叹气道。

“温之光你就不要因为人家比你长得漂亮，性格比你好，就嫉妒人家了嘛。”樊力笑嘻嘻地说道。

温之光挥起拳头：“信不信我打得你连何想都认不出？真是的，男人都是色中饿鬼，没一个好东西！”

何想：我这招谁惹谁了……

不过何想也觉得十分蹊跷，樊力对温之光有多看重他是知道的，却还是没法让他改变对梅之心的看法，就确实有点古怪了……

“你过来。”何想朝樊力招招手。

“干什么？难不成老大你也跟温之光一样觉得我有问题？要不要这么夸张？我只是遇到了心中的完美女神而已，你们要不要……”就在樊力走到何想身边，被他一边说着“我看看你脑子到底有病没病”一边摸到额头的刹那，一股细微的电流从何想的手中流入他的眉心，樊力只觉一直笼罩在脑海里的迷雾瞬间消散，整个人彻底清醒过来。

“我，我……”樊力眨了眨眼，“我之前是不是脑子有病啊？怎么会觉得陷害了温之光的女人是个好人来着？”他转了转脑袋，左看看右看看，百思不得其解，最后调转目光朝向温之光，一把抓住她的臂膀，“对，没错，温之光，你一定要相信我，我从来都是站在你这边的，小爷之前一定是太帅了，才被自己帅得有点发晕，现在已经没问题了。唉，说起来也不能怪我军太没用，都是敌军太狡猾。梅小妞肯定是有点鬼的，老大你说对不对？”

樊力的变化太快，饶是温之光早有准备也有点晕：“你真好了？不脑残了？”

方可水目光一闪，瞥了何想一眼，他一碰樊力就好了，这是能力没觉醒？

“我敢打包票。”樊力将脑袋摇得像拨浪鼓，“绝对不可能再脑残了，再说了小爷一直都英明睿智人见人爱花见花开车见车爆胎，什么时候脑残过？一定是梅之心拥有什么能够控制人的精神的把戏或者药剂，我才会上当受骗，温温你要相信我，我是弱小可怜又无辜的呀！”

温之光：“……”

何想用看智障的眼神打量了一下樊力，问道：“你之前跟梅之心在一起的时候，是不是很快就觉得她说的每句话都让你动心，简直说出了你的心声，她就是完美女人的化身，让你明知哪里不对还是愿意义无反顾地跟她离开，哪怕她喊你上刀山下火海，你都愿意？”

樊力一脸惊喜：“老大你怎么能这么清楚？”

何想嗤之以鼻：“因为我之前也差点中招，不过没有你这么难看，很快就清醒过来了。”

“啧啧，老大不愧是老大，坐怀不乱，比柳下惠还柳下惠，看到美女都没什么激情，要不要这么独具一格？”

“行了，不要耍宝，你记得以后离她远一点，不管她是不是有某种特殊手段，她对付男人确实很有一套。像这种一不小心会害你连死字都不知道怎么写的棘手女人，还是交给同为女人的温警官对付比较合适。”

“哼！不要以为我不知道你在损我。”温之光撇嘴。

何想轻笑一声：“怎么会呢？温警官平安出院，我开心都来不及。要不是现在时间有点晚了，我都想为你举办一个欢迎宴会呢。”

“切，黄鼠狼给鸡拜年，谁信你。行了，樊力我就交到这来了，何想你好好管好，不要老是给我添麻烦，我可是很忙的。不耽误了，走了。”温之光爽快地挥挥手，说着就抬脚往大门方向走去。

就在这时，“砰”的一声巨响，大门被人一脚踹掉，巨大的力道使得门裂成两半朝里飞去，势头迅猛，顷刻间来到温之光面前。温之光眼疾手快，飞起一脚将大门踹出去，哐当撞上门边，直把门框撞得变形才晃荡了一下掉落下来。

一抬眼，就见十几个黑衣人脚步凌乱地踏入典当行中，为首的一个人何想极其陌生，但又异常熟悉，正是之前拿机枪冲他疯狂扫射的刘开。

刘开在众人的簇拥之下大步走到典当行中，冰冷阴狠而略带疯狂的目光扫过每个人，露出一个诡异的笑容，双手一张，做出一个怀抱天下的姿势："要走了吗？还是不要吧，难得人到得这么齐，又是良辰美景，不开一场盛会，又怎么对得起今日的相会？哈哈哈哈……"

伴随着刘开张狂的大笑，十几个黑衣大汉一字排开，既堵了逃出去的门路，又对何想等人形成包围之势。何想倒还是一副无所谓的样子，今天难得他身边有温之光、方可水以及樊力，几大高手齐集。

樊力一开始也是轻松自若的表情，忽然神情一紧，如临大敌，一个身材矮小，佝偻着背的中年男人慢悠悠从刘开身后踱步而出，明明他的外貌毫不起眼，放在人堆里根本不可能找得出来，却叫人对上一眼就被其慑住，再也无法移开目光。

就连一直漫不经心在一边看好戏的方可水也不由得多看了这人一眼，眼中闪过骇然之色。

刘开阴笑了一声："老齐，交给你了。"

老齐细长阴鸷的小眼睛向上一抬，下一刻，身形如鬼魅，顷刻间出现在樊力身前。"砰！""砰砰砰砰……"一连串掌击如排山倒海般攻去。

虽然早有准备，但樊力还是被打了个措手不及，仓促接招，身形不断后退，短短几秒的时间就被击中十次，最后更是被一招倒灌双掌"砰"的一声击中，力道之大使得他整个身体离地飞起，"轰"地一下砸上典当行的墙壁，震得整座屋子嗡嗡作响。

"咳！咳咳……"樊力不可置信地从地上爬起，脸色难看至极。虽然他早就知道地下拳场主人青者的身边有几大实力超绝的护卫，就是他也不敢轻易招惹，可没想到这几人真的厉害到这种地步，随便一个人出来，就令他一直以来引以为傲的速度和力量变得像是小孩过家家一般，只有招架而毫无还手之力。

温之光顿时面色一变，大喊着“樊力”就要冲过去。

“别过来！”樊力大喊一声就再度跟老齐对上，再无暇顾及其他。但即便是他不出声，温之光也到不了他的面前，只见刘开一声令下，十几个大汉分别从不同方位攻击在场的另外几人。

温之光首先受到招呼，四五个黑衣大汉在顷刻间激发自身的能量，将温之光团团围住。等温之光看清他们后，心中咯噔一下：这都是什么鬼？

黑衣大汉手背和眉心上突然浮现出几个能量芯片，镶嵌在皮肤内，导致周围的血管筋肉像血红色的虫子般扭曲虬结，看起来极为恐怖。几个大汉气势如山岳般雄浑，眼睛里仿佛没有丝毫感情，仿佛几台杀人机器。

饶是温之光一向自诩天不怕地不怕，此刻也不禁有点胆寒。

刘开冷笑：“哈哈哈……想不到吧，这是新研究出来的能量人，只要将这个能量芯片植入进去，立即就能拥有无限能量，这一辈子都用不完，当然，前提是能承受得住这种能量芯片的同化和强大的能量，没有产生抗体而死掉，哈哈哈哈……两个小妞不要杀死，其他的……给我杀！”

众人面色一变，温之光顿时加了几分小心，可几番攻击试探后，她确信所谓的能量芯片人比上次见到的强化人更为难缠和恐怖，几个大汉像几座山一样堵住了她所有出路，任何攻击打到他们身上都跟挠痒痒一般毫无作用，反倒是她自己被震得双腿发麻，几乎站立不住。

再看樊力，短短的时间里已经被打中不知道多少次，不断后退，退无可退，口中和胸前全都是鲜血，这样下去，他真的会死的！这群人到底是什么人，怎么会连传说中的七传人都对付不了？对了，那个女人呢？

温之光四下一寻找，却发现大厅早已没了方可水的影子，连带着追她的人也一同消失，难道她逃到了后院？

“何想！”回过神来后，温之光突然惊叫一声，才想起何想才是几人中最不能打的一个。

只见何想一边狼狈地利用地形翻身躲过几个大汉的追击，所到之处无不伴随着噼里啪啦的玻璃和金属碎响，一边紧急地操作着手表上的电子屏幕，脸上的神色是前所未有的凝重。

“好了，终于发送……完毕……”好不容易第一时间联系到警官陆七，将典当行内的情况简单传送求救，何想刚吐出一口气，就见头顶黑云压顶，一个壮硕的黑衣大汉飞身扑来，若是被压实，恐怕他就是不死也会去掉半条命。

刹那之间，温之光反应极快，飞起一脚，将自己的配枪像一枚子弹般踢射出去，配枪精准地砸到何想的背后，让何想猛地向前一扑，躲开了壮汉的致命一击。

何想也是反应极快的人，顺势靠上了典当行的侧面墙壁，将上面的警报器按响。整个典当行顿时警铃大作。典当行的警报连接着整条街的警卫防备系统，毕竟这里是帝都的中心地带，这条商业街上的店面，家家户户都有安装，一旦警铃拉响，半分钟内就会有在附近巡逻的机器人警察赶到救援。

何想的运气非常好，七八个机器人警察正在附近巡逻，听到声响迅速冲进来，将门口的刘开和两个黑衣大汉挤到一边，带着独特的电子声线高声喊道：“发生什么事？发生什么事？嘀嘀——基本判断：现场火拼，斗殴闹事。请停止，请停止！否则将采取强制措施，否则将采取强制……”

“去你妈的强制措施！吵死了！给我灭了它们！”刘开恼羞成怒地大喊。顿时，几个将何想逼进角落里的大汉领命退出，朝已经举起机械手臂、伸出激光枪和麻醉针的机器人警察扑去。

何想终于得到一丝喘息的机会，立即捡起地上的手枪，抬手就朝围攻温之光的几名大汉射击。

“砰！砰！砰！”几个大汉回身迅速抬手挡掉子弹。“铛铛铛！”一连三发子弹都击打在他们手背上的能量芯片上既而掉落在地，而能量芯片却毫无破损。

何想面色一变。

刘开大笑：“你以为这是什么东西？大街上的便宜垃圾货色吗？这可是最新的技术，突破了一直以来单位体积的能量值壁垒，高强度的压缩能量流！连接神经系统且可以自动巡航追踪子弹！价值连城！不过你倒是让我想起了一件事情，上一次的仇我还没报。”他摸了摸早已完好无损的耳朵，诡异地笑了，“要知道，我的耳朵到现在都还在痛啊。”

“机枪。”刘开朝旁边一伸手，他身边的护卫大汉立即从怀里掏出一把小型机枪交到他手中，刘开眯眼一笑，“那么现在，狩猎开始了。”

何想面色骤变，猛地朝旁边扑去。“哒哒哒哒哒哒……”一连串子弹扫射过他刚才待过的地方，在墙壁上留下一连串密集的弹孔，随即，枪口又重新对准趴在地上的何想，何想立即滚到一边翻身爬起就跑。

在这一番鸡飞狗跳的混乱之中，典当行里所有东西都被打了个稀巴烂。温之光想要赶到他身边，却被四个大汉趁机一人抓住她一只手脚，直接凌空拎到了半空，只消轻轻一扯，整个人便要立即四分五裂。

极大的恐惧让温之光不由得尖叫了一声，引得樊力脚下一乱，再度被老齐一拳狠狠击中胸口，口吐鲜血倒飞回去。

“温之光……”樊力感觉自己的视线似乎有些模糊，整个人的视野也震荡了两下，他努力晃了晃脑袋想让自己清醒过来，抬头却只看到走到他面前居高临下看着他的老齐。

老齐面无表情，细长的小眼睛轻蔑地看着他：“自己都要死了，还有力气担心别人？”

刘开在一阵疯狂扫射后终于累了，将机枪丢到旁边护卫的怀里，一边休息一边痴笑。

可终于获得一丝休息的机会、同样趴在地上的何想却没有任何庆幸的感觉，他看着眼前一片狼藉、被毁得七零八落的典当行，看着成天喊他老大被当成兄弟却奄奄一息的樊力，看着几次拼命想救他可是他却无力救助的温之光……不知为什么，他突然有些想哭，这是他从小长大投注了所有感情和回忆的地方，可如今却是这个样子……

而作为一个男人，年轻将近三十岁，他此时竟然想哭，这听起来实在是可笑……可想哭之余，他的心里更有一股难以言喻的悲愤在翻腾！一股燃尽一切的怒火在冲荡！仿佛要成燎原之势，将所有人烧得连骨灰都不剩！

他不甘，如果他有力量，这一切就都不会发生，可他却如此孱弱，如果他有足够的力量，就可以解决所有的危机，抵挡所有的困难，保护所有的亲朋同伴，而不是像一条狗一样在地上趴着任人践踏！

一瞬间，何想的脑子里仿佛有电流在轰鸣。

刹那之间，身处典当行内的所有人，包括被几个大汉摧毁拆卸的机器人警察，都生出一股奇异的感觉，仿佛众人突然掉进一种“吃人”的空间里，就像是昆虫误入了食人花的花苞里，被动地被吸收、拆解，却无力反抗。可是放眼四周，敌人到底在哪里？可如果没有敌人，那么他们这种酸软无力、仿佛被夺取了力量源泉的感觉又是怎么回事？

整个典当行里顿时紫光大作，所有的能量都仿佛被瞬间抽空，七八个损毁的机器人警察浑身电光闪烁，“滋滋”挣扎几下，电子眼中的红光无声熄灭，成为一堆废铁。

“我……我怎么回事？怎么会觉得越休息越累？你们……”刘开原本半撑着身体休息，忽然觉得两腿酸软，扑通一下跪倒在地，再去看身边的两个护卫，脸色比他更难看。

“咔哒，咔哒……”原本号称使用一辈子都不会耗尽、拥有无限能量的芯片都在顷刻间齐齐崩碎。“啊！啊啊——！”整个典当行内，十几个黑衣大汉一起痛吼着跪在地上，疯狂地抓着额头上和手背上碎裂的芯片，更恐怖的是，他们一具具如小山般壮实的肉身在顷刻间萎缩塌陷下去，仿佛血液和筋肉被不知名的鬼魅吸食殆尽。

何想抬眼看着现场这诡异的一幕，双手有些颤抖，一个不小心差点摔倒在地，恍惚中，他看到一股股能量从能量芯片中透出，再被不知名的东西所吸走。霎时间，一股侵入骨髓的寒意涌上他的背脊，可同时，他的心中又有无限快意，他巴不得这群家伙全部丧失行动力才好。

对了，温之光？

何想连忙爬到温之光旁边，却见她也是满脸惊恐，仿佛在短短十几秒的时间内，她整个人的气色都如同一朵失水过多的花儿般衰败过半，随时都要枯萎。

何想顿时急得满头大汗："温之光，你怎么了？怎么回事？"

"还说怎么回事……"一直不见踪影的方可水终于从后院走出，皱着眉头盯住何想，"还不赶紧停止无谓的能量抽取，你是想害死所有人吗？"

"什么？"何想一脸茫然地看着方可水。什么意思？难道她认为这些都是他干的？怎么可能？他要是有这种能力早就用了，为什么要等到现在？现在一切都已经毁了啊！

"还给我装什么傻，充什么愣？"方可水一个箭步冲到何想面前，揪起他的衣领就狠狠地晃了两下，对准他的耳朵大吼道，"你给我适可而止！听到了没有——"

"听到了没有……听到了没有……"一连串的回声爆炸般响起在何想的耳朵里，几乎将他整个人都震晕过去。何想一个激灵，在极大的刺激后处于蒙昧状态的神志终于清醒过来。下一刻，一股难以言语的仿佛收缩到极致的压迫感朝他本人袭来，整个典当行中闪烁的紫光骤然一缩，忽然汇聚一处，随即朝何想所在的地方流射而去。

方可水突然像是触电一般甩开了何想，更是向后跳回几步，仿佛要躲避什么恐怖的东西一般。她神色不定地盯着何想。

何想像是一会儿被巨力压迫缩紧干瘪下去，一会儿又像是被什么恐怖的能量撑开伸展甚至撑爆，如此几个来回之后，终于稳定了下来。可就在她看着呆住不动的何想，小心上前想要试探地叫他一下时，何想却一头栽倒在地，不省人事。

“喂！你怎么回事？给我醒醒！”方可水揪起何想的衣领一看，眉头一挑，“晕过去了？”

不过自身的体能和生命力都被疯狂吸取的感觉此时终于消失，她点了点头：“看来我猜得没错，还是跟这小子有关啊……七传人的守护者！”

方可水将何想往地上一扔，站起身来，看着同样回过神来、原本打算扭断樊力脖子、此时脸色却异常难看的老齐，又看看距离他不到三十公分早已丧失还手能力被动等死的樊力，轻笑一声，漫步上前。

她每走一步，老齐就多谨慎一分，先是收回了要杀樊力的手，随后往后退了几步，走到相对开阔的地方，继而摆出标准的方家拳起手式，气势沉凝，严阵以待。

方可水发出了一连串的轻笑，兴味盎然，眼睛里却有了嗜血的味道：“你一出手我就注意到了，嗯？说吧，你的方家拳到底是跟谁学的？”

“什么方家拳？我不知道。”这是老齐踏进典当行后第一次认真回话，细长的小眼睛紧盯住方可水。不知道为什么，或许是武者的第六感，他从这个年纪轻轻的小姑娘身上感受到了好似青者老大身上令人胆寒的恐怖压力，令他不得不打起十二万分的精神应对。

“是吗？试试就知道了。”方可水瞬间动了，携风裹雷般的一拳砸到老齐两手交叠抵挡的掌上。“咔！”腕筋被震颤，随即“砰！”的一声两掌交叠直接撞上自己的胸口，紧接着整个人倒飞出去撞上典当行的墙壁，震掉了一地灰土。

只简简单单的一拳，老齐的神色就凝重起来，目中甚至沾染上惊恐，他不再恋战，一个闪身来到典当行门口，抄起地上的刘开就飞速离开。

方可水眯着眼睛看着两人逃走，也没有再去追踪的意思，毕竟既然知道是地下拳场的人，以后总有机会抓到的。听到动静，方可水回身，有点讶异地看着原本有气无力的温之光好像一番休息后又补充了不少力气，跳起来生龙活虎地一个个灭掉失去能量芯片支撑强化的黑衣大汉，当然，此时的黑衣大汉就如同脆弱的鲜花，支撑不起她轻轻的一下折腾了。

“既然你这么强，那为什么……”一个出气多进气少的声音此时微弱地响起，方可水回头瞥了地上的樊力一眼，他终于蓄足力气睁开了眼睛，只是还是没有多少力气动弹。

“为什么一开始不出手？”方可水一笑，“你这个问题真是好笑，我为什么要出手？你们要是连这点麻烦都解决不了，我又为什么要跟你们混在一起？典当行又凭什么宣扬自己可以成为七传人的守护之地？”

“不过嘛……虽然你们有些让人失望，但结果也勉勉强强算是过关了吧，但这种敌我不分一律通杀的能力，还是很让人头疼，对不对，小何想？”方可水蹲下身子戳了戳地上不省人事的何想，觉得他睡得跟死猪一样的模样好像比平时一本正经装成大师的样子更有趣。

“你！”樊力气得胸口抽痛，想勉强撑起来，却被方可水一手刀劈在脖子上。

“你想干什……”樊力即使有心质问，却再也控制不了，“砰”地一下倒在地上晕死过去。

“嗯，这才乖嘛。”方可水笑眯眯地道。

另一边，温之光利落地解决掉剩下的人，拍拍手掌，一脸欢喜地回头：“樊力！何想！看到了没？嗯？”她眨了眨眼，看着地上的两具“尸体”，顿时脸色大变，飞快跑来查看，发现两人是晕了过去才长出一口气，再歪头看看旁边好整以暇瞅着她的方可水，停顿了两秒钟，然后用谁也想不到的甜美得几乎可以用谄媚来形容的笑容对方可水说道：“方家姐姐、姐姐大人……那个，可不可以告诉我，您这一手功夫是哪里学的啊？”

“哈？”方可水一个挑眉，强忍着突然蹿起来的一身鸡皮疙瘩，用尽全力才没有抖两抖，“怎么，你想学？”

“嗯嗯。”温之光小鸡啄米般点着脑袋，虎头虎脑地赞叹道，“我最佩服的就是功夫厉害的人了！何况是方姐姐这种功夫厉害又深明大义、爱好伸张正义的人！”

“……”方可水品味了一下这两句话，突然扑哧一笑，“还挺会戴高帽。不过，你确定现在是嘴甜的时候？地上这两坨……”

“啊！差点把他们给忘了！对了，报警！送医院！”温之光一跳三尺高，就要掏出电话。

方可水摆手制止：“电话就不用打了，警方已经来了。”果然，门外一阵警车铃声渐渐清晰，陆七火急火燎地带着一群警察冲进典当行内，就看到满地碎渣中躺了十几个人影，还个个身形扭曲，像是被什么诡异的东西抽干了一样，顿时觉得很头大。

“陆七？”温之光惊喜地叫道，“怎么是你？是谁把你喊来的？”

陆七点点头：“是何想。”

“他？”温之光讶异地看了一眼地上的何想，“快叫救护车。”

方可水：“不用了，他们交给我就好，你们收拾一下残局就行。”

“啊？可是他们……”温之光一双妙目里满是担忧。

方可水眉头一挑：“难道你不相信我？”

“不不不……”温之光脑袋摇得像拨浪鼓，信誓旦旦地道，“只要是方姐姐说的，我百分之百相信！那行，陆七，咱们不用管他们俩了，收拾地上的人吧。”

陆七心中腹诽，真的不用吗？你是认真的吗？何想也就算了，旁边樊力一身血，真的不管的话，会死的吧……可是看温之光一副完全把二人忘到脑后的模样，他觉得也不好多插嘴。默默地对樊力道了个歉，陆七也装作没有看到樊力凄惨的模样一边开始收拾局面，一边询问温之光刚刚的具体情况。

太阳一如往常地升起，照耀在这片大地上，散发着以往的热情与能量，温暖着土地上的万物，令他们生长繁衍，亘古不变。

经过一夜的折腾，除了两间卧室外，典当行里所有的地方几乎都可以用废墟来形容。警察只是拖走了大厅和后院里的“尸体”并做下记录和存档，对于乱糟糟的内部环境，只留下一句“等事情查清结案，确定跟你们无关后，可向当地政府申请修理补助”。

说了等于没说。

好在至少还有两间卧室是完好无损的，也可以让何想和樊力美滋滋地睡上一觉。如果真的能够的话……

此时的何想一脸痛苦地看着头顶上的太阳，感觉它越来越近，越压越紧，仿佛随时都能从空中掉下来。整个大地被炙烤得一片通红，而身处其间的他觉得自己无比渺小，在面对毁天灭地的大自然的力量时，他是那么的弱小和无助，只能毫无办法地承受这恐怖的压迫感。他甚至祈求这世间真的能有神仙，救救和他一起处在水深火热之中的万民。

就在他沉默地祈祷间，一阵恐怖地尖叫令他不得不抬头。“啊——！天上的太阳掉下来了！”何想眼睁睁地看着巨大通红的火球越来越大，遮蔽了他的视线，灼热到令人眼前模糊。

“轰——！”

剧烈撞击让何想猛然惊醒，好一会儿才发觉自己正躺在床上，可是刚才太阳落下的恐怖感觉依然那么真实可怕，他一时半刻竟然分不清哪里是现实哪里是梦境。

沉重地呼吸了好几下，他终于发现梦里的压迫感来自哪里了，敢情樊力这小子跟他睡在一块儿？还胳膊和大腿都跟八爪鱼一样死死地缠着他……没有这么恶心人的，该不是这混账小子梦里把他当妞搂了吧？

“滚回你自己的地方睡去！”何想伸手推了推樊力，却发现他动都不挪动一下。

抬眼扫了下四周，何想这才发现这里好像是樊力的屋子，可他怎么会到这里来？

何想微微一怔，此时才终于想起昨晚到底发生了什么，正想翻身坐起，樊力却如死猪般不肯起来。无奈之下，他只好开口说道：“咦？有个裸体美女！”

“在哪里？在哪里？”樊力顿时惊醒，腾地一下坐起来四处张望。

何想无语道：“……你可以下去了。”

“啊？老大你怎么会在这里？”樊力一脸惊诧，随后惊悚地看着何想，忽然双手抱胸往床头拱，做出一副不堪受辱的哭泣少女状，“老大……老大你怎么能这样？我是你的兄弟啊！你就算是再饥渴再寂寞也不能饥不择食的对兄弟下手呀！这样的老大我真是有点承受不起。”

“滚！”何想干脆利落地骂道，翻身下床。

樊力毫不在意地嘿嘿一笑，也一个鲤鱼打挺就想跳下来，可翻到一半就觉得胸口剧痛，又跌回了床上，他才感觉到不对：“我去，老大你不会吧，不仅折腾你至亲的好兄弟，还把我折腾成这样？要不要这么生猛？”

何想实在是无语：“你这个死样子明明就是昨天被人打残的好不？”说到挨揍，他顿时回过神，“对了，你的伤势没问题吧？”他朝樊力走去。

“等等！老大你就站在那里，不许再靠近我了，现在的我娇弱无力，根本无法抵挡你……”樊力作心痛推拒状。

何想：“……”有时候真想撬开这个二货的脑子，看看里面到底都装了什么……

“哈哈，在门口就听到你们俩在耍宝，看起来精神不错，没有大问题啦！”温之光爽朗的笑声从门口传来，她推开门，然后首先让步，让方可水先进屋，自己才跟在后面，一脸心情不错的模样。

“嗯……”樊力眨眨眼，视线在方可水和温之光身上来回打了个转，“温之光，你吃错药了？”

“你才吃错药！信不信我揭了你的皮？”温之光柳眉倒竖。

“信信信。这回是温之光，没错了。”樊力嘿嘿笑。

何想：“……”

温之光：“……”这家伙真欠揍。

方可水勾唇一笑：“你还是不要太折腾了，毕竟一个肋骨断了两根还脾胃出血的人，骨头没戳进内脏里，真是走运。”

樊力还没什么反应，温之光顿时色变：“他肋骨断了两根？还胃出血？你怎么没跟我说？不是说他都是小问题，没事的吗？”

“这难道不是小问题吗？”方可水反问。

“这……这也还是要去医院看医生的。”温之光嘟嘴道。

方可水哼笑一声：“现在的七传人还真是脆弱，这么点小伤都想跑医院躺着，真是……越来越不中用了。”

何想眉头一动，樊力赶在他开口前哈哈一笑：“没事，没事，没瞧我现在生龙活虎着嘛，这么点小伤，你们搞得那么夸张干什么？以前我打黑拳的时候，可比这凶残不知道多少倍，当时没钱治病还不是纯靠自己躺着？”

“说得没错。”方可水勾唇一笑，“你那个时候能够从地下拳场脱颖而出，绝对跟你身为七传人脱不了干系。身为七传人，本身就是一件很占便宜的事。”

看方可水一副话中有话的样子，何想心中一动：“你的意思是，七传人的体质天生就比普通人好上许多？”

“不仅如此，恢复能力也会快上很多。不过扯这么多干什么，现在也是早餐时间了，有问题等吃了再说。”方可水朝二人抛了个媚眼，转身轻快地出门。

温之光连忙跟了上去，还不忘回头嘱咐：“你们俩快点啊，不要耽误吃饭时间。”

“呃……”何想有点迷惑地跟樊力对视了一眼。两个人都觉得今天的温之光有点反常，这是有把柄落在方可水手上了？

由于大厅早已被砸得稀巴烂，一时半会儿根本清理不干净，温之光和方可水索性就任由它乱着，两个人简单收拾了一下后院，这就成了几人的用餐场所。

好不容易在方可水“食不言寝不语”的规矩下吃完了早餐，樊力迫不及待地问道：“昨天那群人呢？”

温之光回道：“有两个人被方姐姐赶走了，剩下的当然都进局子里了。”

“方姐姐？”樊力捕捉到这个称呼，“你们……？”

说到这儿，温之光立马来了兴致：“我跟你们说，我决定拜方姐姐为师啦！她太厉害了！樊力你打了半天结果被对方打个半死，方姐姐一拳就把他解决掉了，还把对方吓跑了，你说厉害不厉害？”

温之光兴奋地挥舞拳头。

樊力无奈道：“温之光你……别揭人伤疤好吗？”

难得看樊力吃瘪，何想眼里盛满了笑意，不过……一拳就解决掉对方吗？看来这个方可水的实力，远超他之前的想象。不过这个方可水愿意收徒吗？也算是世家大族里出来的人，规矩方面应该很严格才对。

“现在想想还是好气！地下拳场那群家伙太可恶了！我都没去招惹他们，他们竟然敢打上门来，根本就是藐视整个帝都的法律法规，藐视我们整个警界！下次不要让我再碰到他们，否则我见一个打一个，见两个打一双！嗯，不对，我肯定还要再去找他们，我的案子还没查完。”温之光气呼呼地瞪眼。

何想摇头：“你还是省省吧，暂时别惹事，他们能安稳地存在这么长时间，少不了达官贵人的支持，你一个小警察别随便把自己搭进去。”

“哼，难道就任由他们欺负？”温之光不服。

何想神色一沉：“这确实是个问题，毕竟能来一回就能来第二回，除非我们来一次狠的，直接打到他们再也不敢抬起头来，这样才能永绝后患。”

樊力眼睛一亮：“说得好！老大你终于有老大的样子了！啊，我真是好……好痛。”樊力一个激动又牵扯到胸口的伤，痛得嘴歪眼斜。

“樊力……”温之光很担忧。

方可水摆手：“没事，他的断骨我已经接上了，这几天吃东西老实点，别乱来，就不会出问题。”

“哦……”温之光又收回了自己的担忧。

樊力气极：“我竟然没发现你是这么狗腿的温之光。”

“闭嘴，樊力，小心我打断你的腿！你现在可打不过我。”温之光斜他一眼。

“好了，不扯这些没用的了。”方可水的目光转向何想，一脸探究，“你的传承，现在该收到了吧？”

一提到这个，爱插科打诨的樊力也瞬间老实下来，一脸期待地看向何想。

“嗯……”何想沉吟一瞬，“算是吧。”

“哦，算是？”方可水微有疑惑。

何想闭上眼睛，念诵起已经在他脑海里响了不下十几遍的传承词：“守护者，遥远未来的守护者，你是来自仙星人的后代，你拥有着崇高的使命，保护地球不被黑衣仙星人所破坏。你的先祖，七仙人追捕叛逃的黑衣仙星人来到地球，这里是和平的家园，但黑衣仙星人一直伺机夺取七仙人的法宝，打开通道重返仙星，这势必造成地球的毁灭，你必须担当重任，让七仙人后代齐心协力，团结一致，保卫地球。”

方可水、樊力、温之光三人静静地听着这段话，一时间谁都没有作声。过了好一会儿，方可水才说道：“原来这就是守护者的传承词，果然省去了到典当行集合这一段，看来是默认守护者守卫典当行了。”

“嗯。”樊力点头，“其他的地方都大同小异。”

方可水又问：“那你的能力呢？”

“嗯？”何想一愣。

“怎么了？”

“不，没什么……”何想下意识地移开视线。其实他的传承词的末尾还有一句话并没有说出来：“不要暴露飞行器的存在！不要暴露飞行器的存在！不要暴露飞行器的存在！”

这句话连续说了三遍，说明它是重中之重。可到底什么是飞行器？飞行器到底又在什么地方？这些问题的关键却又全然没说，让何想有种雾里看花的感觉，抓不着头脑，但既然强调不要暴露，他自然就不会说了。

“我的能力……”想到这个，何想的表情有点尴尬，“嗯……其实你们应该也感受到了。不是有好几回，大家都突然觉得自己的能力消失了吗？”

“你的能力难道就是让别人的能力消失？”方可水诧异地问道。

“差不多吧……”

“然后呢？”

“什么然后？”何想装傻。

“就这样？”方可水的眉头已经挑了起来。

“嗯……应该或许可能暂时是。”何想有些不确定。

方可水翻了个白眼。

方可水还没什么反应，樊力却跳了起来：“有没有搞错？老大你是逗我的吧？难道守护者的能力就是让其他七传人的能力都不能用？这是要干啥？让大家一起变成废物吗？要真这样，你这能力的名字干脆取名叫‘废物’好了。”

被樊力这么一说，何想真是有苦难言，就连他也觉得，“废物”这个名字真是用得正好。

“有意思，真有意思，守护者的能力竟然是辅助型的让别人无能为力的能力吗？”方可水笑着偏了偏脑袋，“也不对，应该不单单是这些，我看你昨天表现出来的就远不只这一点。并不仅是让别人的能力无效化那么简单，而是……好像还有一点点剥离、吃掉别人的能力。”

“吃掉？”樊力不解，“这有什么区别吗？还不是让别人的能力不能用？”

“呵，这两者的区别可就大了，虽然不能主动出击，而是被动吞噬，但你有没有想过，如果何想的能力是吃掉别人的能力，那么吃掉的能力去哪里了？而且……看起来也不光是吃掉七传人的能力吧？而是一切能量无差别吞噬？”

何想悚然一惊。

他终于想起来了，昨天好像确实感觉像是吞吃了很多东西一样。他还清晰地记得，有一段时间，他感觉自己仿佛要被撑爆掉，可后来这种感觉又消失无踪了，他还是现在这个样子。如果他的能力是吞噬别人的能量，那被吞噬的能量都去了哪里？

不由自主地，何想伸手摸了摸自己无名指上的戒指。

方可水的目光也落到那上面：“这就是你的宝物？还真是戴在显眼的地方啊。”

“咳！之前被何老头戴上之后，就取不下来了。”何想尝试去取手指上的戒指，想示范给她看，结果没想到轻轻一拉，戒指就从无名指上脱落。

何想想死。

方可水嗤笑一声：“不用介意，就当作之前取不下来吧。”

“我……”憋了憋，何想还是放弃了解释。

何想的目光扫过方可水，停留在她的耳朵上：“你的宝物是这一对耳坠？”

“挺有眼力嘛。”方可水轻轻伸手一撩，细软的发丝被拨到耳后，露出耳坠完整的模样，但即便认真观察，也只能看出这是一对很漂亮精致的流线型水滴耳坠，却看不出是七宝之一。

“我当然不会堂而皇之地戴着一对黑乎乎的难看东西在外面招摇，所以镶嵌打造了一下，有意见吗？”方可水挑眼看向紧盯着她的三人。

“没有，没有。”樊力和温之光一起摇头。

“既然我这东西已经露了白，就不再费力隐藏了。”何想又想起了何老头，身为管家，何老头太不称职了。

方可水点头：“其实……你这个能力也不是没有好处，至少对于一般人来讲，对付你只能用物理攻击。所有的七传人或是其他能量辅助型人类，在你面前就都成了普通人。所以，要我是你的话，肯定会想尽办法锻炼自己的格斗技能来保命，尽可能让自己活得长一点。”

何想完全赞成：“确实是。”

樊力不同意：“可老大已经过了修炼格斗技能的最佳时期了吧？”

“要是别人嘛，那肯定是这样，可我说过了，七传人可都是一群拥有得天独厚的身体条件的家伙。”方可水笑得意味深长。

“七传人这么厉害？那我是不是也还有升值空间？”樊力目光一亮。

方可水勾起唇角：“你说呢？”

“哈哈哈，太棒了！方小姐你简直就是我的女神！”樊力一把朝方可水扑过去，却被她毫不留情地踹翻在地，脸着地也笑嘻嘻的，甚至开始仰头幻想自己越来越牛打遍天下无敌手的模样，嘴角不自主地露出一抹痴笑。

“败家子！败家子！你们这群败家子！苍天啊，大地啊，宇宙星辰啊，典当行怎么变成了这个样子啊——！难不成我是走错了地方，还是在做梦啊？”冷不丁的，一阵气急败坏的大吼声从前厅传来，惊醒了樊力的美梦，“何想！樊力！看看你们都做的什么好事！是想气死我老头子好继承我的遗产吗？”

何子天气冲冲地在典当行里转了一圈，才终于在后院里看到猫起来的几个人。

何想闭着眼睛，想告诉自己这是幻听，糟老头什么时候回来不好，偏偏在这个时候回来，让他一点准备时间都没有。樊力缩缩缩，努力想把自己壮硕得跟小山一样的身体缩成一只小猫，何老头太难缠了，他早有体会，所以他真的一点都不想面对。

温之光眨眨眼，一脸好奇地看着何子天，怎么看起来何想跟樊力都挺怕他的样子，莫非是高手？温之光的眼睛亮了起来。方可水目不斜视，继续喝着智能冰箱小冰产出的红茶，觉得这种分合食料理机做出的东西就是没法跟真货比，看来后面一段时间是要待在这里受苦刑了。

不过何想也就坚持了三秒钟，就强迫自己面对现实了。他笑眯眯地站起来对温之光和方可水说道："你们应该还没见过吧？这位是何子天，也是我名义上的师父，是跟着他长大的。这两位是温之光和方可水，女警察和女博士，没错吧？"

女警察和女博士，这两种都是人类女性中的独特品类，何子天没想到今天一次就见到了两个，而且还都是美女中的极品，不过很显然他不会被何想区区一句话给转移注意力："什么叫你名义上的师父？老子本身就是你的师父！臭小子没大没小的，说吧，典当行搞成这样是怎么回事？老头子我才交到你手上几天，你就给我整成这样，我要再晚回来几天，是不是连门店都飞上太空了？"

"怎么会呢？师父。"何想难得喊了一声师父，连忙将情况给何子天解说了一番，配上旁边樊力义愤填膺的补充和温之光信誓旦旦的做证，何子天消化了好一会儿，这才勉强点了点头："也就是说，事情是你这个小丫头惹出来的？"

"嗯！"温之光有点发蒙，但不知道为什么，她本能地觉得这话接下来大大的不妙，于是脑袋摇得像拨浪鼓，"不不，问题的根本不还是樊力的地下拳场？"

"等等！"被莫名波及的樊力头皮一炸，头一回觉得天真蠢萌的温之光竟然也有狡诈的一面，"你可别乱说，地下拳场怎么能说是我的呢？虽然我确实很想要……啊呸！跟我没关系，我老大在身边，你们扯我干什么？我都是听老大的指示行动的，对吧老大？"

何想："……"果然，最后还是落到他身上，但他还想最后再挣扎一下，“罪魁祸首是地下拳场那帮人，师父，我觉得我们有必要在您老人家的英明带领下去找回场子，索要赔偿。”

“屁！”何子天蹦起来朝何想的脑袋敲了一下，“当着一帮人的面坑你师父我，你还有没有点脸了？”

“何老说得对！老大这就是你的不对了，怎么能这样跟何老说话呢？他再怎么邋遢屁事不管没责任心还甩锅也是你名义上的师父，你怎么能这样，这是把他往绝路上送啊！”樊力义愤填膺。

“咚！”何子天朝樊力脑袋上也敲了一下。

樊力毫不在意，舰着脸笑嘻嘻地拱到何子天身边：“但是，何老，虽说典当行给整成这样，但也不是完全没有收获呀。”

“哦？别跟我说何想这小子因为典当行被毁，太过悲愤以至于觉醒了？”何子天斜他一眼。

“我的天！”樊力惊叫一声，“要不要这样？您老人家简直料事如神，一说一个准啊！”

“哈哈。”何子天得意地大笑一声，双手背后，一副高人模样，鼻孔仰得比天高，“那当然，你何老是谁？上知天文下知地理中知前后五千年，百事通万事灵，这点小事算什么？不过你小子看起来还是有点前途的，以后跟何老多学几招，保管一辈子受用。”

“是是是，以后一定多听何老的教诲。”樊力点头如捣蒜，“啊，对了，除了老大觉醒，还有一件事。”

“这两个丫头里有七传人？”何子天眯眼一笑，目光在温之光和方可水身上打转，然后落到一直老神在在喝茶的方可水身上。

第十章　天性中的幻想

花锦年，每天都站在这样的地方。每天都看着这样的场景，即便心中有什么细微的烦恼，当独自面对天地时，所有烦恼都会显得微不足道起来。

“哎呀！何老！你简直神了！”樊力这才真觉得何子天有点神了，一脸惊喜，“你怎么什么都知道？简直就是我肚子里的蛔虫！”

“去去，三句话现原形，狗嘴里吐不出象牙，老头子好好的人不当，用得着当你的蛔虫？”

“嘿嘿……”樊力挠头一笑。

何子天也不多在方可水身上做文章，而是掀起一只眼皮瞥向何想，一副好奇又要压住高人范儿的模样：“小想，来说说，是个什么样的传承。”

在何想简单讲解和示范过后，何子天静默良久，才终于一声长叹：“不容易，不容易啊……我总算是完成了他的嘱托，把典当行交到真正的守护者手里，典当行也终于有了新的传承人，不枉老头子几十年的守护。”

何子天唏嘘不已。

“他？”何想第一次听到何子天口中说出第三个人，难不成那个人就是典当行真正的关键来源？

何子天沉吟一番，点了点头：“嗯，也是时候让你知道这一切了。”

原来何想已经不是何子天服侍过的第一任典当行的守护者了，在他之前，还有过一个叫何夏的男人。不仅如此，何子天还跟这个叫何夏的人算得上是从小一起长大的邻居发小兼哥们儿，两个人觉醒的时间都很早。只是那个时候，何家已经没落得几乎就剩下何夏这么一根独苗，至少他这一脉是这样。所以两个人索性卖了最后的祖宅，直接一头扎进典当行里，把这儿当成了家。

何夏是个脾气好、脑子聪明的小伙子，有何夏在，典当行从来不愁没有经营的资金，两个人在小小的典当行里也算过得滋润。何子天曾多次建议何夏早点找个老婆生个娃，以免何家的传承断掉，但都被他以自己年纪还小还没玩够、不想害了人家姑娘为理由拒绝，这一点何子天也感到很无奈。没想到的是，何夏竟然会突然卷入一场纠纷中，被人活活打死。也是到那个时候，何子天才知道，原来何夏一直跟地下拳场有来往和交易，他们日常所用的开销也多半和何夏打黑拳有关。

只是何夏很好地隐藏了自己的身份和来历，一直用假身份和对方打交道。

或许是以往他们并未遇到过其他的七传人，所以守护者的能力一直没有在何夏身上显现出来，他只知道自己获得了传承，可具体的能力却说不出个所以然，顶多是个电子产品杀手——基本只要他碰过的电子产品，都报废得很快。现在想来，或许其实那就是能力的一种表现方式。

也是那个时候，何子天才知道七传人的传承接续方式十分单一，只要上一个传承者死了，宝物立马就会自动去寻找下一任的主人，出现新的传承人。只是何夏死得实在太过仓促，之前只来得及将典当行和宝物都转交给好兄弟何子天，拜托他找到下一任的何家传承者。

后面的事情何想自己也比较清楚了，何子天费了一番力气终于在一个孤儿群居的贫民窟找到何想，并将他带回来抚养长大。

何想觉得有点匪夷所思，地下拳场和七传人的过节竟然如此源远流长？

“有一点我不明白，你是凭什么确定我是七传人之一的？”何想问道。

何子天回道：“宝物在无主状态下感应到附近有传承者，就会指引道路。”

何想沉吟一瞬，看向方可水：“方小姐，你看呢？既然是传承不断的方家，应该会有不少相关记载吧？”

何子天眉头一动。

方可水似笑非笑地睨他一眼：“记录嘛，应该是有的，对于历史上曾经出现或遇到过的七传人的记载说不定还很详细，但很可惜，这是只有家主才能知道的事，而我恰好不是家主呢。”

何想回想起之前在方可水家中遇到的几个一看就是和她不对付的族人，试探性地说道：“方家既然历代传承，恐怕明争暗斗少不了。”

“你也不用那么谨慎，直接说我要是死了，后面的人就有机会了不是更好？”方可水笑得有些危险。

“那你不是很危险吗？”温之光直接问了出来。

“呵……谁危险还不知道呢，毕竟这么多年来打过主意的人也不少，但有能力干掉我的，还没出生呢。”

何想又问：“上次见过的一老两少三个人回去了？”

“大概吧。”方可水并不在意，“但也可能被全有集团的花流年带人抓回去了，谁知道呢？”

何想讶异：“你们跟全有集团有过节？”

“以前是没有，不过现在就有了。”在她确定了弟弟方可胜确实是在全有集团消失之后……

何想和樊力对视一眼：“你怀疑全有集团？”

一瞬间，方可水就明白他们误会了什么，她笑了笑，顺势说道：“如果说全有集团是个纯粹的科技公司，或许没人会多想什么，毕竟探索宇宙太空外星人的梦连小学生都会做，但如果有七传人参与其中……事件就没那么简单了。毕竟明知不可为而为之，若说不是别有用心，也很难让人相信。”

“没错！没错！”温之光立即表态，“其实我也在怀疑全有集团，虽然一点明面上的证据都没有……但是，你看，就像这次地下拳场新开发出来的能量芯片人，要说背后没有全有集团的影子，打死我都不信。而且，之前我多次跟踪梅之心，也暗中观察过地下拳场，有好几次都看到她带人去地下拳场后就她一个人出来。”

樊力摇头：“你这个理论证据不足啊，也可能是别人一个热血沸腾攀上了地下拳场，到擂台去抛头颅洒热血、吃嘛嘛香去了。”

温之光白他一眼：“你以为别人都跟你一样脖子上面装了个摆设，思考问题都靠下半身？”

樊力被噎住了：“……”温之光现在嘴巴越来越毒了。

何想轻笑一声：“听起来好像有几分道理，不过这好像跟我们说的是两件事？”

温之光眨眼，义正言辞：“反正不都是全有集团有问题？”

何想：“嗯……也是，那你怎么还在典当行？”

“什么意思？”温之光不高兴地鼓起了嘴巴。

“你是个警察，一个上班族，你不要忘了，今天不用上班的吗？不用去蹲点查案子吗？”

温之光得意一笑：“这你就不用操心啦——本姑奶奶早就跟局里打过招呼了，最近一段时间就跟这儿潜心修炼，提升自我，争取早日变得像方姐姐一样厉害！然后再上班将那些不法之徒打得满地找牙，啊不，都绳之以法！”

方可水眯眼一笑：“可我还没说收你为徒。”

“啊？”温之光吓一大跳。

看着一群人你来我往，何子天难得没有插科打诨或是找存在感，而是惬意地从口袋里掏出一个小茶包扔进茶壶里，沏上刚烧开的热水泡了一壶茶。闻着四溢的茶香，他满意地咂吧几下嘴，才插话道：“要我说，小方同学你还真可以考虑收下，这几个家伙别的本事没有——毕竟何想没有我帅气，樊力没有我深邃，温之光又没有我博学——但他们至少都有同一个优点，护短！只要是认定的同伴，即便九死一生也要爱护到底。这样的人是可遇而不可求的。虽说现在都是一帮战五渣，但你也说了，他们还年轻，有潜力。”

方可水目光闪动，何子天的话她倒不是不相信，毕竟昨天晚上发生的事情已经完全可以证实这点。

“既然小想说你出生世家大族，更是有几千年的传承，如果老头子猜得没错，应该就是万方集团的方家吧？”何子天一边倒茶一边说道。

“万方集团？号称解决了人类百分之九十九的疾病以医药闻名于世的万方集团？”温之光惊叫出声，先不说由花氏家族一手建立的全有集团，竟然连万方集团也是七传人家族建立的，这些七传人……到底还要厉害到什么地步？不过一想到何想和樊力的穷困潦倒，她又心理平衡了不少。

何子天笑得很深邃：“既然你在怀疑黑衣仙星人的后代重新出世后选择的是来到典当行，要将七传人一网打尽，为了对付黑传后代，你也应该……”

方可水一声轻笑，眼波流转：“被何老你这么一说，看来我是不收他们不行了？”

或许是何子天的一番劝说真的起了作用，方可水终于答应教导何想等人功夫。她既然选择上了这条船，那么船员的实力越强，对她就越有利，到时候真要回方家，带着一帮七传人回去，家族里不赞同的声音自然会少上许多。

对此，何子天自然是乐见其成，甩下一句“老头子我年纪大咯，这个天下是你们年轻人的天下”后就再度消失无踪。当然，走之前严令何想不论想任何办法都必须在他回来之前把典当行重新修整好，并且只能比之前更好，绝不能比之前更差。

这一次，再没有人出卖何想他卡里还有八百多万的事实，包括一向爱多嘴的小冰都守口如瓶。用小冰的话说就是："小想从小跟着抠门的何老头长大，目前的他只不过是一只还未修炼成形的一毛不拔的铁公鸡，但是何老头，那是……一只令人闻风丧胆雁过拔毛且金刚不坏的钻石公鸡啊！他一定会让小冰把吃进去的钱也给吐出来的，真是太可怕了……"

由于大厅被砸了个稀烂，何想索性决定挂上整修的牌子，忍痛花钱请了家装机器人，闭门修整一段时间，同时也给他们几人留出了充足的修行时间。

此时，空阔的后院由于一次性容纳四个绑了合金属块在身的习武者，略微显得有些拥挤。方可水手腕和小腿共绑了两百斤的合金块，却仿佛感觉不到重量般轻快地绕着院落踱步，剩下的三人则以最原始的扎马步开始练起。

或许是换上了武者正装的缘故，方可水一扫之前勾人心魄的媚态，眼里全是严厉和肃穆。

"其实修行说简单也很简单，说不容易也确实很难，首先，也是我之前跟你们强调过的，七传人的体质与常人不同，这是基因决定的。虽说世界上从来没有两个人拥有完全相同的基因，七传人本身的基因序列也各不相同，在某些细微的点上更是差异巨大，以至于现代医学和科学很难直接断定到底是哪几种关键基因决定了七传人特殊的体质，也有人认为有些差异巨大的基因是普通人类的基因突变。但这些都不重要，至少，在'超能力'基因未被破解之前，我们的确独享与众不同的天赐之礼。好好感恩自己生在了七传人之家吧，否则即便这个星球真有毁灭的一天，你们也根本不知道是怎么一回事。

"其实，由于七传人得天独厚的天赋，比如有的人天生体能非凡，有的人天生智力超群，有的人天生精于计算，有的人天生长于治疗，放眼漫漫历史长河，七传人活动的身影也并不少见，只是大家都心照不宣，从不会伸张。

“虽然我向来很讨厌家族里那些老头子迂腐陈旧的老思路，但不得不说，有一样爷爷还是说得对，身为七传人，我们就应该为此感到自豪！我们的祖辈牺牲了自己，留在了地球，放弃了他们永恒的生命，为我们传承了可以维护地球的宝贵能力！”

听到这句话，何想等人就算再觉得四肢痛苦难当，也不由得挺直背脊，一股血脉贲张的感觉油然而生。

“好了，前话不提，现在言归正传。有两句话想必你们都听过，一句是‘天下武功，唯快不破’，另一句是‘一力破十会’。这两句话都没有错，但都有很严重的问题。试问，假如对方躲在超强高密度合金层里，你再快的速度也无法突破分毫，除非你用重装甲专用导弹。而反过来，你纵然有再强的力量，只要对方速度够快，在你还没有接近他的时候，他就已经躲到千里之外，那么纵然你一拳下去十万斤重，也不过是徒然。所以，结论很简单，力量、速度，缺一不可。你们现在所练的基本功，就是专门针对力量和速度两方面的强化。樊力目前基础打得最好，温之光次之，何想就连叫他绣花枕头都是侮辱了绣花枕头。”

“噗——”樊力一个嗤笑，立马觉得有点岔气，差点下盘不稳，一头栽倒在地。

何想则是已经有些麻木了。

“嗯，武者的定力也十分重要，从现在起，不论碰到任何情况，即使天上下刀子，在我没允许你们动之前，都必须给我保持这个姿势，动一下增加十五分钟，听明白了吗？”

“明白！”三个人一起回道。

“很好。接下来，当一个武者拥有了力量和速度后，面临的就是如何运用的问题。有句谚语叫‘高射炮打蚊子——小题大做’。好的武者通常会用最少的力量去击败最多的敌人。想必以前樊力在地下拳场打黑拳的时候，通常都是仗着自己天赋里的力量和速度搏斗，很少考虑如何减少气力的浪费吧？”

“没错，樊大曾经说过，要用最快的速度打倒敌人，否则躺在地上的就会是你自己。”提到樊大，樊力的神色有一瞬的温和与缅怀，和平时玩世不恭的样子十分不同。

“你可以把这个樊大的话扔掉了，我记得你们黑拳界曾经有个很知名的案例，就是一个世纪性的强大拳手，双腿拥有难以想象的速度和力量，只要被他击中的对手，无一不当场死在台上，直到他遇到那个专门针对他练习的对手。那个人一上场便以百米冲刺的速度狂逃，引得台下一片叫骂，也引得那名强大拳手疯狂追逐，终于，在体力的拉锯战中，那个早有准备的人占据上风，结束了这名强大拳手的不败战绩，同时也了结他的生命。那么你现在还觉得，减少气力的浪费是毫无意义的吗？”

“……”作为一个黑拳手，不得不说，方可水的话引起了樊力的反思。

方可水不再理他，而是继续说道：“在你的力量还没有强到一拳打爆一座山之前，如何用最小的力获得最大的效果极其重要。所以，技巧才有了意义。”

方可水说：“当然，实际上，再强大的功夫，对上真正的大炮或原子弹，其实也不过是个屁，一发氢弹下来……整座城都灰飞烟灭，你连逃走的机会都不会有。所以说，这真是一个生死从来都不掌握在自己手里的好时代啊。”方可水再度流露出那种轻蔑、妩媚而又显得有些轻佻的笑意，“人们最喜欢说的一句话就是‘我命由我不由天’，但他们都不知道，自己从来都无法真正决定自己的命运。”

或许是方可水的言语和态度都太过悲观，温之光有点不服：“可是要按照你这么说，要是出现更加强大的科技，比如说空间折叠、维度变化，又或者是人工黑洞、虫洞技术，那岂不是一个不留神一颗星球甚至一个星系都会毁灭？人类不就更加不能掌控自己的生命了吗？”

“说得没错啊，看不出来小光光你还是有点头脑的嘛。”方可水笑眯眯地赞道，不意外地看到温之光鼓起的包子脸，“这个世界本来就是这样，拥有的科技水准越高，人类就越加的不安全。我记得全有集团现在好像正在全力制造什么空间通道？真不知道是谁给他们的自信，认为自己可以开启通往长生之国的星球通道。他们一厢情愿的幻想和投入，有时候还挺让人佩服的，怎么就不想想，要是真的过去了之后发现长生之国其实比地球的生存环境更加艰难，资源更加匮乏，反而导致寿命和人口数量急剧膨胀，那可就有意思了。说不定通往的星球中还有吃人的怪兽，对方觉得有肉送上门来，不吃白不吃呢。”

“这个、那个，可是……”温之光被说得有点发蒙，“好像有点道理。”

一直以来，在她还没有开始调查人口失踪案件刚接触地下拳场之时，她一直和世界上绝大多数的普通民众一样，觉得全有集团致力于努力提升人类的生活水平，突破一个又一个技术难关，甚至想要突破人体寿命的界限，这些都是造福于全人类的事情，怎么在方可水嘴里，不仅无功，反而是带领人类走向毁灭？她有点想不明白。

眼看温之光被方可水说晕，脑袋有要当机的危险，何想嘴角一抽：“行了，少听她胡扯了，这些都是她的猜测而已，真相根本没人知道，仙星也可能真的是一个物质丰饶、国泰民安、世界大同并且没有尔虞我诈的神仙一般的世界。既然是未知，就一切皆有可能。”

“你还真是容易被洗脑啊，温白光。”何想笑道。

“你才是温白光，不对，你是何白想，你全家都是何白想！”温之光很生气，后果很严重，奈何现在不能暴打何想，她决定先给他记上一笔。

方可水轻蔑一笑：“想不到何想你的想法这么幼稚，竟然对未知的东西存在美好的幻想，该说是无知呢，还是作为守护者的天然立场？”

绑着八十斤的合金片站到现在，何想也就能勉力扯出一点笑容回敬：“随便你怎么说，不过你对仙星的看法极其悲观，这一点我倒是不敢苟同。”

方可水轻哼一声，勾唇笑道：“我只是没法和你们一样，都传承几千年了，还能抱着美好的幻想，不过这是人类有别于其他物种的天性，没有幻想，人类早就灭绝了。”

“好了，暂时先跳过力量的技巧运用，毕竟你们连基本功都没有。第三个要教你们的，也是所有武学中被传得最玄妙最神奇的部分，放到如今科技社会来看，几乎等同于玄幻小说和游戏设定——吐纳养气法。也算是方家决中的基础篇，而基础篇所讲述的核心，就是极动与极静的相互配合……”

在何想、方可水等人在典当行进行集中训练的同时，位于帝都中心街的正对面高耸入云的大楼中，有几个方家人正在接受全有集团非同一般的“礼遇”。

隔着一面从外面可以看透里面、里面却看不透外面的超强合金玻璃，花流年难得地换下时常在身的优雅长裙，穿上了简洁而又干练的工作装，却不减半分素净雅致的风采，反而平添了几分飒爽，叫人眼前一亮。

王重站在他左边稍后半步，垂首恭听，目光却不由自主地落在花流年纤细白皙的脚踝上，偶尔走神，又及时把自己拉回来。

两人面前，合金玻璃内部的全自动化无菌实验室里，之前被方可水称作“三叔”的男人正恼怒地不断挣扎，试图挣脱电子椅的束缚，却怎么都徒劳无功，电子椅甚至没有一丝晃动。好一会儿，他才停歇下来粗重地喘气，眼睛里满是惊骇和愤怒。

又过了几秒，方上宇在费尽全身好不容易积攒的一点力气后，气急败坏地大吼：“来人！快来人！你们这群混账！疯子！你们知道我是谁吗？我是方上宇！竟敢这么对我，方家不会放过你们的！”

合金玻璃屏幕的背后，花流年一脸平静地看着眼前的场景，眼睛里流露出一丝好奇：“方家？哪个方家？”

王重低头说道：“如果资料无误，应该就是万方集团的方家。”

“哦？”花流年眉头一挑，想起了方可水，“难道她也是？”

“对。小姐，您看，这是她的资料。”王重在腕表上点了几下，轻轻往前一推送，一张3D电子立体图像就轻轻飘移到花流年的身前。

“方可水……”花流年眯了眯眼睛，“长得挺漂亮的。那这么说，方家其实也是七传人的家族？”

“也有可能是黑衣仙星人的家族。”王重提醒道。

花流年皱起了眉头，她还没忘记方可水之前带给她的耻辱。没错，如果不是黑衣仙星人的后代，行事作风又怎么会如此肆无忌惮？而且还一身邪气。

“其他人呢？都什么情况？”花流年又问。

“这个年纪大的叫方上宇，从辈分上来说是方可水的叔叔，在家族里排行老三，据说醉心于武学，对女人兴趣不大，所以膝下无子……”

“打住，我要听的是这些无聊的八卦吗？捡重点说。”花流年有点不悦，觉得王重完全就是在浪费她的时间。可她没想到的是，王重确实打的就是这个主意，即便废话也好，多和她说几句话，也是能叫他的心情好上一整天。虽然花锦年对此极其不赞同，但这种无伤大雅的小伎俩，他也会睁只眼闭只眼，毕竟每个人都有点自己独特的小癖好。

花流年当然想不到王重这样平时一本正经、寡言少语的人会有这么多心思，在她眼里，他就是一个忠诚可靠的下属，别无其他：“说说他们的各项检测数据指标吧。”

“是。这三个人的数据结果确实十分独特，方可薇的数据最弱，方可水比她强一些，但最强的却是眼前的老人，他身体各项指标都远超同年龄阶段的其他老者，不管是速度、力量、反应灵敏度、肌肉爆发力、细胞活力还是再生与恢复速度，甚至连太空感适应力，都比当前活跃在国际赛场上最前沿的运动员强上好几倍，有的甚至是数十倍！如果不是实验检测结果显示这个老人从未有过任何注射药剂的历史，我都快怀疑他是我们集团最新研制出来的超级强化人了。”

“所以你们给他注射了镇定剂和肌肉松弛剂？”

“是的，他的恢复力实在太惊人了，所以每隔一个时间段，我们都会替他注射一次，但每次药量都不多，力求保证不损伤这个实验体。毕竟他这样的案例实在是太难得，在没有研究清楚前，一丝一毫的损伤都是我们巨大的损失。”

“嗯，做得好。不过万方集团毕竟是老牌的医药集团，他们是不是有一些别的药用方法，是我们现有手段检测不出来的？”

王重眉头一动：“您是说……传统的中医方式？比如药材蒸泡法，或者针灸刺穴法之类的？”

“嗯。”

“先不说过于古老的医学方法是否真实存在，即便存在也很难传承，更何况据我所知，万方集团的医学研究技术是极为先进的，近年来过半的医学难关和疾病都是他们攻克下来的，说是当世医学界第一集团也不为过。应该不会……”

“所以就是这个人极为特别了？但他不是七传人之一吧？方可水才是。”

王重低眉：“属下一定会尽快查清缘由，还请大小姐不要担心，再稍等几天。”

“好吧。”花流年叹了一口气，“在这里干看着也瞧不出什么来，我们直接进去问问吧，或许会有意外的收获。”

全自动电子实验室内，方上宇坐在电子合金椅上，手脚都被超强度合金牢牢绑缚在椅子扶手和脚蹬上。只是短短两天时间，他整个人的气色都发生了巨大变化，原先神气盎然的姿态全然不见，取而代之的是几乎被各种实验药剂和探针折磨得锐气尽失的颓丧。

他没想过自己竟然有被抓住当实验体做研究的一天，短短两天的时间几乎接触了当世最前沿的各种科技，这辈子他一直都避免和各种高科技接触，固执地受着老祖宗的传承，力求训练出最强大的力量，认为这才是人类的真谛和归宿。而如今那些年轻人都数典忘祖，除了打游戏就是泡妞，恐怕过不了几代，剩下的祖宗基业也会被他们败个干净。

所以他很不喜欢方可水，明明她作为家族的代表，七传人之一，竟然公然宣讲新兴电子科技的好处，动员族内的人投入到现代热烈的生活里。不仅如此，她甚至在自己的别墅里安装机关枪和激光炮！如果不是现代武器，他绝对不可能会输给一个黄毛丫头！更不可能会落到如今这个凄惨的地步。

要不是执着地秉持真男人绝不会用自杀的窝囊方式死掉，他恨不得现在就结束自己的生命，不让奸人从自己身上得到更多方家的秘密。

“嘀。”厚合金闸电子门的顶端，信号灯轻轻闪动，方上宇即使在全盛时期也未必有把握能毁掉的合金闸门悄无声息地打开，一男一女慢步走了进来。女的走在前面，男人稍后半步，一看就是前面的女人为主。

“你是方上宇？”花流年站在距离方上宇两米左右的地方，开口问道。

方上宇瞥了一眼花流年，见她一身工作装，就以为她也是实验室里的研究人员：“哼，明知故问。快放了我，否则没你们好果子吃。”

“嗤。”花流年轻笑一声，“你好像还没有认清自己的处境？我以为两天的时间足够了呢，看来还是我高看你了。”

对于方上宇来说，激将法是一种屡试不爽的招数，他猛地抬头，盯住花流年仔细看了一看：“你是跟阿水有仇？还是跟方家有仇？”

花流年满意一笑：“原本要抓的是方可水，但是她溜了，你们就成了替罪羔羊了。”

方上宇的脑子仿佛被一盆冷水泼醒过来，立马陷入了快速的思索。他失败得实在太莫名其妙了，明明他都已经穿过了黑衣大汉的防备，坐上了自己的车，竟然会在瞬息之间被人电晕绑起来，这是他怎么都无法接受的奇耻大辱。

难道世上真的有人的速度能快到连他都看不清的程度？

不可能。

那么，一定是眼前的人有超乎寻常的能力，就比如……像阿水那样？

“你是七传人？”方上宇瞬间反应过来，肯定地说道，“对，你就是七传人。”

方上宇的眼睛顿时亮了起来："如果你是七传人，真是太好了！你叫什么名字？你是哪家的？我们方家也是七传人家族，咱们这是大水冲了龙王庙，一家人不认识一家人了，哈哈。"

方上宇笑得极为爽朗，让花流年一时之间有点摸不清他的想法，他难道还真能因为大家都是七传人就放下之前的过节而不计前嫌？

"你的能力……难不成是时空静止之类的？"方上宇笑道，整个人顿时鲜活起来。

花流年眉头一动，不愧是七传人家族，这么快就能猜到。

"来人，给他解绑。"花流年吩咐道，引得王重讶异地抬头看了她一眼。

花流年回他一眼，眼中全是暗示：这个人药效还没过不是吗？

很快，电子合金椅的束缚解除，方上宇终于有机会活动被绑了两天不能动弹的手脚，他在无菌实验室里软绵绵地打了两路简单的拳法，不住地感叹："唉，老了，老了，现在是年轻人的天下了，果然是后生可畏啊……不知两位怎么称呼？"

"花流年。"原本打算隐瞒身份，话到嘴边她又改变了主意。

"王重。"

"花家？"方上宇一挑眉，毕竟花这个姓氏并不常见，联想到这设备齐全的实验系统，"难不成你是全有集团的？我记得花天下好像有个女儿来着？难不成就是你？"

听着方上宇这语气，花流年流露出一丝好奇："你见过我爸爸？"

"岂止是见过，我们还一起喝过茶吃过饭，虽然都是很多年前的事了。哎呀，我就说呢，家兄怎么会请花天下吃饭？当时还真以为是因为全有集团风头正盛，老头子也要和他多来往来往，看来远远不是这么简单啊，哈哈。"方上宇爽朗一笑，又摇了摇头，似乎不胜唏嘘，"我和你爸爸也有过青春年少的时候啊。"

花流年神情毫无波澜，目光却微动了一下，虽然明知道对方是在故意套近乎，但还记得爸爸的人，现在确实已经越来越少了。

“我们不要站在这里说了，找个地方去喝个茶，一起坐下来聊聊？”花流年微微一笑，高贵而素雅。

“当然是客随主便。”方上宇笑得爽朗，“请。”

花流年并未推迟，微微点头就领头走出实验室。

会客室里，小桥流水，假山林立，薄薄的雾气环绕，古朴的茶具摆在前厅中央，几株翠竹映着悠扬的管弦之乐更显寂静，让人仿佛置身于仙境之中。

这是花流年的专用会客室。

很难想象，在超现代化的全有大厦里，竟然会有人打造出一个如此古典的地方，不过这一点倒是稍微赢得了方上宇的好感。

一番拉扯着人情的畅聊过后，双方也大致对对方有了一定了解。

“原来如此，方家竟然保持了几千年的传承不断，怪不得方叔您拥有这种远超一般人的实力，古武术的传说竟然也是真的，真是叫人太过惊叹，也令人太过欣喜……”花流年知道最近花锦年为了突破宝物的技术研究费尽心思，现在不正是自动送上门的好机会？和全有集团不同，万方集团少说也有几百上千年的历史了，或许，他们对七传人和宝物的了解与研究更深。

“只可惜所有的资料和记载都留存在族长一个人的手里，历来都只传给下任族长，旁人所知不多。”方上宇叹息一声。

“在你们方家，是不是宝物的主人拥有非同一般的地位？”花流年问道。

方上宇只笑不答，反而问道：“听说全有集团在进行空间通道的研究？”

虽说方上宇一向不爱关注那些所谓的高科技，但这项研究早已通报全球，家喻户晓，也得到了政府和军方的全力支持，所以即使在方家也曾掀起了不小的波澜，有人支持也有人反对，还起了不小的争执，只是后来也就顺应时代的潮流了。

“没错，空间通道是一项造福全人类的伟大研究。”花流年轻笑，放下手中的茶壶，将茶杯朝方上宇轻推，“请。”

方上宇敲着茶杯，有点心不在焉，忽然又问：“我的两个侄子和侄女呢？”

花流年浅笑：“他们还在配合做些研究，应该用不了多久，你们就会碰面的。”

方上宇没来由的有些烦躁，他发现自己在和这个小丫头说话的过程中，被对方套走了不少消息，自己收获的信息却不太多。要是侄女可薇在这里就好了，花心思动脑筋的事向来都是她在行，他一个武者，确实不擅长弯弯绕绕的说话方式。

忽地，方上宇脑中灵光一闪，顿时心惊肉跳。好在话出口前，他硬生生地换了一种说法：“该不会……虽然是七传人，但你们其实是想打开通往仙星的通道吧？”话一出口，方上宇就觉得要糟，这么问和质问他们其实是黑衣仙星人后代伪装的七传人有什么区别？

好在花流年的涵养极好，笑了笑，轻轻地反问道：“这有什么不好吗？”

“什么？”方上宇愣在当场，“什、什么意思？”

“字面上的意思。”花流年笑得轻柔优雅，就如兰花般清新高贵，自有一股醉人风范，“时代在进步，科技在发展，抱残守缺并不是一种好的习惯，主动出击才是当前人类最应该做的事情。只有这样，人类才能不断进化，世界才能不断被拓展，以人类的智慧和现如今的发展速度，如果一直困守在小小的地球上，不觉得心胸太过狭小，又太可惜了吗？”

“胡闹！”方上宇猛地站了起来，膝盖磕在致密的大理石茶几上，带动几千斤重的大理石桌微微耸动，也令一边王重的身形顿时紧绷，随时注意他的异动。

“你们怎么能如此胡闹？难道忘记了祖上传下来的教训吗？”方上宇

怒喝，现在的年轻人怎么一个比一个不省心，方可水喜欢玩些枪炮子弹就算了，面前这个小丫头竟然想公然违抗七传人的祖训……不，难道她其实真的是黑衣仙星人的后代？

见他神色不定，花流年知道他在想什么："王重，给他也展示一下……你最近新训练出来的能力成果。"

"是。"

轰的一下，整个会客厅骤然一缩，庞大的压力令四周围笔直的翠竹上的竹叶瞬间落光，即将升腾起的白雾卑微地匍匐在假山石下，流水声哗的一下仿佛被瞬间断流，一切都在顷刻间被压缩到极致，又忽地恢复自然。唯有方上宇一个人扑通一下半跪在地，还处在如山的压迫里，仿佛被孤独地封锁在平行的异时空中，悲哀无助又痛苦地看着外界。

倘若是在方上宇全盛的情况下，刚才的重压还不至于让他如此狼狈，但两天粒米未进、滴水未沾的实验研究早就让他的身体不堪负荷，更何况还被多次注射镇定剂与肌肉松弛剂，他不当场崩溃已经是意志力极强的表现了。

"好了，停下。"花流年微微一笑，很满意王重的表现，对缓慢地攀着大理石桌边缘爬起来的方上宇说道，"王重也是七传人之一，你的担心是多余的。"

"没错，我想起来了，当时这个小子就和我动过手……只是时间太短，我还以为……"方上宇喃喃说道。他以为他是败于时空静止这种逆天的能力，但其实光是花流年身边的这个小子，就已经十分难对付了。

难不成……他真的老了？

花流年又说："事实上，我还希望能有更多的七传人来共同完成这个伟大的梦想，毕竟虽说是宝物，其实也是外星人遗留下来的科技产物，如果能研究破解，我们的技术将产生质的飞越，人类的视野也将得到极大的拓展。我们将更能够明白、理解人类因何而存在，我们的生存意义在哪里，未来又应该走向何方。为了人类共同的未来，唯有飞速前进才是正道。方叔您觉得呢？”

“疯了，疯了……你简直是疯了。”方上宇瞪大眼睛，颓然地坐在靠椅里，凭他几十年来过于简单的人生历程，他完全无法理解花流年的想法，“你们……你们就不怕地球因为你们的任性妄为而真的被毁掉吗？”

“怎么会？”花流年眉头一挑，笑了笑，“关于这个问题，先容我卖个关子。不过今天方叔也累了，就让人先带您下去休息一会儿吧。以后若是有机会，还想请方叔替我引荐方老爷子一聚。”

下完逐客令，花流年带着王重乘坐电梯朝顶楼而去，在电梯中，她重重地叹了一口气。

“大小姐累了？”王重关切地问道。

“是有点。”花流年揉了揉自己的眉心，纤细的手指莹润洁白，令人赏心悦目，“连号称几千年传承不失的七传人家族都是这个样子，我只是有点失望罢了。”

“或许正是因此，才格外需要我们重整七传人的传承。”

“你说的也有道理。比起他们，还是何想更好一些，更像个思路开阔的现代人，就是有些滑不留手。”花流年轻哼一声，似乎有些不满。

王重的目光沉了沉，他感觉得出来，大小姐似乎对何想格外高看一眼，是因为之前何想曾经救过她？

“方可水去了哪里你查到了吗？”花流年又想起了方可水。

“我已经委托花总的助理刘连生先生查了，现在应该有结果了。”

“行吧，正好一起问问哥哥。”

“叮。”顶层的电梯直达花锦年的办公室，花流年下意识地整理了一下自己的着装和头发，迈着比平常更优雅三分的步子朝花锦年的办公桌走去。

“哥哥，你在忙吗？”连花流年自己都没有意识到，在和花锦年说话的过程中，她总是会不自主地带上几分娇嗔，和平时略显冷淡的优雅完全不同。

“你来得正好。”花锦年抬眼看了一眼花流年，一丝诧异划过眼底，笑道，“今天这套衣服倒是不错。”

“真的吗？”花流年有些欣喜，平时从来不见哥哥对她的穿着有过什么评价，难道是因为今天穿了工作装？这么一想，哥哥还真是个工作狂。

“嗯。小刘，把查到的东西也跟流年说一下。”花锦年很快就自然地移开了自己的视线，让花流年不由得有些失落。

“是。”刘连生是一个戴着金丝眼镜、身材挺拔的年轻男人，看起来三十岁上下，头发打理得一丝不苟，目不斜视，面无表情，整个人就像一个公事公办的程序。他调出 3D 电子立体投影屏，将拍到的几张图片和短视频发送上来，“大小姐请看，这是前天晚上地下拳场的刘开带人袭击典当行的照片与视频，他们砸毁了许多东西，但最终被赶了出来。”

视频不过短短十几秒的时间，就传出了密集的机枪声和重物撞击的声音，可以想象当天晚上典当行里的情况有多严峻。

“他们现在人呢？”花流年眉心微蹙。

刘连生回道：“刘开和青者的四大打手之一老齐离开典当行，回到了地下拳场，剩余的实验体能量芯片人都被警方带走了，不过无须担心，植入他们体内的能量芯片已经因不明原因崩碎，警方查不到多少痕迹。典当行里的两男两女目前闭门不出，在典当行内休养。”

“两男两女？”花流年疑惑地道。

“是。日前王重查知的方可水和刑警温之光现在都在典当行内，由方可水对他们进行特训。”

“特训……”花流年的神色突然变得难看起来。方可水当天举枪逼在她眉心的压迫感到如今都还仿若实质一般围绕着她，何想怎么会跟她混在一起？

花流年微一定神：“刘开袭击典当行的理由？”

“起因是温之光跟踪调查人口失踪案件，闯入地下拳场被抓获，何想和樊力赶去救人，得罪了刘开。”

“人口失踪案……是说药物交换成为实验体的人还是？”花流年的眉心忽然染上一丝不安。

没等她多想，花锦年笑道：“流年你也要抓紧了，一个月的期限就快到了。虽说这次典当行受袭没有大碍，下次就未必有这么幸运，可不要在你还没动手之前就被别人截胡了。毕竟对你来说，何想是一个很特别的人。”

“哥哥这是什么意思？”花流年柳眉登时倒竖。

“没什么意思，这么紧张做什么？”花锦年温润一笑。

“你明显话中有话！”花流年眉头皱起。

“你是对何想动心了？对哥哥这么凶。”花锦年靠在椅子里，依旧笑得温和。反倒是他身边的刘连生有点不自在：这种时候我到底是立即出去，还是保持不动当空气？

王重则完全没有动弹的意思，他想听到花流年的回答。

“你胡说什么？”不出意料，花流年勃然大怒，瞬间失去了往常的理智，尖叫道，“花锦年！你明知道！你明知道我……”她紧咬下唇，强迫自己不把后面的话说出来，心中却早已把花锦年骂了千百遍。浑蛋，浑蛋！花锦年这个浑蛋，他明知道自己心心念念的就是他，明知道她这么多年从未交过男朋友也是因为他，可他一直装糊涂还不够，今天竟然还含沙射影地想要把她推给别人！

他真的就有那么不喜欢她吗？

“花锦年，刚才的话是对我的一种侮辱，今天无论如何你必须道歉！”花流年生气大吼，眼泪在眼眶里直打转，却努力不让泪水落下来。强忍泪水的委屈模样让她不复往昔的清冷优雅，却又那么的楚楚动人，我见犹怜。

花锦年定定地看了她几秒，忽然长叹了一口气，温声说道：“对不起。”

“什么？”花流年微微一怔，几乎以为自己听错了。这真的是花锦年？

是那个向来不可一世，从来都只有他对别人错，高高在上得让她都自觉卑微的花锦年？他真的对她道歉了？

或许是道歉来得太容易，花流年有一种不真实的感觉。

“是我不好，让你难过了。对不起，不要哭了，流年。”花锦年站起身，来到花流年身边，轻轻将她搂在怀里，像小时候一样轻拍她的后背。

“……”仿佛被花锦年温柔的怀抱所融化，花流年一直给自己高高筑起的冰山在顷刻间崩塌。像是积攒了多年的委屈在这一刻突然爆发，花锦年的一声安慰不仅没有让花流年停止哭泣，反倒令她“哇”的一声整个扑进他怀中，紧紧地抱住他，哭得伤心难过，像是要把这些年所有的委屈通通哭出来才罢休。

花锦年在她背后摆摆手，让王重和刘连生出去，又继续轻拍花流年的后背，像对待孩子一样轻柔地摸了摸她的脑袋：“别哭了，再哭都快要哭成小花猫了，这样就不漂亮了。”

“还不都是你害的，你还说！”花流年带着哭腔骂道，赖在花锦年的怀里不肯离开。

“好，好，我的错。不哭了，嗯？”

“那你以后不许再欺负我……”

“我怎么敢？”花锦年的声音里带着笑意。

“你敢你敢，你就敢，你一直都敢。”仿佛从仙界坠落，花流年此时就像个缠着大人要吃糖的小孩，但是在她心中，此刻却有一股前所未有的欢悦和满足感。自从她十八岁成年之后，花锦年就很少让自己过于亲近他。每次她想接近，他总是会告诉她她已经是个大姑娘了，不可以再和从前那样，否则容易让她的男朋友吃醋。

可是她哪里来的男朋友？她一度也曾怀疑过哥哥是不是早就心有所属才不让她靠近，可这么多年观察下来，他根本就没有爱上过任何人，他的眼里只有他的事业、他的研究、他的理想和抱负……有时候甚至连她都怀疑。哥哥是不是真的是黑衣仙星人的后代，否则为什么他的心中只有理想和大义？为什么他不像其他人一样有七情六欲？可她分明从小和他一起长大，他所经历过的所有事情，她都一路陪着，他分明就是一个普通人。

花锦年不再说话，而是安静地轻拍花流年的后背，眼睛里平静温和，毫无波澜。

过了好一会儿，花流年终于不舍地将自己的脑袋从花锦年怀里探出来，却是脸蛋一红，低垂着头不肯作声。

“嗯？这时候知道害羞了？”花锦年笑了笑。

“什么嘛，哥哥你又欺负我。”

花锦年轻笑了一声。

又这么静静地在花锦年身边待了好一会儿，花流年才终于抬头，认真地说道：“哥哥，我决定了，我改变主意了，典当行跟何想我都不管了，哥哥你想做什么就放手去做。”

“你舍得？”

“有什么舍不得的。”花流年皱眉。从一开始，她就是出于对七传人的莫名好感和对典当行守护者的好奇而对何想产生的兴趣，但这些东西，跟花锦年比起来根本就微不足道。

“其实……说起来，何想也算是哥哥小时候的兄弟，说不定对付他哥哥自己还会手软。”花流年俏皮地笑道。

没想到的是，花锦年脸色一变，过了许久才缓和下来，笑着说道：“小丫头片子，人小，心眼还挺多。”

“小？我哪里小了？哪个地方小了？”花流年故意挺了挺高耸的胸脯，却被自己过于夸张的动作弄得脸色一红。每每对上花锦年，她就特别容易失去理智，变得根本就不像她了。

只可惜，花锦年只在她胸前扫了一眼，却并没有更多表示，而是摸了摸她的头：“好了，赶紧回去补个妆，你妆都花了。”

“呀！”花流年惊叫一声，顿时向后退，两手捂住脸颊，整张脸红到了耳根，“啊，今天真是太难看了，都是哥哥……”在花锦年止不住的轻笑声中，花流年甩下一句“我先走了”就匆匆离开了办公室。

办公室里，终于又恢复了宁静。

花锦年手一扬，像是扔掉什么东西一样，整个封闭的顶层玻璃瞬间就变得透明而清澈。视野在一瞬间变得无比广阔，头顶是一望无际的蓝天，脚下是广袤无垠的大地，眼前是层层白云飘散聚拢，偶尔一阵风吹来，吹散了云层，露出千家门牌，万家灯火。不论是谁，站在这样的地方，都会在顷刻间产生整个江山尽在掌握、天下尽在脚下的感觉。

花锦年，每天都站在这样的地方。每天都看着这样的场景，即便心中有什么细微的烦恼，当独自面对天地时，所有烦恼都会显得微不足道起来。

世界上有如此多的事情还等着他去做，个人的爱恨情仇又算得了什么呢？太不值一提了。

何想的身影也渐渐地在他脑海中淡去。

第十一章　市民公敌

温之光很快便下了环路来到城东商业区。她每来一次都要感慨一句，“这里是天堂，这里也是地狱”，只要来到这里，人的命运就变得不由自主，不是在过着纸醉金迷的生活，就是在通往纸醉金迷的道路上。

帝都的东边群商云集，高楼大厦鳞次栉比，各种高档会所出入着各种名车和名流，五光十色的霓虹灯照亮了整个黑夜，打造出一座辉煌的不夜城。

一家占地面积五千平方米装修极尽奢华的会所上方，“青者偃月”几个大字银钩铁画，在黑夜里熠熠生辉。

茶、酒、烟、牌、女人、钱、权……即使是科技飞速发展、各种电子仿真快感早已逼真得如同亲身体验的如今，对以上的追逐依旧是人类尤其是男人永恒的话题。青者陪着几个军政界的大佬打牌，每个星期他都会来这里一次，这是他多年来养成的习惯，也是他当年受人恩惠时获得的教导——有些事，酒桌上未必能解决，但是牌桌上可以。

“老大。”司机赵珞静悄悄地来到青者身边，将纽扣型手机递给他，“有电话。”

青者瞥了一眼，来人显示是“花锦年”，他捏住纽扣手机，对几个老朋友笑着道了声歉，让赵珞顶替他一会儿，自己则一边走一边将手机放到耳朵里，几步就来到清冷银灰洒满的院落，笑道：“哎呀，花总亲自来电，不胜荣幸。”

“想找你帮个忙。”花锦年温润的声音传入青者的耳里，令他眼睛微眯。

“花总还有事情要我帮忙？直接说，能办到的做兄弟的自然没二话。”青者的声音听起来十分热情，但脸上却没多少表情。

“多谢了。想麻烦你给我留个人，暂时别动他。”

“谁？”青者神色转为严肃。他手下的人动到花锦年头上去了？

“好景常在典当行，何想。”

“我知道了，你放心！没事的话我就先挂了，我这边还有客人。”

“嗯。”

挂断电话，青者抬脚往回走。不用多想，肯定是刘开这小子私下里找人报复去了，只是令他意外的是，一个小小的典当行的老板，竟然也值得花锦年亲自打电话关照？看来这个何想，并不像他人畜无害的外表那么简单。

青者的脑海里浮现出当时夜里被人扔到车顶上的何想，明明一看就是个生瓜蛋子，却胆敢持枪抢人，冷静得有些不像话。

几天后。

典当行大厅内，温之光叉腰站在大厅的正中央，伸手指着走廊上方横梁上挂着的“好景常在”四个大字的额匾叫喊着：“左边，左边一点，不对，往右，往右，等等！我说，你往右那么多干什么？两公分，两公分懂吗？你还是个家装机器人吗，怎么连这么简单的指令都听不懂，真是气死我，趁早报废下岗算了！”

被使唤得团团转差点程序错乱的家装机器人原地左转右转，好不容易才按照温之光的要求把牌匾装好，整个机器人都松了一口气，发出“哧”的模拟出气声。

"哈哈哈，温之光真有你的，连机器人都被你折腾得够呛，真不愧是帝都公安局一等一的女魔头。"樊力靠在走廊下笑得肚子都痛了。

"闭嘴，樊力！有空说风凉话不如来帮忙，我看你最近除了吃就是吃了。"温之光瞪他一眼。

"啧啧啧，我才不和你一样，明明帮不了多少忙还装得挺忙活。做人就要像咱老大那样，简单明了地告诉家装机器人，一切往低调奢华有内涵的标准装修，然后挥一挥衣袖不带走半张银行卡。看看，这气度这身姿，多么潇洒。"

"呸！他是被方姐姐逼得没办法，做了多少剧烈的思想斗争才在钱和命之间挣扎着选择了命？死抠门！还潇洒？"

"哼，你就是羡慕嫉妒，反正我吃我帅我不长胖，不像某人一吃就胖……哎呀，要不要这样？上天为什么对我这么厚爱。"

"你找死！"温之光冲过来就想揪住樊力一顿暴打，奈何在速度和力量上樊力有天生的优势，明明小山一样的体积但却滑不留手，把温之光气得够呛。他们这一闹不要紧，却阻挠了家装机器人不能好好干活，又被方可水逮了个正着，被喊到后院去负重练习金鸡独立，不站够三个小时不算完。

经过四个家装机器人几天高效率的工作，此时典当行已经焕然一新，从设施到家居都是顶级配置。方可水随手给智能冰箱小冰更改了设置，充值了三百万后，何想的卡也已经快要见底了。想到何想拿到卡时如丧考妣的神情，方可水心情不错地溜到后院，没意外地看到何想依旧在坚持做基础训练。

经过几天的观察，方可水不得不说，虽然何想是三个人里面基础最差的，但他确实又是三个人中资质和毅力最强的，短短的几天时间，整个人就隐隐有了脱胎换骨的感觉。只是他自身的七传人能力还用不太熟练，时灵时不灵，要么就是无差别攻击，不能单向选择，不过这些都不要紧，时间一长自然会解决。

总体来说，方可水对自己新收的几个徒弟还是比较满意的。

“铛铛铛！”“咚咚咚……”“乒乒乓乓！滋滋——”

吵闹的声音从院落外面传来，几天来何想几人忙于修炼也没太顾及，可今天外面的声音实在太吵，饶是何想定力不错也不由得朝外面看了几眼，温之光更是和樊力小声嘀咕了起来。

“外面到底在干什么？”温之光朝外面张望。

“你去看看不就得了？”樊力蠢蠢欲动。

“哼，想骗我动弹，害我晚上没饭吃？樊力你真是越来越恶毒了！”

“哈哈，看不出来，智商见长啊。”

“哟呵，两个人都这么有精神？要不要再给你们增加三个小时……”方可水扭动着腰肢轻快地走进院子，笑眯眯地听着两人一连串的求饶，才看向何想，神色带了几分认真，“我刚才去外面看过，得到了一个不太好的消息。”

“外面在拆迁？”何想没多想。

“没错，前几天的闹腾是在商量搬迁的协议和赔偿，今天就开始动工了，以他们这种速度，估计过不了几天，周围就变成废墟一片了。”方可水还是笑眯眯的，仿佛丝毫没有被外面的动静所影响。

“这么做的理由？”何想还是没有深思。

“能有这么大手笔的，当然是对面的大家伙，好像说要在旁边建立什么新的空间通道专项实验大楼。所以说，是你的老兄弟新对手，正在给你拆台呢。”方可水贴到何想身边，轻飘飘地对着他的耳朵吹了口气，不意外地看到上面沾染了一丝粉红，咯咯笑个不停，“真纯情。”

“好了，你的时间到了，现在可以休息一会儿了。人嘛，还是要劳逸结合的。”方可水再没多话，笑眯眯地走了。

何想在原处琢磨了一下，忽然自嘲一笑：“通知了周围所有的店面，唯独漏了典当行，可不就是拆台吗？何像还是像小时候那样，小气又爱耍脾气……”

全有集团。

顶层办公室。

花锦年笑得温润："流年，你办了一件非常漂亮的事，方家……谁也没想到万方集团竟然也是七传人家族所建，而且，方家现在肯定是出事了，不然族长的孙女和族人不可能起冲突毁了别墅，这倒是个有趣的消息。"

"上次方可水在却望庄大闹的事情查出来了吗？"花流年问道。

"嗯，很明显她是想找人，只不过现在，已经确定她要找的人是谁了。"

"是谁？"

"她的弟弟方可胜，也是我们全有集团的研究员，曾参与分合食料理机的研制，现在依旧在集团内部，只不过……"花锦年欲言又止。

"什么？"

"没什么。其实她完全不必这么大费周章，只要她想见她弟弟，随时都可以来找我。"花锦年温和一笑，目光转为深邃，叫花流年有些看不真切。

"哼。"花流年鼓起嘴巴，"哥哥真是的，总是有事瞒着我。"

"怎么会？只是方可胜我现在还有用，可不能随便给你抽调过去了，毕竟你这么调皮。方可胜不便公开露面。"

"我才不调皮呢！"虽然这么反驳，但花流年心中还是升起了一丝甜意。自从上次倾情一哭，他们之间的感情便好像升温了一些，是一个好现象，她要再接再厉，多帮助他一些才行。

"好了，先去休息会儿，我还有事要忙，就先不陪你了。"

"嗯，知道了，你这个大忙人。"花流年心情极好地离开。

阳光灿烂的日子里，一丝云也没有，花锦年漫步走到窗边，垂目看着下方街对面的景象，勾起唇角。

"何想，你最后一定会后悔。当然，以你认死理的执拗性格，恐怕也不会轻言放弃。”

不出方可水所料，全有集团的效率果然极高，短短三天的时间，以典当行为中心的整条街的南面，所有店面全部被拆了个精光，只留典当行如同一个扎眼的钉子户一般牢牢地钉在原处，显得无比碍眼。

几天来，典当行内的几人还是和往常一样该吃吃该睡睡，该锻炼老老实实地修行锻炼，一分钟也没耽误。方可水十分满意，至少在她看来，几个徒弟在定力上已经有了不小的进步。只是她不知道，樊力认为天塌下来有何想顶着，何想觉得就算想动典当行也得先经过何子天，他也就不操那份闲心了，温之光纯粹是心里不装事，何况在她看来这也不是什么大事。

毕竟在这个科技和法律高度发达的时代，个人的权益可以得到很好的保护，既然何想拥有典当行完整的产权，那么除非他点头同意，否则没有任何人有权利私自动手拆除或者毁坏典当行。

“行啊，何想，钉子户要扎牢啊。”好不容易完成上午的修行，温之光凑到何想面前，笑嘻嘻地说道。

“那当然，有温大刑警坐镇，我又有什么不放心的？”何想也笑了笑，一顶高帽送过去。

“哈哈，最近跟嘴巴抹了蜜一样，这么甜。行！放心吧，我温之光肯定会罩你！在帝都这一亩三分地，还没有我温之光保护不了的人！”温之光一个高兴，拍着胸脯打包票。

何想回想了一下之前某人办案办得差点把自己搭进去，对她说的这番话不置可否，打了一个大大的问号。

“咚咚咚！咚咚咚咚……”忽然一阵杂乱的捶门声从大厅传来，还夹杂着一些凌乱的叫唤和谩骂，何想跟温之光对视一眼，抬脚朝门口走去。

“怎么回事？”樊力也气势汹汹地蹿了出来，摩拳擦掌，极其兴奋，“这是要干什么？难不成要打架了？哈哈哈，真是瞌睡遇到了枕头，想什么就来什么。小爷我好久都没有动手了，正浑身痒得厉害。”

“咚。”一个拳头砸到了樊力脑袋上，方可水施施然走过，“瞎闹腾什么？一边儿待着去。”

要是换了别人，樊力可能还有一堆说辞回敬，可要是方可水，最近实在是吃够了她的苦头，饶是樊力一向喜欢以作死为己任，也不由得老实了。

何想一边声控下达开门的指令，一边朝门口走去，只是他没想到的是，电子合金大门才打开了一个缝隙，就“嗖嗖”地从外面飞进来好几样东西，鸡蛋、菜叶、金属块、黄色不明物……应有尽有。

伴随着这些东西而来的，还有一大拨拥挤着要冲进来的原街坊邻居。浩荡的声势和阵仗直把樊力都给看傻了，还是何想当机立断，毫不犹豫地下达关门指令，跟方可水一同“嗖嗖”几脚将几个半边身体已经挤进门内的人给踢了出去。

方可水赞道：“干得漂亮。”

何想反手一个赞：“你也反应够快。”

温之光这时候才反应过来，不可思议地瞪着眼睛：“他们这是要干什么？擅闯民宅吗？”

何想皱眉：“我刚才听了一下他们七嘴八舌谈论的内容，大概是说我们妨碍了整体拆迁，导致他们有一笔拆迁尾款拿不到手。”

方可水眯眼笑：“还说你们妨碍了空间通道实验大楼的建设，影响了全人类的发展和寿命，要天打雷劈不得好死。”

“呃……他们真是这么说的？”温之光还是有些发蒙。

方可水一推温之光：“不然你听听？”

温之光深吸一口气，小心翼翼地走到电子合金大门前，刚想把耳朵贴上去听壁角，就被“咚咚”几下砸门声震得两眼发晕。

“不不不，除了砸门声，我什么都听不到。”她捂着耳朵连忙跑了回来。

“现在怎么办？”樊力握紧了拳头。

何想略一沉吟，随即用有史以来最恳切的目光看向温之光："温大警官，是你们人民公仆上阵的时候了。"

虽说被砸门声给砸出了阴影，但温之光该动手的时候也从来都不含糊，她第一时间回到警局，以危害公共治安为由带领大批警务人员和机器人警察驱散了大规模聚众闹事的街坊，总算让典当行消停了一阵。不过大范围的闹事虽然容易管制，小范围的骚扰却难以杜绝。

何想等人依旧隔三岔五地收到各种意外、失误、不小心扔到门口或者后院的爆炸性危险、有毒物质，要不就是各种咒骂和威胁，又或者怀柔攻势，甚至连爬墙的都抓获了好几十个，搞得几人烦不胜烦。

"全有集团分明是在借刀杀人啊。"晚饭过后，樊力忽然领悟了这个道理。这缘于他这几天打个游戏都莫名其妙地被人连续追杀，上线就杀到他下线，换个游戏同样被杀，连隐藏 IP 都很快被人找出来接着虐杀，直杀到他装备掉尽哭爹喊娘精神崩溃发誓从此戒掉游戏！

"难不成我们就这样任打任骂？这样到底要到什么时候？难不成他们就是想耗死我们，好继承我们的遗产？要不要这么无奈？"樊力再度追问，并且觉得自己说的话实在太有道理，不由得大笑三声，可笑完了还是蔫了下来，有气无力地看向何想，"老大……想个办法呗。"

"要不我偷偷摸摸去把他们都毒打一顿，他们就老实了？"樊力又来了精神。

何想斜着眼睛："然后你第二天就被告上民事法庭，判处八到十五年有期徒刑。"

樊力闭上眼睛："这……那怎么办……难不成就这样干等着？"

"没错，就是等。全有集团要是等不到我们去主动投诚，应该还有后招。"何想眨了眨眼睛。

"啊？还有？天呐，这日子真的没法过了。"樊力躺倒在地哀号。

果不其然，没过两天，在拆除了基础的店面和设施后，全有集团开始了前期施工，挖地道、埋管线、打地基，很快，除了典当行那一小块地方，周围都被挖了个遍，到处都是几十米的深坑，有的甚至连成一片。典当行仿若一叶孤舟，在风浪里飘摇。

何想等人若是想出个门，都可能一不留神掉入坑里，至少摔个八级残废。不过也有个好处，就是来骚扰的人急剧减少，毕竟谁也不愿意为了那点尾款就丢了命。

只是这样一来，典当行的生存环境更加艰难，几乎不可能再有任何生意上门，全靠吃老本撑着。街道方面更是以供电艰难为由强行涨价，甚至要让他们一家付出一整条街的电费才能保证不拉闸，气得樊力差点没当场跟他们干架。

气冲冲地回了典当行，樊力整个人都焦躁不已，在屋子里快速地走来走去，最后大吼一声："啊！我受不了了——老大你不要再拦我了，我要冲过去把他们一个个都暴揍一顿！"

何想还是气定神闲地笑："然后呢？该解决的问题还是没有解决。"

樊力咬牙："至少我解气！"

何想不为所动："你该对付的是全有集团，而不是跟风的小民。"

"可恶！混账！你说怎么办？我们都已经被人骑到头上拉屎了！难道就无动于衷吗？天知道他们后面还会想什么方式来整我们？"

何想微微沉默，忽然问道："温之光呢？你最近跟她有联系吗？"

樊力摇头："没有。"

"打个电话问问。"

樊力不满地"切"了一声，还是听话地打了电话："喂，温之光，你在干什么？"

他没想到的是，电话虽然接通了，听到的却是温之光跟人争执的声音。

"你们住手！你们这是袭警，是不是都疯了？啊——"

一声尖叫让樊力的心登时提了起来。

"温之光！你怎么了？你在什么地方？快告诉我，我马上就过去！"

樊力朝电话大喊。

大概是樊力的吼声太过有力，温之光怔愣一瞬，立马在一堆人的推搡中叫道：“你们这群疯子，这里可是最繁华的东贸大街，真以为可以浑水摸鱼吗？”

典当行里，听到提示的何想跟樊力立即准备动身。

“对了，方可水呢？”何想才想起来还有一人。

“估计在睡午觉，现在别管女魔头了，救温之光要紧！”樊力急道。

犹豫一瞬，何想道：“走吧。”他也想确认一下这些天的特训成果到底怎么样。

“哼。”何想、樊力刚关上大门，穿着睡衣的方可水便出现在回廊边上，睡眼惺忪地打了个哈欠，“两个臭小子，竟然也不叫上我，可不要怪姐姐再给你们一点人生的教训。”

另一边，东贸大街。

就在温之光和樊力通话后，西边大楼上正笑意盈盈看戏的梅之心忽然一扬眉：“是想告诉谁呢？我知道了。一起来不是更好？这样就可以把你们，一、网、打、尽！”

梅之心将食指竖到唇边，噘嘴啾了一下，然后做出瞄准开枪的姿势，将飞吻打了出去。

一个多小时前。

帝都公安局，局长办公室。

“啪”的一声，一份报告被重重摔在桌案上，局长李元生面色不悦，沉声说道：“这就是你近期的工作报告？全都是跟全有集团和地下拳场有关的假想。告诉你多少次，不要插手这些不该你关注又管不了的事情，你偏不听，还有没有一点警察的自觉性和纪律性了？”

“报告局长！”温之光唰地下站直身形，行了个军礼，声音洪亮地回答，“警察的天性就是保卫国家，保护人民！所以对于所有潜在危害人民的不法之徒，我们一定要揪出他们的小辫子，严惩不贷！”

“放屁！”局长骂道，“少偷换概念，戴高帽，警察的天性是服从命令！”

“……局长您刚才爆粗口了。”温之光很无辜。

“你再这么吊儿郎当，老子不仅爆粗口，还要动手！不要以为你是温景阳的女儿就可以为所欲为，你爹老早就打过招呼，敢不听话就往死里揍！”局长额头青筋暴起，气得胸口不断起伏。

温之光这丫头片子从进警局开始就是个刺儿头，有实力又有行动力，关键是还有背景，一路上也破了不少难办的案子，但这只是更助长了她的嚣张跋扈。她要是认了死理，多少头牛都拉不回来。以往她这么横也就算了，这次竟然一口气对上了全有集团和万方集团两个庞然大物，真是不知道死字怎么写。

温景阳也是个老浑蛋，知道自家宝贝女儿不好管，就甩到他这里来，坑得他几次犯了高血压。发小这种东西就不是个好东西，他认识这对父女就是一生中最大的错误。

眼见局长是真的生气，温之光也只好老实一点，毕竟局长不仅是她的顶头上司，还是她爸的好朋友，更是她打小就认识的长辈，真把人气出个好歹来，自己也会过意不去，她连忙说：“李局您别生气，有什么事就说，小光保管完成！”

局长冷哼一声，手指轻点桌面，桌面上立即浮出电子键盘，他敲击几下，一道3D投影电子屏幕凌空飘起，他抬手往前一挥，电子屏立即漂移到温之光的面前：“看看这个人，他就是最近闹得沸沸扬扬的连环杀人犯，一连十几起案件，警方才有机会捕捉到一个黑夜里的模糊身影。”

温之光盯着屏幕上那个完全融入暗夜，几乎要看不出人影的身形，好一会儿才反应过来：“你是说他就是最近那个连续暗杀了不少政要人员、科学家和经济学家的罪犯？”

“没错！这个人非常狡猾，而且很明显对警务系统的布置极其熟悉，每到一个地方都是先破坏所有的监控系统和电路系统，在绝对黑暗的情况下动手，而且每次都是一击必杀。”局长沉眉说道。

温之光仔细地盯着电子照片上的人影，整个人忽然变得极为安静，目光也沉静得好似反射不出丝毫光彩，黑暗、幽深，仿佛她自身都已经融入了黑暗之中，在极端的暗夜下，和黑衣人打了个照面。

“你是谁？”温之光轻轻问道。

黑衣人忽然抬头，一抹清亮如野兽般冰冷残酷的亮光倒映在眼眸里，如一把冰冷的利剑，直刺温之光的眉心，她浑身一个激灵，蓦地醒了过来。冰凉的汗水悄无声息地爬上她的额头，温之光长吐了一口气。

“怎么样？”局长关切地问道。虽然在科技高速发展的今天，一般的罪犯在无处不在的电子眼的监控下早已无所遁形，但人类永远是天底下最有智慧最懂得利用工具的生物，总有一些穷凶极恶又极其聪明的罪犯能够一次次逃脱法网。而此时，就需要一些能超越电子机械、超越理性和逻辑思维、拥有超高天赋的人去将他们一一揪出来。虽然他一直头疼温之光的不服管教，但不得不说，她就是这样一个拥有卓越天赋的人才。

温之光的神色难得的有些凝重：“应该是个很难对付的家伙……不过没问题，这家伙包在我身上！局长您就放心吧。”

“嗯。他的一整套资料我已经发送给你了，等会儿好好看一下。”

“知道了。局长没事的话，我就先下去了？”

“行，去吧。记得好好办案，不要成天瞎晃，那个什么典当行……最近也最好少去，不要总掺和进一些奇奇怪怪的事里，你是警察，不是保……”局长话还没吩咐完，就见温之光一溜烟闪到门口，大喊一声“我知道啦”就没了踪影。

“啧，臭丫头，跑得真快。”

收到邮件后，温之光很快下载到自己腕表上的客户端，一边调出来查看，一边跟搭档陆七打了个招呼，要他办完手里的事，也留意一下这个案子，一边迅速坐电梯到地下停车场。她向来做事都是雷厉风行，一旦接了任务必须立马干起来，一分钟都不能多等。

按资料里的显示，这个连环杀人犯极有可能最近会在城东商业区行动，因为近期有大型的经济会议在商业区召开，不少高端要员和经济学家都会到场，或许里面会有杀人犯的目标。只是到目前为止，警方还没有完全找出他杀人的规律。

一开始警方以为是有人买通杀手做案，是为了打击自己的竞争对手，但当发现每次都是同样的用一刀切的手法杀死对手并且连续作案后，警方将之定义为恐怖的变态连环杀手。

很快浏览完这些信息，温之光已经来到地下停车场自己的车位附近，出乎意料的是，她的车边还站着一男一女两个人，只是一时间还没发现她已经走了过来。

“她真的会到这里来吗？”男人打着转儿问道。

女人说道：“肯定会的啦，在这里多等等，她肯定要来开车走的。不要着急……啊，她来了！是不是她？肯定是！”

一男一女立即换上笑脸迎上温之光！“您好，请问您是这辆车的车主吗？您好，我们是爱车俱乐部的成员，刚经过这里时，我们实在是太惊讶也太惊喜了，竟然能在这里看到这样的车！这辆车是全球限量版，通身都用特殊材质的合金打造，能源转换器高环保近乎无限，安全舒适又低调奢华，连车子的标志都特意做在不显眼的地方，一般人根本发现不了……”

“不好意思，我赶时间。”没听他们说完，温之光就抬手挡开两人，直接坐进车里，发动车嗖的一下没了人影，留下被推到一边差点踉跄摔倒的两人。

好几秒后，男人才跳起来大骂：“靠！拽什么拽？有钱人了不起啊！”

女人在旁边小声嘀咕，带着三分郁闷，七分羡慕：“确实是了不起啊……”

一路飙车，温之光很快便下了环路来到城东商业区。她每来一次都要感慨一句，“这里是天堂，这里也是地狱”，这是一句众所周知又恰到好处的形容，温之光也十分赞同。只要来到这里，人的命运就变得不由自主，不是在过着纸醉金迷的生活，就是在通往纸醉金迷的道路上。

今天，这里的人更是格外的多，一方面是世界级经济研讨会近几日会在此召开，另一方面现在也是各种大型科技会展的集中展览时间，不仅如此，现场还会随机抽取观众来享受科技成果。作为对大众的展示，配合活动者将会获赠主办方赠与的新型高科技产品，所以令人趋之若鹜。

此时也是犯罪分子最活跃的时候。

“说不定今天会有意外收获。”温之光咧嘴灿烂一笑，在附近一家商场的地下车库停好车，在背后扎好配枪，别好军用别针，一个人穿着便服出来溜达。

可是没过多久，温之光就被挤到了人群中动弹不得，被迫看起了东贸大厦的新科技展览赛。

不得不说，在科技发展日新月异的今天，各种各样层出不穷的新产品确实令人眼花缭乱，太空车、弹丸旅行帐篷、胶囊移动公寓、可修复整容仪、私人全身理疗器……可是最让在场的观众激动的，还是一套全方位高端家居机器人系统，所有的东西全部由物联网智能化，而你唯一需要沟通的则是一个制作精良、真皮外表、外形美貌、十分人性化的智能机器人管家。

“无论何种性别，何种年龄，何种外貌，都可以按照你的设想制造！是不是觉得一个人在家里过于孤单冷清？是不是多种多样的智能家居让你费尽心力去遥控甄别？拥有了它，你便拥有了整个世界！你可以选择过美妙的二人世界，也可以与它一同出行旅游，他们的外表与真人无异，不，远比真人要更加美丽、听话、动人、完美！你所想要的一切，它都会服从并替你实现！”主持人情绪高昂地在台上做着演说，煽动着底下的群众，把气氛炒得一浪高过一浪。

“那么现在，我们就要开始选择此次的幸运观众了！到底谁会成为世界上第一个使用智能机器管家的幸运儿呢？小星，看你的了！”主持人对着半空中飘浮着的装着天线、伸出两只机械小爪的椭圆形机器人说道。

“小星来啦！”长得像颗圆蛋的机器人小星挥舞着机械小爪，一边卖萌一边摇着脑袋上的天线，朝人群上空飞去。

“来我这里，来我这里！”

“我我我！”

“笨蛋机器人，快过来！”

小星所到之处，群情激昂，不停挥手。可是它对他们毫无兴趣，忽然，它看到了压根连看都没看它一眼，被挤得头晕只想快点出去的温之光，脑袋上的天线顿时闪了起来。

“就是你啦！”一阵愉快而急促的乐曲响起，小星飞到温之光的头顶，五颜六色的光芒顿时将温之光整个罩住，一双机械小爪抓住温之光的肩膀，在她还没完全反应过来时直接一提，把她提溜到半空中，飞回了台上。

好不容易出了拥挤的人群，温之光终于长出一口气，感激地看了小星和主持人一眼。

“哇哦！这次的幸运儿真是好淡定！被小星抓住却一点也没有慌张和挣扎。”主持人热情地将温之光赞扬了一番，然后渲染了一番气氛，准备让温之光来选择她的管家机器人。

虽说温之光对什么智能管家机器人兴趣不大，但为了避免再度滚回拥挤的人群里，她也打算配合主持人的活动。可没想到，她还没走两步，台下突然有个人跳出来大叫：“等等！我认识她！她是好景常在典当行里的人！”

“什么？”立即有人说道。

“就是那个阻拦拆迁，阻止空间通道实验大楼建设的典当行！”

人群顿时炸开了锅。

“就是那个敢跟全有集团叫板的钉子户？”

“岂止是全有集团，人家是在和全人类叫板。”

“想出名想疯了。”

“毕竟人家是全世界最后一家典当行，这一闹腾可不就火了……”

“都是你，害得我们家到现在都没有收到拆迁尾款！”在一堆乱糟糟的氛围中，一个男人突然跳上台，冲过来推了温之光一把。猛然被推，温之光近些天来的修炼成果瞬间展现，她下意识地侧腰后退，随即拉住男人的手臂往前一带，然后一脚踹在他的后腰上，只听咔嗒一声，骨骼似乎错了位，男人杀猪一般号叫起来，“啊！杀人了！”

后面的情况，谁也想象不到，立即有七八个大汉冲上来打抱不平，将温之光团团围住。也有人跳上来想要劝架，觉得一群人打一个小姑娘有点过分。然后又有人跑来拉扯，说是不要管这种莫名的闲事。更有人跑来想维持秩序，结果被搅和进战局。一群人闹得不可开交。

温之光重新被裹挟到人群里，只是这一次情况对她万分不利，不管她多么努力地想要挣脱逃开，都不断有人紧跟其上，想要抓住她，撕打她，不停地对大众暴露她的位置，说她是罪魁祸首。要是这时候温之光还没有反应过来，那就太迟钝了。

根本是有人在故意整她！

只是让温之光感到不解的是，为什么不管她跑到哪里，躲藏到什么地方，这些人总是有办法找到她？更夸张的是，活动主办方完全不嫌事多，竟然为了烘托气氛，直接对大众公布只要抓到她，那人就可以替她来领取本该属于她的最高奖励！

“我的天，简直是一帮疯子。”温之光好不容易从大楼上被逼着跑了下去。她猫着腰被踩了好几脚，从人群里再度摸到大厦的边缘地带，终于找到一个伪装成方砖的井盖，利用警务人员的便利打开电子井盖，嗖地一下跳下去又合上井盖，才算逃脱人海。

“真是的……这些人，跟疯了一样，难道是太久没玩过现实版的真人游戏，所以才这么不顾一切？”温之光嘟哝着，抬眼打量了一下四周，发现地下水通道其实比她想象中干净很多，看得出来还是经常有清洗打理的，通道里并不昏暗，倒是方便行动。

“等等。地下通道也未必安全吧？”温之光心想，“有必要的话，还是破坏一下这里的电子眼监控系统才行，不然被那帮疯子追上就麻烦大了……”

她念头才起，整个地下排水通道所有的灯“啪”地一下全部熄灭了。

什么情况？温之光微微一怔。

下一刻，一股逼人的寒意顺着温之光的背脊直蹿后脑！

一股缥缈得令人捕捉不住又切实存在的杀气，在黑暗之中令她浑身一震！

“谁？”温之光大声质问，胸口的军用感光别针顿时亮起来，照亮前方一小片区域。但对方似乎离得还很远，至少在她的视野里并没有看到有人，但毫无疑问，绝对有一个人隐在暗处。

“你好，有人在吗？”温之光踏前一步，身形不由得躬了起来，做出全副警戒的姿态。

好一会儿，温之光才终于看到一个黑色的人影慢悠悠地出现在通道的尽头。由于他离得远，别针的光并不强，温之光看不清他的样子，只是隐约觉得对方身材高大健壮，是个男人。可一个男人跑到下水道里做什么？而且还特意关掉总闸？

忽然间，温之光的脑海里闪过了什么，问道：“不好意思，你是处理管道和电路的地工吗？我是躲着上面吵闹的人掉下来的，今天上面在举办科技展览，非常热闹……”

温之光说着热闹，可通道里却一片死一般的寂静，不得不说，这里的隔音效果实在太好了，非常适合做些什么不为人知的事情。

“要是打扰到你非常不好意思，我现在就出去，不打扰你工作了。”温之光伸手就要重新打开电子井盖。

“就是这里了。”东贸大街的西侧，何想下车看了一眼，“不能再往前开了，前面人多，肯定要堵，找地方停车吧。”

恰好道路旁有一个停车位里的车开走，何想立即调转方向盘开了进去。

两个人一路小跑到东贸大厦附近，只见一群人正挖地三尺一般地找人，而广场正中心的大电子屏幕上正不断循环播放着温之光的影像，主持人的配词回荡在上空："大家看准了，可不要抓错了。任何一个捕获目标的人都可以获得由全有集团、新夏集团、三凌集团、千维集团、五叶集团……噢，还有新加进来的盛达集团提供的精美礼品一份！全新的科技产品等您抱回家！"

"什么鬼？"樊力有些傻眼。

"废话少说，先戴上这个。"何想抽出墨镜，递给樊力一个，随后拨通了温之光的电话。

黑暗的下水道里，原本还算宽敞的道路此时显得无比狭隘，无形的逼人的压力令温之光额上不由得沁出细汗。就在刚才，在她准备重新打开电子井盖时，一种有若实质的恐怖杀气顷刻间笼罩了她！

她瞬间停了下来，不由得再度抬眼看向对方。

这一次，她终于清晰地看到了对方眼里闪烁的亮光。

那亮光极为熟悉，她好像曾经在哪里看过。没错！就是他，她想起来了！只有他才有这种毫无感情的冰冷如杀人机器般的光芒！

恰在这时，温之光的电话被拨通，就在她语音接通分神的刹那，人影动了，以极快的速度侵袭至她的面前。

"哧——"温之光仓促接招，只来得及一把格挡开他持刀的手，却不想他手腕一个翻转，短刀奇迹般地伸长，猛地划向温之光的脖颈！温之光的速度不可谓不快，在发现尖刀延伸时就猛地后仰，即便如此，依旧被划了道口子，鲜血顺着伤口滑进领口，但好在伤口不深，保住了脑袋。

对方的眼睛瞬间眯起，回手就是一勾刀，寒光凛冽，温之光猛地矮下身去，口中急急喊道："下水道里面……"随即出拳，一拳击中男人腹部。可恐怖的是，男人的腹部仿佛是一张巨兽的大口，一口咬住温之光的拳头不放，与此同时，落空的勾刀更是趁此机会笔直刺下！

温之光在半躬状态下强行扭转身形，另一手抓住男人的手用力制止勾刀下落的势头，随即脚尖发力，凌空倒转，一脚踢上男人的头颅。

“砰！”

经过训练，温之光的腿力早已是今非昔比，一脚下去，饶是男人异常强悍也不由得瞬间头晕，可温之光并不只是踢他一脚，而是两脚直接趁机夹住男人的脖子，猛地往下一压！

压不动？

温之光的瞳孔骤然一缩！

就在此时，对方猛地再度发力，尖刀向下戳去！温之光身形勉力一扭避开心脏，用肋部承受这一击！“哧！”尖刀刺入血肉，一阵巨痛传来。

温之光顾不上许多，趁此机会空手翻身到背后，掏出枪支，从侧后方直向上射击。“砰”的一声枪响，对方的反应更快，早在温之光撒手背后时就猛地拔出尖刀，后仰躲开了直射眼球的致命一枪。

温之光也得以重新和他拉开距离，飞快念道：“397，265！”然后“啪”地挂断何想的电话，再不让任何声音干扰自己。

胸口剧痛，鲜血横流，来不及打开随身药剂止血的她虽然脸色苍白，眸光却极亮，迸发出一种遇上强敌的野性时充满战斗欲的光芒！

“来吧，不是你死，就是我亡！”温之光双眼大睁，举枪射击！

东贸大街上，何想听着电话挂断的“嘟嘟”声，神色凝重。他迅速调出电子屏幕及键盘，手指飞快地凌空敲击。

“喂，怎么回事？说话啊！温之光在哪里？不然我给她打个电话。”樊力急道。

“别打了！”何想低喝一声，吓了樊力一跳。

“喂，你怎么回事？问你你又不说，还这么凶……”凶？何想这小子什么时候这么急过？仿佛一盆冰水将樊力泼了个透心凉，他立即愣在原处，呆呆地看着何想。难道温之光真的出事了？和上次一样？或者比上次更严重？肯定是了，有这么多人在找她，万一那些人无所不用其极，她岂不是……樊力的脑海里瞬间闪过了无数种可能性。

“就是这里！397，265，就是这里的坐标！下水道，就是这个方位的正下面！走！”何想拽了还在发呆的樊力一把，两个人飞速朝那边跑去，一边跑，何想一边说道，“从我们这里到指定地点，全力奔跑估计要8分钟，可能还会遇到人群阻拦耽搁时间，温之光可要撑住才好……”

从温之光借空当飞快报出坐标后当机立断挂断来看，情况刻不容缓，令温之光连分神听电话的工夫都没有，到底危险到了什么程度？

“到底啥情况啊？”樊力还是一头雾水，但他还没有忘记自己的特长，“是不是只要速度够快不怕人拦就行？”

“嗯？”

“是的话就哼一声！”

“嗯……”

下一刻，何想便被樊力一把捞起扔到背上：“给我抓紧了！让你们看看什么叫樊大爷的火力全开！”樊力身形如火箭般拔地而起，冲射出去！他所到之处，周围的人只觉有一阵飓风飚过，几乎看不清人影，即便遇到大片人群的阻拦，樊力也大吼着照冲不误，吓得一群人自发地朝两边闪开，给他让路。

等樊力、何想两人顺利到达目的地时，樊力掏出手机，龇牙一笑：“嘿嘿，1分34秒，怎么样？见识到速度的极致了吧？”

何想顶着一头被风吹成鸡窝的头发也不说话，直接从他背上跳下，走到一块方砖上，伸脚踏了踏：“有办法打开它吗？”

樊力一挑眉，邪笑道：“哼，你以为你在跟谁说话？老大，让开，让你见识一下我这段时间特训的成果。”

等何想让开，樊力猛地张开手臂，一躬身形，刹那间，上半身肌肉膨胀，筋肉虬结，随着一股肉眼难以捕捉的气流旋转，他岔开双腿，狠狠一拳砸下！

“轰！”帝都隔音效果极佳、质量优良、可承千斤重的电子井盖就这么轰然炸裂。

“下去。”何想一脚踹到樊力的屁股上，将他踹了进去，自己也紧跟着跳了下去。

樊力“咚”地一下砸进下水道中，两手撑地，一个鲤鱼打挺帅气地跳起来，打开手机手电筒就冲后面跳进来的何想发火：“老大，你要不要这样？我好歹是你的兄弟，你这么粗手粗脚地把我踢下来，万一我受伤了怎么办？万一下面布满尖刀怎么办？万一下面是千军万马怎么办？你竟然这么不为兄弟的生命考虑，我真是白暗恋你这么久……”

“滚！我跟你一起下来……温之光？”何想双眼一睁，连忙跑过去，蹲下身，伸出手却不敢触碰眼前的身影，吞咽了一下才出声问道，“你还……好吗？”

此时温之光靠坐在下水道的一侧墙面，头颅低垂着，头发凌乱打结，还滴着血水。不仅如此，她浑身都仿佛沐浴在鲜血之中，手臂上、身上、腿上，到处都是或深或浅的伤口，无一例外，都是刀伤。

“啊——”樊力顿时大吼一声，疯了般扑过来，想要一把抱住温之光，却被何想伸手挡住，“别碰她！她一身的伤！”

樊力堪堪停下动作，不可置信地看着温之光。他从没看过这样的温之光，她永远都是嚣张跋扈、阳光灿烂的，逻辑不同常人，还一天天地傻笑！他从来没有想过，温之光还会有这样的时候，这么的脆弱，这么的无助，好像随时都会破碎掉，就连上次在高速公路救她回来受伤无比严重的时候都远不是眼前这种样子！

“浑蛋！是谁？！我要杀了他！”樊力双眼通红，在地下通道内大吼。

“你吵死了……没死……都被你吵死……”仿佛听到大吼，温之光终于抬起了眼皮，有些艰难地瞟了何想和樊力一眼，声音细微得几乎叫人听不见。

但是何想和樊力都听见了。他们第一时间围到温之光眼前，满是担忧地紧盯着她，倒叫温之光有些错愕。

下一刻，温之光勉力灿烂一笑，声音沙哑地说道：“能再看到你们……真好……嘻嘻。”

一瞬间，樊力的眼泪狂掉，一边咒骂，一边哭得稀里哗啦：“死温之光，臭温之光，你要吓死人是不是？你就是想要吓死我们，想要看我们难过，小心我哭给你看啊信不信！”

“信……信！你这不是已经哭了吗？”温之光有些头疼，没想到一醒来还要哄小孩，感觉心好累。再看何想，也是撇过脑袋，伸手抓了抓脑袋上凌乱的头发，只是表情被挡住了，叫她看不到。

他现在是什么表情呢？温之光不由得想到，真是好奇啊，可这个家伙一贯会隐藏自己。切！

“信什么信？大爷我的眼泪很值钱的！你赔不起我告诉你！”樊力再度骂道，自觉这样也很丢脸，便伸手在脸上胡乱抹了一通，总算勉强平复了情绪。

“你现在怎么样？”何想回过头来，目光关切地看着温之光，“有哪些伤口比较严重？你先告诉我。”

“大腿动脉被割断了……不过已经强行止血，现在就是失血好多。好痛……好不容易睡一觉，又被你们吵醒……”温之光萎靡地抱怨道。

何想长舒一口气：“……”敢情您刚才那副挂掉的死样子是在睡大觉？

何想转过身去，蹲下来递出双手：“我背你。”

樊力不干了，大叫道：“为什么是你背，不是我啊？好事全都让你占遍了。”

何想一指不远处："你去看看那具尸体，他就是害了温之光的凶手，检查一下他死透了没……"

樊力瞬间一脸阴霾残酷："没死透，老子就给他补透。"

樊力走到尸体身边，二话不说，一拳将尸体的心脏轰碎，随即拎过来扔到地上："现在肯定透了。"

温之光趴在何想的背上，微微皱了皱眉。不过反正他也被她一枪击中眉心死掉了，樊力虽然是白费力气，但一想他也是在替她出气，她便决定睁只眼闭只眼了："我刚给局里打了电话，应该很快就会有人来处理……"

何想点头："我们先出去，治疗要紧。"

光是看温之光恐怖的伤势，就知道刚才的打斗有多惨烈，温之光的实力他很清楚，尤其是在训练过后，更是不可同日而语。那具尸体到底是什么人？竟然能把温之光逼到如此地步？

"樊力，还是靠你开路了。"何想想赶紧出去。

"好嘞！"樊力顿时来了精神。得知温之光没事，仇人被干掉，老大还要靠自己，樊力现在的感觉实在有些美滋滋，就差高歌一曲助兴了！不过下一刻他就笑不出来了。

何想拍了拍樊力肩膀："你蹲下来，我踩你肩膀跳上去。"

"啊？"樊力的嘴角耷拉下来，老大不乐意，但看了看何想背后奄奄一息的小可怜，还是决定忍一忍。反正何想是他的老大，被老大踩一脚，也不太亏。

此时，轰烂的电子井盖外面围了一大波围观群众，不少人看见一个旋风一样的男人一拳砸裂了这种承压千斤重的井盖，有心去一探究竟，但掂量一下自己的斤两，又望而却步。尤其看底下黑漆漆的样子，真要进去了，发生点什么，自己还不是吃不了兜着走？再好的奖品也没有小命重要不是？只是一群人明明知道他们跳了下去，就这么离开又不甘心，所以一重又一重地围在洞口等着。

突然，里面有一坨人影跳了出来，是一个男人背上背了一个……满身是血、披头散发的女人。

这是上哪里去找的尸体？都可以演恐怖电影了。

下一刻，女尸的头动了一下，吓得不少胆小的人尖叫后退。随即樊力也从中跳了出来，手上拎了一具真正的尸体。只见那尸体的眉心有一个十分明显的子弹孔，胸腔整个塌陷了下去，死得不能再死了。

人群中又是一阵惊恐的尖叫。

樊力趁势将尸体抡到半空甩出一个圆，大叫道："看到没有？挡路的就是这个下场！"

第十二章　暗流涌动

社会和人心，从来不会因为科技的进步或者退化发生本质上的改变。顶多只在形式上有所改变，又或者，只有改变基因，才能转变这一切。

有了樊力手中的尸体和他超越常人的恐怖实力，何想、温之光这一次逃脱人群就极为顺利了。可人群虽然不敢靠近他们，但不知道是在谁的挑拨和煽动下，竟有不少人在何想、樊力等人经过的地方埋伏扔东西，在发现他们并不还手而是想尽快离开这里后，这些人的动作越发张狂了起来。

广场上的奖品播报声一声声催促，唯恐天下不乱，乱七八糟的东西或高或低、或近或远地朝何想、樊力等人砸来，他们两人还没怎么样，温之光却不高兴了。在经过一家咖啡厅门口时，温之光抓住一根扎在地底的遮阳伞就想连根拔起，不想遮阳伞扎得很深，带动她连带着何想整个后仰，差点摔倒在地。好在何想反应极快，瞬间扭转身形，踉跄一下，踏前一步稳住，拿眼睛瞪温之光：你又想搞什么鬼？

温之光自知理亏，吐了吐舌头。

“你们俩还落在后面干啥，要是我不回头看你们一下，你们就掉队了！”樊力及时回头，明白温之光挡东西的意图后一把抓起地上的遮阳伞，把合金铁柄拧了个弯，像麻花一样缠起来递到温之光手里，“快点！不要浪费时间。吓不了这些人多久的。”

好不容易几个人坐进车内，樊力自告奋勇开车，将尸体往副驾驶一扔，马力全开。

何想也终于松了一口气，才有力气瞪向温之光：“温之光，我必须郑重警告你，你能不能不要总是这么莽撞？”

“什么莽撞？我哪里莽撞了？”温之光不服，休息了好一段时间后，她也终于有了一点力气回嘴。

“那具尸体是什么回事？不要告诉我你在办案子。”

“本来就是在办案，这家伙就是最近一直闹得沸沸扬扬的连环杀人犯，杀了好多政要和科学家什么的。”温之光鼓嘴，何想这家伙竟然敢冤枉她，这不能忍。

“还有，你干什么啊？突然这么凶，以为我怕你啊？不要以为你锻炼了几天就多了不起了，我一样可以一个打你十个！”

“轰！”突如其来的爆炸掀起了整个车身，让温之光不由自主地扑向何想，更是全然不受控制地主动亲了上去。

四片唇瓣紧紧相贴，时空仿佛突然静止。

剧烈的爆炸声在这一刻无限远去，两个人的眼中唯有彼此。

惊愕、错愕、害羞、恼怒……

在温之光再度要爆发的瞬间，何想当机立断推开她，能力在瞬间开启，猛烈的爆炸产生的能量和火焰在瞬间化为乌有，失去了能量推动的车身哐当一下再度落下，发出吱呀的声音。

“快下车！”何想催促道。

“啪！”何想的脸上瞬间多了五个手指印。

何想想闪，还是没能躲过去。

温之光恼羞成怒：“何想你个浑蛋，你占我便宜！”

何想觉得这锅他不能背，于是大吼道：“谁占谁便宜还不一定呢！老子这可是初吻！”

温之光被吼蒙了，愣了一愣才回过神来，羞怒道：“呸！你以为谁不是啊？！”

“这……”这下何想可有些难办了，好在此时时间紧急，他催促道，“赶紧的，快出来，还在里面待着干啥？等死吗？有皮回去再扯。”

何想立即下车，温之光气愤归气愤，但还知道情况危急，只好先下车跳到何想背上。

樊力也拎着尸体绕到后面：“老大，怎么办？车肯定是被人动了手脚，好在没起火，为什么没起火呢……不对，是老大吸收了能量？”

得到肯定的答复后，樊力一跳三尺高：“我就知道老大就是老大，杀人放火居家必备！爆炸都可以给弄没，再也不说你是废物啦！”

何想眼睛一瞪：“少废话，赶紧抢辆车。”

说抢车就抢车，樊力下手极快，直接往大马路上一站，吓得一辆私家车不得不停下来，车主气势汹汹地探头骂道：“想死吗？”

“哼，滚下来，饶你不死。”樊力伸手蛮横地将车主从车里拖出来，吓得他身边的女伴连连尖叫，赶紧逃出车外。

“老大，这边！”

何想快步走过去，突然“啊”地惨叫了一声。

“老大怎么了？”樊力一惊，以为他遇到袭击，正要过来。

“我没事，赶紧开车吧……”何想咬牙忍着，背着温之光一起上车，只能小声嘀咕，“温之光，你属狗的吗？”

“你怎么知道我属狗？”温之光笑眯眯，狠狠咬了何想的肩膀一口后，她觉得心气顺了许多。哼，臭何想，一个大男人竟然还在意什么初吻？真是贻笑大方。不过不知道为什么，在知道这个消息之后，她心里感觉怪怪的，好像怒气莫名其妙地少了许多，觉得自己好像也不是太吃亏……

啊呸！温之光你不要被他迷惑了，他的初吻是你的初吻能比的吗？

不行，还是要好好教训这小子一顿才行！温之光暗自握拳。

这一次，总算能一路平稳地离开。

就在何想、樊力等人驱车离开不久，位于东贸大厦顶层的梅之心幽幽地长叹一口气。

梅之心一脸失望："真是的，这几个家伙也太滑不留手了，上哪儿找出一具尸体来的？真是扫兴，这次的任务又没有完成，会不会扣工资呀？那样可就不开心了。"

一阵轻笑声自暗中传来，令梅之心神情一凛："在扣工资前，恐怕还有别的不开心呢……"

方可水身形如水，从顶层的窗户上滑落，一缕清泉同时缠绕上梅之心的脖子，令她呼吸一滞。

"姐、姐姐……你怎么？"梅之心吓得花容失色，"这是什么？"

"好了，不要给姐姐装了，跟姐姐一起回趟家，好不好？"不由分说，方可水扛起梅之心就走。

何想和樊力在将温之光送入军区医院，然后又按照指示跟警方交接犯人、录好口供后，才慢悠悠地回了典当行。

今天一天的经历实在太过精彩，饶是何想早已心有准备也还是觉得有些心累，尤其是……他不由自主地想起和温之光的那个仓促又意外的吻。爆炸使得车身骤然倾斜，而那一瞬间，两个人近乎忘记一切……

行了，别再给自己丢人了。何想将这有些香艳的景象从自己脑袋里驱散，但它又老是自己跳出来，弄得他烦不胜烦。

"总算到家了。"打开典当行的电子合金大门，何想和樊力一头扎进去，却不想里面早就有人等着他们了。

"哟呵，两位大英雄，忙到这么晚才回来？"方可水笑眯眯地坐在大厅东北角的懒人沙发上，端着手中的红茶喝得正香，旁边地上是被呈M型绑缚的梅之心，嘴巴上贴了个胶布，正可怜兮兮又一脸期待地看着进来的两人。

何想一愣："……"

樊力受到了惊吓："这什么鬼？大姐头你这么劲爆的吗？"

"这个小东西就是制造今天混乱的小坏蛋咯。"方可水瞥了一眼梅之心，梅之心立刻进入委屈的状态，眼眶里的泪水直打转。

方可水却白了她一眼："行了，你的魅惑之心对刚进来的两位施展吧。"

果不其然，樊力立马围上来，在梅之心身边左转右转，看了又看，问道："大姐头你是怎么把她给抓回来的？"

"就这么轻轻一抓。"方可水一只手伸出来凌空这么一抓，"就到手了。"

"佩服，佩服，不愧是大姐头，小弟甘拜下风。"樊力有些心不在焉地回了一句，又盯着梅之心琢磨起来。奈何梅之心嘴上被封了胶布，他们只能用眼神交流。

方可水一脸关切："温之光送医院了？"

何想点头："嗯，情况比想象中的好，她都尽力避开了要害。"

方可水勾唇微笑："那就行，我教的孩子，总不至于太差。"

何想讶异地看她一眼，看来方可水还是有些护短的。

方可水挥手："行了，别光瞅了，把胶布撕下来，看看小东西有没有什么新的话要说。"

听到命令，樊力立即迫不及待地帮梅之心把胶布扯了，然而由于胶布贴了太久，他动作又太粗鲁，使得梅之心不由得痛呼一声，感觉脸上的皮都被撕了下来。

"不好意思，不好意思……"樊力连连道歉。

何想眉头一扬。

"哼，没出息。"方可水眉毛一挑。

梅之心眼珠一转，就将所有人的反应看在眼里，精准地将目光凝聚到樊力身上，可怜兮兮又百转回肠地喊道："樊力……呜！"

“这个、那个，你别哭啊，哭了就不好看了……”樊力手忙脚乱。他也不知道为什么，明明心里应该是痛恨她才对，可一看到梅之心本人，所有的负面情绪就都消失无踪了，仿佛天地间唯有这么一个人在他眼前，让他看也看不够，护也护不够，看到她哭，自己的心都要碎了。

“可是……呜……”梅之心又装起可怜，哭得梨花带雨，我见犹怜。

“看来你没什么话要说。”方可水懒得看人演戏，直接将梅之心的下巴卸了下来，又一针扎到她的穴位上。就见梅之心瞬间从一个梨花带雨的美人儿变成一个嘴歪眼斜、哈喇子流一地的……丑人儿。

梅之心气得吐血的心都有了，可人在屋檐下，不得不低头，只得看向唯一“心疼”她的樊力。

然而樊力在看到她这嘴歪眼斜还装忧郁柔弱美人的模样后……先是愣了一愣，继而迸发出一阵大笑，甚至笑倒在地上打滚：“哈哈哈哈哈……”

他这一笑，顿时让梅之心脸上一阵青一阵红，一阵黑一阵白。一直以来她都是男人心中的完美女神，什么时候这样狼狈这样被人奚落？更可怕的是，她根本不知道自己现在到底是个什么模样，但肯定很难看！要是再被他们拍下来，那就更惨了。

极度爱美的梅之心此刻真是连死的心都有了，怒火中烧而又万念俱灰，顿时放声大哭，哭得无比伤心，几乎掀翻了典当行的屋顶。

看她哭得可怜，樊力又不忍心了，只是这一回再也没了奇怪的旖旎心思。但他还是看向方可水：“那个，大姐头……”

方可水并不理他，而是笑着搁下红茶杯：“这回能说真话了？说吧，你背后是谁？全有集团，还是地下拳场？”

“啊啊啊……”梅之心下巴被卸掉，没法正常回话。

方可水抬手就给她扣上了下巴。

梅之心习惯性地抽泣了两声，见方可水面色不悦，立即回答：“姐姐，人家是个体户还不行吗？”

“专业买卖人口的个体户？”方可水挑眉。

“呃……反正你又没有证据。”梅之心没说是也没说不是，而是这么回了句。

方可水看了何想一眼，将梅之心的通信端扔给他，是个可爱的兔子发卡。不用她吩咐，何想登录云端一查：“通话记录被删除了。很专业，还直接抹消了互联网上的痕迹。”

“呵……速度这么快，这么彻底，很明显，你不是个体户嘛……”方可水危险地眯眯眼。

“姐姐，我们不能出卖客户信息的，不然以后生意都没得做了。就算是饿死、丑死，也不能丢了信誉，呜哇。”

梅之心又假哭上了，惹得樊力一阵不忍：“我说大姐头，这丫头嘴这么严估计也问不出来啥，要不咱就？”

“哼。就她现在这个丑样，你还替她求情，看来是真爱了？”方可水拔掉扎在穴位上的针，一个手刀砍晕梅之心，拎着她就出了门。

“喂，大姐头！你要带她去哪里……”樊力想也不想就要追过去，却被何想拉住。

何想皱眉：“你差不多行了。她可是害温之光重伤的人。”

“可是……”

“你给我清醒点！”何想一巴掌拍到樊力脸上，一道紫色的电流噼啪一声，樊力的神色顿时一正，下一刻，冷汗就顺着他的脸颊滑了下来。

“我刚才……”樊力的脸色极为难看，刚才情景他记得清清楚楚，可是不知为什么，仿佛魔怔了一般，即使此时他已经清醒，可一想到梅之心号啕大哭的模样，他的心中依然会有一股奇怪的感受，恨不得自己替她难过，“我先进去冷静一下……”

头一回，樊力没有嘻哈搞怪，而是很快冲进房间里。

“……”何想皱了皱眉，总觉得有种不太好的预感。

两天后。

军区医院。

一辆私家车受到了极高的礼遇，一路畅通无阻，稳稳地驶离高干住院部。

高速公路上，温之光百无聊赖地坐在车后座，嘟着嘴巴在心里数落：死何想，臭何想，明明知道我重伤，竟然还不来看我。还有樊力，都没有游戏打了还窝在典当行里长毛，哼！当然，方姐姐肯定是日理万机，这个另当别论啦。但他们两个臭家伙，下次别被我看到，否则……

“一个人在嘀咕什么呢？怎么，就这么不想跟爸爸待在一起？”温景阳是一个极其阳刚俊美的中年男人，一身熨烫得极为整洁的军装，胡子刮得极为干净，留着军人特有的板寸头，整个人显得英气勃勃。不论任何时候，他都是正襟危坐，即使此时笑着和温之光说话，神色中温和里也带着几分严谨。而这些，恰好是温之光不太喜欢的。

“没有啊……”温之光没个正形地歪靠在车窗边，没精神地随口应声，“老爸不是一直都很忙吗，怎么这个时候有时间到医院来接我了？”

温景阳笑得温和：“宝贝女儿最近接二连三地受伤进医院，爸爸担心得在工作岗位上都待不下去了。”温景阳一手抚上胸口，做出伤心状。

“切。”温之光暗自翻了个白眼，这个戏精老爸，“也没什么大事，只不过是案子的事情而已。”

“我的女儿自然是最优秀的，一出手就抓获了让人头疼的连环杀人犯。不过上次好像不是你负责的事，是跟人起了冲突吧？”

温之光知道他说的是地下拳场，犹豫一瞬，终于还是忍不住开口：“老爸，地下拳……”

温景阳却没有给她开口的机会，温和而又带几分慈爱地摸了摸她的脑袋，笑道：“不过宝贝女儿不用担心，老爸永远是老爸，是你遮风挡雨的保护伞。”

“切，我早就长大了，可以自己保护自己。”谈到这个，温之光总是不服。老爸总拿她当三岁小孩，到哪里都要跟人打招呼照顾她，害得她从小到大总被人当成特殊群体，即使后来一意孤行地进了警局当刑警，也有顶头上司李局长罩着，简直让人烦不胜烦。

“我怎么听说你是被人背回来的？而且还是个男孩子。”温景阳状似好奇地笑道，他早就查过何想的底细了。

“呃……”温之光忽然一呆，然后极为警惕地看了温景阳一眼，又不着痕迹地往旁边挪了挪，梗着脖子说道，“你可不要多想，他只是在外面认识的朋友而已，我告诉你……”

“唉，你也老大不小了，可到现在连个恋爱都没有谈过，老爸真的很担心……”温景阳克制又认真地叹了口气，“想你老爸我在你这个年纪的时候，女朋友都交过七八个了。”

“那是你！”温之光奓毛，“反正早就跟你说好了，我的事你不要管！你要遵守原则！更何况，恋爱会让人变成傻瓜，降低智商，我还要好好当警察呢！”

“可你已经够傻了，不差这点啊。”温景阳认真地说道，神情恳切，看起来完全是真心话。

“你……我！”温之光忍无可忍，终于跳了起来，“……臭老头！你是专门找打的吧？看招！”

“哈哈。”温景阳开怀一笑，正襟危坐地挥手抵挡温之光的袭击，连衣角都没皱一下。

就这样，话题在不经意间已经完全跳远，再也找不回来。

回到家中，温景阳脱下军装，围上围裙，在厨房里无声地奋斗了半个多小时，四菜一汤新鲜出炉。

如果说还有什么是能让温之光乖乖跟他回家而不半途跑路的，那就是他这手连帝都最繁华地段最高星级酒店的总厨也比不上的厨艺了。

“饿死了，饿死了，老爸你速度越来越慢了，是想饿死我好继承我的财产吗？”温之光迫不及待地坐到桌边，脑袋却被温景阳敲了一下。

“没大没小。好了，快吃吧。”温景阳也拉开红木椅子坐下。在这个早就被机械电子入侵占领的时代，能看到这样原始而古朴的桌椅极为难得。

“哇……老爸做的饭就是不同凡响，果然原生食的味道是分合食比不了的！全有集团搞出的什么分合食料理机简直就是大大降低了人类的幸福感。”温之光吃得欢快，平时都在警局里忙，一年到头估计也就只有老爸在的时候回家才有真正的美食吃。

“这跟你之前的话可不同，有点新鲜了。”温景阳笑了笑。温之光曾大力赞叹全有集团的高新科技，认为他们造福了全人类，解决所有人的吃饭问题，省去做饭时间，极大地提高了社会的运转效率。

“哼，还不准人改变看法啊？”温之光鼓嘴。

“也是，毛毛虫都能变成蝴蝶，我的女儿长大了也是理所当然。”即便是吃家常便饭，温景阳也是正襟危坐，一丝不苟，“就怕长得更大一点，离家出走，只剩我一个糟老头在家。”

虽说当今社会百分之九十九的疾病都能被治愈，但唯独有极少数癌症是人类一直攻克不了的难关，恰巧温之光的妈妈所得的疾病就是其中之一，年纪轻轻就已经离开了。

温景阳对老婆感情极深，一直没有再娶，一个单身男人带着保姆照顾温之光。等温之光长大后，温景阳连保姆都辞退了，家中打理全交给家政机器人完成，家里就多了几分冷清，少了些许人气。

“要不小光以后找个倒插门的女婿回家吧？”温景阳忽然神色一正，认真提议道。

“去！去！八字没一撇的事，少拿餐桌上来说。”温之光很无语，“不过老爸，我真有事要问你一下。”

“说吧。只要是宝贝女儿的问题，都知无不言，言无不尽。”

“就是……那个怎么说呢？你相信这世上有超能力吗？当然，不是科幻小说里面的桥段。”

“小光碰到了？”温景阳的表情还是和平常一样，一点变化都没有，让温之光瞧不出什么端倪。

“我是说，以老爸的位置，有些一般人不知道的东西，你可能会知道……好吧，好吧，反正我就这么说了，老爸听不听、当不当真都无所谓！就是，我最近遇到了一些奇怪的人……”犹豫一下，温之光还是将有关何想、樊力、花流年等人的事情跟温景阳讲了，其中不可避免地掺杂上了全有集团和地下拳场，她也一并说了。温之光一向认为她这个老爸纵然有一万个缺点，但只一个优点就能抵消所有的不好，那就是不管你说的话多么天真和可笑，他永远都会认真倾听，帮你分析，而不是把你当作疯子或傻瓜。

“你是说，他们这些上古传承下来的七传人，可能会决定地球和人类的命运？”

“我知道这听起来很不可信啦，我一开始也觉得他们这群人是智障、脑残、神经病，但接触久了以后发现好像是真的……老爸你帮我想想嘛！”

“七传人已经出现了五个，花家和方家都实力雄厚，地位超然，他们确实已经对全人类产生了不小的影响，未来恐怕还会继续。但反过来说，只有七传人聚齐才能对付黑衣仙星人后代，那如果我是最后一个人，不到最后一刻，一定不会轻易出现。”

“为什么？”

“不出现，就是有底牌，对方就会有所顾忌。”

“可是！可是……难道你不觉得全有集团、花家，其实很有可能就是黑衣仙星人后代吗？他们这么致力于打开空间通道，想要去寻找传说中的仙星……”

“这个……就要你自己擦亮眼睛去看了。”温景阳慈爱地揉了揉温之光的脑袋，“眼睛看到的不一定就是真相。这个世界，太多人善于隐藏，你要学的还很多。”

“好吧。”温之光懵懂地咬了咬嘴唇，“如果……”

温景阳抬手制止温之光继续说下去，接通耳边的电话，神色突然严肃起来：“您好，是的，我在！嗯……好的，我马上到。”

挂断电话，温景阳长叹一口气。

温之光很少看到父亲露出如此无奈甚至称得上无助的表情，不由得有点担心：“怎么了，老爸？出什么事了？”

“没事，司令打电话过来，让去打牌。”

“啊？”温之光觉得自己是不是耳朵出了毛病，出现幻听，“让干什么？”

温景阳脱下围裙，重新换上军装，正了正衣领后，语重心长地拍了拍温之光的肩膀：“社会和人心，从来不会因为科技的进步或者退化发生本质上的改变。顶多只在形式上有所改变，又或者，只有改变基因，才能转变这一切。好了，你在家好好休息，爸爸出门了，不用等我吃晚饭。”

看着温景阳离开的身影，温之光第一次没来由地感到有点怅然若失。

“算了，不管那么多了。难得休假，我要抓紧时间练功才行，要不……”电话铃声恰在这时响起，接通电话后，温之光眼睛一亮，“樊力？你们现在在哪儿？军区医院？我早出院了，要不你们一起来我家吧？好吗？就这么愉快地决定啦！”

典当行，樊力的电话被“嘟”的一声挂断，有些茫然地看了看温之光发过来的定位，又看了看好像浑不在意的何想以及真的没当回事的方可水，说道：“去温之光家？”

“行啊。”方可水说道。

何想不置可否：“……随便。”

由何想开车，三个人从小冰处弄了点水果花生之类的“廉价”慰问品，就这么上路了。

出乎三人意料，温之光家竟然在一个戒备森严的军区大院里，不仅如此，进了大院后还要往里开出很远，才到达高干所在的别墅区。

面对别墅前精致高大的复古镂空雕花大门，饶是樊力从来都不在意也不太了解富人的生活，也禁不住有点犯嘀咕，他捅了捅何想："老大，怎么感觉温之光家里很厉害的样子？"

何想斜了他一眼："能随便给你在帝都找套房子住的人，家里能差得了？"

虽说如此，何想也还是吓了一跳。他虽早猜到温之光的家庭背景不错，可没想到会夸张到如此地步。能在这种地方拥有这样的别墅，即便是对军政不甚了解的他，也知道绝不是有钱能行的，而是实打实的在军方有实权才行。可拥有如此家庭背景的女孩子竟然跑去干刑警，可见温之光有多皮了。

"不过你也用不着惊讶。"何想继续说道，"要是你见了可水姐家的别墅，你就会知道，天下还是有钱人的天下。"

见樊力两眼放光地看着她，方可水勾唇一笑："我的别墅可不算什么，有机会带你去见见方家祖宅，你就知道几千年前的宫廷宅院，到如今还保存完好是怎样的奢华。"

在大门外简单地跟电子管家通报过后，大门缓缓地自动打开，迎接远道而来的客人。

何想三人直接将车开到院子里停下，在机器人管家的引领下进了别墅，温之光早就一脸笑容地在客厅等着他们了。

今天的温之光难得地穿了一袭淡雅的湖蓝色长裙，高高的马尾辫也放了下来，柔顺地搭在肩头，一双简单的小凉鞋，整个人看起来柔和中带着几分醇美。所谓相由心生，她的长相本来就是稚嫩中带着几分英气，此刻心境与环境一换，还原了本来的干净纯粹，有一种剔透得令人心折的美感。

何想只觉眼前一亮，不由得呆看了几秒，直到樊力夸张地大叫："我的老天！温之光你是开挂了吧，怎么突然从恐龙变成了美女？你这个样子，简直是要闪瞎我的钛合金大眼睛啊！"

温之光眉头一挑，额上青筋跳起，下意识地双手一叉腰，骂道：“樊力，闭上你的狗嘴，再多话就插瞎你的狗眼！不会说话就不要说话！”

温之光一秒就被打回原形，如往常般暴跳如雷的黑道大姐头模样配上现今淑女到极点的柔美装束，有一种既违和又巧妙相融的喜感。

“扑哧。”何想忍俊不禁。

何想一笑，温之光直接闹了个大红脸，恼羞成怒地喝道：“你们两个！都给我滚到一边去罚站！”

没有达到想要的效果，反而受尽嘲笑，温之光气得恨不得当场撕了裙子，但好在她还有最后一丝理智，她像小鸟归巢一样飞到方可水的身边，可怜巴巴地问道：“方姐姐，我真的穿得有那么难看吗？难道我真的穿不了裙子这种东西？”

“不，很好看。”方可水抿嘴一笑，细长的眼睛将温之光上下一扫，媚意十足，勾魂摄魄，直叫温之光也不由得浑身打了个激灵。

温之光盯着方可水看了两秒，感觉自己几乎要融化在对方的眼睛里，不由得结结巴巴地说道：“我，我还是觉得……方姐姐你比较好看。我这辈子估计是没可能了，不，根本不可能修炼到方姐姐这样了！”

温之光心中呐喊，刚刚在心中萌芽的要让自己也漂漂亮亮地出现在人前的想法，顿时被扼杀在摇篮里。

跟往常一样岔开腿往椅子上一坐，丝毫不顾及身上这一袭优雅的长裙，温之光敲敲桌子：“行了，大家都坐吧，我已经叫机器人管家准备了晚餐，现在先来喝点下午茶。”说着，她神秘一笑，灿烂无比，“今天晚上还有额外赠礼和惊喜！”

全有集团顶层。此时环穹玻璃一片的黑暗，其中闪烁着点点星光，而无数的星光又汇聚成灿烂的星河，一条又一条，一团又一团，或近或远地漫布在黑暗的穹顶里，仿佛唾手可得，可等你伸出手时，却又抓它不住，显得无限遥远。

花锦年站在黑暗的天幕里，仰头看着无垠的星空，眼神坚定而明亮，一条条电子信息倒映在他的眼中并飞快地跳跃滚动。他的左上方漂浮着十几个屏幕，不断演算着各种天文数据，右上方则飘浮着太阳系的图像，其中土星被特写出来——那是太阳系里唯一一个跟地球一样拥有真实大气层的星球。

王重从电梯里出来，走到花锦年的身边。

“准备好了？”花锦年依旧仰望灿烂的星空，一个眼神也没有给他。

“是。七传人及典当行实际控权者的方位都已确定。”王重垂头说道。

“嗯。不用再耽搁，就是今天，开始吧。”

“是！”

等王重离开办公室后，花锦年拨通电话：“流年，是我，我需要你帮我一个忙，跟何想打个电话，对，约他出来……”

军区大院，别墅内。

何想几人落座，机器人管家送上香甜的茶点。

在共同经历过那么多生死后，几个人的关系早已不需要寒暄，温之光直接说道：“有件事我觉得有必要跟你们说一下，方姐姐前两天好像带人去了一趟警局吧？”

“嗯，把梅之心那个麻烦的小东西扔局里了。”方可水目光扫过樊力，不出意外地发现他耳朵一竖。

温之光叹息：“但跟以往一样，没多久她就被人接走了。”

“毕竟没有实质性的证据，而且在帝都杀人有点太惹眼了，就先放她一马。”方可水眯眼一笑，令樊力心中一个咯噔。

何想瞥了她一眼。听她这个口气，杀人并不是多么难以接受的事？恰在这时，何想的电话铃声响起，看着腕表上的来电显示，他微微惊讶，随即站起来走到一边接通：“花大小姐，今天怎么有空想起我来？”

等挂断电话后，何想的神情有一丝凝重，再回头时却见所有人都目不转睛地盯着他，不由失笑：“怎么了？都这么看着我？”

方可水讶然：“花流年约你吃饭？”

“是的。”

“你答应了？”方可水愕然。

“我找不到理由拒绝。”何想微微一笑。

温之光不干了，一拍桌子，生气道：“你有没有搞错？什么叫找不到理由？你今天可是我的客人，难道花流年非要跟我抢人？”

不知道为什么，说到“抢人”，温之光心里忽然一阵别扭，但很快就被愤怒压了下去。

何想笑了笑，莫名的有点开心：“少安毋躁，我不仅打算去，最好你能跟我一起去。”

“啥？”温之光有点发蒙。何想怎么完全不按常理出牌，花流年约他吃饭，把她喊过去干什么？

方可水最先反应过来：“你觉得有陷阱？”

何想笑得很开心：“无事献殷勤，非奸即盗。在现在的情形下，花大千金请吃饭，里面没有猫腻是不可能的。但如果不去，就无法知道她葫芦里卖的什么药。就算这次拒绝了，下次肯定还会用别的方法，不如明知山有虎，偏向虎山行。”

方可水眉头动了动，刚准备开口，手机的电话提示音便响起。她接通电话，才听了一句，一双细长的眼睛瞬间睁大！

下一刻，她的电话已经挂断，一双往日除了暧昧和笑意就没太多起伏的眼睛里盛满了不可思议。

“怎么了？”何想突然有种怪事年年有，今年特别多的感觉。

“方姐姐，发生什么事了吗？”温之光关切地问道，她从没在方可水的脸上见过这样的表情。

樊力左看看右看看：“该不会也有人请你吃饭吧？难道是花锦年？”他自以为好笑地讲了个冷笑话。

“我爷爷……让我去医院？”方可水有点不太肯定似的自言自语地说了一句。

“你爷爷？谁啊？这里怎么会跳出你爷爷？应该是花锦年才对。”樊力还想继续刚才的笑话，却被温之光踹到一边。

温之光毫不客气：“一边凉快去，这里没你说话的份儿。方姐姐，你爷爷是病了吗？”

听温之光这么一问，方可水紊乱的思绪瞬间沉静下来：没错，爷爷确实是病了，刚才打电话的声音也确实是爷爷没错，虽然用的是一个陌生号，可正因为如此，可信度反而无限提高。那么就是说……方可水猛地站起身。

“在哪家医院？”何想想起了什么。

“怎么？你还想和我一起去不成？”方可水很快恢复了往日暧昧又毫不在意的笑容，“不去陪你的花千金了？”

何想一本正经：“有正事，当然要以正事为主，跟花千金吃饭什么时候都可以，但是可水姐的事情显然更重要。”

从方可水平日的态度和之前在她别墅里遇到过的几个方家人的态度来看，方家内部的关系肯定错综复杂，但最近八成是发生了较为剧烈的变动，否则以方可水的身份和性格，不可能会跟他们几个人挤在一起这么多天还不回去。

“我也要去，我也要去！”温之光立即伸手叫道，“不管方姐姐去哪里，都要带上我才行！”

方可水呵呵一笑，看向温之光，眸子里最深处的冰冷此时也有些融化：“嗤，就你这小身板，最近进医院躺了那么多次，还没学乖？”

“哼，那怕什么？革命的伤疤可是英雄的勋章！我怎么可能会被打趴下？再说了，最近这段时间我可不是白练的，真正的高手需要千锤百炼！”温之光小手一挥，“是吧，樊力？”

樊力早就一副跃跃欲试的兴奋模样：“冲你们这架势就知道有架要打，哈哈哈，这种好事怎么能少了我？”

方可水眉头一扬，笑得风情万种："呵，别怪我没提醒你们，到时候真缺胳膊少腿了可不要赖我。"

"走吧，国立中心医院。就让花千金等到地老天荒吧。"方可水笑着转身。

"噢！"樊力兴奋地大喊。温之光笑得一脸灿烂。何想笑了笑，脸上更多的却是沉静。

全有集团。

花锦年站在黑色的天幕下，沉默地看着脚下的大地。

"今天，将是一个不眠之夜。"他的眼睛漆黑如墨，黑暗里又有一抹星光璀璨。他的面色沉静无痕，仿佛跟整个夜色融为一体。

忽然，耳边的电子通信系统闪烁起来，他接通电话，随后露出一丝温和的笑意："青者先生雅量，我就却之不恭了。"挂断电话后又拨通王重的手机号，花锦年神色平静，"你跟青者的人会合，去接何子天，让梅之心跟着流年过去。"

"是！"电话的另一头，王重毫无疑问地遵从命令。他将命令准确无误地传达给梅之心，得到的却是她的一声轻哼。

"切……花总就知道摆布人家，一点也不懂得怜香惜玉，唉，我怎么就跟了这样一个男人，日夜劳累……"梅之心唉声叹气，忽然面色一变，因为她听到自己刚才说的话被王重录音下来重播了一遍。

"你这是什么意思？"梅之心噘嘴挑眉。

王重面无表情："流年小姐。"

梅之心眉头一动，有些幽怨："王重你变坏了……"整个全有集团谁不知道花流年最讨厌别人拿花锦年开玩笑，被她听到了多半没有好结果。

王重纹丝不动："近墨者黑。"

梅之心翻了一个白眼："……"

"好吧。"她哀叹了一口气，"我听命行事，你赶紧删了，否则我就亲你。”甜蜜的威胁要是换一个人来说，王重铁定不会当一回事，但对象换成了拥有超常能力的梅之心，他点点头，十分配合地删除了录音。

“走吧。”通往城东的高速公路上，王重和梅之心兵分两路。

被花锦年点名的何子天，此时正在城东一个偏僻却级别极高的私人会所里跟另外几个老头一起从事着一项关系到移动、物联、电力和实体经济的四方活动。

“七筒！”何子天手指一弹，一张立在面前的牌就摔倒滑至桌中间，手法精准，力道适宜。

“白板。”邻座的一个白发老头看起来八十岁上下，虽然胡子眉毛已经花白，脸色却红润有光，保养得宜。他笑眯眯地捻起一张牌，放到桌上。

“幺鸡。”他下座的那个老者一张国字脸，皮肤较黑，脸上也是阴云笼罩，没办法，谁叫四个人中他桌上的电子砝码最少。除了一边站着等候上桌的万年吊车尾温景阳，几人中输得最惨的就是他了。最关键的是，今天赢钱最多的人又是他最讨厌最看不过眼的何子天，这就让他极其意难平了。“哼，老头子就不信了，某些人还能翻了天？”

等另一边的圆脸老头笑呵呵地出了“八条”之后，又轮到何子天，何子天从来不改小人得志便猖狂的嘴脸：“哈哈，碰！等的就是八条，果然是踏破铁鞋无觅处，得来全不费工夫，和了和了，给钱，给钱！”

何子天笑呵呵地张罗要钱，顺便阴阳怪气地哼哼两声：“对家下场，哈哈，虽然规矩是人定的，但机器一插手就定死不变了，唉，老头子纵然想帮你也是有心无力啊，今天坐我对家的真是可怜……”

“呸！用不着你假装好心。”黑脸老者气得手都有点哆嗦，颤颤巍巍站起来走到一边，让温景阳上位，一只手搭在他的肩膀上，骂道，“臭小子！你要是再输了，副总警监也不要干了，公安部从不需要解决不了人民现实问题的无能干部。”

“啊？好说，好说。”在一群年纪可以当他爹的老者面前，温景阳很好地充当了一个愣头青的角色。

“啊什么啊？听到没有？”黑脸老者瞪眼。

“是是是。”温景阳一叠声地应道，只是嘴角抽了一抽，无言地苦笑一下。

“哼，我老头子就有些看不过眼了，有些人就是喜欢以权谋私。知不知道什么叫赌桌上从来没有赢家？怕输钱还来打牌，臭德性！”何子天逮着机会就反唇相讥。

“你再说一遍？”黑脸老者大喝道。

“再说一百遍又咋样？有本事他要是赢了你给他再提一阶两阶的啊？”何子天也梗着脖子叫唤。

“我……我！”黑脸老者憋得脸色通红，半天才说道，“哼，老头子才不受你的激将法。他小子五十岁升副部已经够快了，你想让他坐火箭啊。”黑脸老者自觉有坑没跳，为自己的敏锐机智感到自得，慢悠悠地溜到一边坐下，呷了一口侍者奉上的茶，“行了，好好打，别给老头子丢脸就成。”

在温景阳坐好按下洗牌键的瞬间，他下意识地又瞥了何子天一眼。他一直不解，何子天到底是怎么跟这一群大佬混得如此熟悉的？明明在他所能查询到的资料里，何子天只不过是一家入不敷出的典当行的老板罢了。

“就是这里了。”国立中心医院的门口，方可水仰头看着几个即使在暗夜里也依旧明亮的大字招牌。何想、温之光站在她的身侧，注意着四周的环境。樊力则夸张地左看右看，长这么大他还是第一次近距离观摩这座在全世界享有盛名的医院。

方可水看着医院的电子玻璃大门，不由得沉默起来。其实她已经有很长一段时间没有回去见爷爷了，也不知道爷爷近两年是否安好。但既然在医院里，或许是不够好吧？此时即将见面，竟然突然有点近乡情怯的感觉。

“停在这里干啥？噢噢，是不是马上就要见到咱爷爷了，所以先酝酿一下情绪？哈哈，竟然现在就见家长了，要不要这么快？我都还没有准备好。”樊力一句打岔令方可水瞬间回神。

方可水轻笑一声，为自己刚才的感觉感到好笑：“行了，进去吧。”

国立中心医院作为帝都最具权威的医院，其各项设施自然十分完备，但在当今百分之九十九的疾病都能轻松治愈的时代，医院再也不复人满为患的景象，而是显得有些冷清，除了庞大的医疗系统、与之相配的值班机器人及极少数的医疗人员外，普通医生都能和一般从业人员一样，过上朝九晚五的生活。

出乎意料的是，何想、方可水几人才走进医院大门，便在大厅内看到一个正 90° 鞠躬的年轻男人，很明显是在等他们。

“大小姐好，老爷正在院内等您。”年轻男人西装革履，恭敬地说道。

看到他，方可水终于在心里松了一口气。外人不太清楚，但她却知道，此人是爷爷带在身边培养的后辈兼侍者，有他在，看来爷爷确实在这里。

“带路吧。”方可水也不多话，直接朝前走。

“是。”年轻男人瞥了何想几人一眼，也不多话，径直走在方可水身前半步为她引路。

“就是这里，大小姐请。”病房门外，年轻男人屈身恭请。

“嗯。”

推开门，里面是简单的一室一厅，游鱼字画，古色古香，显得极为精美。客厅阳台正对大门，使得整个空间显得极为开阔，阳台边上是一个坐在轮椅中打盹的老人。老人脸上的褶皱很多，身形极其瘦弱，套在宽大的病服下面，有一种令人心惊的风烛残年的感觉。方可水默默地看着老者，一瞬间，她忽然察觉，爷爷是真的老了，就在不知不觉中……

“哎呀。”温之光一声轻呼，目光流露出担忧，“窗户还开着，有风，爷爷容易吹病……”

刹那间，老人紧闭的双眼蓦地睁开，一瞬间精光乍射，慑人的寒光扫过温之光、何想一行人，令他们本能地惊出一身冷汗。

这是作为武者的一种敏锐的感知力，只有在面对远超自己的强敌时才会出现，就好像幼兽遇到雄狮，绝无逃脱生还的可能。

樊力本想说“爷爷你不要怕，有坏人我保护你”的豪言壮语也瞬间卡在了喉咙，怎么也说不出口了。

“是小水来了。还带了朋友过来？可是难得的稀奇事啊。”老人笑如春风，声如洪钟，很难想象瘦弱的身体里竟然蕴藏着如此深厚的底蕴，他一笑就将刚才紧张和凝重的氛围化解于无形，让人没来由地对他产生一种亲切感，“来吧，几个小朋友也别客气，过来坐。”

方远东轻触轮椅的电子界面，挥手指引轮椅前行，回到客厅中。

“多谢方老爷子。”何想也不过分客气，在客厅里找了个沙发坐下。

“谢谢方爷爷。”温之光乖巧地道。

“老爷子你很厉害啊，看不出来呀！”樊力笑嘻嘻地上前套近乎，却只得到方远东呵呵一笑。

方可水神色平静，仔细地上下打量方远东：“爷爷没事就好了。”

“先祖保佑，咱们爷孙俩还有再见面的时候。”方远东笑呵呵，话锋一转，“既然现在你到了，他们也该到了。”

果不其然，方远东话音刚落，一股没来由的示警预感在方可水心头升起，下一刻，十余股杀气自四面八方迅猛逼来！

“嗖嗖嗖！哒哒哒哒哒——”阳台的玻璃窗瞬间碎裂，数十发子弹和暗箭疯狂射来，顷刻间到达方可水的面前。

几乎是本能的，在示警预感升起的瞬间，方可水就一脚踢开方远东的轮椅，让他避开最先到达的暗箭，自己则身形后仰躲开两枚子弹，同时在窗前设下一道致密的冰墙。“笃笃笃笃笃笃……”密集的子弹击打到冰墙上，溅起无数碎屑。

“敌袭——”方可水发出一声低喝示警，整个人纵身跃到窗前，双手向前一推。“簌簌簌——”比子弹更为密集的冰刃急速回射，方可水同时掏出枪支，迅速击落两名从窗上落下的蒙面黑衣人。

方远东的轮椅“砰”地一下撞到墙壁上，原本平整的墙壁瞬间伸出两条电子机械臂，一把掐住方远东的脖子。“嘭！”樊力及时上前，巨大的力道一把将两条机械臂从墙壁扯出拉断，可墙壁上又不断伸出新的机械臂，飞快地掐住樊力的腿和腰身，和他扭缠在一起。樊力刚将方远东从机械臂的威胁中解救出来，一个四方黑洞又突然出现在方远东的轮椅下方，方远东连人带轮椅“嗖”地一下向下掉去。

“小心！”温之光眼疾手快，飞扑到黑洞边，千钧一发之际拉住轮椅的扶手，猛地一提，将轮椅拽了出来。就在方远东连人带椅被扔到半空之时，“咔嗒”一声，轮椅的扶手和脚蹬迅速伸出金属环将他绑在椅中，同时高强压电流从金属环中激发，击打到他的身上。

“哒哒哒哒哒……”屋子的大门瞬间被破开，无数子弹密集如雨，疯狂地扫射进来，好不容易挣脱束缚的樊力一把抓起从墙壁上撕扯下的金属块挡在门前。“叮叮叮叮……”金属板顷刻间被射出无数凹坑。

“啊！你们这群浑蛋！”樊力大吼一声就要冲出门去。

恰在此时，众人眼前一暗，整座大楼瞬间陷入黑暗，何想收回伸到墙壁上的手，借着在黑暗前观察到的最后景象，精准地射杀了几名从黑洞下方侵袭上来的人。

“没事吧？”何想一把捞起差点被拖进黑洞里的温之光，低声问道。

“是你破坏了这里的电力系统？”温之光惊讶道。

“没错。”何想松开握住破坏轮椅电力系统的手，又将温之光往后一拨，“你护在老爷子的身边。”又高声冲樊力喊道，“樊力！解决掉外面的人！”

“还用你说？”短暂的不适应后，黑暗在众人的眼里已不是一种阻碍，极强的夜视能力使得众人更加如鱼得水，樊力一把抄起合金墙壁板，顶着密集的子弹大吼一声冲将出去。“哒哒哒哒哒……”密集的炮火在樊力出门的瞬间疯狂袭来，几乎要将他逼迫回去，顶头更有三枚钢针以迅雷不及掩耳之势照他头顶直插而下！

钢针擦着他的头皮落下，樊力猛地后仰，双脚点地，整个人以难以想象的姿势后翻跃起，倒转过来，双腿顶住合金板轰然踢向上方的偷袭者！

“嘭！”仿佛卡车冲撞，合金板发出被挤压变形的“吱呀”声，带着被沾染上的血沫从上掉落下来，一个人影随之而落，既而被两侧子弹横扫。等埋伏者回过神来时，樊力早就借机翻身而出，飞踏墙壁，无声无息地靠近一侧的埋伏者，下落横扫。

枪声、撞击声、惨叫声混杂在黑暗的楼道里，给人带来无限的惊恐，樊力仿佛一头出笼的猛兽，在弱小的兽群里纵横厮杀，所向披靡！他的速度本就快得难以捕捉，在黑暗里更是发挥到极致，而一旦袭击者被迫和他展开近身搏斗，就再也没有任何生存的机会。

屋内。

何想埋伏在一边，伺机射杀所有想从黑洞突袭上来的暗杀者，偶有漏网之鱼侵袭到方远东的身边，则被温之光以极快的速度解决。只要不是超自然的力量作祟，无论是用枪还是格斗，温之光都可以说是当之无愧的强者。反观她身后的方远东，从开始到现在，一直安稳地坐在轮椅之中，神色平静地看着眼前的争斗，一副袖手旁观的姿态。当然，更多时候，他都在注视着自己的孙女。

方可水稳稳地站在早已空阔的阳台上，一人阻拦了所有想从外部闯进来的偷袭者，她的背后有一面致密的冰墙，抵挡着全部的偷袭，她的身前则随时变幻着两条水龙，吐出无数冰刃回击，直冲远处暴露身形的埋伏者。

不过即便是从小就加强自我训练的方可水，如此消耗也让她有些吃不消，好在她的枪法极准，任何妄图近距离攻破她防御的敌人，无论从什么角度、戴什么护具，都被她精准地一一射杀，无形中替她减轻很多压力。

“哇啊，哇……真是精彩，精彩，厉害，厉害，简直是太精彩了……”大楼拐角的隐秘处，一个甜美醇厚的女声突然称赞道。

第十三章　强攻

小童的一句逼问顿时让守卫一噎，明明眼前的小女孩天真浪漫、活泼可爱，可不知道为什么，他却只感受到一股彻骨的寒意。

声音一落，对面大楼的一个拐角中，梅之心与花流年同时现身。以她们为中心，方圆百米内的不同方位潜藏了近百名新型强化人，将她们拱卫其中。

“这样的打法也真是叫人大开眼界，我数数，这是以一敌多少呢？敌十？敌百？哎呀，果然古人说得不错，一夫当关，万夫莫开，确实厉害。”梅之心笑得清纯而又妩媚，继而叹息一般地感慨道，“果然七传人个个都能力非凡，最可怕的是，拥有如此强大能力的人竟然还是个女人，上天还真是厚此薄彼。”

花流年并没有接她的话，而是注视着阳台上的方可水，脸上没有多余的表情。

“何想应该就在大楼里面。”花流年忽然开口，冲梅之心微一点头，“你的任务很简单，就是找到并捕获樊力。”

“可是跟他们交战的人呢？”梅之心嘬着鲜艳的红唇，“要一并带回去吗？还是避开？”她勾唇一笑，甜美至极。

花流年沉默一瞬："不用理会。"在发觉何想并没有如约赶往他们约好的地点，反而去了国立中心医院后，她就立即带人赶过来。可出乎意料的是，她们赶到时战斗已经打响了，更令人惊讶的是，偌大的国立中心医院，今天仿佛沉寂了一般，明明战斗如此激烈明显，整座医院上下却没有任何反应，就像是一个真空地带。

到底是谁这么大的手笔？何想他们到底又是在跟谁战斗？难道……是方家？毕竟在医疗体系上，方家有着不可动摇的地位。那么他们是要关门起来解决什么人？又或者，是内斗？

没来由的，花流年的心中闪过一丝不安，今天真的能如愿带走何想几人吗？

"流年姐姐，该你啦……"见花流年不说话，梅之心甜甜地喊了一声。

"哼。"花流年轻哼，闭眼扫除纷乱的心绪，再睁眼时，时间静止——启动！

顷刻间，所有画面忽然被定格，半空中的突袭者不再下落，晃动着的水团不再变形，子弹挂在半空连成一长串，好似高低起伏的凌乱琴键。而方可水则是难得的神情肃穆，眉峰如剑挑，只是纵然她有以一挡百的强大实力，此刻也只不过是一具被框死在画面当中的人偶，毫无知觉，无法动弹。

四周的一切在瞬间安静下来，寂静得仿佛整片空间的活物都已死去，何想立即发觉不对。

"是花流年？"何想双眼一睁，目光一喜，抓住机会解决掉眼前差点给他带来危机的敌人，随即手一挥，轻微的电弧光在他指尖闪烁。

下一瞬间，所有的一切又鲜活了起来，晃动的水团掉落，包裹住两个举着盾牌逼近的偷袭者的脑袋，任由他们挣扎到窒息。子弹飞速朝前射去，"笃笃笃"击打在冰墙之上，溅起无数冰屑。下落的突袭者终于逼近到方可水身前，三个人近身搏斗，方可水的身法如鬼魅般飘忽，攻击的手法花样百出，短短几秒就解决了对手，随即应对新一轮的攻击。

花流年微微一怔，不由得低语："何想，你果然在这里……但是这一次不会像以前那么简单了。"

"不管是你，还是你那个师父何子天，今天都将插翅难飞。"花流年神色平静，以她所在的地方为中心，时间静止再次展开。

只是这一次，面积却缩小了许多，也更加精确，堪堪包裹住方可水所站的位置。

同一时间，城东较为偏远的郊区。

在跨越了一大片繁华地带后，再往东延伸上两百公里，则是一片人烟稀少、偶尔坐落几栋别墅或几个院子的山区。山区里有修整得十分完善的盘山公路，整个山体都被保护得极好，群山绿树，鸟兽虫鱼，相映成趣，是一片难得的天然保护区。

在科技高度发展的当今社会中，人们已极少会住在基本设施较为落后的山里了。但是今天，王重带着从青者那里借调过来的老齐、小童以及一批新型能量人，正坐在车里，无声无息地行驶在暗夜的山路之上。

"头儿，快到了，前面就是入口，有守卫把守。"司机小李出声提醒。

"继续开。"王重言简意赅，下意识又看了一眼坐在前排副驾驶的小女孩。他和老齐坐在后座，副驾驶留给了一个看起来七八岁、笑容天真甜美、满脸好奇却偶尔露出诡秘神色的小女孩。作为武者，他在看到小女孩的第一眼就感觉有点不太舒服，若不是有老齐保证，王重怎么也无法相信，这个看起来瘦弱娇小的女孩竟然会是青者身边的四大护卫之一！

而且老齐还说，他其实是四个人之中最弱的一个。

"待会儿到了大门外，让我去跟门卫叔叔说吧，说不定叔叔看我可爱就放行了呢？"小女孩忽然脆生生地说。她笑容甜美，天真无邪，极其可爱的外表加上动听的声音，确实很容易让人一见就产生好感。

王重还没开口，老齐就带着点讨好意味地说道："行啊，有小童出面，肯定没问题。"

讶异地扫了一向话少、不苟言笑的老齐一眼，王重没有出声。

“哈哈，好呀，待会儿我去试试先，你们都不要随便攻击他，不然童童会不高兴的。”小童鼓起了粉润的小嘴巴，婴儿肥的腮帮鼓鼓的，样子极为可爱。

“好，好。”老齐点头。

王重则移开了视线，反正他布置好的人早已待命，只需要一个命令罢了。

很快，车开到山腰处的大门外。

门卫只有一个人，正坐在小屋里对着悬空电子屏幕看剧，正看到激动之处，突然察觉外面似乎有动静。

“奇怪，没有人啊……”他喃喃自语，随手调出了监控雷达界面。明明雷达警报并没有响，画面上也没有动静，但不知道为什么，他就是有一种不安的感觉。想了想还是有些不放心，守卫关闭耳边的音响，轻手轻脚地走出屋外，突然，一个东西朝他扑来！

守卫本能地拔枪，眼睛却借着小屋照出来的光清晰地看到扑来的东西，吓得他手一抖，差点将子弹射出去。

“哇！太好啦，叔叔你在呀！”小童笑得一脸灿烂，像燕鸟归巢一样扑到守卫的怀中，令他整个人错愣不已。

“你？谁？叔叔？”原谅他才二十四岁，其实不是很老啊……守卫并没有因为对方是个小孩就放下防备，浑身依旧紧绷，接住小童的手臂也是直接架住她的胳肢窝，跟她保持一定距离。毕竟荒郊野外突然冒出一个七八岁的小姑娘，他才不信这其中没有鬼呢。

“叔叔，童童今天真的好累哦，我跟哥哥在山里迷路啦，超级饿的！而且累得再也走不动了，好可怜的。我们走啊走就到了这里，看见叔叔啦！妈妈说过，像山里这样的地方一般里面都有城堡，住着美丽的王子和帅气的公主，会热情地招待远来的客人，真的是这样吗？童童好开心！童童从来都没有住过城堡，终于可以休息啦！据说城堡里面会有温暖的床睡，有美味的食物，还有可爱的家居机器人会跳舞，真是太棒啦！童童好期待！”小童眨着可爱的大眼睛，小嘴叽里咕噜地说了一通，把守卫说得有点发蒙。

“所以呢？”守卫问道，抽空扫了周围一眼，果然，大门外竟然无声无息地停了一辆私家车，只是看不清里面到底有多少人。可到底什么级别的车才能够躲过严密的侦查？虽说门口只放了他一个人看守，但并不代表守备能力薄弱，相反，这里拥有最先进的侦查仪与精密的武装系统，隐蔽地散布在各个关键位置。可一辆这么大的车来到门口，精密仪器竟然一点都没察觉到？

难不成……一瞬间，守卫就想到了最坏的可能性，不由脸色骤变。

“哈哈，当然是想让叔叔你开门让我们进去啦！好不好？童童已经饿坏了，而且夜里好冷哦……叔叔你不会想要童童身冷心也冷的，对不对？”

小童的一句逼问顿时让守卫一噎，明明眼前的小女孩天真浪漫、活泼可爱，可不知道为什么，他却只感受到一股彻骨的寒意。不行，他必须马上拉响警报，既然雷达发现不了这辆车，或许别的地方也……

“好啊，叔叔先回屋里去替你打开大门。”守卫尽力让自己笑得和善无害，“你先下来，去跟哥哥打声招呼。”守卫放下小童，浑身紧绷却努力装得自然，回身的瞬间一手攀上另一手的手腕。他的腕表上有一个按钮，平时他绝不会轻易按动，因为按钮直接连通整个别墅区的警报系统，一旦按下，整个区都会拉响警报，直接进入备战状态。

自从他退伍接任守卫工作以来，还从没想过会有一天按下它。可今天，这个七八岁的小女孩成功地敲响了他内心的警钟。

可就在守卫的指尖距离按钮上方一毫米的位置时，“嗖！”一道黑影应声划过，守卫的半条手臂瞬间高高飞起，带着飞溅的鲜血，在他眼前划过。

他一脸震惊地看着眼前的场景，终于后知后觉地惨叫出声：“啊！”

只不过痛喊才刚刚到达喉咙，黑影便再度划过，他整个脑袋瞬间脱离脖子，滚落到一边。

同一时刻，王重如鬼魅般飘到守卫站立的无头尸身边，伸手一掏，一个小型的黑色检测仪被他从守卫的胸口抓下，随后朝小童胸口一拍！

“你？”小童的双眼瞬间瞪大，杀机毕现，满是童真的面容顷刻间扭曲。可最令她感到浑身汗毛倒竖的是，他的速度竟然会快到连她都没有反应过来。

王重一句话将她濒临爆发的怒火浇灭：“你贸然行动，会害我们提前暴露。心脏检测仪就挂你身上。”

“什么？”小童的瞳孔骤然缩紧，怒极反笑，“你小子……是想找死？”

“你确定？”王重一脸冷酷，居高临下地看着眼前的娇小女童。就在刚才，他收到资料，小童虽然外表是个七八岁的小女孩，实际上却是个好几十岁的老女人，但因为先天基因有缺陷，长不大，干脆就整容成小孩的模样。

“别这样，大家都是一家人，有话好说。”老齐立即蹿到两人身边，一脸紧张地劝解。上次他跟刘开私下里去攻击典当行已经让青者老大大发雷霆，这次要是还没有将青者交代的事情做好，等待他的绝对是令他想象不到的后果。

老齐从不怕死，但世界上比死可怕的东西太多了，他忙出言相劝：“小童别闹脾气，王重也是，青者老大既然命令我们帮你，自然就不会给你下绊子，大家不要伤了和气，做事要紧。”

听到青者的名字，小童的脸色变了变。如果说这世上有什么人是即使如她一样随心所欲无法无天的人也会害怕的，非青者莫属。看老齐一脸紧张的模样，小童突然“哇”的一声哭出来：“呜哇！明明就是叔叔欺负人嘛！童童刚才好好地跟他说，还对他笑得那么开心，他都不领情，这样的人活该去死嘛。呜，童童才没有杀错人……”

被这么一打岔，王重也懒得计较，恰好此时攻破山腰电子军械防卫系统的信息传来，他当机立断：“好，我知道了。”

“把门打开，继续朝前走。我们做好分内的事，当好诱饵。”王重重新坐回车中。

守卫处的大门洞开，车辆平稳地驶进。

有王重坐镇指挥，再加上全有集团无孔不入的天网，别墅区所有的守备系统早在建成之时起就已经被记录并破解，此时不过是将理论落到实际而已。一路上碰到无数暗哨、侦查机器人和地面军备反恐系统，王重等人都一一解除，等车辆终于开到别墅附近时，四周随行的破坏者全都从不同方向聚集到别墅的外围，静候此次的负责人——王重的到来。

等王重终于下车时，脚边是两具被毁坏肢解的机器人，面前是厚重的合金大门以及紧密包裹住整个别墅的高大围墙。

“头儿。”一个身形精瘦的年轻人到王重身边请示。

“打不开？”王重仰头看着面前的大门，门上的电子眼被小型反探测仪屏蔽了信号。

“是。属下无能。”

“理由？”王重不由得将目光聚集到面前的年轻人身上。最新一批的新型强化人与以往所有的强化人都不一样，技术上的突破让药剂对使用者的原始身体体能要求不再和从前一样过高，反而能够普及大众，可以从普通人中挑选塑造者了。

但与以往不同的是，它不再强行提高使用者的身体潜能，加速细胞的活力，而是在基因层面上进行了创新和调动，也就是通常所说的诱发基因突变。

他依旧清晰地记得，当年他父亲平安度过危机、他发誓效忠全有集团之时，花锦年站在全有集团的顶层环抱着整个冉冉而升的太阳，带着少年人特有的兴奋和畅想笑着说道：“王重，你知道吗？人类或许本身就拥有非凡的能力，但每个人表现出来的方向都有所不同，甚至在世代的更替之中、在无数科技的辅助之下逐渐丧失了一些能力。不要沮丧，丧失并不是人类的退化，反而是另一种层面的进化。科技在进步，人类的思维在进步，人类明明如此渺小，却能够借助工具做到连远古巨兽都做不到的事情。只要找到关键的支点，就能撬动地球乃至整个银河系！而现在，我们正处在时代的浪潮上，人类新一轮的全面进化，即将在我们的手中开启！”

再到后来，花锦年越来越沉稳，越来越老于世故，就很少再露出少年般明净又充满朝气的笑容了。

“头儿？”年轻人的呼喊将王重从回忆中拉回现实，“……主要是整个墙体与大门都接通了超高压电流，墙体上方 360° 无死角地布置了切割电流层，任何物体只要靠近就会被切得粉碎，除非用常规的开门方式，否则一只蚊子都无法潜入。”

“哦？”王重随手捡起脚边一根晶体线路凌乱的机械臂，轻轻朝大门空空的上方一扔。“滋滋——”整个机械臂顿时变为碎渣掉落。

王重额角一跳，不由得感叹：这些退役的大佬还真是怕死，保护措施居然做得如此恐怖。

“行了，不能暗潜，那就强攻吧。否则，激光炮和高能导弹不都白带过来了吗？”王重一锤定音。

别墅内。

屋子里灯火通明，一桌四个老头正在精神百倍地斗嘴。平时一个个的在自家儿女面前都一副懒懒散散慢慢吞吞有气无力的模样，一到牌桌上，个个都化身斗士，腰也不酸了腿也不痛了，仿佛永动机一般，一整天下来除了中间匆匆吃了个晚饭，就一直从下午战斗到晚上。

时间临近晚上十点，几个老头一点也没有要休息的意思，温景阳却有点坐不住了。难得接女儿回家，父女团圆吃个饭，中途被叫走不说，现在这么晚了都不回家，小丫头估计又要编排他了。可除此之外，他还莫名的有点担忧。因为早在半个小时前，他给温之光打电话，想告诉她今晚他会晚点回家，可极少见的，小丫头竟然关了机。要知道干警察这行的人几乎都是二十四小时保持通信状态的，除非有重大情况发生，否则不会关机。

难不成那丫头又出去打架了？温景阳不禁琢磨着。

“哈哈哈……”

温景阳被一阵笑声打断思路，抬眼一看，不由得也笑了起来：“真是难得，何老今天竟然会输。”

“可不是吗？哈哈哈，这混小子仗着自己有点小伎俩就天天来骗我们几个老头子的钱，怎么，今天的老千不灵了？是不是输得心酸，输得胃苦，输得吐泡泡，待会儿连裤子都没得穿，要光屁股出门了？哈哈哈，放心，老头子三角裤还是会给你留一条的……”黑脸老者瞅着何子天苦哈哈地盯着自己眼前转为负数的电子筹码，乐得一个劲地拍桌子。另外的圆脸老头和方脸老头也都笑眯了眼睛，几个人虽然性格各不相同，此时内心却空前地产生了共鸣。

“不对呀……这怎么可能？再怎么点背也不会这样啊？”何子天抓着花白的脑门，觉得自己今天简直是见了鬼。自从吃过劳什子的晚饭后，再摸牌简直是要什么不来什么，打出什么人家胡什么，这也就算了，他堂堂赌神牌王何子天，今天竟然还搞出了几个诈和？这真是叔叔可忍婶婶都忍不了！

常言道，事出反常必有妖。该不会是提醒他有什么不好的事要发生吧？从刚才起他就一直右眼皮狂跳了。

俗话说“左眼跳财，右眼跳灾”，他右眼狂跳到底预示了啥？他一个糟老头子身无长物，典当行也托付给何想那小子了，还能差到哪里去？总不可能是何想那臭小子要嫁人了吧？还是要入赘到别人家？

哎呀，竟然觉得很有道理，要知道不管是温之光还是方可水，甚至是花流年，这几个女娃的后台背景都很硬，何想天天跟她们几个混在一起，何家以后岂不是要绝后？不行，不行，他得赶紧回去教训一下何想，让他知道作为一个男人，吃饭跟钱财都是次要的，骨气才是一等一的，师父的话更是人间真理，不听话迟早是要吃大亏的！

何子天腾地一下站起来，动作大得吓了另外三个老头一跳。

“干什么？”黑脸老者一脸莫名地瞪着他，“牌还没打完你就想跑？告诉你，没门！老头子今天要把以前输的连本带利讨回来！给我坐下！”

“一边去，老头子是抢你老婆了还是杀你全家了？还有没有点人权了？放水都不让放。”何子天不甘示弱地瞪回去，让黑脸老者一噎。

正当黑脸老者打算反唇相讥时，“轰隆”一声巨响，巨大的爆炸声响彻整座别墅，天花板的灯光噼啪闪烁，整个大厅仿佛被远古巨兽撼动般不断震颤，好一会儿才停息下来。

“怎么回事？”作为别墅的主人，黑脸老者立即起身。

守在院子里的管家第一时间进门，满脸惊愕却异常严肃地说道：“老爷子，有人强攻别墅，从攻击效果判断，应该是激光炮和能量弹。”

“什么？不可能！怎么可能有重武器进到别墅区，防备系统是死的吗？”黑脸老者面色一变。曾为军政要员的他，怎么可能不明白这两种武器所代表的意义？他下意识地打开腕表上的山体别墅动态构成图，动态图每秒钟都会重新发送别墅区内部的动态，别说是闯入者，就是细微的变化都会清晰地展现出来，可如今动态图不仅与往常无异，甚至连当下正在被攻击都没有提示。

“也就是说，防备系统被人无声无息地攻破了。”方脸老者一脸严肃，一旦他不笑，一股不怒自威的气势便油然而生。

“可到底是谁能够轻易攻破别墅的防御？”圆脸老者眯着眼睛沉吟。以他们浸淫军政界几十年的经历来看，得罪的仇敌固然不少，可或许别人不清楚，但他却对别墅的防护措施异常了解，毕竟当初布置这里时他有亲自参与过，可以说除非对方动用大型武装部队，否则绝不可能轻易突破。而且在无数电子眼的监控下，又有谁能够避开所有监视，将大部队开进山里？

况且，漫布在整座山体里的侦查和反导弹系统用的都是当世最先进的技术，根本不会有短时间被突破的可能，“难道说有内鬼？”

圆脸老者想到了，其他人自然也想到了，大家相互打量了一眼，原本其乐融融的氛围瞬间变得紧张起来。若不是不想做得太过明显，甚至当下就会相互拉开距离。何子天夹在几人中间，又是最先站起来说要放水的，瞬间变成了最值得怀疑的那个，因而一声都不吭。

“轰隆——”短短几秒过后，别墅再次遭到攻击，整个屋子的震颤令所有人终于认识到事情的严重性。现在绝不是内讧的时候，至少得先想办法突围出去，或是战胜对方。可既然对方能如此轻易地突破别墅的防备系统，难道会没有其他准备吗？

就在这时，温景阳忽然站正身形，行了个标准的军礼：“几位前辈，景阳僭越，但请听我一言，如今情况不明，与其强行迎战，不如先退再谋。事急从权，还请原老将军指示。”虽然他从不曾参与别墅的建设，但他很清楚，这几个老头子一辈子从军从政，不可能不给自己留后路。

“嗯……”只一迟疑，一脸黑的原老将军就作出决定，“走地道吧，先从地道退出去。阿明，你负责断后，别墅内部武力系统暂时交给你，拦住他们争取时间。”

“是！”管家立即领命出去。很显然，他也是军人出身。

“走吧。”原老将军说道。

“等等。”圆脸老者有些犹豫，下意识地看向何子天。几个人中，除了温景阳，他最不了解的就是何子天，平时没事的时候他事事圆融，不会过多在意，但今天这种情况……

“如果你们担心，也可以把我留下，不进密道。”何子天坦然一笑，说出圆脸老者的担忧。

被人戳穿，圆脸老者微微有些不自在，但没有反驳。在场的几个人除了何子天以外，都是军政体系上的人，相互之间的关系更是错综复杂，可以说到了一荣俱荣一损俱损的地步，甚至可以说，他们几个今天要是死在这里，对他们的敌人来说，绝对是一网打尽的最好时机。

原老将军眉头一皱，在何子天和圆脸老者之间扫了一眼，脸色更沉："不用多想，一起走。只要没有确切的证据，我原战的客人，就只是客人。"

圆脸老者无奈地叹了一口气，知道原老头的脾气一旦上来，谁都拉不回来。也好，就算何子天来历不明，在他们眼皮子底下至少翻不出太大花样。"除了老原，我们几个都把身上的通信系统扔掉吧。"这次的提议没人再反对，毕竟该发的求救信息，大家刚才已经发过，现在这么做，确实是避嫌的最好方法。

炮火声中，黑脸老者与何子天几人很快在温景阳的护送下来到地道入口。

"走吧，下去，里面直通山外，会有车来接。景阳，你走最前面。"原老将军说着打开通道。

"是。"温景阳应道，掏出配枪，一马当先走在最前面，"几位前辈跟紧我。"

原老将军一张黑脸此时呵地一笑："行了，别当几个老头子真的不中用了，我们几个上战场出生入死的时候，你还躺被窝吃奶呢！"手一摸，入口边上的墙壁自动打开，露出一排各式先进的武器及炸药，"自己挑，别说老头子不给你们自保的机会。今天能不能活着出去，就看各自的本事了！"

可原老将军万万没想到的是，他们没在别墅里遇到攻击，却在刚踏入地下通道的瞬间与袭击者迎头碰上。

"小心！"就在踏入地下通道的瞬间，随之亮起的灯光使温景阳发现了潜伏者，几乎是下意识地推倒他身后的原老将军等人，挥枪挡开两枚晶体长针的攻击，同时开枪射击。"砰砰"两声，偷袭者的反应也不可谓不快，好像子弹长了眼睛特意避开了他们一样，丝毫没有阻碍他们前进的速度，顷刻间逼到温景阳等人身前。

“先退出去！”温景阳高声喊道。狭小的空间不利于他们作战，而且看这架势，偷袭者远不只眼前这几个人。可这不是最隐蔽的逃离通道吗？竟然也被人提前埋伏？

温景阳的心沉到谷地，但现在不是想这些的时候，一行人且战且退，很快退出通道，立即有别墅内的机器人卫士赶来接应，共同对付闯入的袭击者。

别墅外是炮火声声，震得别墅内的人心神烦乱。袭击者们个个神情麻木，能力古怪，实力非凡，远超当世的一些特种兵，令几个老一辈的将军心中掀起惊涛骇浪。看他们的章法绝对不是军队行伍出身，可到底又是什么样的组织，能训练出如此凶狠的虎豹豺狼？

此时前有狼后有虎，出不去又没法暗中逃走，只能硬扛，可明眼人一看就知道，他们的实力在不断被削弱。

“滋滋——嘭！”又是一台机器人卫士被破坏爆炸，飞溅而出的零件波及战斗中的温景阳，让他差点被人击中。屋子里已经躺下了两名护卫以及方脸老者，可是袭击者仿佛根本没看见他们，更没有直接杀人，而是继续全力攻击。

难道袭击者的目的是要将他们全都活捉回去？

何子天虽然年纪一大把，身形却十分灵活，动作矫捷，枪法极准，跑得比兔子还快，是在场几人中除了温景阳以外对敌射杀率最高的一个。在场的几个老头惊愕之余，却也逐渐打消了对他的怀疑。无他，主要是何子天一个人就吸引了三分之二的火力，袭击者仿佛跟他有仇一般，大多都朝他招呼过去，替他们减轻了不小负担。不仅如此，何子天还多次在他们身陷危难中的挺身相救。

可打着打着，何子天自己也开始怀疑，每当他升起偷溜的念头时，就有七八个人一起围攻自己，让他连一点偷跑的机会都没有。难不成眼前兴师动众的攻击其实是冲他一人来的？可他一个闲散的无家业无背景无原则的三无人员，就算这些年坑蒙拐骗了一些人，顺手牵羊了一些钱，有时候事情闹大了些还拍拍屁股走人了事，也不至于出动这么多人、弄出这么大阵仗来抓他吧？

不可能，一定是这些老头子的仇家来了。不管了，先想办法解决眼下的麻烦，然后才有机会溜走。

好不容易在剩下的机器人卫士和别墅内部定位武器的辅助下解决掉别墅里的袭击者，何子天、温景阳几个人刚松一口气。

“轰隆——”巨大的爆炸过后，又传来一连串的坍塌声，砸沉了在场的每个人的心。

“不好！”原老将军面色一变，“院墙被攻破了！赶紧走……啊！”

原老将军忽然闷哼一声，整个人身形一矮，跪倒在地。

“老将军！”温景阳一惊，想飞身赶过去查看，却突然发现自己整个人仿佛陷入深重的泥潭，一条腿想拔，却拔得十分艰难。不仅如此，整个人更像是背负了大山一般动弹不得。

“怎么回事？”温景阳目光一扫，就见除了何子天和自己外，其他所有人都已蜷缩着倒在地上，明明没有见到他们身上有任何伤口，却仿佛随时都要被碾碎一般。

碾碎？对，没错，就是要被碾碎的感觉。

身上强大的压迫感到底是从哪里来的？是针对神经系统的毒气弥散在空气中，他们不慎吸入了？可怎么会重到他连腿都抬不起来，光是强撑着不倒下就已经耗费了所有力气？

“咻咻——砰——轰隆——”

别墅院内，自动反攻系统早已全面打开，就是没有主人的命令，也在极力阻拦攻入墙内的敌人。

王重怎么也没想到，进了院墙还会遭遇如此猛烈的炮火，这几个老东西还真是把窝铸造得固若金汤，要不是他有天网系统，恐怕真要等几个老头死了都没有人能够突破这里。不过对他来说，别墅的防护并不能成为真正的威胁。

王重双手一压，整个别墅场域内的重力再度翻倍，各个角落原本通过电子智能精密计算的炮火再度受到强压，偏离原本的轨道，在王重周身炸裂开来，却无法伤害他分毫。以他本人为中心，三尺以内形成了一个难以想象的超重力场，任何触及力场边界的碎片都被压毁坠落。

“哼。”见老齐、小童和一众下属都站在力场之外，离他远远的，谁也没有想去毁掉定位炮机的意思，王重冷哼一声，开启周身的浮空助飞系统，飞快地穿梭在别墅的外围区域，架起中型激光炮对准炮位一阵轰炸。

很快，院子里就清净了许多。

“走。”王重一声令下，解除重力场，带头进入别墅内部。可就在踏入别墅的瞬间，他又忽然改变了主意，对老齐和小童说道：“你们俩带人进去，把何子天带出来，不要暴露身份。”

“不能杀人？”小童一脸天真地咬着手指，歪头问道。

“……不能。”

别墅内。

何子天忙得满头大汗，他整个人瘫坐在地，正两手发抖艰难地拆开强心剂外包装，替早已昏迷过去正带着加氧器的原老将军补注一针。温景阳则单膝跪地撑在原处，一手紧握枪，另一手撑在地上不让自己彻底倒下，可鼻间的两道血痕却出卖了他此时的境况。

“温景阳……”好不容易成功替原老将军补注强心剂，何子天转头看向温景阳。

“不用管我，先看任老……”温景阳咬牙说道，忽然间，他感觉身上的压力一轻，一直笼罩在别墅上方的巨大压迫力骤然消失。

“来了。”何子天低声说道，扯掉脑袋上给自己绑的加氧器，站起来想松松筋骨，却脚下一软差点摔倒。

温景阳明白他说的“来了”是什么意思，现在满院子的人还清醒的就剩他们两个，但敌人的数目恐怕不知道是他们的多少倍，今天这么一闹腾，看来还真是回不了家了，也许连命都要丢了。

“今天有幸，见识了何老的实力。”大敌当前，温景阳轻松一笑，纵然满身狼狈，却显得极其洒脱。

何子天呵呵一笑：“小子你也不错，撑到现在还这么有精神，老头子我是比不上你了。”

“不要忘了我……”不知什么时候，原老将军再度醒了过来，正勉强地从地上爬起来，第一件事就是整理自己有些凌乱的胡子。

“头可断，血可流，美髯不可乱！老原，我觉得有必要开发个专业的洗胡须水，再请你去做模特，肯定大有市场，财源滚滚来！”何子天张嘴就是胡话，还笑呵呵的说得挺像那么回事。

“哼，老不正经，什么时候了还有心思胡说八道！”原战瞪他一眼，但也颇为赞赏他这种豁达的精神。

何子天哈哈一笑：“这有什么，反正你高兴是过，不高兴也是过。管他顺还是不顺，反正咱每天麻将摸一遍，饭后一支烟，幸福快活似神仙。”

“谬论！”原战虽然这么说，一直紧绷着的黑脸却终于放松了一些。

温景阳讶异地看了何子天一眼，他以前都没发现，何老头竟然是个极有意思的人。

“哈哈……麻将摸一遍，饭后一支烟，幸福快乐赛神仙！好押韵，真好玩！”人还没到，童真的语调就已经传了进来，令温景阳等人神色一凛。如此天真活泼的语调，听起来是个年纪不会超过十岁的女孩。

“哇……里面好乱哦，到处都是机器人渣渣，唔，还剩下三个人。你们哪个是何子天呢？”小童领着老齐和一众强化人进来，一开口，就让在场的三个人面色一变。

竟然真的是来找我的？何子天心中一动，忽然有了一丝猜测。

原战眉头紧皱：这么兴师动众，来抓的人竟然是何子天？何老头到底是什么来头？

温景阳出声质问：“你们是什么人？”

“我们是爱与正义的战士——巴拉巴拉，变身！”小童比画着时下最流行的动画片主角的手势，鼓着嘴气势昂然地说道。

温景阳没笑出来：“……”这个笑话有点冷。

老齐斜眼看向何子天：“你躲得可真够深的。”

一句话顿时让温景阳和原战同时紧张了起来。

“你们是找我的？”何子天双手背后迈步朝前走去。

原战低声喝阻：“何老头，你不要意气用事，傻子才这个时候强出头。”

温景阳握紧手中的枪支，一言不发。

何子天自顾自地说道：“你们是用了全有集团的基因药剂吧？看来技术又更进一步了。”

老齐危险地眯眯眼：“看来你是不会乖乖跟我们走了。”

“怎么会？”何子天笑眯眯地说，“我老人家最是热爱和平，能装㞞绝对不伸腰，能聊天绝对不打架，你看我这腿肚子抖得，就差跳探戈了。”

“行了，看来老头子今天不跟你们走一趟你们是不会罢休了，那我也就不为难你们了。”说着，何子天就闲庭信步一般走了过去。

“何！子！天！”原战气得跺脚，几步上前想拽住他，却被他一把避开，“你干什么？”

“别，别，快别这么喊了行不行。”何子天像触电一样连连摆手，惹得原战脸更黑了，“都一把年纪了，就不要上演生离死别的感人场面了，我这小心脏实在有些受不了。况且又不是不回来了，放心吧，你们兜里的钱都给我好好装着，老头子回来要一网打尽。”

“放屁！就你这诈和的水平？”原战咬牙。他也看出来了，只要何子天肯跟他们走，对方就没有继续作战的意图，跟地下通道里神情麻木、只会执行命令的人偶不同，眼前的众人都各具特色，十分鲜活。

可到底是什么人培养出来如此厉害的一群怪物，竟然能在这么短的时间内穿过院内的炮火毫发无损地来到这里？这完全颠覆了他以往的认知，难道现在真的已经不是他们的时代了吗？

原战眼睁睁地看着何子天朝对方走去，一边走还一边夸奖小童的小辫儿扎得好看，老齐的驼背颇有龟相的风采。等到所有人都退出别墅之后，整个别墅突然陷入一片寂静。

一地烂渣，满院狼藉。

直到此时，他才真正地松了一口气："去看看……那两个老头怎么样了？还有那些护卫。"

"是。"温景阳仔细看了原战一眼，发现他除了神情极度疲惫以外身上并没有太多伤，也就不多逗留，很快将整个别墅检查了一番。

"报告将军，包括两位老将军在内，两死七伤。死掉的护卫都是被碎裂的流弹炸死……"温景阳行了个军礼。

原战的神色更加疲惫："所以他们没有杀人是吗？"

"他们应该是查到何子天藏身在此，所以强行突破，只要何子天，并非针对别人。"

原战点了点头："……"

此时，几架直升机终于飞到别墅上方不断盘旋，朝下发出申请入内的讯号。

原战哂笑一声："信号干扰解除后倒是来得挺快。去吧，交接完了，你也下山休息吧……"

国立中心医院。

一条信息忽然传到花流年的终端，她打开一看，精神一震，随即绽开笑容："看来我也要认真了。"

时间静止——开启。花流年抬起脚步，踏入自己布置下的小型时空圈内，朝乘着水龙飘止在医院大楼前空地上方的方可水轻盈飞去。而她身后原本梅之心所站的地方，此时已空无一人。

医院的大楼内。

何想忽然觉得有些奇怪，可明明大楼中依旧充满了战斗声和惨叫声，可他还是觉得有些奇怪。到底是哪里不对？他刚才明明已经破解了花流年的时间静止能力，可总有一种奇怪的违和感萦绕不去……

是大楼外？

何想双眼一睁，急忙喊道："温之光护好老爷子！"话音未落，整个人就飞身冲了出去。

等他跳到阳台上打开腕表上的照明器时，花流年早已在半空中轻轻将高浓度的麻醉针刺入无知无觉的方可水脖颈间。

"花大千金。"随着何想一声轻唤，时间静止的场域再次被迫散开，失去了主人控制的水龙顷刻间散开，坠落到地面。方可水的身体向前一倾，倒在花流年的怀中。花流年朝何想温柔一笑，说道："何想，好久不见，别来无恙。"

随着一声招呼，几十个强化人突然闪现，从不同角度朝何想迅猛攻来！眼见花流年抱着方可水落到人群后方，何想飞快地从阳台上跳下，下坠过程中手弩射破下两层的窗户，扯住合金线跳了进去。

可惜何想算盘打得响，却没料到下方早有人埋伏，刚钻进窗户就被两道丝线缠上了脚腕。来不及开枪打断丝线，前方就有两人抡拳飞速冲来。何想身形一矮躲过攻击，刚准备回身射击，却没想到袭击的二人直接跳出了窗外。

"嗯？跑了？"何想脑子里的疑惑刚起便发出一声惨叫，两条腿被丝线往下一拖，整个人不受控制地往窗外滑去。他只来得及抓住窗边，就听见"铛铛铛"一阵密集的子弹擦过耳边，还没从惊心动魄的感觉中回过神，被他抓住的窗棱忽地松动，竟然整个被打了下来，随着他一起被拖出窗外。

“嗖嗖嗖——”另三条丝线分别缠绕住何想的手腕和脖子，以迅雷不及掩耳之势将他在半空中吊起，只要稍稍一扯，就会让他脑袋分家。

何想脸色一僵，没想到自己竟然这么快就落入了花流年的手中。花流年轻声一笑，站在他斜下方，兴味盎然地看着他，见满脸郁色不由得笑得更开心了。

可不远处原本跟方可水战斗的人则有些看不懂情况了，竟然出现了新的势力，是朋友还是敌人？但看他们的目的是对付方可水一行人，应该至少不是敌人。可他们也一点没有要杀人的意思，倒像是活捉，这就和他们收到的命令背道而驰了。

因为他们接到的命令是：今天，方可水——必须死！

一瞬间，原本埋伏在暗处的暗杀者出手了。感觉到杀气，花流年原本欢悦的神色沉下来：“解决掉他们。”她原本不想理会，但对方自己找死就怨不得谁了。

花流年下令，立即有半强化人对上暗杀者。可就在双方杀机毕露、兵刃相接之时，一种湿润感瞬间弥漫了整个空间，仿佛在空气中早已潜伏许久。

花流年脸色一变！可还没来得及出声示警，密集的割喉和穿刺声便在极短的时间里炸入耳中。原本交兵激战的双方在同一时刻愕然地看着对方，谁也没有料到自己没能灭杀对手，反而轻易被第三方射杀。

强化人和暗杀者接连倒下，场中剩下的只有几个极其敏捷的作战高手、花流年，以及像断线风筝一样摔落在地上痛得惨号的何想。

“你醒过来了？怎么可能……？”花流年一脸震惊地看着方可水，觉得自己是陷入了梦幻，否则怎么会看到如此不真实的场景，刚才的一针可是能瞬间干倒大象的麻醉针啊！

“呵……”方可水一声轻笑，撩起有些凌乱的波浪长发，轻佻地踏着步子，一步来到花流年身边，吓得花流年身边护卫立即反击，可刚掏出匕首，一股细长的水像便绳子一样绕住他的脖子往后拖，顷刻间将他吊到半空中，任由他如何挣扎，柔韧的水绳都分毫不断。

方可水再次发出一阵似愉悦似轻蔑的笑声，一把冰锥在她手中化形，抵住花流年的下巴，也让其他几个强化人有心攻击却投鼠忌器，几名剩余的暗杀者也不敢轻举妄动。

方可水低头在花流年的耳边轻吹一口气，带着几分畅快笑道：“很意外是不是？不要这样嘛，你都知道我是方家的人了，难道不知道我们方家的子孙从小就会训练抗毒能力？对了，现在的人都不会这么做，因为太苦太难受，毕竟百分之九十九的疾病都能治好，谁也不想去受这份罪不是？”

方可水的笑声越是张扬恣意，花流年就越是感觉如坠深渊，她只觉自己像被一条巨大的毒蟒盯住，明明浑身的细胞都在尖叫着要逃走，却一动也不敢动，甚至连她赖以生存的时间静止的能力，在此时也毫无施展的余地。她该怎么办？难道要失败了吗？她连这一点小事都办不了吗？她还怎么回去面对锦年哥哥？明明王重都做到了，而且她打过包票啊！

“哎呀，这样就吓得小脸苍白了，怪可怜的，可是我还有很多小花样小玩意儿想要跟你玩呢，我们回去屋子里面，就我们两个慢慢玩？好不好？”

听见这句话，花流年更是脸色煞白，可还没开口，后脑就挨了一手刀，晕了过去，倒入方可水怀里。

“啧，小想你真是的，就这么怜香惜玉吗？我还没吓够她呢。”方可水白了何想一眼。

何想不为所动：“现在不是玩的时候。”

“哼。”方可水眼睛一眯，侧头看了一眼不远处伺机解救花流年的几名强化人，一指暗杀者，“杀了他们，我就放过你们。”

几名强化人精神一震，紧盯了方可水一秒，随即同时跳起，扑向暗杀者。

“行了。”方可水勾唇一笑，“也该去看看小光和樊力的情况了。要是跟某人一样表现这么不好，哼哼！”何想不由得打了个冷战。

就在何想、方可水准备先和温之光会面时，大楼内部，樊力已经解决掉最后一个暗杀者，正准备返回病房，却突然听到一个轻微的响动。

“哈哈，原来还有漏网之鱼。”他精神一振，脚下发力，笑着一步弹起冲向黑暗的楼梯拐角。

“呀！”被袭击的女孩抱着脑袋惊恐尖叫，“樊力是我！”

“你？”原本已经击向女孩的拳头硬生生收回，樊力惊讶不已，这个声音明明他听过没几次，却异常熟悉，“怎么是你？你来这里做什么？”

樊力眉头紧皱，黑夜里的眼睛极其明亮，充满了怒火，还有些复杂的情绪。

突然，他想起什么又猛地往后退了几步：“你离我远点，老实点，不要耍花招，否则对你不客气！”

“呜呜……”梅之心忽然往地上一蹲，坐到楼梯台阶上，抱住膝盖伤心地哭了起来。

“这？”樊力有点摸不着头脑，好好的哭什么？难道又被人欺负了？他下意识地想起上次方可水捉弄她的事情，可现在不是没事吗？不行，一定是梅之心又想耍花招，他得离她远一点，最好是立刻掉头就走，不能给她机会。可心里虽这么想，脚却不怎么听使唤，尤其是听着她伤心欲绝的哭声，感觉心都快化了。

樊力有些烦躁地挠挠头：“嘿，你没事到底哭什么？不要哭得这么惨兮兮的，大晚上的瘆死人了。”

“呜哇——”听樊力这么说，梅之心哭得更伤心了。

樊力有些手忙脚乱，不能靠近梅之心的原则也忘了，连忙凑上前：“喂，我也不是说你哭得难听，其实声音还蛮好听的，但你不能总这样哭呀，我刚才也没说什么吧，要不要这样？不许哭了！啊，好了好了，不要哭了行不？算我求你了。”

“你以后还凶不凶我？”梅之心埋着头，瓮声瓮气地吸着鼻子，像个小动物一样让人觉得有点可爱。

“不凶不凶。但明明是你每次都……”樊力情绪有些低落，脑子里一团乱。不知道为什么，每次对上梅之心，他就感觉很没辙，但她分明不是什么好人，一次两次的为他和温之光带来麻烦。但要真让他下狠手，他又有些下不了手。难不成……他又中招了？

第十四章　道不同

“真是好久不见。”一句好久不见，一语双关，是对一个多月前见过的花锦年，更是对小时候相依为命的好兄弟何像。

樊力警惕的心思刚起，梅之心就忽地抬头，一脸泪痕地控诉道：“什么每次？又不是我愿意的，你以为我愿意那么做吗？我一个女孩子，又没有什么自保能力，呜……”

“难道是他们威胁你？”樊力心一紧，瞬间想到地下拳场的整人手段，“你有把柄抓在他们手上？”

樊力猛地凑近，一把抓住梅之心的肩膀，想将她掰正跟自己好好说话。

就在此时，梅之心忽然伸手勾住樊力的脖子，飞快地仰头，轻轻将朱唇一凑。

蜻蜓点水般的吻，掠过樊力有些干燥的嘴唇，像一把瞬间点燃的火。樊力的脑子“嗡”的一下，一片空白。他本能地想要再抓住梅之心，梅之心却早已轻巧地后退站起，居高临下地看着兀自茫然半蹲在台阶边的樊力，一丝冷笑浮上她的唇角。

梅之心一笑，往日清纯亮丽的脸上满是冷艳和疯狂，她冷酷地下令道：“站起来。”

仿佛待命的机器人收到指令，樊力茫然中带着惊喜的眼睛突然一红，随即整张脸像被按下某个开关一样变得毫无表情。他机械地站起身来，神情空洞地看着梅之心。

“学狗叫。”梅之心的唇角带着奇异的微笑。

樊力迅速蹲下身，蜷起两只手当作前腿，四肢并用地原地跑了两圈，伸出舌头：“汪！汪汪！”

“很好。”梅之心极其满意。虽然亲樊力让她感到恶心，不过有时候，为了达到目的总是要做出一点牺牲的。

“去，杀了温之光。”梅之心的眼里再无笑意，唯有森然杀机！

樊力倏忽蹿了出去。

病房内。

听着外面的动静越来越小，温之光知道，战斗应该已经接近尾声了。即便如此，她依旧守在方老爷子的身边，一步也不离开，甚至没有多说两句话。因为她知道，有许多事情都是在进行到百分之九十九的时候，崩溃于最后一刻。她绝不会让同样的事情再次发生。

“当啷！”一个清脆的响声从门口传来。

“谁？”温之光的精神骤然紧崩起来，猛地侧身朝门口举枪，待借着月光看清来人的样貌时，紧张变为惊喜，“樊力？太好了，坏人你都解决了？”

温之光笑着，刚想往前走上一步。

“退开！”方老爷子猛地出手，将她往后 拉。“嘶 ”仿佛空气被撕裂，尖锐的破空之声划过温之光的耳畔，一柄尖刀斩过温之光刚才所在的地方。如果她的速度再慢一点，如果方老爷子没有出手拉她，刚才一刀必然会让温之光的脑袋和身体分家。

命悬一线的惊恐和劫后余生的后怕令温之光骤然暴怒，大吼道：“樊力！你干什么？你疯了？！”

可樊力对她的怒斥充耳不闻，一击没有得手，翻身挥刀回刺！温之光不再犹豫，矮身躲过，一拳击向樊力的腹部。虽然她不清楚情况，但这并不妨碍她战斗，她要把樊力这个混账东西往死里揍才能解气！

可温之光的理想虽然很美好，但现实是樊力无论是速度还是力量都比她强上太多，短短几秒钟就让她数次挂彩，她恼怒至极。关键是，真让她对樊力下黑手她又下不了，可樊力却是招招致命。

“砰！砰砰！”

情急之下，温之光射伤樊力大腿，可疼痛似乎只会让他更加疯狂。樊力低吼一声，眼睛充血，射出匕首干扰温之光的行动，手掌青筋暴起，指甲疯长如刀，以比之前更迅猛的速度逼近她的面前，对准她的心脏伸手一掏！

“砰！”千钧一发之际，一枚子弹擦着樊力突然缩回的手腕而过，阻碍了他的行动。一只柔软的手以难以想象的速度捏住樊力的另一条手臂向后一折，“咔”的一声卸掉了他的肩膀。何想欺身到樊力面前，一拳砸到他的脸上，打得他鼻血横流。

樊力也终于在何想的一拳中清醒过来，瞬间想要回击，可看清眼前的人后又猛地缩回了手，气急败坏地骂道：“老大你干什么？”

“还问我干什么？”何想眉头一挑，额角突跳，声音很轻很慢，可熟悉他的樊力知道，他已经处于暴怒的边缘了。电光火石之间，樊力忽然回神，刚才自己的所作所为，一幕幕一秒秒，全都回到他的脑海。

瞬间，他脸色煞白。

“我……我！”樊力一脸惊惶，像个做错事却不知道该怎么办的小孩一样惊慌地看着一身伤痕的温之光，心突然像被刀割一般疼痛起来。

“行了。”方可水忽然伸手，在樊力的脑袋上一摸，“没多大事，别吓得要死。大家都好好的，你也不是故意的。”

有个像姐姐一样的人在此时出声安抚大家的情绪，最有效不过了，樊力像在水里抓住一把稻草一般哇的一声大哭出来：“大姐头，我……”

“行了，不要叫得这么荡气回肠，没什么事，被坑了坑回去就成了，小可怜，姐姐给你出气。”方可水笑了笑。

“呜……”樊力眼泪汪汪，鼻涕横流，一条手臂被卸掉垂在一边，另一只手背迅速地在脸上抹来抹去，怕自己泪流满面的样子太难看。

见到这一幕，何想叹了口气，感到有些无奈，也有些后怕。要是刚才再晚来一步，不知道会有什么后果。他看向温之光，发现温之光的戒备已经解除，反而满眼都是对樊力的担忧。

忽然，樊力放下了手，咬牙切齿地说道：“我要去杀了梅之心。”

“得了吧你，承认自己不是她的对手没什么可耻的，好刀要用在关键的事情上。小光，去把梅之心抓来，如果她还笨得没有跑掉的话。”方可水轻描淡写地说道，“不过现在倒是可以确定，梅之心是全有集团的人了，呵。”

“哎呀，差点忘了，咱们手里还有花小公主呢。”方可水笑眯眯地看了一眼怀中晕过去的女孩，一脸的不怀好意。

全有集团。

秘书刘连生从电梯里出来，沉稳而快速地走到花锦年的身边：“花总，您叫我。”

“方家的方上宇被放走了？”花锦年脸色不善。

“是的，大小姐放他离开的，两个年轻的还在。大小姐似乎跟他达成了合作，所以他应该还会回来。”

“是吗？”收到讯息，花锦年低头看了一眼，是王重发来的，他勾起唇角，“很快就要再见面了。”

离开全有集团时，方上宇胸有成竹，犹如闲庭信步。可在拦了一辆出租车准备往机场方向去的时候，他收到了一条短信。一瞬间，他脸色苍白，仿佛见鬼了一样。

下一刻他就改变了主意，调转方向，往国立中心医院赶去。

好不容易到达医院门口，已经快晚上十点钟了，方上宇下了车就大步往医院走去，没走几步就飞奔起来，连值班的医疗机器人都被他带得原地转起了圈。

“老头子到帝都来了？”方上宇喃喃自语。

怎么没人告诉他方老爷子不但到了帝都，还在国立中心医院？不，不对，在全有集团的时候，他的通信端被屏蔽了，出来之后才收到的消息。他们是什么意思？想告诉他什么？还是……他们根本就在医院里安排了什么？

跟方远东其他的儿子侄子侄孙不一样，方上宇虽然顽固不化，也非常想把在位多年的方远东从家族族长的位置上拉下来，但他从来不希望老头子真的死掉或者出什么问题。毕竟就算他不太乐意承认，也知道方家只有方远东才可以坐镇，可以指挥一切。

他们到底打算干什么？老头子不好好待在本家，跑到这里来做什么？老头子要是真出了什么事……

短短的时间里，方上宇胡思乱想了一堆，可更令他惊恐的是，老头子到底是躲过了家族里某些人的严密监控自己跑到帝都来的，还是……有些人故意放水，想要在外面做掉老爷子？

想到这里，方上宇越发焦躁不安，速度更快，直到他踏入医院里被所有人屏蔽的战斗区域才忽然止步。躺在地上的尸体不少，有一些明显是方家的暗杀者，也有一些着装各异的人，他一抬头，就看到了战斗的集中区域，27 楼的窗户整个碎掉，有间病房的墙体几乎被完全毁掉。

方上宇刚准备上去，一个身材高挑火辣的女子推着轮椅里的老人，从黑暗里走了出来。

老人露出慈祥而温和的笑容：“老三，你终于来了。”

“父……父亲？”方上宇瞬间腿软，他难以置信地瞪大眼睛，怎么也没想到，在一片狼藉的尸体中，最后走出来的竟然是他的父亲，方家的现任族长方远东。

那么也就是说……家族里面的兄弟子侄辈们，以及叔舅们都输了？

即使是有如此周密的准备，即使赶上了老爷子最虚弱的时候？

方上宇不由自主地战栗起来，强行压制自己内心的恐惧和心虚，努力不让自己显得太过怪异："您……没事吧？"

方远东温和地笑了："当然没事，我这不好好的在你面前嘛。"

"那、那就好。是儿子来晚了。"方上宇不由自主地垂下头。从小到大，每次在面对方远东时，他都会不由自主地垂下头，总是像个做错事的小孩，等待着父亲的责骂。

"没事，你来得正好。收拾一下残局，我跟可水就先走了。"方老爷子的笑意依旧温和，甚至没多问两句这个小儿子为什么会这么巧出现在医院。毕竟有些事情了解得太清楚，也未必是件好事。

揣着明白装糊涂也是一种长寿的秘诀。

"是！"眼见方可水推着方老爷子和何想等几个年轻人慢步离开，方上宇终于两腿一软摊在地上，仿佛耗尽了所有的力气。

过了好半天，一阵萧瑟的风吹来，吹动一地的狼藉，飞沙掠过地上的尸体，方上宇才喃喃自语："老二这次，是真的栽了。"他嘲讽一笑，"我是不是该感谢一下自己的不中用？输给了阿水和全有集团，没来得及一起行动，是福还是祸？"

"嗖嗖嗖——"由方老爷子的侍者带领的真正的主暗卫身着黑衣，从各处闪身而出。那侍者一脸漠然地瞥了一眼方上宇，开始收拾残局。

出了国立中心医院，吹着凉爽的风，何想、方可水等人都精神一震。

温之光也匆匆从医院里跑出来，气鼓鼓地说道："可恶！又让梅之心跑了，简直跟个泥鳅一样。"

"呵……意料之中，不过以后有的是机会碰面，别着急。"方可水笑道。

温之光瞥了樊力一眼，见他一脸紧张地想看又不太敢看自己，哼了一声。虽说气已经消了，但她还是打算暂时不理他，免得他一点儿也不知道反省。

“爷爷！您好啦？”温之光绽开笑容，甜甜地喊道。

方远东也笑了：“嗯，好了，有小丫头的守护，好得非常快。”

温之光哈哈一笑，有些不好意思地挠挠头。

“对了，爷爷，您到底是什么毛病啊？怎么到现在都还坐在轮椅上？是骨折了吗？其实骨折也可以很快修复的，只要加速骨细胞增长就可以了。”温之光好奇地问道。

“都不是，丫头不用担心，爷爷是练功出了点小岔子，很快就会好了。而且托这次生病的福，不然还不知道家里有这么多不安分的东西。”

“哦。”既然是方家的家事，温之光也不好再多说什么了。

“不过，这次你们几个娃娃都表现不错，尤其是破坏了电力系统的……是叫何想吧？有你们在可水的身边，老头子也就放心了。”方远东笑得慈祥，“自家的孙女自家清楚，眼高于顶，鼻孔朝天，你们多担待一下。”

“爷爷！”方可水白眼一翻。

“你手里的这个姑娘，是全有集团的继承人花流年吧？都长这么大了。”方远东笑了笑，“看来全有集团很希望你们去做做客。那和花流年一起去一趟吧。”

“嗯？”何想几人都惊讶地将目光移了过来。

“兵来将挡，水来土掩，没什么好怕的。他们到底想干什么，你们也只有亲眼去看了才会知道。放心吧，老头子在这里，捅不了大娄子。”方远东笑得温和，神情自若，满是笃定。

“嗯，好吧。”方可水犹豫一瞬，抿嘴笑了，“行吧，既然花小公主都请上门了，这么热情，不去似乎太不近人情了些，是吧？”

“走吧。”何想深深地看了方远东一眼，很是客气地说道，“典当行……还请老爷子照拂一下。”

“好说。”方远东微一点头。

以何想近三十年的人生经历，也是第一次有机会进入集团内部，而且还是由花家千金直接带路，经特殊vip通道直达最顶层。虽然花家千金并非情愿，但在方可水的逼迫下，只能听话了。

“叮。”到达的提示声响起，电梯大门打开。花流年率先走了出来，一眼就看到了站在整个塔顶正中心仰望群星的花锦年。

整个塔顶一片黑暗，黑暗中又有点点浮动的星光，灿烂的星河以极慢的速度倾斜地绕着塔尖旋转，照亮了四周。花锦年站在其中，就仿佛站在整个星河的中心。

“何老头？”出了电梯，何想一眼就看到坐在离花锦年不远处沙发上的何子天。他怎么也没想到，竟然连他都被请了过来。

真的是请？注意到站在离何子天不远处的王重，何想的眉头不由皱起，花锦年竟然能找到连他都不知道在哪里的何子天，恐怕请何子天的过程也不会愉快。

何子天看到他，笑得高深莫测，一个字也没说。

“哥哥……”花流年有些心虚，虽说她也成功地将何想等人带了回来，过程却是恰恰相反，她的准备很充分，却败得很彻底。说到底，或许还是她太没用，爸爸将全有集团交到哥哥的手里确实是个正确的决定。

花锦年朝花流年微微一点头，就看向了何想。

“何想，你来了。”花锦年温和一笑，还是一样的温润，一样的友善，只是在何想的眼中，友好笑容的背后隐藏了太多的冷酷。

“真是好久不见。”一句好久不见，一语双关，是对一个多月前见过的花锦年，更是对小时候相依为命的好兄弟何像。

花锦年听懂了，点点头，目光环视一周，笑得温和而又儒雅：“除了何想以外，我与其他诸位应该都是第一次见吧？你们好，我是全有集团的总负责人，花锦年。”

“方可水。”方可水轻佻的目光在花锦年身上上下一挑，像是对花锦年的长相还算满意，吹了个口哨，令花流年神色一沉。

既然方可水都回应了，温之光眨眨眼，也回答道：“温之光，职业刑警。”她一脸古怪地盯着花锦年，总觉得他跟她想象得不太一样。一般来说，大 boss 不都是一脸横肉的悍匪样吗？怎么花锦年倒像是个斯文败类。

樊力下意识地在整个塔顶扫视一圈，突然想起自己竟然在我梅之心的控制下做出了那么多失控的事情，有些懊恼地大声回道：“樊力！”明明极其憎恨她，可不受控制的他一遍又一遍地在脑海里回忆魅心之吻，弄得他心乱如麻。

“人都到齐了，真好。”花锦年不以为意，笑得温和，微微停顿一瞬，张开双臂做了个迎接的姿势，笑道，“诸位，我等你们很久了，这么晚了还请大家过来，真是有些抱歉，但出于一些不得已的理由，还是将各位请了过来。真心欢迎诸位来到全有集团，希望大家能把全有集团当成自己的地方，别太拘束。因为以后，说不定你们会常住于此。”

“诸位先请自便，可以先四处看看，感受一下，有什么想问的问题，我也会一一回答。不用太紧张，我希望未来我们能是同志式的合作关系。”花锦年脸上始终保持着善意的笑容。

“同志？哈，还真是怪事年年有，今年特别多啊。”像是找到了攻击点，樊力一路愤懑的心情终于得以释放，“花大总裁对待同志的方式真是不一般，先把人往死里打，再拎起来摸两下，就是同志了？要不要这样？你这同志也太便宜了，多少钱一斤？要不给我来一打？”

见花锦年不说话，樊力继续说：“不过这个地方看起来是蛮高级的，花了很多钱建起来的吧？花总肯定不缺钱，说不定买卖人命的事情也经常干……”

“你胡说什么？”花流年立即喝阻。

樊力笑哈哈：“我胡说？我有什么好胡说的？既然敢干就不要怕别人说，温之光不就是在查你们人口失踪案嘛，这么处心积虑地对付她，分明是做贼心虚……”

花流年脸色一变，刚要开口，王重抢先一步说道：“证据。没有证据乱说话，诽谤是要坐牢的。温之光也保不了你。”

“哈！”樊力像是听到了天大的笑话，刚要爆发，一只手却拦在了他的前面。樊力一怔，继而有些愧疚地看着手的主人。

温之光神情平静，极其认真地看着花锦年：“我可以问你一个问题吗？”

“请讲。”

“你是传说中黑衣仙星人的后代吗？”温之光目光纯净，仿佛这只是一个再正常不过的问题。

“嘿，我说温之光，你这么问，他怎么可能会告诉你实话？换我，我也会说我不是……”樊力哭笑不得。

方可水笑得灿烂：“傻得可爱……”

何想原本已经漫步到了塔顶的边缘，俯视楼下的万家灯火。原来从下面看到的那笼罩着塔尖、终年不散的云雾只是制作出来的视觉效果，真正身处其中，却可以清晰地俯瞰整个帝都……蓦然听到温之光的话，他心中一动，回头看了她一眼，眼睛里满是笑意。

其实温之光的问题也是他想要问的问题，只是没想到被温之光这么简单直白地问出了口。也挺好，有时候越是面对复杂的人，越是可以用简单的方法制服他。

花锦年也有些讶异，他早就料到会有人问这个问题，却没想到这个人会是温之光，他不由哑然失笑：“很遗憾，并不是。”说着，花锦年幽幽地叹了一口气，仿佛不是黑衣仙星人后代让他感到万分遗憾。

“真话？”温之光敏锐地感觉到了这一点，露出疑惑的神色。

“哼。”樊力冷笑了一声，显然不太相信他的话。

方可水眯起眼睛瞅着花锦年，在思索是不是花锦年的演技太深。

何想也定定地看着花锦年，忽然明白，他确实是在遗憾，感觉就好像是他没能成为神话故事里继承遗志的使命者，很可惜，甚至有点不公。

想到此处，何想的表情有些微妙：“你希望自己是？”

花锦年笑了笑：“真要是，岂不也很好？至少会获得传承和信息。”

“你装什么大尾巴狼……”樊力刚要挑衅，王重忽然出现在他身后，一拳突袭！“砰！”两人拳头对拳头，即便樊力应对得有些仓促，但他本来就有力大无比的天赋，所以丝毫不落下风。

“回来。”花锦年神色一冷。王重迅速退回原位，低头垂目，降低存在感。

何想也说：“樊力老实点，还没到打架的时候。”

“那什么时候才到？”樊力有些郁闷。

“一切行动听指令。”何想示意樊力少安毋躁。

“好吧。架都不让打，要不要这么郁闷？”樊力咕哝着蹲到一边，跟何子天排排坐了。从头至尾，何子天都没出声，看着几个年轻人表演。

花锦年回答得如此坦然，反而让何想有些迷惑，他一直以为花锦年这么认真致力于打开通往仙星的通道，应该就是黑衣仙星人后代没错，难道他其实一直都想错了？

跟他一样迷惑的还有方可水，惯于撒谎的她对别人的谎言也异常敏感，虽然不愿相信，但直觉告诉她，花锦年似乎真的不是黑衣仙星人后代，那几人之中到底谁是？

“既然你不是黑衣仙星人后代，那为什么要打开空间通道？”温之光又睁着无辜的大眼睛，直白地看着他问道。

花锦年是真的觉得温之光很有意思了，他饶有兴致地打量了一下温之光：“这两件事情难道有联系？为什么人类本身不能有想向外太空发展的意愿？”

他摊开双手，璀璨如银河的黑色天幕里顿时升起几个3D立体电子屏幕，展现着近些年来的科学发展进程以及人类探索外太空的种种历史性事件。

火箭发射，人造卫星，登陆月球，征服火星，空间站的建设……一幕幕快速地在众人眼前划过，一声声喷射爆发、爆炸又重建的声音在众人耳中轰鸣，明明暗暗的光芒在星空里让人有种梦幻的感受，仿佛催促他们踏上征程，去征服宇宙的每个角落。

花锦年的声音温和而低沉，仿佛带着一丝蛊惑："科学发展至今，已经进入了一个关键的瓶颈，地球的资源早已被人开发殆尽，继续默守下去，总有耗尽的一天。从人类第一次踏上月球开始，这么多年从未停止探索外星的脚步。或许对于普通人来说，星际旅行只是电视上的娱乐节目，只是教科书里的几段解说，但是对于我们而言却是不远的现实，是眼前亟待解决的问题。并且，我们已经发现了打开大门的钥匙，那么为什么不去打开大门飞向太空呢？"

"不是说贸然打开空间通道就会毁灭地球吗？"温之光一脸好奇。

花锦年的语气越发温柔："如果不在地球上打开呢？"

"什么意思？"温之光眨了眨眼，有些没听明白。

何想顿时眼睛一亮，飞快地跟方可水对视一眼。确实，古代的人受限于科技水平，确实难以突破地球的引力束缚到外太空去施展"法术"，但现如今却大不相同了。

樊力习惯性地哼了一哼，倒是他旁边的何子天目光幽深，唇角上挑，露出一抹奇怪的笑意。

花锦年将所有人的表现尽收眼底，胸有成竹地说道："你们看。"他手掌轻拍，数百个电子屏幕忽然出现在半空中，把整个夜幕瞬间照得亮如白昼。在所有电子屏幕环抱的最中央，一个巨大古朴的巨钟的幻影隐约浮现，仿佛宇宙洪荒里的时钟。

"铛——铛——"突然，古老的钟声敲响，回荡在整个塔顶，萦绕不息，"铛——铛……"钟声一连响了十二下，预示着此时时间已过半夜十二点。

何想突然有一种预感，目光飞快上瞟，落定到时钟正上方，上面一个为人熟知的身影浮现，正是主持全球最大的午夜新闻节目的美女主持，她绽开如往常般迷醉众生的笑容："大家好，这里是'午夜新闻'，我是璎珞。现在为大家播报一则激动人心的消息，由全有集团与联合国委员会主持建设的土星空间站已经初步完成，前期工作告一段落，空间站将很快投入使用，并对大众开放。看，空间站的外形是一只腾飞的雄鹰，近半材料都是就地取材，用的土星之上的矿产……”

“轰隆隆……”一阵巨大的震动从美女主持人的身后传来，惊得她立即转头，一手俏皮地挡在额头上做出张望的模样，“哎呀，新空间站绕土卫星要发射了，很快有关土星的实时监测信息就要传回地球。啊，对了，你们猜得没错，我现在就正在土星上亲眼见证这划时代的一幕！是不是很惊喜？哈哈，不要担心也不要太羡慕，很快新一轮的飞船就将赶往土星了！快看，啊呀，新空间站已经要发射了。”

随着美女主持惊讶地向右一瞟，右方“环球时报”频道的金牌男主持继续报道：“大家好，我是‘环球时报’的主持人江飞。现在大家可以看到，我身后这个正在黑夜里冉冉升起的红星飞船就是直飞土星的飞船，注意，是客运飞船！也就是说，新建立在土卫六上的空间站是一个对外开放且设备齐全的大型空间站，它不仅会精准地记录土星及其卫星的所有信息，还将成为半封闭式的娱乐场所，供每一个星空旅游爱好者游玩。唯一遗憾的是，以目前的最快飞船速度，也需要半年时间才能从地球到达土星。好在到达土星后，土星和土卫六之间的客运飞船每天都会有班次……”

“大家好，这里是科技之光，我是主持人雷永，二十年前，火星已经成为我们的裙下之臣，如今，新的行星土星终于展露在大众面前……”

“大家好，这里是东方卫视，我们将为您接通空间站近土卫星发射境况的现场直播……”

“大家好，这里是央视一套……”

在同一时间内，全球数百家知名新闻栏目，百分之九十以上的通信频道，都开始播放有关土星空间站的建成、近土卫星空间站的发射以及红星飞船的升空的新闻。

数百个知名节目主持人同一时刻亮相，无不赞叹、称颂这一划时代的科技壮举，满怀激情地展望未来，数不清的民众在看到新闻后冲出大门，欢呼躁动，想要一睹红星飞船升空的壮丽景象……

所有的一切，无不是冲击着在场何想几人的神经。

“什么时候的事情？”包括何想在内，所有人都发出了同样的疑问。

一切来得太过突然，何想怔怔地看着数百个荧幕里同时播放的近土卫星升空、突破土星大气层圈的场景，内心的震撼无以复加。

是了……如果官方不想报道的话，民众又怎么可能会知道？换句话说，就算是哪天地球真的要毁灭了，只要官方不愿意透露实情，恐怕民众直到死亡的那一刻都会被蒙在鼓里。

这是一个信息极为发达的时代，但正因为如此，却又是一个信息极为闭塞的时代，你所能看到的一切东西都是被允许看到的，而那些被掩埋的秘密……你根本没有机会看到，更无知得知。

就像他们，直到此时才知道土星空间站早已建成，此前一点影子都捕捉不到。

何想的目光忽然变得幽深起来，有些捉摸不定。过往的一幕幕自动在他脑海里回放，以往的他是一个在典当行里混吃等死的小混混，如果之前不是被逼得没饭吃，恐怕连售卖典当行的点子都想不出来，更不会想到他会认识全有集团的掌门人花锦年，而且花锦年还是他小时候的伙伴！

或许正是因为他是七宝之一“戒指”指定的继承人，他才有机会见到眼前的一切，知道真相。若非如此，他可能和惊喜尖叫的民众一样流下激动的泪水，或者和急需沉溺于游戏的玩家一样烦躁地关掉新闻，又或者正在被窝里深眠，压根不知道也无法见证历史性的一刻。

所有的真相，以及真相后面深藏的一切，只有往前进一步，他才可以触摸甚至得到，而往后退一步，或许就失之交臂，成为一无所知的普通民众。

莹莹的屏幕光闪现在在场每一个人的眼睛里，令人憧憬和向往，不说早就惊叹不已的温之光和傻愣在当场的樊力，就连一向漠然的方可水，此刻也不由得流露出一抹迷茫。太空？未来吗？星际移民？

“呜……”一声细微的哭声忽然在身侧响起，花流年一手捂住嘴巴，欣喜的泪水奔流而出。没有人比她更清楚，为了今天，全有集团和花锦年到底付出了多少心血。王重长出一口气，一向沉着冷酷的目光，此时也变得柔和起来。

即便是花锦年，在真的看到自己多年费心经营的成果登上历史的舞台，也不由有些激动，垂在身侧的双手紧握成拳。

在塔顶内，此时唯一能保持情绪稳定的恐怕就只有何子天了，他坐在宽大的沙发靠椅里，一脸平静地仰望着土星上的动向，眼睛里满是沉静地思索着什么。

深吸一口气，平复了一下情绪，花锦年笑意里多了几分沉重：“撇开七传人的关系不谈，虽说我不是黑衣仙星人的后代，但此时我确实有着和他相似的理想——打开星球的大门，通往仙星！”

“但作为一个地地道道的地球人，我热爱地球，热爱我们的家园，所以根本不希望地球有丝毫的损坏，相反，更想为地球保留更多的资源，替地球谋求一个更美好的未来。那么，将目光转向宇宙，便是大势所趋。而纵观整个太阳系，唯有土星是唯一和地球一样拥有大气层的行星。我想这不会是一个简单的巧合，而是宇宙留给我们的美妙提示。土星与地球的距离已足够展开空间通道而不会对地球造成伤害。”花锦年目光清亮，身形挺拔，有一种难以言喻的迷人风采，“所以，我实在想不到我们还有什么理由不去打开空间通道。我更加希望大家能和我一起来做这件事，共同开创我们的未来，开创人类的未来。”

“不知各位意下如何？”花锦年温润一笑，看向众人。

“……”何想沉默。

“……”方可水无语。

“……”抓着脑袋一脸莫名的樊力看了看。

还是温之光打破了显得有些漫长的沉寂："是不是说，七传人的使命到今天，其实已经结束了？"她有些迷惑地歪歪脑袋，努力把其中的关系串联起来，"以前不是说，大家碰到危机就把宝物都送到典当行吗？但是现在这样，是不是说危机已经解除了，地球已经不会被毁灭了？我们把灾难转移到了土星上面，土星被毁其实跟我们地球没多大关系？"

听到最后，何想的眼睛一睁，忽然有些了悟。

方可水松了一口气，恢复了从前的漫不经心："嘁，爱咋样咋样吧。"

樊力左看看右看看，其实没太明白，决定机智地闭嘴。

何子天从头到尾都是一个神情，没有太多变化。

花锦年微微沉默，笑道："也可以这么说，土星与地球的距离已足够在土星上建立空间站，开启空间通道而不对地球造成太大影响，这是人类发展的必然进程，即便没有仙人的传说。"

"你其实是在说，五千年前的约定到了今天其实没多大意义，我们可以把担子卸下来了？既然这么容易，为什么之前还这么多把戏，该不会是有诈吧？"方可水笑得意味深长。

"之前你们不给我演示的机会，现在你们亲眼目睹了一切，还觉得我在欺骗你们吗？不信的话，方小姐可以直接到空间站看看。"花锦年笑着挥了挥手，"随时可以安排方小姐土星一游。"

何想想到了一个关键的问题："你怎么可以确定土星和地球的距离已经足够安全了？"

花锦年温和而笃定地说道："是科技，不是我。新的时代将会是移民太空的时代，人类会不断向外发展，如果土星不够，就天王星、海王星，甚至冲出太阳系。"

何想哂笑一声："你的时间够用吗？人的生命没那么长。"

"所以我需要大家的智慧和帮助。"花锦年的目光愈加坚定。在冉冉升起的红星飞船的映照下，在土星空间站金属冷灰的光泽下，在数百个频道栏目共同激情恭祝的未来畅想中，他的目光仿佛力有千钧，沉沉地压在每个人的心头上。

一时间，整个塔顶无人说话。不知是谁关闭了所有频道的声音，塔顶陷入了一片寂静。

好半天，何想才说："很抱歉，你的邀请恕我不能答应。"

花锦年眉头一挑："你非要站在整个人类的对立面？"

何想笑了："我之所以不答应，有很大一部分原因正是因为你动不动就拿全人类说事儿，但我这个人放荡不羁惯了，实在没兴趣也不认为自己有能力担负起人类的兴衰。我想你还是另请高明吧。"

"老大不答应，我也不答应。"樊力连忙表态。

"附议。"方可水勾了勾唇角。温之光耸耸肩，反正她又不是七传人，这些本来跟她也没什么关系。

"你确定不再考虑一下？"花锦年神色一沉，一丝危险和恼怒从漆黑的眸子里溢出。

何想摇头："莫非你要动用武力？但我奉劝你在动武之前，最好先好好考虑一下。"

"嘀嘀。"天网突然示警，数百个频道的电子屏幕被推到四周，中间浮现出十几个人员行动的画面，并且浮动的画面激增，很快就到上百个之多。一连串的黑色私家车开到全有集团附近停下，从车上走下来一群身着黑西装的男人和身穿不符合时代的功夫劲装的武者潜入集团内，更有一身优雅职业装的美女堂而皇之地走进大厦，在跟前台打交道的过程中入侵内部。

"叮！"塔顶的直达电梯再度打开，今天刚离开集团准备回方家的方上宇突然现身。

见到他的身影，花流年心中一个激灵："方叔回来得这么快？"

方上宇扫视一周，叹了口气，朝花流年点头示意，目光落到花锦年身上："老爷子让我来接小辈们回家，花总还请行个方便。"

花锦年皱起眉头。他极少皱眉，即便是皱眉头，也只让他显得更加英俊威严：“这是威胁？”

“哈哈！怎么，只允许你威胁别人，不允许别人威胁你？”樊力乐得哈哈大笑，拍手叫好。

“既然花总是为了人类的未来，怎么说我们也是人类的一员，相信以花总博大的胸怀，会和爱护整个人类一样爱护我们的。”何想微微一笑，一顶高帽送上去。

花锦年的眉头倏然皱得更紧，又很快舒展开来，他瞥了一眼监控里的潜入者，看到集团内部很快开始应对，笑道：“原来如此，万方集团吗？确实是个强劲的对手。好吧，你们可以走了。”

“哥哥！”花流年一紧张，出声提醒。

“没事，让他们走吧，留下人也留不下心。天下大势就摆在眼前，他们以后会明白的，到时候他们自己会回来找我的。”花锦年微笑地看着何想等人离开，眼睛里没有丝毫动摇。他轻轻瞥了一眼温之光秀丽的背影，目光又落到身材矮小的何子天身上。

虽说他说服众人为他所用的设想落空了，但是何子天的过于镇静反倒透露了一些什么，难不成他早就料到了什么？花锦年头一次觉得自己在七传人的问题上，想得过于简单了。

几天后。

典当行在经过一次大面积升级后，效果显著，不仅有智能型问答招待机器人，还配备了各式最新的防盗智能储藏柜，可供来往顾客自行存取。储藏柜还自带讨价还价功能，当然，所有人工智能都已经被何想亲自调教过，保准跟他个人的风格相差无几。

原本在典当行被毁后，大厅的东西都已经被砸毁一空，不过这个问题也好解决，方可水大手一挥，空着的盒子就瞬间变得满满当当，让何想深深感叹前段日子的苦没有白吃，大姐头偶尔还是有点大姐头的风范的。

现如今，好景常在典当行终于跟上了时代的步伐，再也不会显得过于落魄和落伍，也再也没有各式各样的大妈大叔过来偷偷打砸。很简单，万方集团对外宣布典当行是其所有，用于隐蔽的医药研究，之前跟全有集团不过是在打经济战罢了。

风声一传出来，全有集团方面也没有再坚持，双方似乎达成了一种微妙的平衡。但其中具体的情况，就不是大众所能知晓的了。神仙打架，凡人遭殃，一般民众躲都躲不及，哪里还管那么多，顺利拿了拆迁费走人。随后在全有集团的迅速修整和引导招商下，街道很快又恢复了往常的热闹景象。

何想跟往常一样靠坐在大厅里，大开着门，抱着本书正看得津津有味。托了前段时间一通折腾的福，现在典当行每天来往的人络绎不绝，虽然大多是来看热闹的，但也没什么不好，有人气总比没人气要好。

当然，客人们如果不老是鬼鬼祟祟地想通过走廊溜到后院去瞧个究竟就更好了。由于万方集团宣布典当行是秘密试验点，他又大开着门，不少人就想偷偷溜进来观摩。后来何想索性在门口挂了个电子告示牌，警示顾客，进门会自动收取门票。光靠这个，何想就可以过上一阵清闲富足的生活了。

“老大，老大！”樊力突然冲出来，一双人字拖，一条短裤，光着上身，板寸头根根竖起，一看就感觉硬得扎人。好在现在是一大清早，店里没什么客人，否则他这副形象一出现，用不了多久，典当行就会有新的传说流出了。

“干什么？”何想连眼睛都没从书本上移开一下。

“温之光得奖了！她受到嘉奖了！”樊力很兴奋。

“然后呢？”

“你怎么这么无趣，一点劲儿也没有。”樊力很不满，“真是的，方大魔女跟她爷爷回老家了，温之光也回工作岗位了，这里除了你这个抠脚大汉，连个养眼的妹子都没有……”

何想随手调出警方的公众频道一看：“备受瞩目的连环杀人案告破，

高层领导及其亲属对破案警花予以高度赞扬和嘉奖……挺不错的，还有勋章，奖金也算丰厚。”

“啧……”樊力咂嘴，穿着短裤光着胳膊就往何想身边的墙壁上一靠，“我感觉你这几天很不对劲啊老大。”

“哪里不对？”

“怎么说呢？感觉你从全有集团出来以后就很没精神了，是不是花锦年的什么空间站让五千年的传承变成笑话，也让你丢掉了好不容易找到的人生方向？”樊力蹭啊蹭，朝何想的方向挪动，揶揄一笑，“不要这样嘛，老大就是老大，一日是老大，终身是老大，不管别人怎么样，我樊力肯定是认定你这个老大了！”

“你只是缺个饭票吧。”何想无情地戳破他。

“哈哈哈，要不要这样？老大就是懂我！不过说起来也是，现在拯救地球的工作也没了，黑拳温之光又死活不让打，一下子就面临失业的危机了。”樊力一手摸下巴做出思考状。

“温之光最近在干什么？”何想有些想念温之光了，嘴角泛起了笑意。

“当然好好继续当她的刑警了，追查她的失踪人口案啊。不过最近土星空间站的建立和红星飞船的发射的新闻实在太火爆了，到处都是一门心思想上去看个究竟的人。而且全有集团还公开对外招募实验测试人员，你不知道，报名那叫一个火爆！结果这几天报名门槛卡得越来越严，大家都想尽办法，削尖了脑袋想要走后门进去。啧啧，这下子人口流动和去向更加不稳定了，温之光查起案子就更费力了。你说，要不我去考个刑警当当？”樊力左拳击右掌，眼睛一亮。

“笔试你能过？”

“……”樊力呆住了。这件事就再也不提了。

其实何想有的是办法让樊力混过笔试，但樊力不是能够安稳当警察的人，要是他办案，可能人质死得比犯人还多。

“老大你呢？难不成就天天守着典当行收门票？最近人不少是没错，

可过了热潮，新鲜感一过，后面就渐渐没人了，你没看这两天人就越来越少了吗？”樊力提醒。

“没关系。无所谓。都可以。”何想一脸淡漠。

见何想满不在乎的模样，樊力难得的欲言又止，他抓了抓胸口的痒：“算了，反正也不是什么大事，以前不也是这么过了三十年？管他的，我先去吃点东西再开始战斗。有群家伙之前虐杀我的号，现在我要开别的号一一夺回来，哈哈哈——”樊力踮脚晃荡着屁股，嘚瑟地扭进了后院，“再打三十年游戏，不也是好日子？”

何想翻着手里的书，又接连翻了两页，忽然有些看不下去了。

城西，温家别墅。

温之光十分难得的在得到上级领导的嘉奖后，获准休假一周，想了想，一时之间竟然不知道去哪里度假，索性决定回家，直接窝在家里装尸体，更何况家里还有世界顶级厨师温景阳以及美妙的原生食晚餐。

厨房里叮叮当当，好一阵忙碌后，香味飘散，温之光坐在沙发上抱着可爱的抱枕，突然吸了吸鼻子，惊喜地叫道：“番茄牛腩！是番茄牛腩的味道！哇……太棒了！”她砰的一下跳下沙发，不穿鞋就直接飞奔过去，惹得机器人智能管家捡起鞋就飞起直追，把鞋塞到温之光的脚下。

“老爸你今天做什么好吃的？”温之光探出脑袋，左看看右看看，一双眼睛都快看花了，“哇……今天到底是什么日子，怎么这么多好吃的？都是原生食吗？老头子你大出血呀……啊！”温之光脑袋上被敲了一下。

“什么大出血？没大没小。今天可是我们小光得到勋章的日子。”温景阳温和一笑，抬起长宽几乎有一米的大托盘，一口气端了八道菜往餐厅里走，步伐稳健，餐盘稳当，一丝晃动都没有，温之光啧啧称奇。

“好了，可以开吃了，先去洗手。”温景阳撤下托盘，嘱咐道。

“是！”等温之光匆匆去洗手归来后，发现餐厅里的灯已经被关掉了，取而代之的是两根不知道从哪里摸出来、几乎可以做古董陈列、高价贩卖收藏的蜡烛。

“啊啊啊，老爸你这个败家子——”“咚！”又是一个暴栗，温之光顿时老实。

“嘁，什么嘛，老古董还玩浪漫，老套。”温之光嘟哝道。

温景阳轻哼一声：“你懂什么？我们在野战部队训练的时候，顿顿都是吃没味道的压缩制品，更没有分合食这些后来的乱七八糟的东西，还有就是自己种的东西。需要火了就用打火石点燃干草或者直接烧蜡烛，哪里是现在这个样子。”

“唔……你们那个时候是真的很幸福了。”温之光两手撑着下巴，继续看他老爸姿态沉稳干练地倒葡萄酒。也不知道老头子从哪里找来的这些罕见的珍藏，放现在肯定价值不菲吧？啧，还说自己不是败家子。不过，她也确实很开心，能跟老爸两个人一起感受书里讲述的古老的烛光晚餐，也是幸福。

“对了。”正当温之光完全沉浸于这种温馨的氛围中时，温景阳又突然拍开了灯，手指敲击着桌面，“嗯……总觉得好像还缺少了点什么东西。”

“哈？少了啥？”温之光瞪眼。

温景阳眼珠子转了一圈，温之光瞬间坐正警惕，他却故意装作若无其事的样子说道：“上次你带回家的男孩子呢？叫他再过来一趟？”

“啊？”温之光有点发蒙，老爸什么时候见她带男孩子回家过？难不成是……

“可你上次根本就没见过他好吗？”温之光鼓嘴。

“爸爸从视频里见过他。”温爸笑眯眯地说。

“不，这是我们父女二人的烛光晚餐……”温之光还想挣扎。

“别这样，今天做了这么多菜，两个人哪里吃得完？好东西要跟朋友分享，爸爸不是从小就这么教导你的吗？”温景阳谆谆善诱，方正严肃的脸上头一次显出了狐狸似的模样。

“不……你休想！别以为我不知道你在打什么主意。”

“哈哈，怎么这么说爸爸？爸爸也是为了你好，毕竟人要多交朋友，老爸还有工作，不能时刻跟在你身边，多一个朋友多一条路。”

在温爸长达十多分钟的絮絮叨叨中，温之光终于败下阵来。再者，被他这么一提，她还真有点想知道何想这家伙现在到底在干什么。

温之光拨通电话：“喂？何想，在干什么呢？也没什么事，就是想喊你过来一下。你到底过不过来，不过来拉倒！什么？樊力那死小子要打游戏，没空？他奶奶的，啊呸，行，行，就你来吧，你来也行，快点。”

典当行内。

何想挂断电话，有些失笑地摇了摇头。

“也好。”他突然自语，“等吃了这顿饭，我也打算出远门了。”

“毕竟，确实不能总是这么晃荡下去了，否则，真的太对不起手中的戒指，也对不起自己身为七传人守护者的身份……”何想长出了一口气，抬头望了望天空。

一缕轻笑，被吹散在风中。